U0444962

独角兽书系

China Mieville

伪伦敦

［英］柴纳·米耶维 著

王子 唐凌 崔明睿 译

UN
LUNDUN

Un Lun Dun

Copyright © 2007 by CHINA MIÉVILLE

This edition arranged with THE MARSH AGENCY LTD & Mic Cheetham Agency, UK through BIG APPLE AGENCY,INC.,LABUAN,MALAYSIA

Simplified Chinese edition copyright: © 2023 Chongqing Publishing House Co., Ltd.

All rights reserved.

版贸核渝字（2019）第 228 号

图书在版编目（CIP）数据

伪伦敦 /（英）柴纳·米耶维著；王子，唐凌，崔明睿译 . —重庆：重庆出版社，2023.12
书名原文：Un Lun Dun
ISBN 978-7-229-16604-5

Ⅰ.①伪… Ⅱ.①柴… ②王… ③唐… ④崔…
Ⅲ.①幻想小说—英国—现代 Ⅳ.① I561.45

中国版本图书馆 CIP 数据核字（2022）第 020984 号

伪伦敦
WEI LUNDUN

[英]柴纳·米耶维 著　王 子　崔明睿　唐 凌 译
责任编辑：邹 禾　唐弋淄
装帧设计：抹 茶
责任校对：陈 琨
排版设计：池胜祥

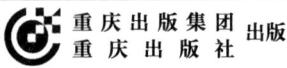

重庆出版集团 出版
重庆出版社

重庆市南岸区南滨路 162 号 1 幢　邮政编码：400061　http://www.cqph.com
重庆出版社艺术设计有限公司 制版
重庆市国丰印务有限责任公司 印刷
重庆出版集团图书发行有限公司 发行
E-mail:fxchu@cqph.com　邮购电话：023-61520646
全国新华书店经销

开本：890mm×1230mm　1/32　印张：16.875　字数：480 千
2023 年 12 月第 1 版　2023 年 12 月第 1 次印刷
ISBN 978-7-229-16604-5
定价：89.80 元

如有印装问题，请向本集团公司调换：023-61520678

版权所有　侵权必究

关于柴纳·米耶维的赞誉

《帕迪多街车站》
令人欲罢不能。其中的场景,难以从记忆中抹除。——《华盛顿邮报图书世界》

《地疤》
奇妙的设定,难忘的故事,皆因米耶维生动的语言和丰富的想象。——《费城问询报》

《钢铁议会》
一部杰作,充满想象的故事。——《连线》杂志

《伪伦敦》
拥有无尽创意。融合了《爱丽丝漫游奇境》《绿野仙踪》和《神奇收费亭》。——"沙龙"网站

By China Miéville
柴纳·米耶维

King Rat
鼠王
Perdido Street Station
帕迪多街车站
The Scar
地疤
Iron Council
钢铁议会
Looking for Jake and Other Stories
寻找杰克
Un Lun Dun
伪伦敦
The City & The City
城与城
Kraken
鲲
Embassytown
使馆镇

作者简介

柴纳·米耶维，1972年出生于英格兰，伦敦政经学院国际法学博士，以"新怪诞"风格奠定国际声誉，21世纪重要奇幻作家。代表作有《鼠王》《帕迪多街车站》《地疤》《伪伦敦》等。他的写作风格多半带有诡异幽默感，擅长借助奇境探讨真实人生和社会文化议题。多次囊获世界各项幻界荣誉大奖：轨迹奖、雨果奖、阿瑟·克拉克奖、英国奇幻奖、世界奇幻奖等。

伪伦敦

目 录

序曲 …………… 001

第一部分
赞娜与迪芭

第一章
有礼貌的狐狸 …………003

第二章
征兆 …………… 006

第三章
烟雾造访 …………012

第四章
夜间观察员 …………017

第五章
潜入地窖 …………021

第二部分
远离基尔本

第六章
垃圾成群 …………029

第七章
集市日 …………035

第八章
别针与缝衣针 …………042

第九章
煎蛋饼 …………048

第十章
看法 …………052

第十一章
公共交通 …………057

第十二章
安全通行证 …………063

第十三章
公交车上的相遇 …………071

第十四章
恶心昆虫的袭击 …………075

第十五章
勉强送达 …………079

第十六章
不知所措 …………082

第十七章
顶上 …………087

第十八章
高与低 …………091

第十九章
躲避桥 …………096

第二十章
迎接 …………101

第二十一章
不可思议的工作地点 ……105

第二十二章
历史课 ……108

第二十三章
痕迹的意义 ……115

第二十四章
计划中断 ……120

第二十五章
吸毒的敌人 ……123

第二十六章
合拢与张开 ……126

第二十七章
布料与钢铁之墙 ……133

第二十八章
实验所 ……137

第二十九章
坩埚中隐藏着希望 ……141

第三十章
离开 ……145

第三部分
伦敦,还是伪伦敦

第三十一章
清除气体 ……155

第三十二章
遗留 ……159

第三十三章
日常的强势回归 ……163

第三十四章
好奇心和它的果实 ……164

第三十五章
对话与揭露 ……167

第三十六章
密码中的担忧 ……171

第三十七章
无畏的开场 ……175

幕间休息
书籍阶梯 ……177

第四部分
战时生活

第三十八章
下方的分类号 ……183

第三十九章
尽职调查 ……186

第四十章
走向鬼魂 ……190

第四十一章
城市里的稀树草原凶兽 ……194

第四十二章
鬼屋与房屋 ……197

第四十三章
闪烁的街道 ……………203

第四十四章
"验尸"官僚作风 ……………206

第四十五章
恶毒的雨 ……………210

第四十六章
老朋友们 ……………216

第四十七章
另一个阿伯诺特 ……………220

第四十八章
撒豆子 ……………226

第五部分
拷 问

第四十九章
动弹不得 ……………233

第五十章
邪恶的呼吸者 ……………239

第五十一章
逃离烈火 ……………246

第五十二章
多疑的权威人士 ……………249

第五十三章
仓促离别 ……………256

第六部分
变节的探寻者

第五十四章
十字路口 ……………261

第五十五章
无礼的分类 ……………267

第五十六章
与世隔绝 ……………273

第五十七章
安静的谈话镇 ……………276

第五十八章
联系其他 ……………280

第五十九章
凶残的多言症 ……………284

第六十章
起义的冗词赘语 ……………290

第六十一章
雇来的帮手 ……………296

第六十二章
进入森林 ……………304

第六十三章
河流源头 ……………309

第六十四章
雄性阿尔法 ……………316

第六十五章
冒烟的死人 ……………322

第六十六章
跳过历史阶段 …… 326

第六十七章
武器选择 …… 332

第六十八章
公务员的不懈追捕 …… 336

第七部分
武器与女孩

第六十九章
平衡势力 …… 343

第七十章
蛛丝大厦 …… 348

第七十一章
教士们 …… 352

第七十二章
窗妇的真相 …… 357

第七十三章
非同寻常的社会生态 …… 362

第七十四章
钓蜘蛛 …… 367

第七十五章
虚无处的房间 …… 372

第七十六章
烟雾中的住民 …… 378

第七十七章
果实 …… 386

第七十八章
夜之眼 …… 392

第七十九章
建筑弹药 …… 396

第八十章
会合地点 …… 404

第八部分
战斗之夜

第八十一章
特殊船只服务 …… 415

第八十二章
乱斗 …… 421

第八十三章
搁浅 …… 425

第八十四章
穿越工地 …… 432

第八十五章
六合一 …… 437

第八十六章
意料之外的袭击者 …… 444

第八十七章
劝服之言 …… 448

第八十八章
残酷的一幕 …… 452

第八十九章
报复的男人 …… 457

第九十章
缝补 ……………… 461

第九十一章
反应 ……………… 469

第九十二章
梦中烈火 ……………… 474

第九十三章
蜕皮 ……………… 479

第九十四章
恐怖天空 ……………… 486

第九十五章
没有胜算 ……………… 490

第九十六章
六发式手枪 ……………… 491

第九十七章
重整旗鼓 ……………… 494

第九部分
家门前

第九十八章
英雄盛宴 ……………… 501

第九十九章
回忆 ……………… 510

尾　声 ……………… 514

献给奥斯卡

序曲

在一栋不起眼的建筑的一个不起眼的房间里,一个男人坐在屋内研究非常不起眼的理论。

男人的周围全是装着鲜艳化学物的瓶子和烧瓶、图标和量规,还有成堆的图书,如同城垛一般包围着他。他将一本本书摊开,书角压着书角,不让书合拢。根据图书内容的指引,他在不同的书本间来回翻看,似乎是在同时阅读好几本书;他思考,做笔记,又把笔记划掉,去寻找历史、化学和地理方面的事实依据。

除开奋笔疾书的沙沙声,以及偶尔因顿悟所发出的咕哝声,他很安静。显然他正忙着攻克某个难关。不过从他的自言自语以及仓促写下的感叹号来看,他的工作正在缓慢推进。

男人长途跋涉赶来这里,就为了完成他眼前的事业。他此时全神贯注,过了很长时间才注意到周围的光亮正在退却,速度快得不自然。

一个黑影逼近窗户。一阵死寂——不止是没有噪声,更是那种捕猎前的寂静——笼罩了他。

男人终于抬起头来了。慢慢地,他放下笔,坐在椅子上转过身去。

"有人吗?"他唤道,"教授?是你吗?是大臣到了……吗?"

UN LUNDUN

无人应答。走廊里的光亮仍在远退。透过门上被烟熏过的玻璃,男人能够看到一团逐渐成型的黑影。他缓慢地站了起来。他嗅了嗅空气,然后睁大了眼睛。

一缕缕细烟从门下飘来,进入了房间,犹如触须般从门缝中伸展开。

"那么……"男人低声道,接着咽了一下口水,"那么说,是你。"

无人应答,但门外传来一阵非常微弱的低沉声响,那可能就是笑声。

那人又咽了口口水,逐步后退。但他调整了自己的表情。他看着那股烟雾在那扇门的边缘变得愈加浓厚,形成一股旋涡逼向他。他伸手去拿笔记。他动作很快,并尽可能小声地将一把椅子拖到高通风管下面。他看上去很害怕,但很坚定——或者说很坚定,但很害怕。

烟雾不断逼近。在他有机会踏上椅子之前,又传来一阵笑声似的低沉噪音。他扭头面向大门。

第一部分

赞娜与迪芭

第一章
有礼貌的狐狸

毫无疑问：攀爬架后面有一只狐狸。它正观望。

"是吧？"

运动场上到处都是小孩，他们奔跑着将一个个网球踢进临时球门里，身上的灰色制服随风飘动。在满场的喧闹和嬉戏中，一些女孩注视着那只狐狸。

"那绝对是只狐狸。它只是在打望。"一个高个子金发女孩说。她们离那只动物有段距离，但是她们可以很清楚地看见它就在草丛和蓟花丛的后边儿。"它为什么不动呢？"她缓缓地朝它走去。

起初，这群小伙伴以为那只动物是一条狗，于是一边聊着天，一边慢慢地走向它。不过走到半路，她们意识到那是一只狐狸。

那天是一个寒冷的秋日清晨，天上没有云朵，阳光明媚。她们都不怎么相信眼前看到的这一幕。当她们逐渐靠近时，那只狐狸一直站在那里，一动不动。

"我曾经见过一只狐狸，"凯丝小声地说，同时将她的挎包从一边肩膀

UN LUNDUN

换到了另一边肩膀,"当时我和我爸爸在运河边上。他告诉我现在伦敦有许多的狐狸,只是通常见不到它们。"

"它应该逃跑,"凯莎不安地说,"我要留在这里。那东西可有尖牙啊。"

"为了更好地吃掉你[①]。"迪芭说道。

"那是大灰狼,又不是狐狸。"凯丝说。

凯莎和凯丝转过身:那个金发女孩赞娜和她形影不离的伙伴迪芭正缓慢地靠近狐狸。她们走得更近了些,以为狐狸会像动物受到惊吓那样将身体弓成好看的曲线,然后躲到篱笆下面去。它依然没么做。

女孩们从来没见过这么镇静的动物。并非是它动不了:而是它拼命保持**纹丝不动**。抵达那个攀爬架之前,她们蹑手蹑脚地前进着,动作就像卡通漫画里的猎人那样夸张。

狐狸礼貌地仔细端详起赞娜那只伸出来的手。迪芭皱起了眉头。

"对了,它就是在观望。"

迪芭说,"但不是在看我们,它是在看你。"

赞娜——她讨厌自己的名字"苏珊娜",更厌恶"苏"——大约是在

[①] 此处是迪芭引用的童话故事《小红帽》中大灰狼的回答。

伪伦敦

一年前搬到这片住宅区来的。在她进入基尔伯恩公立综合中学的第一天迪芭就让她开怀大笑了，很少有人能做到这一点，而从那之后，哪里有赞娜，哪里就会有迪芭。赞娜身上有些吸引人的东西，她学习不错，比如体育、学业、舞蹈等，但这并不是她吸引人的地方，她只是做得还不错，但绝不够突出。她身材高挑、外貌出众，但她也从不张扬。如果说有什么问题，那就是她好像努力躲在人群里。但她也没能完全做到，要不是她很好相处，那绝对能给她带来不少麻烦。

有时候，她的伙伴们对待赞娜会有一点小心翼翼，就好像她们不太确定要怎么和她相处一样。就连迪芭都不得不承认，赞娜有点爱走神。有时候她有点恍惚，呆呆地盯着天空，或者是突然就忘了自己正在说的话。

不过这一刻，她的注意力完全集中在她朋友们的对话上。

赞娜将双手放在屁股上，而就连她这么突然的动作都没能让狐狸跳起来。

"说得对，"凯丝说，"它的目光就没有离开过你。"

赞娜的目光与狐狸温柔的眼神交会了。所有的女孩都在观望，那只动物也是，似乎被什么给迷住了。

直到上课的铃声打断了她们的注意力。女孩们互相看了几眼，眨了眨眼睛。

狐狸终于动了。它仍看着赞娜，然后低下了头，接着跳了起来，离开了。

迪芭望着赞娜远去，嘴里喃喃地说："这事儿有点古怪。"

第二章
征兆

这天剩下的时间里,赞娜都在努力避开她的朋友们。凯莎和凯丝最终在午餐排队时逮住了她,可是她对她们说让她一个人待着时,语气恶狠狠的,她们只能照她说的做。

"别想了,"凯丝说道,"她就是这么粗鲁。"

"她疯了。"白克斯说,然后她们一伙人神气十足地走开了。只有迪芭留了下来。

她没有尝试和赞娜搭话,而是若有所思地端详着她。

这天下午,她等着赞娜一起放学回家。赞娜企图快步走出学校,蒙混过关,但是迪芭没有放过她。她悄悄地靠近赞娜,突然伸出一只手挽住了赞娜的胳膊。赞娜努力做出一副生气的模样,但表情并没有保持多久。

"啊,迪芭……你在干什么?"她开口问道。

和往常一样,她们一起走回共同居住的社区,街道尽头是迪芭的家。迪芭家人的热情健谈虽在有时不免吵闹和无厘头,但总的来说是所有讨论的舒适的背景音效。跟往常一样,人们纷纷看向她们。她俩是一对有趣的

伪伦敦

组合。迪芭个子要矮一些，身材要圆润一些，外表看着也没有她这位纤瘦的朋友那么整洁。她那头黑色长发正极力挣扎着想逃脱她的马尾辫的束缚，而赞娜那光滑的金发还整整齐齐地梳在脑后。当迪芭问她是否还好时，赞娜没有答话。

"你好，乐珊小姐。你好，穆恩小姐，"两人进门时，迪芭的父亲唱歌似的招呼道，"今天过得还好吗？两位小姐要喝茶吗？"

"嗨，甜心，"迪芭的妈妈说，"今天过得怎么样？嗨，赞娜，你好吗？"

"乐珊先生，乐珊夫人，你们好。"赞娜问候道。迪芭的父母坐在沙发上眉开眼笑地看着她，赞娜露出她常见的拘谨微笑。"我很好，谢谢你们。"

"别管她，爸爸，"迪芭一边说话，一边拉着赞娜去她的房间，"茶还是要的，谢谢。"

"那么说，今天什么事都没发生咯？"迪芭的母亲在迪芭的背后问道，"你没什么要汇报的。你度过了空虚的一整天！你真让我惊讶。"

"今天就是很一般，"她回答说，"一如往常，不行吗？"

迪芭的父母依旧坐在沙发上，开始高声安慰起她来，让她别在意一成不变的悲剧生活，天天都是一个样儿也没关系。迪芭冲他们翻了个白眼，然后关上了她房间的门。

她们没有说话，静静地坐了一会儿。迪芭在涂唇彩，而赞娜就干坐着。

"我们要做些什么吗，赞娜？"迪芭最终开口了，"有怪事在发生。"

"我知道，"赞娜说，"事情正在变得越来越古怪。"

很难说清楚这一切是什么时候开始的。事情变得奇怪了起来，至少一个月了。

"还记得我看见那片云的时候吗？"迪芭说，"那片看着像你的云？"

UN LUNDUN

"那是好几周以前的事情了,而且那片云什么都不像。说点实在的事儿吧。今天那只狐狸。还有那个女人。墙上的东西。还有那封信。这之类的事情。"

这些奇怪事件是从初秋时节开始出现的。她们当时在玫瑰咖啡馆。

没有一个人注意到门被推开了,直到她们发现进来的那个女人就安静地站在她们的桌子旁边。她们一个个都看向了她。

她穿着公交车驾驶员的制服,头上斜扣着一顶帽子,看着很活泼。她咧着嘴在笑。

"很抱歉打断你们,"女人说道,"我希望你们不会……我只是很激动,遇到你我非常激动。"她对所有人都露出微笑,但是只对着赞娜说话。"我只是想说这个。"

女孩子们惊讶极了,好几秒都没反应过来,只是呆呆地瞪大了眼睛。赞娜结结巴巴地试图回话,但凯丝率先说了句:"什么……?"接着迪芭大笑起来。她们的反应完全没有干扰到这个女人。她说了句胡话。

"舒瓦泽!"她说,"我听说你在这里,我本来还不相信。"说完她又露出一个微笑,随后便离开了,留下一群女孩儿在店里发出了紧张的大笑,直到女服务员出声让她们冷静下来。

"疯子!"

"疯子!"

"该死的疯子!"

如果这是唯一的怪事,那么这就是一个伦敦街头偶遇精神病患的故事。可这并不是唯一的怪事。

过了些天,迪芭和她的弟弟哈斯一起在一座横跨艾弗森路的老桥下散步。她仰头读着一些粗糙的涂鸦。在鸽子网的后面,没人够得到的高处,画着亮黄色的几个大字:赞娜万岁!

伪伦敦

"天哪。还有其他人名叫赞娜,"当迪芭带她的朋友们去看时,凯丝赞叹道,"要么是你有一双超长手臂,可以自己写上去。要么就是有人疯狂地爱慕着你,赞娜。"

"闭嘴。"赞娜说道。

"可她说得挺对的,"迪芭说道,"没有其他人会取'赞娜'这个名字,你一直这么说的。现在你留下了你的记号。"

在那之后没多久,盖伊·福克斯之夜①的第二天,整个伦敦到处都是篝火与烟花,而赞娜心烦意乱地来到了学校。

一个邮差一直在她家的前门外等待。他给了她一封信,而信封上没有留下任何姓名。她一出门,邮差就这么直接把信给了她,随后就消失了。在把信给迪芭看之前,她一直很忐忑。

"别告诉其他人,"她说,"你发誓?"迪芭发了誓。

我们一直期待着与你相遇,迪芭读着,**待轮盘转动之时。**

---

① 英国的传统节日,时间为每年的11月5日。它是为了纪念"火药的阴谋"这个历史事件,天主教反叛分子密谋炸毁位于伦敦威斯敏斯特的英国国会大厦,但是卫兵发现了反叛分子盖伊·福克斯,在严刑拷打下他招供了一切,阴谋得以粉碎。于是民众后来在这一天点燃篝火庆祝胜利。如今也会燃放烟火来庆祝这个节日。这个节日深受孩童的喜爱。

009

UN LUNDUN

"是谁寄的信?"迪芭问道。

"我要是知道就不会被吓到了。而且信封上连邮票都没有。"

"信上有什么标记吗?"迪芭提问,"表明信是从哪儿来的?那个是字母U吗?这是字母L?还有这个是……'上面',我觉得。"她们看不出更多内容了。

"他是怎么知道这封信是给你的呢?说不定他只是随便把信丢给……"

"他跟我说了些话,"赞娜说道,"和之前那个女人一样的话。他说了'舒瓦泽',而我的反应是'什么,什么?'在打开信后,我企图跟踪他,但他消失了。"

"那是什么意思?"迪芭问道。

"还不止这封信,"赞娜说道,"这东西也在信封里。"

那是一张方形小卡,设计有点奇怪,是一个有着彩色螺旋线条的漂亮小物件,精致又复杂。迪芭意识到,这是某种错乱又疯狂的伦敦旅行卡。它说从第一区到第六区,整个城市的公交车和轨道车,它都可以使用。

在横穿卡片中心的虚线上,清楚地印着:赞娜·穆恩·舒瓦泽。

在那一刻,迪芭对赞娜说,赞娜必须把这事告诉她的父亲。而迪芭本人会恪守承诺,不告诉任何人。

"你告诉他了吗?"迪芭问道。

"我该如何开口?"赞娜说,"我要怎么跟他解释那些动物的事呢?"

在过去的几周里,狗狗们在赞娜经过的时候会纷纷停下来,瞪着她。有一次,赞娜坐在女王公园①里,有三只松鼠像跳康茄舞②一样排成长队,从树上跑了下来,一个接一个地把小坚果或小种子摆在她的面前。只有猫咪无视了她。

---

① 位于伦敦西北二区的一座休闲公园。
② 起源于拉丁美洲的一种舞蹈,舞蹈者排成长队一起跳。

伪伦敦

"真是疯了,"赞娜说道,"我不明白这是怎么回事。而我**不能**告诉我爸爸。他会认为我需要帮助。也许我的确需要帮助。但我告诉你一件事情。"她的声音听起来惊人地坚定。"当我观察那只狐狸时,我就在想。起初我被吓坏了。我依旧不想谈论这个,不想过多地谈起它。所以你别开口,好吗?可是我已经受够了。发生了怪事?那好吧。我已经做好准备了。"

外面是狂风暴雨。风在低声咆哮,制造胡乱的喧嚣。人们挤在屋檐下,或者顶着外套在雨中穿梭。透过迪芭房间的窗户,女孩儿们看见有人脚步飞快地移动着,也有人撑着雨伞艰难地前行。

当赞娜离开时,跑着经过了一个在躲雨的女人。那女人牵着的一只看着很滑稽的小狗。小狗一看见她,立马坐了起来,表现出了远超它所有同类的体面姿态。

它低下了头。赞娜看着这只小狗,然后做了件同样令自己惊讶的举动,她冲它点了下头。

第三章
烟雾造访

在第二天的午餐时候,赞娜和迪芭在操场上闲逛,观察着她们在所有水洼里的倒影。湿哒哒的垃圾躲在墙角。云层看上去仍然十分阴沉。

"我爸爸讨厌雨伞,"迪芭一边说,一边晃动她自己的雨伞,"每次下雨时他老是说同一句话。'我认为,不可将尖头长棍挥舞至人眼的高度是一条合理的社会禁忌,而空气中有水汽存在这一事实不能算作推翻这条社会禁忌的充分理由。'"说完她咯咯笑了起来。

从操场的边缘,靠近之前那只有礼貌的狐狸站着的地方,她们可以俯瞰一段斜坡,可以看到学校院墙的另一边,看到街上的场景。街上的人不多。街道尽头有一个运动场,运动场附近有一条马路,路面上的污渍都能看见。

"那边有东西。"赞娜说。她眯着眼睛眺望。"我觉得那些东西在移动。"

"什么?"迪芭说。

天空看上去平坦得不正常,就如同一张巨大的灰色床单被死死地钉在了地平线与天际之间。空气也不寻常,还很凝滞。在那条道路上,模糊的

伪伦敦

黑色污渍盘绕而起,随即消失了,整条道路再次变得毫无痕迹。

"今天……"迪芭开口说,"可真是不正常的一天。"

赞娜摇了摇头。

飞鸟像一道弧线划过天空,一群麻雀不知从何处飞了出来,在赞娜的头顶打转,形成了一圈叽叽喳喳的晕圈。

当天下午她们有法语课。赞娜和迪芭无心听课,眼睛都盯着窗外,动手画着狐狸、麻雀和雨云,直到威廉姆斯小姐絮絮叨叨地讲到某个内容时,赞娜才抬头看着她。

"……选择……①"她听到。"我选择……你选择……"

"她在说什么啊?"迪芭低声说道。

"……我们会选择②……"威廉姆斯小姐说道,"……你选择了③。"

"老师?老师?"赞娜出声喊道,"上一句话是什么,老师?那句话是什么意思?"

威廉姆斯小姐戳了戳黑板。

"这句话吗?"她说,"Vous avez choisi。Vous 是'你'的复数形式。Avez 是'有'的意思,助动词,表示现在完成时。Choisi 是'选择'的意思。"

凯丝、白克斯和其他人左右看了看。他们看上去就和赞娜一样困惑,接着,迪芭直直地盯着黑板。

选择④,舒瓦泽。选择。

放学的时候,迪芭和赞娜站在校门前,望着她们之前看到那些痕迹的

---

① 此处原文为法语,choisir

② 此处原文为法语,nous allons choisir

③ 此处原文为法语,vous avez choisi

④ 此处原文为法语,choisi

UN LUNDUN

地方。在那条街空荡荡的尽头,她们没看到任何不寻常的东西,然而她们感觉到那里有某种东西存在。天空飘着毛毛细雨,而在运动场旁边的交叉口,雨水看上去却像遇到阻挡一般地下落,好似撞上了一团奇怪的气流。

"你们要来玫瑰咖啡馆吗?"凯丝和其他人站在她们身后不远处。

"我们……好像看到了奇怪的东西,"迪芭答道,"我们正打算去……"

她的话音逐渐变小,然后她跟着赞娜前往那空荡的马路尽头。在她们身后,同学们争先恐后地冲了出去,飞奔回家,或者是跑向父母身边。

"你在找什么?"凯莎发问。她和凯丝望向站在几米外路中间正环顾四周的赞娜。

"我什么都看不见。"赞娜呢喃着说。她站了好久,前后左右地张望,其他人都不耐烦地生气了。"算了。"她提高了音量,对她的朋友们说。她们有些怀疑地看着她。凯丝双手抱胸,一边眉毛上挑。"那就走吧。"

她们的同学现在都走光了。一些汽车出现在校门前,从她们身边开了过去,老师们也都下班回家了。这个女生小团体是最后离开的。街上只有她们的身影。天色渐晚,"啪"的一声,街灯一个个地都亮了起来。

雨势变大了。迪芭听着雨滴落在她的雨伞上,发出敲击打字机一般的声音。

"……不明白她在做什么?"迪芭听见白克斯对凯莎和凯丝说道。赞娜走在她们前面,她的脚下有雨水溅起,仿佛水雾。

真的非常像水雾,黑色的水雾。赞娜慢慢停了下来,她和迪芭都低头向下看。

"现在又怎么了?"凯莎恼怒地说。

在她们的脚踝处,距离又湿又脏的柏油路面几厘米高的地方,有一圈盘旋的烟雾。

"这……是什么东西?"凯丝说道。

伪伦敦

有雾气从排水沟里飘了上来。烟雾是一团黑气，脏脏又可怖。它形如卷须，飘浮着伸向排水沟上方的金属栅栏，犹如生长的蔓藤或者章鱼的触手那般。几股雾气纠缠在一起，越变越厚。它们在车辆的轮胎处、发动机下方盘绕着。

"发生了什么？"凯莎恐惧地小声说。烟雾开始从阴沟里翻滚而出。空气中出现化学物和腐烂物的臭味，越来越刺鼻。众人听见马达的噪声，但很远也很沉闷，仿佛被帘布遮蔽一般。

赞娜展开双臂站在原地。目光专注地看着那突然出现的气体。有一瞬间，倾盆而下的雨水似乎在赞娜头上几毫米的地方统统变成了蒸汽，就像水滴落在滚烫的金属上那样。迪芭直愣愣地看着，但是黑色的雾气遮掩住了她的朋友。

发动机的声音变得更大了。一辆汽车正在靠近。

女孩儿们被这烟雾给包裹住了。她们慌乱又着急地念叨着，竭力呼喊着对方。她们几乎什么都看不见。

发动机的噪声很快又变大了，反射的街灯眨眼般闪烁着，有一瞬间穿透了这团雾气。

"等会儿。"赞娜喊了出来。

突然变亮的车前灯穿过这团迷雾，直直照向赞娜。在灯光逼近时，迪芭看着她变成了一道影子，动作干脆地横跨了一步，她的双手似乎在发光。

"是我爸爸！"赞娜大喊道，然后在汽车冲进烟雾时快速动了起来，而在雾气散开之际她冲了出去，紧接着——

一声巨响传来，有什么飞了起来，随后一片寂静。

UN LUNDUN

云层变亮了,雨也停了。怪异的气体从空中降落,变得如同黏稠的黑色急流一般飞快地回到排水沟里,无声而汹涌地从视线中消失了。

过了好几秒钟,所有人都没有动。

一辆汽车歪歪斜斜地停在马路上,赞娜的爸爸一脸困惑地坐在驾驶座上。几个女孩子歇斯底里地尖叫起来。其中一个女孩躺在一堵墙边。

"赞娜!"迪芭大声喊道,但赞娜站在旁边,被撞到的、躺在那里一动不动的是白克斯。

"我们得找医生来。"赞娜说完便掏出了她的手机哭了起来,不过凯丝已经打通呼救热线了。

赞娜的爸爸跌跌撞撞地走出汽车,用力地咳嗽着。

"什么……怎么了?"他开口问道,"我……发生了什么?"他看到了白克斯。"我的天哪!"他一下子跪在她旁边。"我做了什么?"他嘴里念个不停。

"我已经叫了救护车。"凯丝说,但他没有在听。现在光线已经恢复正常,脚踝处也没有了雾气纠缠,人们从大门和窗户努力向外张望。白克斯不安地扭了扭,发出了虚弱昏沉的呻吟。

"发生了什么?"赞娜的爸爸不停地问她们。她们谁都不知道该怎么说。"我什么都记不起来了,"他说,"我刚才醒了过来,然后……"

"好疼啊……"白克斯哭了起来。

女孩子们等候着她们的父母、救护车还有警察。赞娜站着扭动了一会儿身体,然后向迪芭示意。

"你看见了吗?"她小声地说。她的声音听起来好像快要破碎了。"烟雾,汽车,所有的一切?它围绕着我,又厚又浓。它想要抓住我。"

第四章
夜间观察员

在意外发生那晚以及后面的两天里,赞娜都待在迪芭的家里。虽然她自己的家就在这片园区的对面,但她更想呆在这儿。

自从车祸之后,她父亲的状态就不太好,警察不断地要求他说明情况,并告知他现场没有发现他所谓的另人眩晕的"异常化学物质"。而乐珊夫妇表示在审讯期间,很乐意照看赞娜,赞娜的父母便高兴地接受了。

当然警方也要求女孩们描述事发经过,但赞娜和迪芭无法解释连她们自己都无法理解的事情。

"她受到了严重的惊吓,乐珊太太,"迪芭听见一个警员说道,"她说的话毫无道理。"

"我们必须让他们相信。"赞娜坚持。

"相信什么?"迪芭说,"说'水沟冒出魔法烟雾'?你觉得有用吗?"

白克斯断了几根骨头,不过身体在逐渐康复。过了一阵子,赞娜和迪芭终于明白,白克斯不愿意和她们说话了。白克斯拒绝与去医院探病的赞娜和迪芭见面,也不接她们电话。

不仅如此,凯莎和凯丝在学校对赞娜和迪芭不理不彩,放学后也不接

UN LUNDUN

她们电话。

"她们因为之前事儿在怪我。"赞娜用奇怪的音调跟迪芭说。

"她们被吓坏了"迪芭说。就这样两个女孩在迪芭房间里熬夜了,赞娜睡在折叠床上。

在隔壁房间里,乐珊夫妇在对着电视大喊大叫。

"白痴!"迪芭的母亲在说。

"他们全都是蠢货,"她的父亲说道,"除了那个搞环保叫罗丽的女人,她还好,是少数在做事的人……"

他们还在继续谈话——就和他们以往很多次的谈话内容一样,说着那些他们讨厌的政治家,和他们喜欢的政坛人物(虽远比前者少)。——更晚些,他们都上床休息了,赞娜和迪芭仍然在窃窃私语。

"这肯定是一场意外,"迪芭说,"管道出问题了之类的。"

"警察说了不是这样,"赞娜说道,"再说了……你才不是这么想的。是其他情况。和……有关。"我,她没有说出这个字,但她二人都明白。

自从车祸发生后,她们每天都重复着同样的对话。她们没能讨论出结果,但是她们也没有其他可以谈论的事情。她们把心里话彻彻底底地说了出来,最终进入了梦乡。

又过了很久,凌晨时分,迪芭醒了过来,挺突然的。她坐在床上,靠在窗边,稍稍掀开了一点点窗帘,望向住宅区对面,试图弄清楚是什么让她醒了过来。

她观察了很久。偶尔有人影匆匆走过,还有一点烟头的红光闪烁。不过在夜里的这个时间,水泥广场上,巨大的金属垃圾箱旁,还有人行通道上,几乎都空无一物。

在院子的另一边,她可以看见赞娜的公寓,她家的窗户黑乎乎的。院子里的风变成了螺旋状,迪芭看到有些垃圾在打转。外面下着小雨。月亮在水坑里反光。远处的角落里堆着一包包装满的黑色垃圾袋。

伪伦敦

有轻微的抓挠声传来。

迪芭觉得一定是有猫在翻垃圾。万籁俱静,只有近在咫尺的雨水滴落声以及废纸飞动的动静。然后她又听见了,持续不断的"嘎吱——嘎吱"声。

"赞娜,"她一面轻声喊,一面把她的朋友摇醒了,"快听。"

两个女孩望向外面的黑暗。

在垃圾箱旁的阴影里,有东西在移动。一个湿漉漉的黑色身形,从塑料堆里延伸出来。它向光移动着。它看上去一点不像猫,也不像乌鸦,更不像走丢的狗。它突然变得又细又薄,还在飘动。

它从阴影中伸出一条肢体。一个在闪烁、在飘动的黑色物体。赞娜和迪芭都屏住了呼吸。

那个既像爪子又像翅膀的东西剧烈地抖动起来,拖着自己穿过阴影,看上去细长却参差不齐,还湿哒哒黏乎乎的。它在靠近赞娜的家。它蜷缩在墙下的黑影中,接着忽然一跃,便挂在了窗户下面。

两个女孩猛吸一口凉气。此时,在模糊的街灯照耀下,她们勉强能看清那个东西了。那是一把雨伞。

那东西像某种奇怪的水果一般在窗台下挂了很久,久到雨下得更大了,连目睹这一切的两个好朋友都开始告诉自己,先前的动作不过是她们想象出来的,那只是一把雨伞在窗台上挂了几个小时罢了。就在赞娜打算开口这么说的那一刻,那个黑乎乎的小东西又移动了。

它掉了下来,以折磨人的慢动作缓缓爬回黑暗之中。它掀开了一点点它的伞布,金属尖用力戳在水泥地上,然后硬拖着自己前进。它被摔弯了,或者是被撞坏了,或者是既被摔弯了也被撞坏了,或者是被摔得撕裂了,它仿若受了重伤一般,爬进了阴影里,再也看不见了。

庭院里空荡荡的。迪芭和赞娜互相看了对方一眼。她们仔细听着是否

UN LUNDUN

还有细碎的声响,但动静都消失了。

"我的……老天……啊……"赞娜喃喃道。

"那是……"迪芭压着嗓子细声说,"是一把雨伞吗?"

"这怎么可能呢……"赞娜说道,"而且,它在我的窗户那里做什么?"

第五章
潜入地窖

两个女孩悄悄摸入漆黑的大街。

"快点",赞娜说,"就在那儿。"

"这太疯狂了,"迪芭压低声音说道,不过她也弓着腰,移动的速度跟她的朋友一样快,"我们甚至连手电筒都没有。"

"是的,但我们必须去看看,"赞娜说,"到底是怎么回事儿?"她们匆匆加了点衣服就出了门,在黑暗中看起来有些害怕,微微颤抖着。她们鬼鬼祟祟地左顾右盼,望向周遭黑漆漆地街道和街灯投射出的光环,向刚才那个诡异冒出的金属垃圾桶和垃圾堆走去。

"所以说,那其实是一个远程遥控的东西,是吧?"迪芭说,赞娜正在臭熏熏的黑暗中四下张望。"也有可能……我猜的话,有可能是摄像机之类的玩意儿……和……"迪芭停止说话,因为她的话听起来变得越发荒唐。

"过来帮我。"赞娜说。

"你在干什么?"

"找东西。"赞娜回答。

UN LUNDUN

"找什么?"

"痕迹。"

赞娜指着那堆垃圾,然后用一根棍子戳了戳,有奇怪的东西流了出来,让她捏住了自己的鼻子。

"这里可能有老鼠之类的东西,"迪芭说,"别管了。"

"看,"赞娜说,"看到了吗?"她指着园区水泥地面众多条污痕中的一条。依稀可见那条污痕一路从垃圾堆延伸到了赞娜家一楼的窗边。

"它是从这里出来的。"

"就是这样,明白了吗?"她说,"你可以看到这些划痕。都是它用它的……你知道的,金属尖戳出来的。"

"既然如此,"迪芭说,"我们跟上去吧。"

"我们甚至连自己在追踪什么都不知道。"迪芭跟在赞娜身后说着。赞娜小心翼翼地在黑暗中弯着身子追寻地上的线索,而迪芭也伸长脖子越过朋友的肩头辨认污痕。

"你看上去完全就像个疯子,"迪芭抱怨道,"万一被人看见,人家该怎么想?"

"谁会在意?再说了,附近根本没人。如果有,我会赶紧离开的。"

"我什么也没看见。"

"记号,"赞娜说,"痕迹。"

她朝住宅区背后走去,来到几栋巨大的棕色混凝土建筑之间。她们深入这些高楼后方从未使用过的区域,走进这个由高墙、垃圾箱、停车库和垃圾构成的迷宫之中。迪芭紧张地环顾四周。

"行了,赞娜,"她说,"我们都不知道自己在哪儿了。"

"这边……"赞娜说完仍旧快速地扫视下方。事实上,她此刻看上去仿佛是跟着记忆,或者说直觉在走路,而不是什么痕迹。她在这些巨大建

伪伦敦

筑之间曲折前行。

"我看不见，"迪芭焦虑地说，"这里什么都没有。"

"有的，这里有。"赞娜恍惚地说。她几乎看都没看就伸手指向一处。"在那儿，看到了吗？"她听起来很惊喜。"它走的这边。"她脚步加快了。

"赞娜！"迪芭惊慌地喊道，随即也小跑起来，跟上了她。当她经过她朋友指的那一处时，她一眼就望到了赞娜所指的那个十分模糊的污渍。"你是怎么*看到*那个的？"她提问道。

大路已经看不见了，她们还能听到车辆的声音。赞娜转了个弯，她的动作看上去就像有人在拽着她似的。

"等等！"迪芭喊出声，接着就追了上去。

两个女孩看到面前出现了一扇门，门就嵌在一根独石柱的石基上，石基被众多水坑环绕，水坑里是漂亮的油质液体。门半开着。在门口处，就连迪芭都看到了那里有一摊油污。

"不行，"迪芭直视赞娜阻止道，"你不能去那里……"

赞娜走了进去。在她身后，迪芭喊道："站住！等等！"然后她也跟了上去。

"有人吗？"赞娜问道，不过声音不大。她们处在地下一层的一段狭窄廊道里。唯一的窗户靠近天花板，又窄又小，上面布满裂纹，斑驳不堪，还有蜘蛛网和苍蝇壳。它们不情不愿地让光线透了进来，仿佛它们是囤积光线的守财奴。

"我们要离开了，"迪芭说，"这里什么都没有。"

管道和电线沿着墙面铺设，有计量表发出滴答的声响。

"有人吗？"赞娜唤道。

廊道的尽头是一间地下室。它一定是从整栋大楼向下延伸出来的。墙上是些陈旧的工具，有厚重胶土裹住的绳索，还有粗布袋，生锈的自行

UN LUNDUN

车，还有一台预热过但干透了的冰箱。日光从那扇肮脏的窗户照进来。女孩儿们能够听到往来车辆发出的呜咽声。

在房间中间，众多管子捆成一根柱子插入了一个分线盒里，上面仪表的指针忽上忽下，许多粗大的铁阀门传送着压力。

而在房间正中央有一个古旧的，方向盘大小的东西。看上去很沉，就好像扭开它，就能打开一驾潜水艇的气闸室。

"我们离开吧，"迪芭悄声说，"这地方有点吓人。"

然而赞娜缓慢地拖着脚步向前走去。她看起来仿佛在梦游。

"赞娜！"迪芭朝那扇门往回走。"这间地窖里只有我们。而且没人知道我们在这里。够了！"

"这里的油渍更多了，"赞娜说，"那东西……那把雨伞，之前就在这里。"

她试探性地碰了一下那个巨大的阀门。

伪伦敦

"……'待轮盘转动之时'。"她说。

"什么?"迪芭说道,"好了,你过来了吗?"她转身。赞娜抓住了那个轮盘,然后开始转动它。

它最先动得很慢。她不得不用尽全力。因为生锈,它发出了嘎吱嘎吱的声音。

随着它的转动,光线发生了变化。

迪芭僵住了。赞娜有些犹豫,接着又将轮盘转动了几度。

在轮盘转动时,光线开始变化,光闪烁了起来。房间里的所有声音都逐渐消退。迪芭转过身来。

"发生了什么?"她小声地说。

赞娜继续转动,每动一下,光和噪声都会瞬间变弱,随后轮盘又转动了一点。

"住手,"迪芭劝说道,"停下来,求你了。"

赞娜又将数值转动了几英寸,声音和光线又转变了。房间里的所有灯泡陡然变亮,接着外面车辆的声音也不可思议地突然变大了。

那个铁质轮盘旋转了起来,起初很慢,随后越转越快。房间里变暗了。

"你把电断掉了。"迪芭说,但接下来她没有继续说了,因为她和赞娜抬头一看,发现是窗外的天光变暗了。

随着光线变暗,声音也逐渐变小。

她俩惊奇地瞪着对方。

赞娜旋动那个轮柄,它跟上了油似的。外面轿车、货车和摩托车的噪声变得尖细,就像录音一样,或者说仿佛是从隔壁房间的电视机里传来的声音似的。车辆的声音随着日光一起消退了。

赞娜关掉了交通的声音。那个阀门关掉了所有车辆的声音,也关掉了日光。

它关掉了伦敦。

第二部分

远离基尔本

第六章
垃圾成群

轮盘旋转,光线变了,声音也变化了。

外面的光从白日的耀眼变为傍晚的昏暗,接着又照到某个夜光的奇怪东西上。最后的汽车发动机的声音听起来非常遥远,随后完全消失了。最终轮盘越转越慢,直到停止了转动。

在一片怪异的半明半暗中,迪芭呆若木鸡地站在原地,双手捂着嘴巴。赞娜眨了好几次眼睛,仿佛在让自己清醒过来。两人看了看对方,又看了看周围,在这诡异的光亮下,一切都变了样,到处都是不可思议的影子。

"快点!松开它!"迪芭最后开口说。她一把抓住轮盘,竭力朝相反方向扭动它。轮盘固执地卡住了,就跟它好几年都没有动过了似的。"来帮忙!"她对赞娜说,接着赞娜和迪芭一起用力,在用尽全身的力气之后,她们终于让这个金属盘动了。

然而那个轮盘只是随意地旋转着,没起任何作用。它转动时发出沉重的嗡嗡声,但光线没有变化,车辆的噪声也没有再回来。

伦敦没有变回来。

UN LUNDUN

"赞娜,"迪芭喊道,"你做了什么?"

"我不知道,"赞娜喃喃地说,"我不知道。"

"我们快离开这里。"迪芭说。她说话的声音很不安,很含糊,并非喊叫的程度,也不是平时说话的音量,就像是在提防有人在这里听到她们说话。赞娜抓住她的胳膊,然后两人一起跑回了廊道里。

那奇特的光照亮了她俩之前经过的门边,就好像外面正好有一台开启的巨大黑白电视,或者又好像月亮正好就在外面。迪芭和赞娜全速跑向门口,猛地撞开了门。

她们跌跌撞撞地跑了出来,停了住脚步。然后她们张大了自己的嘴巴。

这不是住宅区里。她们在某个非常不同的地方。

就和她们先前进门时一样,这扇门连通的地方也是众多高大建筑之间的垃圾场,而且两边也有巨大的金属垃圾箱和四散的垃圾。但是这些高层建筑并不是她们抛在身后的那些。

这些墙体都高不见顶。不论她们望向哪里,她们都被巨大的混凝土独石柱包围着,跟它们比起来,她俩之前经过的那根独石柱简直就是矮子,不过这里的独石柱的布局要混乱得多。所有的独石柱都没有被窗户破坏,连一扇窗户都没有。

那扇门摇摆着关上了,发出了"咔哒"的声响。赞娜拽了拽门:果然被锁上了。她们冲出来的那栋建筑直冲云霄,还发出了那种奇特的光。

"或许那个房间是,呃,一节列车车厢……"迪芭悄声说,"而我们来到了末尾……而且……而且时间比我们想中更晚。"

"或许吧,"赞娜不确定地低声答话,同时又试了试开门,"那么我们要怎么回去呢?"

伪伦敦

"你为什么要转那个方向盘?"迪芭问。

"我不知道,"赞娜苦恼地回答,"我只是……觉得我必须这么做。"

赞娜和迪芭抱住彼此的胳膊,安慰着对方,同时睁大了眼睛仔细打量周围,然后悄悄地走进了墙体之间的过道。

"我给妈妈打电话。"迪芭说完就掏出了她的手机。就在她准备拨号时,她突然停了下来,瞪着手机屏幕。她把手机递给赞娜。屏幕上全是她们从没见过的符号。原本的信号条变成了螺旋状。而网络信号变成了怪异的象形图。

迪芭迅速查看了她的通讯录。

"这是什么意思?"赞娜说。

"这些都不是我朋友的名字。"迪芭喃喃地说。她手机的联系人名单变成了按照字母顺序排列的随机词语列表。阿西迪、巴特乐、彩弗德、迪尔巴格……

"我的名单也一样,"赞娜快速翻看了自己的手机后说,"厄南提奥斯?弗洛克斯?古斯戈哥?这都是怎么回事?"

迪芭手动拨打了自己家里的电话。

"你好?"她小声地打招呼,"有人吗?"

电话里传来黄蜂般的嗡嗡声,越来越近,在这个寂静的地方,这声音突然变大,吓得迪芭惊恐地挂掉了电话。她和赞娜望着对方。

"让我试试。"赞娜说。不过拨打她父亲的电话也只是听到了同样不愉快的昆虫噪声。"没有信号。"她说,语气仿佛是只有信号出了问题一样。她们两个人都没有再多谈起手机上的奇怪文字和图片。

她们继续沿着这些没窗户的古怪建筑之间黑洞洞的过道往前走。

"我们得快点出去。"赞娜一边说,一边加快了脚步。

她们跑过那些被风吹起来的旧报纸,被丢弃的锡罐头,以及沙沙作响的黑色塑料袋。在心底不断扩大的恐惧的影响下,她们两个先是左转,然

UN LUNDUN

后右转,然后再左转,紧接着赞娜突然停了下来,迪芭撞到了她身上。

"怎么了?"迪芭问道,而赞娜让她别说话。

"我觉得……"她说,"你听。"

迪芭咬了咬唇。赞娜深呼吸了几次。

好几秒过去了,这里一片寂静。接着,一阵游丝般的噪声出现了。

窸窸窣窣的声响传来,可能是轻微的脚步声。

"有人来了。"赞娜轻声说。她的声音听起来像处在希望与绝望的中间——这个人会帮忙吗,还是会是个大麻烦?

接着她的双肩耷拉下去了,随后她伸手指了出去。

那只是一个破了的黑色垃圾袋,在过道入口处被风吹得飘动了起来。

它飘得近了一点,迪芭叹了口气,颇为沮丧地望着塑料袋。它后面还有更多垃圾:一个罐子滚进她的视野,发出哐啷的声音,还有报纸的私语。一连串丢弃物在过道入口打着旋儿。女孩们靠在了墙上。

"我们试试,再多想想。"迪芭说,然后再次试图利用手机,但还是失败了。

"迪芭。"赞娜低声呼唤道,用手指着。

更多的垃圾出现了。黑色塑料袋、罐子、报纸,之后又加入了油腻的汉堡包装纸、杂货袋、几个苹果核,还有被揉成一团的透明塑料。这些垃圾发出了沙沙的响动。

伪伦敦

更多垃圾不断映入她们的眼帘：鸡骨头、用光了的牙膏、牛奶纸盒。这些渣滓堵住了她们来的路。

迪芭和赞娜目不转睛地看着。垃圾朝她们逼近。它们逆风前行。

两个女孩开始小心翼翼地后退，但垃圾们好似看出了自己正占据上风，竟然加速前进。

牛奶盒子和罐子们朝她们滚过去。废纸就像飞蛾扑火般疯狂地扑向她们。塑料袋则伸出手提的部分，费力地冲女孩们爬过去。

迪芭和赞娜发出尖叫，拔腿就跑。她们听见不断加速的垃圾发出的狂躁声响。

她们在迷宫般的高墙之间随机地拐弯，绝望地想要逃离身后猎食者般的可怕垃圾。她们没办法说话和哭泣，没有多余的精力，只能拼命地奔跑。

咔嚓作响的废纸、咚咚响的硬纸板，以及啪哒啪哒的黏乎乎的垃圾在她们身后追赶，速度还很快。女孩儿们跑得上气不接下气。

"我……不行了……"迪芭气喘吁吁地说。赞娜拼命想拉她一起跑，但迪芭只能将身体紧贴住墙。"啊，救我。"她有气无力地喊道。赞娜站到

UN LUNDUN

她的前面,挡在她的朋友和追逐她们的东西之间。

垃圾们已经很接近了。鉴于女孩儿们已经停止不跑了,于是它们也慢了下来,开始小心谨慎地靠近她们。这堆臭烘烘的垃圾将它们古怪的外形运用到了极限,几乎像猫一样轻手轻脚地移动着。废旧垃圾桶的恶臭十分浓烈。

最前面的是破破烂烂的黑色塑料袋。它伸出被撕裂的手臂,身后还流着垃圾液体,就像鼻涕虫的黏液一样。赞娜抬起双臂,绝望地想保护自己,而迪芭屏住了呼吸,紧闭起双眼。

第七章
集市日

"喂!"

一个声音从她们背后响起,一阵强风吹过她们,有人抓住她们的衣领,将她们拖离了这条巷子。随之而来的是一段疾走和乱石弹跳的声音。

抓住她们的是一个男孩。他举起手肘挡在前面,冲那群垃圾威胁性地挥舞着一根棍子。垃圾们退缩了。

"继续啊!"他说,又丢了一块石头。垃圾群畏缩地后退,退到它们来的那条路上。这个男人冲垃圾群丢了几块石头。"滚开!"他大声喊道,"真恶心!"垃圾群爬着逃跑了。

赞娜和迪芭目不转睛地盯着这一切。男人转身看向她们,对她们眨了一下眼睛。

他跟她们差不多年纪,又高又瘦,穿着一套满是补丁的破旧衣服。他一头蓬发、面露狡诈,扬起一边眉毛。

"怎么回事?"他双手叉腰说,"你们该不会连垃圾堆都害怕吧?它们根本无法伤害你们。"他又丢了颗石子,"既然你们这么胆小,为什么还走入迷宫区?难道你们希望它们跟着你们回家?以后走路睁大眼睛!"

UN LUNDUN

他点了点头,稍微敬了一个礼,随后便大步走过赞娜和迪芭身边,一边走还一边拍掉他身上的尘土。

"等等!"迪芭喊道。

"我们不知道……我们……在哪里……"赞娜说。她们转身看着那个男孩离开,说话的声音也渐渐变小,接着就瞧见了一个广场,原来他把她二人拉进了一个广场。

这个广场很宽阔,广场上摆满了货摊,往来人群川流不息,一派熙熙攘攘的集市景象。有人穿着化装服,有人打扮得五彩斑斓。但是女孩儿们的注意力全被头上耀眼的光芒吸引了。

在那些窄巷子里,她们只看到了银白色的天空。这是她们从那扇门出来之后第一次拥有清晰的视野。

天空几乎是灰色的,而非蓝色的。天上处处点缀着飘动的云朵,如同牛奶滴入水中一般流散开来。云朵朝四面八方移动,仿佛是它们有差事要去处理。

"迪芭,"赞娜说,"那是什么?"

迪芭抬头一看,感觉喉咙一紧。

"难怪这里的光线这么奇怪。"赞娜小声说道。

她们头顶上的圆球又大又低,至少有太阳的三倍大。它诡谲又冰冷的幽暗光线照耀着大地,就好似秋日晨间偶见的日光,使得大地万物看着都带有尖锐的轮廓和阴影。它就像蛀掉的牙齿,颜色似白似黄。迪芭和赞娜嘴巴大张直视了它几秒,眼睛也丝毫不觉得刺痛。

这里的太阳身上有一个洞。

它悬挂在城市上空,不像飞盘,不像硬币,也不像圆球,而是像甜甜圈。太阳中间有一个完美的圆形缺口。她们能透过缺口看到灰色的天空。

"我……的……老天……"迪芭发出惊叹。

"那是什么?"赞娜发问。

伪伦敦

迪芭向前走了几步，仰望这那个不可思议的太阳，随后又向下看。那个救了她的男孩已经离开了。

"什么情况！"迪芭叫了出来。集市里的人们都转头看着她。"我们这是在哪里啊？"她低声问道。

几秒过后，人们的注意力都回到了自己的生意上——不管是不是生意。

"好了。好了。我们得把这个弄清楚。"迪芭说。她开始观察眼前的这一幕。

在她们身后是一面空白的混凝土墙，是她们之前穿梭的迷宫的边缘，几个巷子的入口仿佛破坏了这面墙的完整。在她们面前，这个集市一直延伸到了她们视野的极限。

"你到底为什么要转那个**愚蠢的轮盘**？"

"你以为*我*知道这结果是到这里来吗？"

"你就是没办法不碰东西。"

两个女孩有些犹豫地走进这一排排帐篷之中，走入买东西和卖东西的人群之中。反正也没有其他地方可去。

她们瞬间就被这赶集日闹腾腾的喧嚣给包围了。迪芭和赞娜一直抬头望着那个非同寻常的空心太阳，而她们周围的景象也近乎怪异。

人们穿着各种各样的制服：技工穿着被油渍弄脏的工装裤，消防员穿着防护服，医生穿着白大褂，警察穿着蓝色警服；还有其他人，包括那些穿着整洁制服的服务员，和先前解救她们的那个男人一模一样。这些制服看起来全都像化装制服，太整洁了，太干净了，而且还莫名有点太单调。

还有其他的购物者穿着大杂烩式的破烂套装，以及各种拼接的皮革服装，还有看着有点像塑料或者是箔纸绑带装的衣服。赞娜和迪芭走到了这群人中间。

"赞娜，"迪芭一下僵住了，悄悄地说，"你看。"

UN LUNDUN

人群中到处都是奇怪的家伙。这里的人的皮肤颜色不是人类肤色应有的样子，有的人四肢多了一条，有的多了两条，还有些人脸上要么是有突起，要么是有洞。

"嗯，"赞娜答应了一声，声音有些干涩，却也很冷静，"我看到了。"

"就这？你看到了？老天啊，他们是什么呀？"

"我怎么会知道？不过你还是很惊讶吗？在经历了这一切之后？"

一个高大的女人从她们身边经过，卖力地兜售着商品，她那两条瘦长的机械腿大跨步摆动着，仿佛踩着一辆自行车。还有奇怪的低矮身影在集市边缘飞快地穿梭，速度太快了甚至看不太清楚。迪芭不小心撞到某人，连忙道歉。那个女人戴着有好几层镜片的眼镜，十分讲礼地向她鞠躬，看似随意地上下操作着各种操作杆。

"真可爱的搭配！"女孩儿们听到。"快来这里买它们吧！照亮你的家。"

在她俩旁边是一个货摊，摆满了色彩绚丽的花束，所有花束都经过了精心的搭配，包裹在彩色包装纸里。

"这些都不是鲜花。"迪芭说道。这些都是工具。

每一束都是一捆锤子、螺丝刀、扳手和水准仪，都是鲜亮的塑料和金属材质，被仔细地搭配好，并用线捆在了一起，还系着蝴蝶结。

"你们穿的到底是什么？"有人问她们。有人扯了一下赞娜的连帽衫，她猛地转身。一个又高又瘦的男人，他的头发十分浓密且根根竖起，就像一个锯齿状的光晕。他穿着一身白色的套装，套装上满是黑色的小斑点。

那是印刷制品。他的服装是用书页制作的，完美地缝合了起来。

"不，这不行。"他说道。他的语速很快，同时还揪扯着赞娜的衣服，动作快得她来不及阻止他。"这颜色也太乏味了，完全无法让你开心起来。你需要……"他特意挥动起他自己的衣袖，"……这个。高级时装。穿衣使人愉悦。再也不需要面对这些让人看不懂的可怜衣服了。现在你可以选择你最喜欢的虚构或者非虚构图书来制作你的衣袖。或许再选一本经

伪伦敦

典来制作裤子。诗歌来做你的短裙。历史文学做袜子。经文做衬裤。穿衣使人学习!"

他动作潇洒地从口袋里抽出一条卷尺,开始给赞娜量尺寸。他使劲一拉自己的脑袋,赞娜和迪芭皱眉蹙眼,惊讶地倒抽了口气。原本看起来像头发的东西竟然是无数的别针和缝衣针,全都插在他的头皮上。他摘了一把下来。

这个男人把自己当成一个针垫,没有流血,看着也没有露出丝毫痛苦和不舒服的表情。他又把一些别针插回了头上,每戳一下都能听到十分微弱的"噗"的一声,就好像他的头骨是丝绒做的一样。他开始把纸片别在赞娜身上,同时又在笔记本上匆匆写下测出的尺寸,十分忙碌。

"你说要是下雨了该怎么办?那么到时候你就可劲儿地开心吧!你的衣服将像雪泥一般把你拥在怀里,而且你还拥有了获得一本**全新的书**的机会。这真是太美妙了!我这里有非常多的同类商品可供选择。"他指向他的货摊,里面挤满了书卷,助手们从这些书卷中撕下书页并将之缝合。"你喜欢什么题材,哪类文学?"

"请……"赞娜磕磕巴巴地开口。

UN LUNDUN

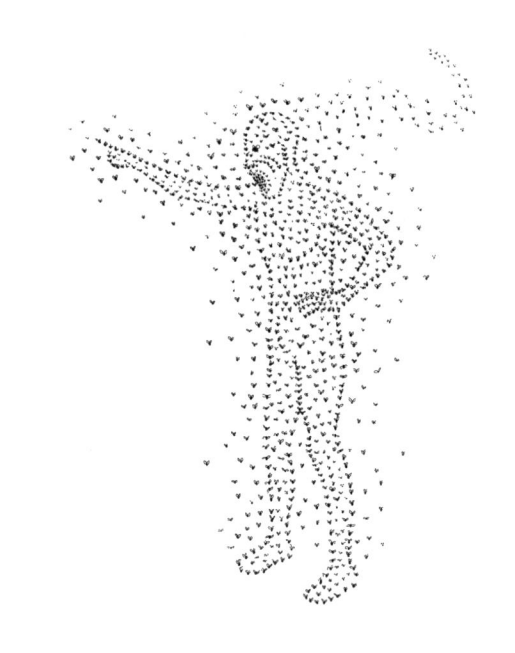

"别,"迪芭拒绝道,"不用管我俩。"

"不用了,谢谢你……"赞娜说,"我……"

两个女孩转身跑掉了。

"喂!"男人大喊道,"你俩没事吧?"但她们并没有停下来。

她们一路狂奔,经过了在烤炉里烘烤砖块和屋顶瓦片的面包师,路过了怀抱装满糖渍树叶的罐子的甜点师,还目睹了一场蜂蜜店前的争吵——一只穿套装的熊和一个组成人形的蜂群在吵。

最后她们跑到了集市中心的一小块空地上,这里立着一个不知男女的大理石雕像,雕像穿着一件长斗篷,还戴着面具。她们停了脚步,心脏怦怦怦地跳个不停。

"我们接下来做什么?"迪芭问道。

"我不知道"

她们仰望头上那个空心太阳。迪芭再次给家里打了电话。

伪伦敦

"妈妈?"她小声呢喃。

此时传来一阵狂乱的嗡嗡声。她手机背后的一个小洞里突然飞出一群黄蜂。迪芭尖叫着丢掉了手机,随后黄蜂四散飞走。

她的手机坏掉了。她一屁股坐在了雕塑底座上。

赞娜望着她,随后皱起了眉头。

"会有办法的,"迪芭说,"别这样。事情会好起来的。"

"什么办法呢?"赞娜说,"怎么好起来呢?"

赞娜和迪芭互相望着对方。赞娜从自己的钱包里取出了那张古怪的旅行卡,那是几周前别人送给她的。她注视着这张卡,好像上面有线索似的。但那只是一张卡。

第八章
别针与缝衣针

迪芭伸出手臂,抱住了她的朋友。她俩都不想吸引这些怪异的逛集市的人的注意。她们静静地坐了几分钟。

"嗯……"

两个女孩警惕地抬起了头。站在她们面前的是一个男孩——那个帮她们击退垃圾堆的人。他带着关心又讥讽的表情看着她们。

"我只是在想……"他缓缓地说,"那是你们的东西吗?"

他指了指她们脚边的一个空牛奶硬纸盒。赞娜和迪芭瞪着这个硬纸盒。

这个硬纸盒急切地朝她们靠近,折叠的开口一张一合。迪芭和赞娜发出尖叫,迅速收回了脚。这是先前追赶她们的垃圾之一。

"我本来打算把它带回后墙迷宫的,"他说,"但我想着它也有可能是一个宠物……"

"不,"迪芭小心翼翼地回答说,"不,它不是我们的宠物。我们只是……它是……"

伪伦敦

"它之前一定是在跟踪我们。"赞娜说。

"没错。"男孩说。他说话的声音非常小。"那么我就……"他有些犹豫地询问道,"我能问一下吗……你俩还好吧?"看到她俩的表情,男孩貌似被吓到了。

他在她俩身旁坐了下来。"你们叫什么?我叫赫米。很高兴认识你们。"他伸出了他的手。赞娜和迪芭有些怀疑地看着,但最终她们握住了那只手,并且说出了她们自己的名字。"所以你们俩怎么了?"他问,"发生什么事了?"

"我们不知道发生了什么。"赞娜回答。

"我们不知道我们在哪里,"迪芭说,"我们不知道那是什么……"她举手指着天空。

"我们不知道这到底是怎么一回事。"赞娜最后总结道。

"那么,"自称赫米的男孩缓缓说道,"你们俩不知道的可多了,是吧?但我或许能帮助你们。首先,我可以告诉你们这里是哪儿。"两个女孩倾身向前,听他讲话。

"你们……"他慢慢地小声地说,"在……伪伦敦。"

两个女孩愣住了,等着弄明白这个词的意思,但她们没理解。赫米咧嘴笑了:"伪伦敦!"他重复了一遍。

"伪,"赞娜说"伦,敦。"

"没错,"赫米说,"伪伦敦。"

突然间,这三个字听起来有些不一样了。赞娜说出了全名。

"伪伦敦。"

"伪伦敦?"迪芭说。

赫米点点头,又向她们靠近了些。

"伪伦敦。"他说着对赞娜伸出手。

UN LUNDUN

"喂!"一声大喊插了进来,赞娜、迪芭和男孩猛地一下站了起来。那个牛奶盒嘎吱嘎吱地动起来,快步躲到迪芭身后。针垫头男出现在他们的面前,他头上的绣花针在阳光下闪闪发亮。那个把书穿在身上的时尚设计师正盯着男孩。"你好大的胆子!"他大声叫嚷,"滚出去!"

赫米跳了起来,咒骂了几句拔腿就跑,以惊人的速度从路人的长腿之间穿过,逃入人群之中,然后消失不见。

"你在干什么?"赞娜大声质问,"他在帮我们!"

"帮你们?"男人反问道,"你清楚那是什么吗?他跟它们是一伙儿的!"

"跟谁一伙儿的?"

"鬼魂!"

迪芭和赞娜瞪着他。

"你们听到我的话了,"他说,"鬼魂。他是从幽灵镇来的,而且……他有让你们靠近过他吗,靠得非常近那种?我看到他试图附身!"

"嗯……我们听不太清他讲话,所以我们就靠近……"迪芭说。

"啊哈。我就知道,再多一分钟,他就能控制你们两个了!那就是他们想要的:他们渴望身体。一旦看见你了,他们就会附你的身。偷偷摸摸的鬼东西。"

"附我的身?"

"当然。或者附你的身。"他冲赞娜点点头。"你以为他为什么要找你俩说话?"

"可是……他有身体,"赞娜说道,"我们和他握过手。"

男人看着有点不高兴。

"好吧,是的,准确来说他有身体,那个男孩的身体。如果你们想要真正准确的说法,那他是半鬼魂。但是你们别被他的外表给骗了,别被他那些'就和你们一样有血有肉'的行为给骗了。他会像他的同族那样,偷走你们的身体。"

伪伦敦

"幸好我赶来找你俩了,"男人和蔼地说,"你们两个之前的样子可让我有点担忧。我想我勉强可以理解有人并不想要这套全新的服装,这可是个惊人的好机会,毕竟它确实能让你包裹在教育之中……"看到她俩的脸色,他费了好大功夫才收住这番销售的套话。"尽管如此,还是要说声抱歉。重点是你们两个看上去害怕极了。我想要确保你俩没事。"

赞娜望向人群。

"这里是什么地方?"她提问道。

"你在说什么?"针垫头男人问,"这里是顽皮日集市,这还用说吗。你不会告诉我说你从没来过这里吧,认真的?那是什么?"赞娜来不及阻止他,他伸手拿走了她的那张旅行卡。

"还给我!"她高声喊道。男人的眼睛越睁越大,看着这张卡,惊呆了似的张大了嘴巴,然后又看向赞娜。

"我的泡泡狗啊,"他发出感叹,"难怪你有点迷惑。你根本不是这里的人。你是'舒瓦泽'!"

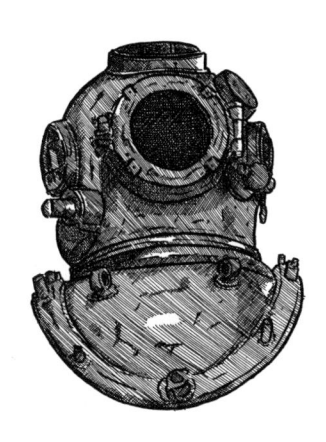

有一小群逛集市的人在围观,听到这句话后他们全都倒吸了一口气。赞娜和迪芭对视了一眼,然后又看向围观众人。

UN LUNDUN

这群穿着令人难以置信的古怪服装的男男女女中仍旧有好些身形奇特的,比如有个女人,似乎是金属制成的,还有个穿着老式潜水服的人,穿着沉重的靴子,戴着一顶巨大的配有深色玻璃的黄铜头盔。每个人都注视着赞娜。

"恩斯特伯的靴子啊,"有人叹道,语气无比虔诚,"我真不敢相信。舒瓦泽。"

"呃,"赞娜说,"我不是很明白……"

"慢着!"针垫头男人一边说,一边环顾四周,"我们得小心一点。我们得把你带到一个安全的地方去。以防万一。"一些旁观者连连点头,随后飞快地扫视了周围。

"真不敢相信你就在这里!而且……你还带来了一个朋友。"他十分礼貌地朝迪芭点了点头。"不过之后有的是时间谈论这一切。现在,我们要带你们离开这里。"

"斯库尔,"他命令道,"你快去核查日程表。你知道我们要去哪里,也知道要怎么去。"那个穿潜水员衣服的人用力地点点头,随即启程了。"我会让舒瓦泽和她的朋友做好准备……如果,"他的语气突然变得格外客气,"她没意见的话。还有,所有人……"他看向所有正在听他讲话的人,"不准走漏任何风声,一个字都不可以说。保持沉默!这是我们的机会!"围观众人纷纷点头。

"若是你们愿意跟着我,我们会做好准备。能与你同行是我的荣幸。"赞娜没有开口,但他接着讲话,"你很愿意?这真是棒极了,千真万确。我们还没有好好地介绍过:你是舒瓦泽,我真是太荣幸了。"他最后一句话说得非常快,听起来就像在唱似的。

"我叫奥巴代·丰恩,是奥巴代·丰恩设计时装店的店主。也许你听说过我?没听说过可穿图书,我明白,不过也许听过……可食用领带?也没听过?那双人长裤?没有想起什么吗?那算了,不用在意。我很愿意为你效劳。"

伪伦敦

"这是迪芭,"赞娜介绍道,"而我叫……"

"舒瓦泽。非常了解了,"男人说,"我很荣幸。"他迅速地握了下她的手。"现在,若是你愿意,舒瓦泽……我不想吓唬你,但你已经被一个犯罪未遂的肉身窃贼给盯上了,要是你紧跟着我,我会非常开心。"

身后传来了那个牛奶盒发出的啪嗒声。

"快走开。"赞娜伸手指着它,并对它说。牛奶盒后退了几厘米。气流从它的壶嘴挤了出来,发出口哨般的声响,听起来仿佛在呜咽。

"舒瓦泽,请跟上!"丰恩说。

"哦,好了。"迪芭对牛奶盒说。她对赞娜点点头。"我来解决这个。你可以跟来,"她对垃圾说,"但要是你再和你那些朋友混到一起,你就完蛋了。"迪芭偏了偏头,表示邀请,于是牛奶盒就蹦蹦跳跳地跟在他们身后,在鹅卵石道上一路颠簸前进。

在他们身后,最后几个人也散开了。几个人望着赞娜离开。他们看上去都非常激动,非常神秘,也非常欣喜。

有一个人依旧站在那里。他身材圆滚滚的,肌肉发达,把身上那套画家的粗蓝布条纹工装服都撑满了。迪芭回头望了一眼,正好撞上他的视线,他随即将目光移回赞娜身上,若有所思地看着她。

他消失在了人群之中。

"怎么了?"赞娜问她,然后伸手拉了她一把,让她跟上。

"没什么,"迪芭回答说,"我只是感觉有人在盯着我们。"

盯着你,她注视着她的朋友,心里默想。

第九章
煎蛋饼

"我早该意识到你们来了,"奥巴代说,"在我看见你们和那个鬼魂男孩说话时我就该明白。他到处闲逛,寻找陌生人,不过在他惹事之前我们总算是成功地甩掉了他。你们不会想进入他的电话簿的。"

"什么?"赞娜问道。

"在幽灵镇,"奥巴代说,"他们持有所有死者的名单,异境两边都有!"

"我们的手机都用不了了,"迪芭说,"它们都坏掉了。"

"你们有手机?在伪城市里还用什么手机呢?训练那些昆虫简直难于登天。就我所知,伪伦敦里只有三部手机能用,每部都有一个需要精心照料的蜂巢,而且它们都在谈话镇上。"

"难怪你看着一脸困惑。"奥巴代对赞娜说,"你们什么时候到这儿的?有人跟你们简单介绍过了吧?没有?没人跟你们介绍过?嗯……"他皱了皱眉头,"也许预言家打算稍后详细说明。"

"什么预言家?"

"我们到了!"奥巴代说道,在他的货摊前挥了挥手。

伪伦敦

奥巴代的店员们在看到老板和他的两位客人回来时,纷纷停下了手上的针线。店员们都梳着辫子、扎着马尾,只有一两个店员的头上插着一些缝衣针和别针。在摊位后方有一个坐着的人影,正在一张巨大的纸张上吃力地书写着,它的头部是一个巨大的玻璃罐,里面盛满了黑色墨水,它还把钢笔伸进去蘸墨水。

"西蒙·阿特拉门提。"奥巴代介绍道。那个头是墨水罐的人伸出脏兮兮的手指,分别和赞娜、迪芭握了手,接着又回到它的书写工作上去了。"这都是为了那些坚持要定制的顾客。"

这家店看似只有六英尺深,但当奥巴代将后面的帘布一把拉开,后方还有一个空间宽敞得多的帐篷式房间。

帐篷的内衬是丝绸,里面有一张桌子和几把椅子,一个陈列柜和一个炉子,一张从天花板上垂下来的吊床。到处都摆放着圆鼓鼓的枕头。

"这里只是我的小办公室,我的小办公室罢了。"奥巴代一边说,一边扫走灰尘。

"这里真不可思议,"赞娜说,"没人想得到这里原来是这样。"

"怎么会有这么大的空间?"迪芭赞叹道。

"你说什么?"奥巴代说,"噢,这个,这是我亲手缝制的。都这么多年了,要是我还没学会在这个空间里缝出些褶子,那我可真要羞红脸了。"他露出满含期待的神情。他等待着。

最终赞娜开口了:"呃……这真是了不起。"奥巴代露出了心满意足的微笑。

"不,这没什么,"他挥动双手说道,"你真让我难为情。"

他把东西拿起又放下,一会儿打包一会儿又拿出来,嘴巴一直动个不停,奇怪的短语和前后不连贯的话语滔滔不绝地涌出,听得人是一头雾水,两人很快就停止了听取这些话,只当作某种友好的嗡嗡声。她们看着对方。赞娜仰头望向布料制成的天花板。随着夜幕降临,天花板也逐渐

UN LUNDUN

变暗。

"我们必须要回家了。"她出声打断了奥巴代冗长的讲话。

奥巴代皱起眉头,不过看着依然和善。

"家……但是你还有事情要去做,舒瓦泽。"

"请别这么叫我。我是赞娜。而且我们真的必须离开了。"

"我们必须回去了。"迪芭说。小牛奶盒听闻发出一阵哀鸣。

"既然你这么说……赞娜。但是我恐怕并不知道要如何把你们带回去,带回伦敦。"奥巴代念这个词的发音很奇怪:陇——洞——。

赞娜和迪芭睁大眼睛瞪着彼此。看见她们的表情,奥巴代继续飞快地说话:"不过,不过,不过你们也不用担忧,"他说,"那群预言家知道该怎么办。我们得把你俩带到他们那里去。他们会帮助你们回家,在……呃,在你们完成该做的事情之后。"

"预言家?"赞娜说道,"那就快走吧。"

"赞娜,"迪芭着急地说,"我想回家!"

"丰恩先生,求你了,"赞娜请求道,"你真的得帮我们离开这里。"

奥巴代看上去也是一副可怜兮兮的模样。

"我实在不知道要怎么办,"他最终开口道,"我不知道你们是怎么来到这里的。我不知道你们住在哪里。这里的很多人甚至根本不相信伦敦的存在。我真的非常抱歉,舒瓦泽……赞娜。我唯一能做的就是把你们带到那些能够帮忙的人那里。我们会尽快出发。相信我,我想让你们尽快开始。"

"开始?"赞娜问道。

"开始什么?"迪芭问道。

"预言家会解释一切的。"奥巴代答道。

"不!"赞娜大叫道,"开始什么?"

"我的敌人?"赞娜问,"谁是我的敌人?"

奥巴代还没来及回答,帘幕就被拉了起来,穿着潜水装的斯库尔匆匆

伪伦敦

拍了拍手腕。

"现在?"奥巴代问道,"准备好了吗? 好,好,那我们现在出发。"他又抓起几样东西,把背包挂上肩,催促大家赶紧离开。

"谁?"赞娜问。

"什么? 噢,说真的,舒瓦泽,还是让他们自己跟你解释更好……"

"什么敌人?"两个女孩张大双眼瞪着他,奥巴代瞬间动弹不得。

"斯摩格[①]。"他小声答道,然后清了清喉咙,急忙上了路。

---

① 原文为英文单词Smog,这个词有烟雾的意思。

第十章
看法

"你说的斯摩格是什么意思，奥巴代?"赞娜询问道,"就昨晚说的。"

一如既往，她俩基本听不懂奥巴代的话。"屏住呼吸，"他说，"我们不该谈论这个。"以及："你曾经得到过它，你可以帮助我们再次得到它。"还有："预言家们……"然后迪芭替他补完了这句话。

"他们会解释的，"她接话道，"好吧。"她和赞娜恼怒地交换了下眼色。很明显她俩不会从奥巴代的口中或沉默里得到任何有用信息。

街上的人都是一副典型的清晨的装扮，一边走向目的地，一边喝着茶和咖啡。有好几个地方，人们站在墙前，兴致勃勃地阅读墙上的涂鸦。

"他们在查看头条新闻。"奥巴代说道。

大部分行人看着都是人类（尽管肤色大不相同），不过也有相当一部分不像人类。迪芭和赞娜看到了泡泡眼睛，鱼鳃，还有几种不同的尾巴。两个女孩看到一团黑莓灌木塞在一身西装里，黑莓、尖刺还有叶子纠缠着从衣领处挤了出来；当它经过时，两个女孩都停下了脚步，瞪大了眼睛望着它。

街上没有车辆，但是有很多其他的交通工具。一些是被不可思议的动

伪伦敦

物推着的手推车，还有很多由踏板提供动力的交通工具。不过并非自行车：旅客坐在摇晃的高跷上颠簸，或者是坐在长得像锡皮蜈蚣一样的长马车的前端。一个戴着护目镜的人骑在九个轮子组成的机器上驶了过来。

"快闪开！"司机大声喊道，"九轮车来了！"

他们走过了马路边上的咖啡馆，接着路过了一排前门都大开着、门内放满古旧又奇怪的设备的房间。

"这里有好多空房子。"赞娜说道。

"只有一些，"他说道，"大多数都没有空置：它们只是*空着*。开放空间。给旅人、大家庭以及化缘之人使用的。为临时居民留着的。现在我们在瓦明路。这是松脂路。那是破碎杰克巷。"他们走得太快了，快得赞娜和迪芭只能匆匆一瞥，留下些许模糊的印象。

街上大多数是红砖道，就和伦敦的街道一样，但很多地方更破败，更脆弱，也更扭曲。房屋紧挨着房屋，楼层以复杂的角度堆叠而起。石板屋顶摇摇欲坠地向各个方向倾斜。

本该是房子的地方反而是其他东西。

这里有一棵繁茂但低矮的树，它的树枝上安置着很多前门开着的卧房、浴室以及厨房。每个房间里的人都被看得清清楚楚，他们有的在刷牙，有的在踢被子。奥巴代带着她们经过了一个房子大小的拳头，是用石头雕刻出来的，指关节处有窗户；接着路过了一只巨龟的龟壳，龟壳上供脖子伸缩的洞那里有一扇门，还有一根烟囱从斑驳的壳顶上伸出来。

赞娜和迪芭停下脚步，注视着一栋外墙奇怪地鼓起的建筑，墙面由大大小小的黑色、白色和灰色的石砖拼凑而成。

"噢，天哪，"迪芭说道，"这都是*垃圾*。"

这整个三层楼的建筑是被黏合在一起的垃圾。有很多冰箱、一两台洗碗机，还有成百上千台录音机、老式摄像机、电话和打字机，它们之间用厚厚的水泥黏合。

UN LUNDUN

上面有四个又粗又厚的圆形窗户,如同轮船上的舷窗。建筑里有人打开了其中一扇:这些窗户原来是滚筒洗衣机的舱门,镶嵌在建筑正面的正中间。

"舒瓦泽!"奥巴代喊道,"舒瓦泽……我是说,赞娜。之后你会有时间来好好看看这些混乱的房屋的。"两个女孩跟上他,而牛奶盒又跟在她俩后面。

"去那儿要花多长时间?"赞娜问道,"会有危险吗?"

"有没有危险?唔,那么得定义一下什么叫'危险'。

"刀子'危险'吗?俄罗斯转盘'危险'吗?砒霜'危险'吗?"他用手指做出引号的样子,双手在空中晃动了几下。"这取决于你的看法。"

女孩们惊慌地对视了一眼。

"呃……"赞娜支吾着。

"我并不认为这取决于看法,"迪芭说,"我认为那些全都是绝对的危

伪伦敦

险。我认为你不需要其中任何一个……"她做出了引号的动作。

"如果我们提前计划,送出一些信息,"奥巴代继续讲,"或许再找一个灵知能者来检查一下地下网络的旅游报告,在到达新的区域时都和朋友们待在安全的地方过夜……那么我们绝对可以安全无虞。大概……理应很安全。看似安全。但是,对,如果我们没有提前思考,还选了条错误的岔路进入了幽灵镇,或者是遇上了利爪猴子,或者是遇上了一栋得了狂犬病的房子,又或者……老天爷保佑啊,如果我们闯进了那群长颈鹿里……那就会有'危险'。"

他哆嗦了一下,失神地伸出双手,指尖触碰他的别针和缝衣针的末端。他拔出一根针,用针清理了他的指甲。"但是我们不是在散步。我们今天就要到达那里。这是……嗯,'特殊情况'并不能完全概括它,的确如此,不是吗?我们得把你们带到预言家那里,第一,要尽可能地快,第二,要尽可能地安全。"

UN LUNDUN

他们拐进一条由砖房、吊脚楼以及一个由直升飞机的机翼作叶片的风车围成的死胡同。斯库尔穿着他的——或者是她的?——潜水服,正在这里等着他们。他/她挥手示意,将他们领到一个隐蔽处,这里有一个非常熟悉的标志。

"现在,"奥巴代说,"我们只需等待。"

赞娜和迪芭停了下来。牛奶盒一下撞上了迪芭的脚,发出嘎吱嘎吱的声响。

赞娜问道:"我们要乘公交车吗?"

第十一章
公共交通

"我明白!"奥巴代说,"难以置信。不过正是如此。我觉得我们需要乘坐公交车。"

赞娜和迪芭看着对方。她们没有说话,但信息已经通过她们一系列的表情以及扬起的眉毛传达了——公交车有什么大不了的?搞不懂了……

"我已经备好了车费,"奥巴代说,"他们从不拒绝任何乘客,不过量力支付车费是传统。"

一个穿着海岸警卫队制服的年长女人加入了他们,还有一个身材魁梧、穿着裙子的家伙,赞娜和迪芭逼迫自己别盯着她看。那是一只龙虾,跨着两条粗短的腿,走路摇摇摆摆的,两只钳子咔嚓咔嚓地响。

奥巴代看了下手表,随后靠在杆子上开始阅读他的衣袖。女孩们望着天空。屋顶之上可以看到太阳环的一部分。一群群椋鸟、鸽子和乌鸦在云层之前交错飞行,跟在伦敦时比起来,它们在这里的飞行方式有组织多了。

"快看。"赞娜伸手指着说。那群鸟之中还有其他鸟类,她们在图片上见过所以很熟悉,比如苍鹭和秃鹫。天空中至少还有一个东西看起来完全

UN LUNDUN

不像是飞鸟,它发出了一声巨大的尖叫,随即消失了。

"所以,"迪芭悄声说,同时她敲了敲公交车站的站牌,"你觉得还会出现什么?"

"不知道。"赞娜回答。

"一群骆驼?"迪芭又问。

"一条船?"

"一辆《睡美人》里的马车?"

"一架雪橇?"

女孩们听到一阵熟悉的咳咳声,大型发动机靠近时的咳咳声,两人脸上的笑容顿时僵住了。一辆红色的双层公交车出现在拐角。

"那只是……"迪芭说。

"那是一辆公交车。"赞娜说。

奥巴代·丰恩露出欣喜若狂的神情。

"它真是**壮观至极**,不是吗?"他激动地感叹。

这辆公交车看似遭受过严重的撞击,不过它行驶得倒是很顺畅。本该写车号的地方却画着一个奇怪的记号,可能画的是一卷纸,也可能是一个随机的图案。这是一辆过时了的双层公交车,伦敦已经淘汰了的那种,车里有一根杆子,车后方还有一个露天的出入口,车前面是单独为驾驶员准备的小隔间。驾驶员是一位穿着老土制服、戴着黑色眼镜的女性。

"这位女士是操舵员,"奥巴代说,"而和她一起的这位是伪伦敦的捍卫者之一,交通系统的守护者,神圣的战士。"

"早上好。"一个男人问候道,同时从车上一跃而下。

奥巴代悄声说:"公交车售票员。"

这位售票员穿着一件老式的伦敦交通制服。这身制服已经多次开裂又

伪伦敦

被多次缝补了,它很干净,但衣服上有烧痕和污渍。一个奇怪的金属装置绑在他的身前,他用手指击打着那个装置。他脖子上戴着几串珠子、护身符,腰带上还拴着一根警棍。

"珠珠碧女士。"男人说完便推了推他的帽子,向这位年长的女人鞠了一躬。"很高兴见到你。还是曼尼菲斯特站吗?这位女士呢?"他朝龙虾女士偏了偏头。"让我猜猜……去河口?你知道你得换乘公交车吗?快请进来。还有这位先生……"他转向奥巴代。

"这位是——我必须——我不能告诉你,"奥巴代结结巴巴地说,"这十分荣幸——真的——我简直激动得不行了!代表整个伪伦敦……"

"好了,"穿制服的男人说,语气中带着礼貌的厌倦,"你太客气了。能够告诉我你的目的地吗?"

"我是奥巴代·丰恩,这是我的助手斯库尔,这是迪芭,而这位……"他将手挥向赞娜,"她是我们此次旅行的原因。我想,你的行驶路线可以把我们带去隐秘桥?"

奥巴代在他口袋里一阵乱翻,然后抓出了一把钱。有法郎、马克,还有古代英镑纸钞,以及一些迪芭和赞娜不认识的五颜六色的货币。"有一位年轻的小姐有她自己的票。"

赞娜取出了她那张旅行卡。"这位,"奥巴代说,"是……"

"舒瓦泽。"售票员小声念道。他拿过这张旅行卡,仔细查看。

奥巴代的揭秘被打断了,有一丝不快。

"我懂这个表情,"售票员微笑着对赞娜说道,"震惊、迷茫、激动、害怕……敬畏。这就是刚到伪伦敦的初体验。需要沉浸其中才能看清它。舒瓦泽,这是莫大的荣幸。"

"你认识这个……?"赞娜问。

"你也来这了?"迪芭问。

"你以为我是从哪里得到这个的?"他说完便指了指身上的制服以及腰上的盒子。"你们从哪儿来的?"

UN LUNDUN

"基尔本①。"赞娜答道。

"啊。我原本是杜丁②男孩。乔·琼斯——很高兴认识你们。我是阿伯诺特——人们是这么称呼的,从上面下来的,或者从下面上去的,或者从旁边过来的,从其他地方到这里来的——然后就来到了伪伦敦,哎呀,肯定十多年都过去了。"

"你也是?"赞娜说,"感谢老天爷!你可以解释这些事情。"

"我们都不知道这是怎么一回事。"迪芭说,"我们得回去了,我想要爸爸妈妈。"

"嗨,罗莎!"琼斯高声喊道,驾驶员从窗户探出头来。"快看我们这趟遇到了谁?"

她越过眼片上缘费力地看了过来。

"金发……"琼斯说道,"年轻的小姐。从外面来的。鉴于伪城市的情况越来越糟了……"

罗莎的眼睛越瞪越大。

"不可能吧,真是舒瓦泽!"

赞娜和迪芭对视了一眼。

"我的老天爷啊,"罗莎继续感叹,"我曾在老地方听到过驾驶员间的小道消息……还有人说她在咖啡馆找到了舒瓦泽了!终于等到了这一天!"

"的确是的!"售票员说,"而且轮到我们把她带去隐秘桥了。"

"所以说,她会为了我们而战斗!她会纠正一切!"

"等等,"赞娜说,"我可什么都不知道……"

"这耽搁是什么情况?"年长的女性大声质问道。

"快了,珠珠碧女士!"乔·琼斯小声地对奥巴代和两个女孩说,"我们应该提防别人知道这事。这里还有……很多想妨碍的人。桥只有几站路远。我们就跟往常一样出发,那就没人知道会发生什么了。几小时后就能

---

① 位于伦敦西北部。
② 位于伦敦南部。

伪伦敦

把你们送过去。"

"这就不用了。"琼斯合拢奥巴代拿着钱的手指,一分都没有收取。"你在护送舒瓦泽。现在,记住——什么都别说。对任何人而言,你只是一个普通的请愿者,前去询问预言家们一个问题。另外,这是什么?它是和你们一起的吗?它有名字吗?"他指着那个在公交车站台上犹犹豫豫的牛奶盒。

"是的,"迪芭答话道,"它叫……黏黏。快过来,黏黏。"

赞娜双臂交叉抱在胸前,一边眉毛上挑。

牛奶盒快乐地跳上公交车,跟在她们后面。

"**黏黏**?"赞娜小声念出来。

"好了,闭嘴,"迪芭说,"想想舒瓦泽这个名字吧,行吗?"

一层有一些其他乘客,打扮得奇奇怪怪的男男女女,还有一些更奇怪的生物,就目前看来,倒也是常见的组合。赞娜和迪芭朝通往第二层的楼梯走去。售票员阻止了她们。

"这会儿不行,"他说,"等一下。"

他摇了两下铃铛,然后公交车移动了。奥巴代和斯库尔坐了下来,但是赞娜和迪芭站在公交车后方的出入口——琼斯旁边。

"我们的下一站是曼尼菲斯特站,"他说,"很快就到。我们直接前往那里。"

UN LUNDUN

"不是*直接*。"迪芭说。她指向车前端的窗户。"我是说,前面路上有一堵墙。"他们似乎没有减速。

"我们要撞上它了。"赞娜说。公交车油门踩满地全速驶向那堵砖墙。迪芭和赞娜苦着脸紧闭双眼。

"各位请抓稳。"琼斯高声喊道。

一阵嘶嘶声传来,然后是沉重的布料拍打的声响,还有绳索颤动的嗡嗡声。赞娜和迪芭睁开了眼睛。

一张柏油帆布从公交车车顶鼓起,就像一只硕大的菌菇。它膨胀成一个巨型气球,被上层窗户的绳索紧紧拴住。公交车加速了,随后这个橄榄球形状的气球伸展得比下方的车辆还要长了。

"砰"一声巨响从她们身后传来,仿佛车子后面被什么东西撞到,接着又传来了一阵像动物在金属上攀爬的拖拽声。迪芭和赞娜警觉地转过头,惊讶地倒抽一口气,赶紧用手抓紧——公交车剧烈一动,颠得人的胃都仿佛移位了,然后公交车就起飞了。

公交车悬吊在气球下方,顺利地跃过那堵墙,将纵横的街道和交错的建筑甩在身下,在伪伦敦的上空爬升。

第十二章
安全通行证

"真漂亮。"赞娜赞叹道。

女孩们紧抓车杆,将身子探出车顶。

"老天哪,"赞娜感叹,"要是我爸看见我这么干,一定会吓出毛病来。"

"啊嗬,"迪芭说,"想象一下。"她倾身向前,然后发出了呕吐一样的噪声。"这辆车会去任何地方。"

售票员琼斯和她们一起站在平台上,而她二人莫名都清楚要是她俩摔倒了,他一定会抓住她们。

公交车低低地飘在街道上空,发出"突突突"的低沉声响,周围都是耸立的塔楼。伪伦敦人都抬头望着它,还冲它挥手。

他们经过了低矮的方块塔楼,砖块和石料构建的拱梁,以及大杂烩般组合在一起的歪斜屋顶。奇怪的东西还有:和摩天大楼一样高的抛光木头抽屉,像融化的蜡烛的塔尖,长得像帽子和蝙蝠的房屋。迪芭指着一些房子上面的滴水兽和鸽子,接着变化开始了:一些滴水兽动了。

"你的眼睛,"琼斯说,"和煎蛋一样大。我还记得第一次看见它的

UN LUNDUN

时候。"

他向两人指出了地标。

"那里是幽灵镇,就是那些屋顶在闪烁的地方。那里是集市。那些没有窗户的大楼?后墙迷宫。那个又大又粗像烟囱一样的东西?那是图书馆的入口。"

"你为什么会在这里呢?"赞娜问道。

"回了伦敦我可就没办法干这个了。"琼斯身子斜出车外,悬在整座城市之上。"看到那个了吗?"他指着一栋由打字机和坏掉的电视机建成的建筑。

"我们之前见过一栋类似的,"赞娜答道,"奥巴代叫它……叫它什么来着?"

"混乱房屋?"迪芭说道。

"在这里,你们会见到很多这样的混乱技术,"琼斯说道,"胡……恩……路……安。伦敦淘汰货的意思。①丢掉某个东西就等于宣称它过时了。你见到过旧电脑、坏收音机还有其他被丢在街上的东西吧?它们在那里待上几天,接着它们就消失了。

"有时候捡垃圾的人会捡走它们,但是很多时候它们都没被捡走,它们就会流到这里,人们会找到这些东西的其他用途。它们会悄悄进入伪伦敦。你大概见过它们的残余:也许是墙面上一块干掉的水坑。那就是某个伦敦淘汰货渗入的地方。而来到这里后,它就像蘑菇那样长出来,出现在街头。

"你朋友的那些钱?全都是伦敦人丢弃的过时纸钞和外国硬币。几年前,欧洲弃用它以前的货币时,你手上留了一堆没用的被淘汰的零钱硬币,很多都流到了这里,所以我们拥有了很多货币,而这意味着很严重的

---

① "伦敦淘汰货"的原文为 Mildly Obsolete In London,首字母缩写为moil(混乱),用来指代伪伦敦这里将伦敦物品神奇杂糅在一起的奇特技术、该技术造成的独特建筑以及各种性质奇异的东西。

通货膨胀。我们不得不将大量货币喂给钱财噬菌体……好了。这大概就是这些东西来到这里的过程。

"可以说我大概也有点像这样,"他思考着说,"淘汰的,他们这么说。如果你正好找到正确的检修井你就能到达这里。困难之处并不是如何过来,而是让这辆公交车过来。

"以前在伦敦时,我一直都在公交车上工作。你在成长过程中或许是直接付费给驾驶员,对吗?或者使用旅游卡?过去并不是这样的。过去的伦敦,大多数公交车都是像这里这样的。驾驶员和售票员。

"我收取车费,然后发放车票。"他拍了拍戴在身上的装置。"这样更快捷,因为驾驶员不必和所有人打交道。况且这样也更安全。我们两个人在这里,一直如此。可是他们觉得如果裁掉我们其中一个,那他们就可以省一笔钱。这自然会引起大乱子。然而那些做决定的人从不乘坐公交车,所以他们不在乎。

"我们清楚我们的工作非常重要。看看字典。'引导:动词。领导、控制或者指引的意思。'①我们中的一些人并没有做好停止引导的准备。我们会照顾出游的人。这是……"售票员琼斯低下头,突然害羞了,"有人说,这是一份神圣的职责。"

"伪伦敦……呃,有时候,它可能是一个非常危险的地方。我们必须真的做好准备,准备好去指引。"他敲了敲腰带上的武器,随后指着他身旁的储物柜,指着里面的一把弓和一支箭,以及一捆卷好的金属线。"来到这里的驾驶员都发过誓,要将乘客们带往他们想去的地方。而我们保护他们。"

"保护他们不受什么的伤害呢?"赞娜询问道。

"偶尔会有空中抢劫犯出现,"琼斯回答道,"天空乌贼这类猎食者,虽然大多数情况下它们都在高空捕猎,那是深空渔民活动的地方。而且还

---

① "售票员"一词在原文中是 conductor,其动词为 conduct,有"领导、控制或者指引"的意思。

UN LUNDUN

有其他危险。其他线路上的售票员,假如他们真的很倒霉的话,偶尔会遭到长颈鹿的袭击。"

女孩们睁大了眼睛看着对方。

"你是第二个说这话的人。"迪芭说。

"我见过长颈鹿。"赞娜说。

"它们并不可怕……"迪芭接话道。

"哈!"整个公交车上的人的目光都被琼斯的笑声吸引了过来。"它们让人们相信这些嬉皮士难民都是普通动物园的长颈鹿,这一点它们真的做得非常出色。接下来你们就会告诉我,它们拥有细长的颈子,方便它们够到高处的叶子!当然了,这和它们把受害者那血淋淋的皮肤当作旗帜一般在空中挥舞毫无联系。

"这里的很多动物都非常擅长传递这种虚假信息。举个例子,伪伦敦是没有猫的,因为它们完全没有魔法,丝毫也不神秘,它们都是白痴。你会发现猪、狗、青蛙,还有其他所有动物都会来到这里。它们反反复复地往来。它们知道事况发生的时机。它们会传递信息。"

"赞娜,"迪芭说,"这说得通。那些动物,它们早就知道你是……你的身份。"

"舒瓦泽。"赞娜说。

"但没有猫,"琼斯继续说,"它们忙着耍酷。总之,你知道这里的主要危险。这个危险正在日渐变大。持续数年了。"

"斯摩……"赞娜还没说完,他就迅速地将手指放在嘴巴上,示意她别说出来。

"是的,"他说道,"那正是你在这里的原因。"

"可那到底是什么?"她问道,"它想要什么?"

"不能在这里讨论这个,"琼斯小声地说,"安全至上。你明白我的意思。预言家们会解释的。

"下一站,"他大声喊道,"曼尼菲斯特站。"

伪伦敦

他们路过了一座像大教堂的庞大建筑，距离公交车只有几米远，人们透过办公室窗户打量着他们。这座建筑身上有好几个孔，还有一些看似随机的洞口，这些洞孔有铁轨延伸出来。铁轨朝四面八方展开：有水平延伸的；有像过山车一般向上的；也有螺旋式向下的。在离那座巨大建筑物几百米远处，他们一头冲进了街上的洞口，钻入了一片黑暗。

"曼尼菲斯特站。"琼斯说。一辆有着深色窗户的柴油列车从那栋建筑疾驰而出，距离公交车非常近，震得公交车都在发抖。它匆匆忙忙地进入地下。

"它要去哪里？"赞娜问道。

"穿越异境，去其他的伪城市，"琼斯答道，"如果你胆子够大，敢于尝试，那么你或许可以乘坐一辆从伪伦敦开往伪巴黎的火车，或者开往伪纽约、伪赫尔辛基、伪洛杉矶、伪旧金山、伪香港，还有伪罗马等地方的列车。这里是终点站。"

他们在车站一边的一个宽敞院坝的上方盘旋，这个院坝容纳了二三十辆双层公交车，乘客们都绕着这些车打转。在本应该写上车号的地方，每辆公交车都有不同的标志——脸谱、昆虫、花卉、随机图案。在车的另一面，也就是伦敦公交车印刷广告的地方，是绘画作品、大字号印刷的短篇故事、比赛中的棋盘图片、音乐曲谱。

不过还有很多细节。这些公交车移动的方式才是让赞娜和迪芭目瞪口呆、不停低声惊呼的原因。

伪伦敦的地形十分复杂。到处是纠结在一起的街道，陡然立起的山岗，幽深的坑洞，还有那些过于松软而不适合轮胎行驶的路面，连行人在这种地上都得蹦蹦跳跳地走路。为了应付交通线路上的各式难题，伪伦敦的公交车做出了改变。

它们用履带车轮缓缓移动，膨胀到极致的橡胶轮胎滚动前进。它们像气垫船一般滑行。在天空中又吊在一个圆形气球下方，变为另一种空中巴

UN LUNDUN

士。售票员全副武装地探出车身外。

赞娜指向一处。一座纤长高耸的大楼中驶出一辆公交车,向终点站靠近。四条粗壮的壁虎腿从汽车轮罩伸了出来,跨过了一个个屋顶。驾驶员旋转方向盘,拉动操作杆,随后公交车那有肉垫的壁虎脚就在扶垛上轻轻合拢,接着在歪斜的房顶上又展开,身后没有留下一丝痕迹。

"曼尼菲斯特终点站到了,"琼斯高声喊道,"有人要在这里换乘吗?"

他们把珠珠碧女士和其他两位乘客装在篮子里放了下去。"这是潦草卷轴公交车,你要去锈痕五星印章公交车。"琼斯对一人说道。"还有你,先生,你要去找糟糕老鼠印章公交车。"

"我好像看到了什么,"迪芭指着上面说,"像螃蟹一样,在天花板上移动。"

"嗯……"赞娜环顾四周,"这儿到处都是奇怪的东西。"

篮子在一辆由桩子支撑的公交车和另一辆看起来像巨型冰刀鞋的公交车之间晃荡。三名乘客下了车,一个等车的人向他匆匆离开的同伴道别,然后上了车。

他的块头太大了,又太沉了,没办法拉他进来。他踏上平台时,有一阵嘶嘶声传来。牛奶盒在迪芭身后缩成一团,挑衅似的呼着气。

"黏黏,"赞娜轻声喊,"迪芭,管好你这个又脏又丑的宠物。"

伪伦敦

新乘客满脸胡子,眼睛气鼓鼓地瞪着黏黏。

"看到了吗?"迪芭悄声说,"这家伙不喜欢我们。"

这次他们飞得高多了,大概在房顶和光线奇特的天空的中间。伪伦敦杂乱无章地延伸到了地平线。一些有着动物下肢的公交车在房屋的周围或者上方小心翼翼地爬行。那个空洞的太阳发出的光芒被一百万张表面折射。这是一片参差不齐的景观。低矮的云层在他们的车轮下到处移动,模糊掉了周围的景致,故意往不同的方向流去。

"那个吗?"琼斯指着一个在空中急速飘动、看着像衬衣的东西。"在伦敦,当洗过的衣服被吹走之后,如果它在空中待得够久,就会被吹到这里来。如此一来,它便是自由的。不必落下去。"

他们路过一个台阶式的金字塔,一个螺丝开瓶器形状的宣礼塔,一栋巨大的马蹄形建筑。

"我真希望妈妈在这里。"迪芭轻声说,一想到这儿她甚至都无法抬起头。"还有我爸爸,和哈斯。"

"我也是。"琼斯说。

"当然了。"赞那娜温柔的说道。悲伤和乡愁情向两个女孩袭来,但这股情绪并非突如其来,而是已经存在了好几个小时,藏匿于所有事情之下,现在一切逐渐平静,伴随着美丽的风景,它们若隐若现。

"我妈妈她一定联络得到警察什么的。"迪芭轻声说。

"事实上,我不会太过担心这个。"琼斯说。

"这是什么意思?"赞娜说。

"很难解释清楚。预言家们会告诉你的。只是……我现在并不担心。"

迪芭和赞娜没有说话。觉察到她们的心情,黏黏抽抽搭搭地待在迪芭的脚边。她提起小牛奶盒,忽略了它的酸臭气味,轻轻摸了摸它。

"现在?"赞娜问道。售票员琼斯露出躲躲闪闪的表情,开始念叨起空气气流、抢风行驶以及方向。"你刚才说,"赞娜坚持追问,"**现在不**

担心。"

"好吧,"他语气埋怨地回答道,"伦敦人可以改掉对一些事物的惯性思维。那些来到这边的事物。预言家们会解释的。"

第十三章
公交车上的相遇

奥巴代和斯库尔看得出赞娜很不高兴。奥巴代提出为她朗读一段他外套上的文字——"虽然,"他瞟了一眼他的衣领,语气迟疑地补充说,"坦白说这个故事并不如我所期待的那样是阿尔卑斯浪漫谈……"在她拒绝了提议后,奥巴代打开了包,拿了两块看起来像陶瓷水泥的东西给她们。她们迟疑地盯着奥巴代和斯库尔,但她们实在太饿了,并且这两块奇怪的三明治有种惊人的——出奇地诱人的——香味。

她们象征性地咬了一口,像瓷砖的部分吃起来好似硬皮面包,水泥像冰淇淋。

他们的下方是史米斯河,是伪伦敦的重要河流,河道笔直得惊人,横贯伪城市。一些螺旋线条、弯道以及垂直线条——支流和运河——从河流主干道朝不同方向伸展出去,接入各条街道。河上的桥梁,有些在外形上十分相似,有些则大不相同,有些是静止的,有些则随意移动。

"快看那个!"迪芭喊了出来。在远处,有一座桥,宛如两条巨鳄的头抵在一起,吻对着吻。

迪芭哼起了一首小调,赞娜扑哧笑了出来,她认出了这首曲子,然后

UN LUNDUN

一起哼了起来：这是电视剧《东区人》①的主题曲，这部剧正是从一起泰晤士河上的空中枪击案开始的。

"当当当当当，嘀当。"她们唱道，俯视着河流。乘客们莫名其妙地望着她们，好像她们疯了似的。

一些飞鸟和一些仿佛有智力的云朵好奇地仔细探查这辆公交车。"有条高空鱼来了。"琼斯说。两个女孩儿看到那个正在靠近的屈体生物，它有凶残可怖的牙齿，还有绝不会被错认的鲨鱼鳍，女孩儿们害怕得连连后退。它发出轻微的粗喉音，滑行而来。在它的大洋亲戚长着侧鳍的地方，它长着蜻蜓的翅膀。

琼斯探出身子，用力拍打公交车的侧面。"滚开，你这个垃圾桶！"他大喊道，接着这只大鱼惶恐地一溜烟逃远了。

"那是什么？"赞娜问道。他们正在接近一个无比巨大的车轮。它的轮轴底部浸在河里，而它的最高点有数百米高，差不多能碰到公交车。

"那是伪伦敦之眼，"琼斯答道，"就是这东西让人们想到了伦敦的那个大车轮。我见过一些照片。想法的渗透是双向的，你知道的。比如服装——伦敦人复制了许多伪伦敦的流行款式，而且其中一些款式，他们似乎老是把它们做成制服。还有那个眼？好吧，假如一个阿伯诺特并没有实际来到这里，没有亲眼见过它，那么关于它的某个梦就会从这里飘进他们的脑子里。可是制造这么一个蠢得要死的东西，让它载着人们转圈圈，有什么意义呢？伪伦敦之眼是有意义的。"

他指向那里。初见觉得像摩天轮舱体的东西其实是勺子，由河流提供水力推动。伪伦敦之眼是一架水车。

"依附于伪伦敦之眼的发动机维持着很多事物的运转。"琼斯说。伪伦敦之眼上方是一轮日光。两个圆圈相互呼应。

"有人说，"琼斯说，"伪太阳中间缺失的那一块后来成为了伦敦的太阳。照亮你们城市的太阳是从照亮我们城市的太阳中扯走的一部分。"

---

① 英国大热电视剧，于1985年2月17日在英国广播公司第一台首播，持续至今。

伪伦敦

两个女孩凝视着伪太阳。赞娜朝它伸出了拇指。中间那个洞大约是她们日常生活中太阳的大小。

"每天早晨它都从不同的地方升起,"琼斯说,"你就是没办法搞清楚它会从哪里出来。"

伪太阳在发光。古怪又模糊的影子在它周围飞动,是伪伦敦的空中居民。整个伪城市到处都有烟囱,但几乎没有烟雾排放出来。一个黑影接近,出现在上空数英里之外。

"琼斯售票员,"赞娜开口,并指着那个正在靠拢的黑影,"那是什么?"

他从口袋里掏出一只望远镜,用望远镜望了很久。

"这是一个酒瓶子,"他低声咕哝,"不过它为什么飞得这么高?它应该待在底下以那些死亡建筑为食才对……"忽然,他使劲拉动望远镜,调到最大限度。"哎呀,"他说,"麻烦来了。"

那个模糊的影子如今已经近到可以看清的距离了。它冲他们飞奔而来。它至少有公交车这么大。所有乘客现在都挤在车窗处,它靠近时的嗡嗡声让众人保持警惕。

那个恶心酒瓶是一只大苍蝇。

UN LUNDUN

"正常情况下，它绝不会冲着我们来，"琼斯说，"但是看它下面。"

这个生物色彩斑斓的绿色腹部处悬挂着一个篮子，里面装满了人。"有人在驱使它，"他说，"空运人。小偷。但我不明白。他们一般袭击单独的气球，也可能袭击深空的拖网渔船。他们清楚公交车是有防备的。为什么要冒险？"

"该去工作了。"他从储物柜里取下他的弓。"罗莎，"他喊道，"特技飞行！"

那个恶心酒瓶苍蝇朝他们猛冲过来。空运人在下面用倒钩和准备好的武器戳刺苍蝇。奥巴代和斯库尔一脸惊恐地瞪着它。

迪芭注意到了那个络腮胡男人。在所有乘客中，只有他一人看上去丝毫不怕。他的目光撞上了迪芭的视线。透过托加袍的开口，她看到了熟悉的涂料污渍。

在她开口说话之前，他一跃而起然后抓住了……赞娜。

"救我！"赞娜大叫起来，"迪芭！奥巴代！斯库尔！琼斯！"

"他是从集市来的！"迪芭说，"他听到了我们的谈话，奥巴代，他知道我们怎么来的。他在曼尼菲斯特站*等着*我们。他给他们通风报信。"她指向那只逼近的苍蝇。

"闭嘴！"男人扼住赞娜的脖子。她奋力挣扎，但是他力气太大了。他把她当作盾牌似的抓在身前。

牛奶盒冲他扑了过去，但他一脚踢开了这个小盒子。乘客们都惧怕地缩在自己的座位上。男人更用力地抓紧了赞娜。

"谁都不准动！"他命令道。

第十四章
恶心昆虫的袭击

男人抓着赞娜左右晃动。乘客们全都僵在座位上,一动不敢动。

"退后,"他命令道,"我的同事们马上就会到达这里。我不想有任何麻烦。我们会把她带走,放过你们所有人。你们不可能飞得比恶心酒瓶更快,再说了,你们不会想要我的同事们加入进来的。"

"空运人雇佣兵?"琼斯轻声说,同时向前跨了一步,"不对,我想我们不这么认为。"

"你!退后!"男人喊道,随后他空着的那只手抽出了一把剑。迪芭尖叫起来。

"什么?"赞娜叫喊起来。她看不到她的挟持者手上拿的东西。"那是什么?"

"你为谁工作?"琼斯叱问道,"你想对她做什么?"

"闭嘴!"男人吼道,接着又猛拽了赞娜一把。

"别管了!"迪芭说,"你激怒他了!"

那个男人突然扼住赞娜的喉咙,琼斯原本正打算伸手,但他看见了藏着的那把剑,于是缩了回去。奥巴代蜷缩在袭击赞娜的那人身后,低着头,害怕得不敢动弹。酒瓶靠得更近了。

突然传来一阵吃力的咕哝声,和什么东西掉落的声音。一具身体,一个苍白的男孩,从集市来的。全身赤裸。不知他从何处掉落的,落在了大个子男人和赞娜之间,大个子男人叫了一声摇摇晃晃地退了几步——他的屁股砸到了奥巴代的针头上。

所有针的针鼻那端狠狠地刺入了他的屁股蛋儿,针鼻虽然较钝,但依旧锋利。大个子男人惊跳起来,发出凄厉的尖叫,一下松开了赞娜,胡乱地晃动他的武器。

所有人都动了起来。男孩倒吸一口气,伸手想抓赞娜,但没抓住。于是他闪身消失了。迪芭在尖叫。琼斯抓住了赞娜,奥巴代大叫道:"又是那个男孩,那个幽灵!他也在场!"他滑倒了,后脑勺撞上了金属椅背。他呻吟着倒地不起。

琼斯一把将赞娜护在身后。

"赞娜!"迪芭呼唤道,接着拥抱了她。她俩蹲在售票员身后。袭击赞娜的人在左右挥动他的剑。

"你要干什么?"他怒吼道,"我的朋友们就在附近了。"迪芭能听到恶心酒瓶的声音。"把那个女孩交给我们!"

"我是售票员。"琼斯轻声说,然后又前进了一步。

"我警告你!"男人大喊,并把剑伸到了琼斯的前方。

"我要引导乘客们前往安全的地方,"琼斯说,"我一直做得很好。而且还有一样东西,我们所有售票员都宣誓要学会去引导。"他缓慢地举起手,慢得他的对手都没有做出回应,然后他的食指碰到了剑尖。

"电。"琼斯说道。

他的皮肤接触到金属的瞬间,突然响起了巨大的噼啪声。一道火花顺着金属剑身疾速袭向男人的手。

他猛然一抖,就向后飞去,接着仰面着地,面目茫然,浑身发抖。他的假胡子在冒烟。

伪伦敦

琼斯甩了甩手：他手指被刺破的地方有一滴血。他跪在奥巴代身旁，检查了奥巴代的脑袋。"他会没事的。"琼斯对斯库尔说。

"是那个赫米！"赞娜说，"我们在集市上见过他。"

"他在楼上，"迪芭说，"他从天花板往里看。"

"他一定是在我们出发时跳上了车，"琼斯说，"也许他是在找这个魔术师。"他指向仍在发抖的袭击者。"那就有些不对劲了，不是吗？"他从奥巴代的纸口袋里拿出一把细绳和丝带，然后把这些扔向了还在发抖的袭击者。"把他绑起来。"琼斯吩咐说，随即几个乘客听话照做了。

"我不知道。"迪芭有些迟疑，"我看着不像……"

琼斯环顾四周："好吧，他现在走了，直接穿过了地板。保持警惕，好吗？恶心酒瓶就要来了。你们尽快坐好坐稳。罗莎！躲避！"

公交车突然调转方向，行驶得有些颠簸，但还在加速。乘客们发出尖叫。琼斯跳上出入口，一脚钩住车杆，半个身子又探出车外，同时将箭安在了弓上。

一阵挥翅的低鸣传来，恶心酒瓶转向逼近。琼斯放箭，装填后又放箭。他的箭重重地射进那只苍蝇巨大又恶心的眼睛里，然后消失不见。昆虫愤怒地嗡嗡叫却没有减速。它运载的男男女女都穿着厚厚的防弹衣，用各种各样的枪炮瞄准着。他们表情凝重且凶残。

其中一人喊话道："准备上车。"

琼斯取出他的大铜棒。

"你们这群蛆虫兵！"他大喊道，"离我的公交车远点儿！"他纵身跃入城市上空，径直冲向他们。

赞娜和迪芭惊叫出声。琼斯在空中飞翔，口中号叫着："伪伦敦！"

"快看！"赞娜说。琼斯的腰带和公交车的车杆是用伸缩绳绑在一起的。系绳伸长，随后琼斯抓住了那个篮子。

被吓坏了的袭击者企图瞄准琼斯。他一脚踢开强盗们，接着迅速转动

UN LUNDUN

起他的铜棒，铜棒因为通电而噼啪作响。当他的敌人聚集起来，琼斯干脆地离开了他们的飞船。先前固定他的弹力绳又让他弹回空中，回到了公交车上。他翻了个跟头，完美着陆。

迪芭赞扬道："可真是**了不起**……"

"之后再夸我吧。"他说完就跑上了楼，两个女孩紧随其后。

"你刚才喊的是什么？"赞娜问道。

"一句战斗口号，"他答道，"非常古老。伪伦敦的战斗口号。"

二层堆满了各种泵机和燃气机。琼斯拿出一把巨大的捕鲸叉，从后窗瞄准。恶心酒瓶一会儿出现在他的视野中，一会儿又晃了出去，琼斯不断调整着角度。

篮子已经很贴近了，女孩们甚至看得清袭击者身上的瘀青。公交车猛烈一晃，让他们与恶心酒瓶几乎面对面了。琼斯开火了。

箭矢径直射入苍蝇两只发亮的大眼睛之间。苍蝇剧烈抽动，翅膀颤抖起来，随后便坠落了。

"你做到了！"赞娜发出惊叹。苍蝇那脏兮兮的身体旋转着坠落。它那急速坠下的车厢中不断有小小的人影跳出来，降落伞接连绽开。

"别回来了！"琼斯高声说。

"琼斯售票员，"迪芭喊道，声音就像喉咙被扼住一般，"你看。"

遥远的底下是一片荒地，零星地分布着摇摇欲坠的建筑，而那些巨型昆虫正在忙碌地进食。有两只恶心酒瓶，一只鲜蓝色，一只亮紫色，从它们那些令人作呕的兄弟姐妹处飞起，朝公交车飞来，它们的身下也有篮子在摇晃。

第十五章
勉强送达

"这是他们的计划。"

公交车剧烈晃动,以弧线飞行。"罗莎的驾驶技术一流,但她无法同时避开两只恶心酒瓶。我们必须让你离开这里。"琼斯对赞娜说。

"这些乘客怎么办?"赞娜询问道。

"不用担心他们,"他说,"我保证会好好照料他们。这些东西跟着我们越久,你就越有领先优势。"

托加袍男人被堵住了嘴巴,蒙住了眼睛,捆住了身体。"我们会把他带去预言家那里,"琼斯说,"然后我们在那里跟你们会合。可以吗?"

"你要让我们**独自**前去?"赞娜发问。

她和迪芭神色惊恐地看着对方。

"你不能这样!"迪芭拒绝道,"我们对要去的地方一无所知!"

"我们不知道要去哪里……"

"我们根本不行……"

"我明白,"琼斯温柔地说,"相信我,但凡我有选择,我也不会这么做。我们的时间不多了。路上还有两波空中强盗,而我们**必须**把他们赶出你们的路线。他们知道你们要去的地方,但我们可以误导他们,好让你们顺利抵达。"

"求你了……"赞娜请求道。

"你是舒瓦泽。"他说。赞娜不作声了。"你做得到的。"

"那我呢?"迪芭说,"我又不是。"

"看着你的朋友,"琼斯对她说,"你们一起,会没事的。"

"奥巴代。"赞娜喊道。她捏了捏这个失去意识的男人的手。他发出一阵咕哝。"我真希望你能来……"

"你可以……"琼斯对斯库尔说,斯库尔沮丧地耷拉着脑袋,又指了指沉重的潜水靴,比划着表示:*我行动太慢了。*

"你可以做到的,舒瓦泽。"琼斯重申道。

公交车骤然下降。乘客们尖叫起来。两只恶心酒瓶迅速转向跟上。

"我们只有一次机会,"琼斯说,"我们只能甩掉他们几秒钟。我们会在瓦石行者的地盘边缘放你俩下去,然后把他们引开。瓦石行者的狩猎场差不多一路指向隐秘桥。

"告诉他们,如果他们给了你二人安全通行证,那么他们将获得伪伦敦售票员的感激。现在,抓紧了,罗莎要出招了。"

伪伦敦来得太快,赞娜和迪芭只看得到一阵色彩的急速变化。空中公交车俯冲而下,在屋顶之下的高度加速行驶,沿着街道左右猛蹿。两个女孩蹲在出入口上,瞥见伪伦敦人震惊的目光,看见他们的帽子被公交车驶过的风带得剧烈翻动。罗莎带着他们来到了一座桥的下方,气球顶端低得刚好擦过桥洞。

"趁现在,罗莎!"琼斯喊道。

公交车立即改变了方向。他们忽然以之字形前进,惊得他们身体猛然前扑,接着公交车停下了。

"就是现在!快!"琼斯低声说,急忙把赞娜和迪芭推到出入口的边缘。迪芭抱起黏黏。被吓坏的牛奶盒极力往她手里钻。公交车悬在一片屋顶上方几英尺处，在屋脊之间的一处屋谷之上。

"跳！"琼斯说。她们犹豫了一秒，可随即想到苍蝇在后面追赶她们。首先是赞娜，接着是迪芭，她们跳了下去。

她们降落在屋谷的底部，落地时颠得空气都从肺里挤了出去。

公交车在空中盘旋。"你们还好吗？"琼斯小声地问。两个女孩点点头。"桥在**那边**。保持警惕，去找巴德莱德首领。告诉她是我让你俩去的。给她看通行证。告诉她算我欠她人情。**保重**。"他给她俩一个飞吻，然后大声让罗莎离开。

公交车升高了，飞快地朝河流驶去。两只恶心酒瓶嗡嗡嗡地出现在她们的视野里，下方吊着几篮子强盗，跟着公交车的尾迹飞去。

"那是什么？"赞娜说道，"你有没有看见什么东西……从巴士上掉下来？"

"我不知道。"迪芭低声回应。

吹过的风让赞娜和迪芭感到有些冷。苍蝇的噪声和公交车发动机远去的声音都逐渐消失了。

两个女孩坐在寒风中。沉默犹如湿气一般附着在她们身上。她们打了个寒战。她们很累，还感到不知所措，而且突然间，非常非常地孤立无助。

第十六章
不知所措

"好了,"赞娜最终发话,"我们不能就这么干坐着自怜自艾。"

"我想我可以。"迪芭说,但她抱着黏黏站了起来。

"我们**确实**都可以,"赞娜说,"只是我们**不能**。"

伪太阳越来越低,天空开始变暗。

"我们得找一个住处。"赞娜说。

"还有食物。"迪芭接话道。

她们艰难地攀爬斜坡,吃力地爬到了屋脊上,然后环顾四周。

她们处在一片延绵起伏的屋顶中,放眼望去全是石板瓦,红色、灰色以及铁锈的颜色。这里就像山腰一般起伏,峭壁、浅谷、深渊、平地,被街道穿过的沟壑所截断。屋顶的天窗、蘑菇似的低矮烟囱、纠缠在一起的天线、指向四面八方的电线杆打破了屋角。

赞娜觉得她好像看到有东西掉了下去。她俩朝那个方向望了许久,没有看到任何东西在这起伏的瓦片间移动。

"我们要怎么办?"迪芭提问,"我们要怎么走?"

"我不知道,"赞娜回答,"走这边试试吧……"她开始拖着脚步沿着

伪伦敦

屋脊走。迪芭瞪大了眼睛看着。

"你在开玩笑吧。"她说。然而赞娜并没有慢下脚步,迪芭将黏黏放进她的包里——动作轻缓而吃力——随后跟上了她的朋友。

突然,她们听到一阵骇人的羊叫声,听起来就在附近,然后从很远的地方传来应答的声音。于是她俩停了下来。

"那是什么声音?"迪芭悄声问道。

"我怎么会知道?"赞娜也悄声回答。

"我可没被叫作'舒瓦泽'。你什么都知道,舒瓦泽。*要露一手给我看看。*"

"闭上嘴!"赞娜说。

"你自己也闩上嘴。"听到这巧妙又荒谬的回答,赞娜忍不住笑了。

她们抓住一根大烟囱,然后等待她们的心跳慢下来。远处,她们可以看到众多耸立的高楼大厦,还有伪伦敦那些古怪的龟壳或者蔬菜或者打字机跟冰箱组成的房顶,但是有很长一段路都是不详的石板瓦山丘。

天空开始变暗。迪芭倾身望向烟囱里面。黏黏凄凄惨惨地去蹭她。

"噢,老天啊,"迪芭叹气,她忍不住说道,"我想我爸和我妈了。我们要怎么下去?"

"看在恩斯特伯的分上,"一个洪亮的声音响起,"你们究竟为什么想要下去?"

赞娜和迪芭猛然转身。黏黏发出吱吱声。

她们被包围了。

男男女女出现在窗台上,他们都穿着造型粗犷的皮草以及厚厚的靴子。

他们在砖石窗台上随意地快速走动,如同体操运动员一般翻跟斗,而且在斜坡上也能平稳落地。有个男的还把一个小婴儿绑在他胸前的婴儿袋里。他在这令人晕眩的斜坡上上下下疾走时,小婴儿还发出了快活的咯

UN LUNDUN

咯笑。

"'下去',的确。"同一个声音说。

她们头顶的一个屋顶上,有一个身材高挑健美、神情傲慢的女人。她漫不经心地阔步走着,来到楼房之间的缺口处,随后两个女孩瞪大了眼睛看着她淡定地跃过缺口,并且脚尖落地。她抓住一根天线,然后荡着这根天线靠了过来。

"你们两个,年幼的小虫子,在瓦石行者的领地上。所以,或许我该问一下,像你们这样的陆地笨蛋,在屋顶区域到底要干什么?毕竟,我们更喜欢来之前先问问的客人。"

赞娜和迪芭紧张地咽了咽口水。

"我们在找一个名叫巴德莱德的人。"赞娜说。

"噢,是吗?"女人说。其他的瓦石行者大笑起来。"那么你们找巴德莱德想干什么呢?"

"琼斯售票员把我们丢在了这里。"赞娜说。

"他不得不离开,"迪芭接话道,"他想留下来但是……"

"我们当时正在被恶心酒瓶追赶,"赞娜接着说,"他说巴德莱德会帮助我们。他说算他欠你们一个人情。"瓦石行者们眨了眨眼,惊讶打破了他们的傲慢。

"你们需要什么帮助?"女人问。

"有人想要阻止我们,"赞娜迟疑地说,"我不清楚为什么。也许是因为……这个。"她拿出了那张旅行卡。

"舒瓦泽!"瓦石行者们不断发出低声惊呼。"舒瓦泽!""舒瓦泽!"

"你来了?"有人说,"这真的发生了!"以及:"终于!""恩斯特伯和你一起来了吗?""你把克林纳莱克特带来了吗?"

"我完全不明白你们说的话的意思,"赞娜说,"琼斯说预言家们会解释。"

"我们必须得离开这里。"迪芭说。

"你们会帮助我吗?"赞娜询问道。

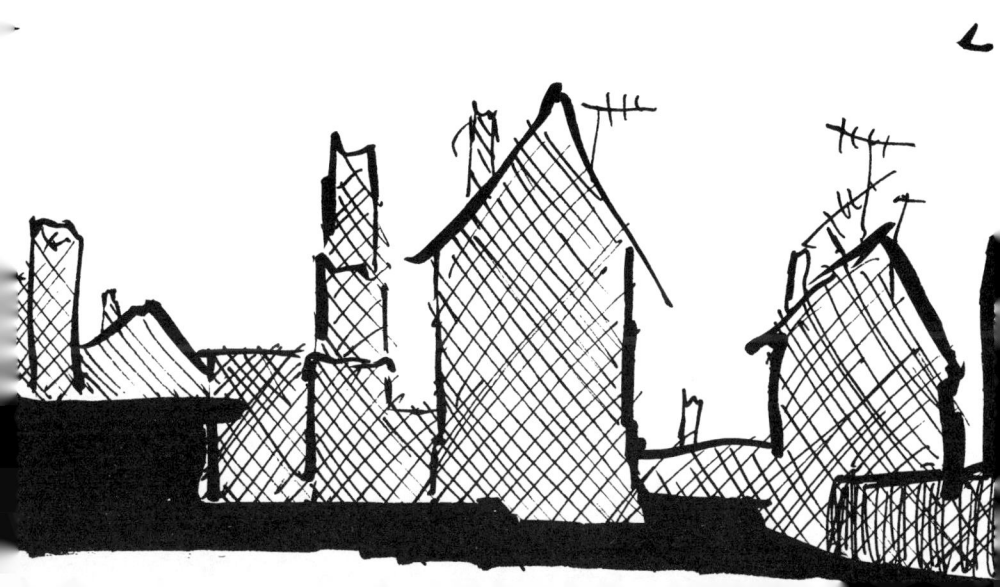

UN LUNDUN

"当然,"女人回答道,"我真不敢相信你就在这里。终于。现在,那个该死的斯——摩——格——得小心了。"她一下跃过最后几英尺,降落在她们的面前。"我是艾妮萨·巴德莱德。这是我的族人:伊娃·罗德夏恩、罗伯特·史德海、乔纳斯·里德特罗特、马琳·齐米尼冯特……"

"我是赞娜,这位是迪芭。很高兴遇见你们。"

"预言家们住在什么桥那里。"迪芭说。

"舒瓦泽,能够帮上忙我们感到很荣幸。"巴德莱德说。

"我们必须得去那座桥。"赞娜说。

"隐秘桥,"巴德莱德说,"这是自然。"

第十七章
顶上

"秘诀,"艾妮萨·巴德莱德解说道,"就是别往下看。"

"我之前并不打算往下看。"赞娜说。

瓦石行者领着赞娜和迪芭费劲地走在屋顶上。他们扔出绳索桥,然后指导女孩们滑行过去,小声地告诉她们:"直视前方"。

忽然这儿又有了先前那阵凄怨的羊叫声。赞娜和迪芭动作僵住了。

"别担心,"艾妮萨说,"这只是一个旅行团罢了。"

"一个什么?"

一群羊排成一线从他们身旁的石板瓦走下来,脚下发出清脆的嘎哒声,还用奇怪的眼睛瞪着他们。

"就是你们对一个团的称呼,"艾妮萨介绍说,"山羊旅行团。"动物们就这样看着他们离开。迪芭回望了一眼,觉得她看见了有东西在羊群后面飞快地一闪而过,可那儿只有嘴里嚼个不停的羊群在动。

"我无法理解你们这些人怎么愿意住在那下面,一点这样的自由都没有。"艾妮萨说道,"被墙围在里面。我是第三代。"

"我母亲从来没有接触过地面,我外婆也没有。我的曾外婆曾经去过

UN LUNDUN

地面。不过那是紧急情况。屋顶当时着火了。"

"看。"赞娜说,于是两个女孩在辛苦的攀爬中暂停了一会儿。伪太阳落到伪伦敦那怪异的黑色轮廓背后,现在是彩虹的形状,一弯弧形的光。

群鸟开始聚集,在空中盘旋,随后按族类分开。一群鸽子、椋鸟和寒鸦飞作一团,接着朝城中散布的又高又扁的长方形塔楼飞去。它们靠近一栋正面损毁成了数千个抽屉的楼房,每只鸟径直飞入一个滑动关闭的小隔间。小隔间随即就关上了门。

"它们是斗柜抽屉!"迪芭说道,"那就是鸟儿睡觉的地方!"

"那是当然,"艾妮萨说道,"你不能就这么放任这些鸟到处待着,那会造成混乱。"

伪伦敦的月亮升起来了,赞娜和迪芭停在中途,满眼惊奇地注视着月亮。那不是一个圆月,也不是一弯月牙。恰恰相反,那是一个完美对称的纺锤,两头尖尖,犹如猫眼中的狭缝。

"我们的道路将被照亮,"艾妮萨说道,"月酿①的光将会照亮我们的路。"

星星出现在漆黑的天空中。它们不像伦敦的星星那样静止不动。它们像发光的昆虫一般在夜空中肆意爬动。下方街道上的街灯亮起时发出一阵噼啪声,橘色的灯光从屋顶之间的缺口冒上来。

"那个发光的是什么东西?"迪芭问道。她指向一条雨水槽之外,一条没人注意的窄巷。

那里什么都没有。"我发誓我要疯了,"迪芭低声抱怨道,"我老是觉得我看见了什么东西。"

女孩们跟着她们的向导,爬上了最高点,接着进入突如其来的光芒中。随后光源进入了她们的眼帘。它只有几条街远,就在屋顶区的边缘之外。

---

① 此处原文是loon,应是对应英文单词moon(月亮)。

伪伦敦

"那……"迪芭喃喃低语。

"……真美。"赞娜说。

有那么一会儿，它看上去就像是烟火秀，一场最惊人、最盛大、最让人赞叹的烟火秀。但它没有移动。那是一棵巨型树，绽开的烟火被钉在一起，静止不动。

几条焰火的升空路径组成了树干。它们在不同高度伸出发光树枝，并且姿态优美地弯曲着，仿佛垂柳似的。斑斓的色彩如同树叶一般填满了焰火树枝，闪耀着红色、蓝色、绿色、银色、白色和金色的光芒。轮转烟火和罗马焰火筒就像果实一般，闪光的花蕾寂静无声地悬挂在空中。

艾妮萨说："那是十一月树。"

"现在是观赏它的好时候，"艾妮萨说，"几周前它的模样还有点凋敝。几乎是到了生命的尾声。不过盖伊·福克斯之夜就是十一月树的春天。"

烟火在点燃的那一刻就被用尽、废弃了。每年十一月的烟火之夜，伦敦最令人难忘的烟火表演的大部分选色效果都会渗透到伪伦敦来，它们变得混乱，然后绽放为十一月树。一年中，这棵树会逐渐变得暗淡，会失去光芒与色彩，直到十一月四号，它会变得犹如一副烟雾尾迹的骨架。

接下来，循环就再次开始。重新恢复活力的树会点亮夜晚。

有几个小小的黑影叽叽嘎嘎地在十一月树上蹦蹦跳跳。是松鼠。它们的爪子里抓着固体的光。它们的皮毛在阴燃，但它们看起来并没有任何不适。

它们的爪子里抓着固体的光。它们的皮毛在阴燃，但它们看起来并没有任何不适。

"那里是最强壮的红松鼠的活动区，"艾妮萨说，"在灰松鼠之后。它们不怕火，虽然它们不与别人分享火。有一两次，有一只灰松鼠赶到了这里并试图跟踪它们。别走太远。"她比划着爆炸的样子。

"我真希望我带着我的手机，"迪芭悄悄对赞娜说，"我真想拍张

UN LUNDUN

照片。"

在最高的那根发光树枝上,有东西俯冲了下来。此刻大部分飞鸟都已经不在空中了,但是在树的上方还有一只鸟没有加入任何鸟群。

"那只鸟的脑袋有点不对劲。"迪芭说。

它的头骨错误地鼓起一块。它眼中闪烁着十一月树的光。

"你说得对,"赞娜说,"它的种类是什么?"然而它盘旋得太快了,根本看不清,接着加入了最后一群昏昏欲睡的鸭子,而后消失了。

"那是什么?"赞娜问道,但艾妮萨的喊叫打断了她的话。

"嘿!"她跳向他们。迪巴和赞娜转身后发出了尖叫。

有个人影一声不吭地从她们身后的烟囱管帽爬了出来,像个猴子一样弓着身子,身上披着像窗帘布似的东西。是赫米。他就在几英寸外的地方。他伸出了手,手指就快碰到赞娜的口袋。

瓦石行者们扑向他,他一跃而起,原本专注的表情变成了惊慌。赫米匆忙起身跌跌撞撞地想爬下屋顶逃跑。艾妮萨的族人迅速追赶上去,抓住了他,但他已经到了屋顶边缘,站起了身,跳了下去。他披的布料像斗篷一样飘动,他掉进楼房之间的昏暗缝隙里,不见了踪影。

当瓦石行者们到达楼房的边缘时,他们朝两个方向都观察了一会儿,摇了摇头。

"他消失了。"其中一人喊道。

"那是谁?"艾妮萨说。迪芭和赞娜在发抖。

"一个鬼魂。"迪芭勉强回答道。

"之前下车的人是他。"赞娜说,"他在跟踪我们。"

第十八章
高与低

"隐秘桥没有多远了，"艾妮萨说，"我的意思是，就在那一片。但是有一块差不多是永久的锚地，那儿不算太远。我们会把你们送到那里，然后那个鬼语者不会再有机会接近你们了。之后预言家们可以解释一切。他们会向你们展示一本书。"伪太阳已经完全落下了，赞娜和迪芭恢复了镇定，站在屋顶之上，感到精疲力竭。此刻瓦石行者们把她俩紧紧围在中间，环顾四面八方，保持戒备。

"是什么书？"赞娜问道。

"我从没见过那本书，"艾妮萨答道，"只有为数不多的人见过。但有听说过传闻。那本书很大，很古老，很厚重，是用魔鬼之皮装订、海怪的墨水印刷的。然而这些跟它的内容相比完全不值一提。"

"内容是什么呢？"赞娜接着问道。

"伪伦敦。它的历史、政治、地理、过去……还有未来。预言。"她直视着赞娜，"关于你的预言。"

赞娜露出若有所思的表情。两个女孩回头望向身后十一月树那一动不动的焰火。"你是知道的吧，"赞娜说，"你在拍打一个牛奶盒。"

"你这是在嫉妒,"迪芭说,"因为它对我的兴趣比对你的要大。"

"我在嫉妒,"赞娜说,"正是如此。"

"我真想知道奥巴代和售票员还有其他人在干什么,"迪芭说,"我希望他们现在已经摆脱那些苍蝇了。"

"噢,"赞娜说,"对,我也希望。"迪芭怀疑地看着她。

"你没想过,"迪芭说,"你忙着思考那本书里面到底有什么。"

赞娜没有说话。

可怜的迪芭和赞娜在乳白色的月酿光之下匍匐前进,疲惫不堪。在爬行了很长一段时间后,迪芭意识到黏黏在迪芭的手里左右翻动,用它的开口到处吸气喷气。

"赞娜。"她悄悄地喊道。

"怎么了?"赞娜警觉地坐了起来,眨了眨眼睛,驱赶睡意。

"你听,"迪芭说道,"黏黏表现得很古怪。有东西……"两个女孩安静下来,站定了片刻,示意瓦石行者们停下来。

很微弱的声响,在她们身后,她们听到了啪嗒声。

声音越来越近。有东西在靠近,只有几条街远,就在她们下面。

"又是他!"赞娜轻声说。

"可是……这声音有点太沉了……"迪芭说道,"而且不止一个……"

"脚步声。"两个女孩一下跳了起来,艾妮萨滑到了她俩之间,蹲伏在屋顶上,将耳朵贴在石板瓦上。两个女孩一下站了起来。"有人知道你在这里。他们赶来了。"

"他一定是个探子,"赞娜说道,"他派了这些家伙来追我们……"

"还有那只奇怪的鸟,也是。"迪芭说道。

"乔纳斯,阿尔弗。"艾妮萨喊来两个外表强壮的瓦石行者。他们蹲在赞娜和迪芭身边,背对着她们。"上去。"艾妮萨说。

"你一定是在开玩笑。"迪芭说。

伪伦敦

艾妮萨伸出手指。几条街远的地方,有黑色的影子在排水沟上方快速移动。还有戴着怪异面具的脑袋探了出来,进入了屋顶世界。

"我的天哪!"赞娜说,"他们是巨人!"

"快点,"艾妮萨说,"其余的族人会拖住他们,但是我们现在要离开了。快上去。"

赞娜和迪芭感受到背负她俩的瓦石行者的起伏,还有他们在跳过泥土和石板时发出的微弱喘息,以及在跃过街道之间的缺口时那漫长的腾空。

"救命啊。"迪芭双眼紧闭,气喘吁吁地说。

身后传来瓦片碎裂以及吹风管坏掉的声响,是瓦石行者在伏击闯入者。

"他们是谁?"赞娜问,同时乔纳斯纵身一跃,接着在屋顶上奔跑。

"知道……你是……舒瓦泽……"乔纳斯喘息着说,"的人。一定……和斯摩格是一伙儿的。"

"接着赶路。"艾妮发话道,"他们追上来了。"

赞娜睁开了眼睛。奇怪的身影出现在天边,正平稳地穿越众多屋顶。

"迪芭,"她说,"他们是来追我的。"

"没办法了,"片刻过后艾妮萨说道,语气听起来让人感到绝望,"我们得……下去。"

"不!"阿尔弗和乔纳斯反对道。

"我们没有选择了!"艾妮萨说道,"他们绝对想不到。这是我们甩掉他们的唯一办法。"

"三代人了,"她惆怅地说,"好吧,这是一个好理由。一切为了舒瓦泽。跟上我!"

她跑到屋顶边缘。艾妮萨纵身一跃,在空中翻跟斗,一头扎向下方街道……

……几乎是立马就着陆了。她站起来。她的头只比他们低了一点点。

乔纳斯和阿尔弗也跳下屋顶。人行道只比屋檐低了几英寸。那些屋顶是直接从地面倾斜而起的。

"房屋在哪里?"迪芭问。

"什么房屋?"艾妮萨反问。

迪芭和赞娜站在小巷里,巷子里有好几根街灯。她俩都惊讶地瞪着刚刚才离开的坡屋面。

"我真不敢相信!"迪芭说,"难怪你们都不害怕。就算你们摔下来也只不过是擦伤膝盖而已。"

"你以为这些屋顶下面有*房子*?"艾妮萨说道,"真是疯狂的想法!不能因为我们想要自由地生活就以为我们不会考虑安全问题……"

"追我们的人也根本不是巨人。"赞娜意识到。

"这是什么话……"乔纳斯说。

"是的。现在不是时候。"艾妮萨说。她挥了挥双手,紧接着,她、瓦石行者、赞娜和迪芭蹲下身子,滚进了屋檐之下的狭小空间里。

她们暗暗等候,一听到头顶上传来脚步声便僵住不动。

她们上方的屋顶上有追踪者。听起来就像是从这边跑到那边,漫无目的地兜圈子,拿着棍子在阴影中乱戳。他们没人说话。

迪芭用手捂住了黏黏的开口,不让它发出呜咽声。

有一个可怕的瞬间,一个看不见的影子就在他们的正上方搜索,近得排水沟就在赞娜的脑袋边上颤动。她和迪芭瞪大了眼睛望着彼此。瓦石行者们都不敢出气,两个女孩也不敢。

终于,过了很久之后,头上的搜查者离开了。赞娜气息不稳地叹了口气。艾妮萨极度安静地招手示意,继续匍匐前进。

在过了仿佛好几个小时之后,他们抵达了屋顶区域的边缘。赞娜和迪

伪伦敦

芭从屋檐底下出来了。屋顶区在一座陡峭的山上。在他们面前,街道朝斜坡延伸,而伪伦敦真正的城墙从砖石、木头以及被称作"混乱"的混合垃圾中升起。

"现在就不远了。"艾妮萨说。阿尔弗和乔纳斯小心翼翼地走着,抱怨着他们有多讨厌踩在地上。

在他们身后,众多屋顶直接从地面倾斜而上,就像一个个石板帐篷。赞娜和迪芭都翻了个白眼。

第十九章
躲避桥

隐秘桥那道弧线般的桥身从伪伦敦夜晚的街道升起。那是一座悬索桥，有两道背脊似的上下支撑的铁芯曲线。它应该是横架在一条河上的弧线桥。可事实并非如此。相反地，它出现于偏僻的街道之中，不知起于何处，越过屋顶，在几条街之外的地方逐渐下降，最后不知终点落于何处。

这里几乎没什么窗户，灯光更是几近于无。有几次，迪芭和赞娜看到四盏灯光飞快地冲过伪伦敦的街道，两盏白灯在前，两盏红灯在后。第一次看见时，她俩以为那是一辆轿车，可是这里没有轿车，只有类似车头灯的光亮。这就像是在没有汽车的情况下，伪伦敦自己提供了好看的汽车照明，在夜间的街道上留下了发光的痕迹。

这些车头灯调头照向了那些散布在伪城市各个角落的障碍物，有的半截身子落在柏油碎石面的停机坪上，有的躺在地上准备被捡走：旧沙发、洗碗机、装满玻璃的废料筒、从伦敦来的椅子（四条腿都生锈了，看着好似开在四条根茎上的花）。

"人们为什么把桥建在这里？"迪芭问道。

"人们没有这么做，"艾妮萨答道，"人们只是知道他们可以在这里找到这座桥。它和所有桥都一样:把一个地方和另外一个地方连接起来。这就是桥的意义。"

街上一个人都没有,窗户里一点灯光都没有。只有街灯投射下昏暗、浑浊的光。在那座桥下面有许多垃圾筒。瓦楞状的金属圆筒大约有赞娜的半个身子那么高。所有垃圾筒的盖子全都严丝合缝地盖在筒身上。

"现在,"艾妮萨说,"我们需要走上那座桥,去见预言家们。"

"桥头落到那边去了,"迪芭说,"在那些房屋的后面。"

然而在那些房屋的后面,还有一排房屋挡在它们和桥头之间,大约有几米的距离。赞娜和迪芭皱起眉头,拐过又一个弯后突然停了下来。

那座桥的尽头仍旧离她们非常近——可仍旧在另一排砖墙的后面。

"怎么回事?"赞娜说,"我们一点儿都没靠近。"

在桥下面行走没有任何困难。赞娜和迪芭在它下面来来回回走了好几次,而这座桥十分有礼貌地保持着静止。他们试图走上一边桥头,然后又试了另一边桥头。它的桥头总是顽固地待在离他们一到两条街的地方。

赞娜和迪芭还有瓦石行者们在桥下的暗处停了下来,站在那些垃圾筒之间。迪芭拍了拍黏黏。

"它就像彩虹,"赞娜说,"你到不了彩虹的尽头。我们要怎么才能上去?"

空中传来东西振翅的声响。他们全都戒备起来,但其实只是一个纸团从桥上落了下来而已。它落在了垃圾筒之间。

"我真想知道他们是怎么将不速之客拒之桥外的,"艾妮萨说,"我之前都没发现这座桥这么害羞。"

"就是啊,"迪芭说,"看起来他们不需要任何守卫。"

"事实上,"艾妮萨说,"我想它们也有守卫。"说完她伸手指了指。

他们身边的垃圾筒们一个接着一个地站了起来。

大概有七八个垃圾筒。一双双细腿从它们圆形金属底部伸了出来。纤瘦却强健的手臂从筒身两侧冒出。垃圾筒盖子哐哐啷啷地摇晃着,接着斜

UN LUNDUN

立起来,张开一条狭缝。狭缝中一片漆黑,里面有它们的眼睛。

这群垃圾筒逐步围拢。

它们的动作就像运动员般精准,令人生畏。瓦石行者们警惕地围成一圈,准备进攻。但是在前面的那个垃圾筒举起了一只手,然后意外地张开了优雅的手指,仿佛在说,*慢着*。它轻叩了一下它的盖子,接着窝起手掌放在开口处,做出一个浮夸的倾听的动作。

他们又听见了那个声音,靴子的响声。

"他们发现我们的路线了!"艾妮萨说。

垃圾筒把手指放在应该是它嘴巴的地方。它迅速地做了个手势,随即它的两个同伴快速跑动起来,无声地溜出了这片阴影。

在街灯的光亮中,它们"唰"的一声收回了手臂和腿,四肢的位置只留下了肮脏的污渍。它们瞬间就完成了伪装——不过是两个垃圾筒。片刻过后,它们再次伸出了四肢。大约有好几秒的时间,它们摆出空手道的姿势,保持着静止。然后它们掀开了自己的盖子,将手伸进自身的黑暗,接着取出了武器。

一个垃圾筒掏出了一把又长又直的利剑,另一个垃圾筒拿出了一副双节棍,是赞娜和迪芭看过的武打电影中的那种双节棍。两个垃圾筒朝着追捕者的声音奔去,消失在了黑影之中。

你们:领头的垃圾筒指着赞娜和迪芭,然后又举手向上,直指上方的桥。招手示意。

伪伦敦

"它想让我们过去。"迪芭说。

"没有瓦石行者就不能过去,"赞娜说,"他们才是帮我们到达这里的人……"

"没关系,"艾妮萨说,"我没什么事情要找预言家们,但是你们……他们都在期盼你们的到来。你们快去吧,舒瓦泽。我们需要回到屋顶区。这些都是预言家的守卫。它们会护送你们安全离开这里。我们会没事的,你们也会安全无虞。"

赞娜和迪芭拥抱了每一个瓦石行者。

"谢谢你们。"赞娜说。

"千万保重,"艾妮萨说,"舒瓦泽……我们全都指望着你。我们所有人。"

垃圾筒蹑手蹑脚地移动着,赞娜和迪芭跟在它的后面,穿过她们刚才走过的街道。然而这一次,每一次拐弯之后都能看到桥头离得更近了。

"你们怎么做到的?"赞娜咕哝着问。垃圾筒打手势示意她保持安静。

隐秘桥在他们的面前出现。桥的两边都是没有门的房屋后背。伪伦敦人或许可以从他们的后窗看到这座桥,但若是没有向导,他们也无法接近

UN LUNDUN

桥身。

　　这座桥的桥身如同一条海蛇的背部。它的最高点上有移动的人影。

　　女孩们的垃圾筒护送她们走上了这座桥。

　　"终于，"赞娜说，"预言家们。"

　　"我们可以回家了。"迪芭说。

　　"还可以找出真相。"赞娜小声地说。

第二十章
迎接

桥上有一间办公室。

在最高点的道路中间摆放着一系列办公桌椅、电话、外表奇怪的计算机、书架和盆栽。二三十个男男女女正在专心工作。他们大多数人都穿着破旧简陋的套装和工作服。他们在阅读报告，在整理文件。没人注意到赞娜、迪芭以及垃圾筒的到来。

女孩们能够看到屋顶区域，能够看到那个水车，能够看到曼尼菲斯特车站的轮廓还有远方伪伦敦的天际线。

最终，桥上的人们一个接一个地抬起了头。他们一个接一个地张大了嘴巴。迪芭往赞娜身边靠了靠。两个女孩静静地站着，等待着。

"呃……"赞娜最后开口打招呼，"你们好。有人告诉我们，你们可以帮助我们。"

"我能……帮助你们？"说话的是一位老人。他穿着一身毫无特色的套装，留着一脸长得出奇的络腮胡须。他说话有些迟疑，声音中包含了责怪、惊讶……以及——尽管他极力掩饰——兴奋。"我能问问你们是如何找到这里来的？你们到底是谁？"

UN LUNDUN

"我名叫赞娜,这是迪芭。你是……"

"我是预言家莫塔尔。但……但你们到底是谁?"他的语速更快了,有点呼吸不畅的样子,"你们是从何而来的?"

"我是赞娜,我说过了。我来自伦敦。我想你知道我是谁。"她的语气突然变得很权威,迪芭瞪大了眼睛望向她。"我给你看。"

当赞娜伸手摸进她的口袋时,所有预言家都深吸了一口气——

——摸的动作变得迟疑,有点笨拙,随后又伸进另一个口袋,又一个口袋,动作越来越忙乱。

"迪芭,"她悄声说道,"不见了!旅行卡……不见了!"

"你什么意思?"

"它**不见**了。卡原本在后面的口袋里,现在没了。"预言家们和垃圾桶们困惑地看着这一切。

"是……是那个鬼魂男孩!"迪芭说道,"一定是他拿走了卡!在屋顶上的时候……不好意思,"她提高了音量,对老人说道,"是这样的……我的朋友本来有一件能说明她身份的东西,并且我们一路上都是用它才到达这里的,而现在它被偷走了,我们……"

看到预言家们的脸色,她的声音逐渐变小了。

"我就知道这不可能。"有人咕哝道。

"要牢记,"另一个人说道,"敌人会耍尽花招。"她不悦地看着赞娜。

"你们**究竟**是谁?"又一人问道。

"我之前有张**卡片**,"赞娜备受打击地说。她又搜了一遍她的口袋。"卡片本来可以向你们展示……"她和迪芭开始后退。

"等等,"说话的是那位老人,"我们必须得确认。莱克特恩!把它带来!"

一个女人小跑着穿过众多办公桌,朝他们奔来。在她的双臂之中抱着一本巨大而斑驳的书。

伪伦敦

"是她吗?"老人轻声念叨着。

"我不知道,"她答道,"稍等……"

"稍等片刻,稍等片刻。"

赞娜和迪芭吓了一跳。这个新出现的声音尖利又刺耳,还很高傲。声音四面环绕,似乎不知打哪儿冒出来的。"查看第365页。"它继续说。女人赶紧翻到正确的页数。

"是谁的声音?"迪芭赶紧问道。她和赞娜四处张望起来。

"就她年纪来说,个子很高,金色头发,"声音继续说话,"让我好好看看……气质得体,光环耀眼。至少在五或六个维度上有共鸣……再查一查历史。请翻到第24页。"

"迪芭。"赞娜呢喃道。

"我知道。"

那个声音是从那本书里出来的。

"我的天哪,"它说,"可真是把我撕碎再丢进笼子里。就是她。是的。"

女人"啪"的一声关上了书。她的下巴都惊得掉下来了。

"是她。"她说道。

"就是她,"预言书说,"她就是舒瓦泽。我们已经找到她了。"

"你们已经找到她了?"迪芭说道,"我不这么觉得。更像是她找到了你们才对。而且,这一点儿也不轻松。"

UN LUNDUN

"什么?"那个老人又开口说话了,"莱克特恩,那是谁?为什么她在这里?"

"我不知道,莫塔尔……"女人答道。

"没关系,"那个虚无缥缈的声音打断了他们的对话,"书里有她。第77页。'舒瓦泽的第一次现身'。在索引里面找她:'舒瓦泽,同伴。'上面说……好了,总之就是这类似的描述。"

女人迅速翻找书页,无声地阅读着。

"是正确的,"她说,"符合描述。这……就该是这么发展的。"她和老人都盯着赞娜,眼神热烈。

"所有人!"老人高呼道,"请注意!我要宣布一件大事!你们全都清楚发生的一切。你们全都明白我们面临的危机。我肯定你们很多人都倍感绝望。原本被许诺的一切都无法实现。不必为此感到羞耻,这是可以理解的。但是,绝望已经结束了。

"舒瓦泽就在这里!她已经来了!"

预言家们一个接着一个地从他们的办公桌前站了起来,开始鼓掌。伪太阳开始升起。它完全照在了赞娜的面庞上,有一瞬间让她看不清任何东西。她看不见鼓掌的预言家们,但她能够听见他们欢迎她的欢呼声。

第二十一章
不可思议的工作地点

赞娜和迪芭与莫塔尔和莱克特恩坐在离办公区域稍远一些的地方,筒者站在附近,时刻用它们盖子下面的眼睛扫视这一片区域。黏黏在桌子底下玩耍着。

"先前我们一直被人追踪,"赞娜说,"要是他们越过了筒者,那要怎么办……"

"不用担心,"莫塔尔安慰道,"这座桥其实和你想象中的桥大相径庭。只有实际上过一次桥就明白了。况且,只有预言家们以及我们的客人才清楚如何到达这里。这关键就在于牢记桥的用途——从一个地方去其他地方。"

"那现在听我说,"赞娜说,"我精疲力竭还饿得不行。我完全不明白这是怎么一回事。我们完全不明白发生了什么。"

"我们只是想回家,"迪芭说,"我们起初根本不想来这里。"

"我不知道你们这些人想要什么,"赞娜说,"我不知道为什么有些人见到我会这么高兴。我也不知道为什么有些人见到我就不高兴。"

"每个人都说预言家们会解释,等等,"迪芭说,"还说会告诉我们要怎么回去。"

"好了,现在我们来了,我们需要知道这一切。"

"我们被一群苍蝇和疯子追赶。"迪芭抱怨道。

"人们还问我带没带叫科林什么的东西,"赞娜说,"我连他们说的是什么都不明白。谁在追赶我?还有什么是斯摩格?它到底为什么要追赶我呢?"

"当然了,当然了,"莫塔尔,那个老人,回答道,"我完全想象得到你会有多么困惑,舒瓦泽。我们会帮助你再次回家。但是首先你可以完成一件事情。这些年来,我们一直在尝试联系你。我们听说过关于你可能会出现的地方的各种传言。从云层那里,从动物那里,从一些有见识的阿伯诺特那里,还从那本书那里。"

"是的。"那个声音从书中传来,语气很是得意。

"阐释向来是一个难题。但是通过严谨的阅读——历经数代人——我们学到了很多东西。"

"很多很多东西。"那个声音继续念叨着。

"嘘。"莱克特恩说,然后面露歉意地看向赞娜。

"我们想让你的旅途变得容易一点。把那张旅游卡给你送了过去。真可惜它被偷走了。要把它送过异境,相信我,实在是……费了一番功夫。"

远处,伪伦敦巨大的斗柜抽屉全都打开了,群鸟纷纷出发,飞向黎明。

"舒瓦泽,"莫塔尔说,"伪伦敦正处于战争之中。我们受到了袭击。几个世纪以来,书上都写着,你——**你本人**——会来到这里拯救我们。"

"我?"赞娜疑惑地问。

"她?"迪芭疑惑地问。

"我只是……我……只是一个女孩子啊。"赞娜说。

"你是舒瓦泽,"莫塔尔说,"你是我们的希望。反抗斯摩格的希望。

伪伦敦

"那是什么？正如它听起来的那样——浓厚的烟雾。为什么它会想要抓住你？因为它讨厌被打败。"

"为什么它认为我会打败它呢？"赞娜问道。

"它并非这么认为，"莱克特恩答道，"它清楚你已经做到了。"

第二十二章
历史课

"并非是你个人,"莫塔尔解释道,"而是你们,伦敦人。哪怕你们并不知道这点。"

"让我来讲述历史吧,"预言书装模作样地说,"翻到第57页。"莱克特恩快速翻到相关页码。那本书清了清它不存在的嗓子。

"伪城市存在的时间至少和城市一样长,"它说,"伪城市与城市会互相梦见彼此。

"其实是有办法前往两座城之间的区域的,并且有一些人做到过,不过几乎没人知道真相。这就是最有活力的伦敦废弃物的来处,而作为交换,伦敦会带走我们的一些想法——服饰、水车、地下网①。

"这类交换大部分都是互惠互利的,或者无害的。大多数时候都是如此。"

莫塔尔和莱克特恩目光专注地望着赞娜。

"在过去的女王时代,"预言书说,"伦敦到处都是工厂,而所有工厂都有烟囱。每家每户都烧煤。而工厂焚烧一切你能想象到的东西,然后排

---
① 此处原文为the undernet,应该是对应因特网一词the internet。

放化学物和有毒物以及类似物质的浓烟。在火葬场，在铁路，在发电站，这类地方全都排放了它们各自的臭气。"

"它们各自的什么？"

"脏东西。"莱克特恩解释说。

"这些东西全都融入了谷地雾气中，然后你们就收获了一份烟雾乱炖，"预言书继续讲述，"烟雾过于浓厚，以至于当时人们称之为豌豆浓汤。黄棕色的烟雾悬浮在整座城市上方，就如一只发臭的狗。在某些光亮的照射下，它看着也还算漂亮。但它其实很恶心。它过去会进入人们的肺里。它会杀了他们。那就是烟雾。"

"呃，"莫塔尔说道，"那是*曾经*的烟雾。然而变化发生了。"

"我正要说明呢，"预言书不耐烦地说，"正如我所说，起初，那只是一团脏兮兮的云。就像树桩一样没有脑袋还惹人讨厌。然而接下来变化发生了。

"云团里摇晃着太多化学物质了，随后它们彼此发生了反应。有气体，有液体蒸汽，有砖尘，有骨灰，还有酸碱物质，它们被雷电点燃、加热、冷却，被电线拨动，被风搅动，它们一起发生化学反应，形成了一个巨大的、分散的云团大脑。

"这些烟雾开始了思考，而那就是它变为斯摩格的一刻。"

一想到这个，莱克特恩就浑身颤抖，不住地摇头。"它不太……友好，这并不意外，"她说，"它的想法都是由有毒物质以及我们烧掉的废物凝聚而成。"

"它永远也不会成为我们的朋友。"莫塔尔说道。

"随着烟雾源源不断地涌入，"预言书说道，"斯摩格变得越来越巨大，越来越强壮，也越来越聪明。但丝毫没变得更善良。它想要成长。

"它总是让吸入它的人们窒息。杀了他们。最初，它并没打算这么做，可当它意识到一些死者会被火化，而火化的烟灰会被吹上天，然后壮大它

UN LUNDUN

自己……于是它变成了掠食者。"

"它很清楚,如果伦敦人只把它当作肮脏的雾气,那它会更安全,所以它把它的新头脑藏在了它心里。"

"大多数时候,"莫塔尔说,"它有盟友。相信我,它就算是再坏,都有人愿意支持它。它在这里也有盟友。"

"是的,我们都知道这个。"迪芭说。

"他们有人在空中袭击了我们。"赞娜说。

莫塔尔和莱克特恩厌恶地摇了摇头。

"战斗持续了数个世纪,"他说,"但慢慢地,斯摩格输了。就算你们不知道自己在战斗,你们还是赢了。接下来,它反击了。半个世纪以前,它袭击了伦敦,攻击了整整五天,杀害了4000人。那是它最残忍的一次进攻。而且和以往一样,你们大多数人甚至都不知道你们处于战争之中!"

"在那之后,"他长舒一口气,然后扬起了双手,"呃……事态变得有点模糊了。"

"他说得没错,"预言书接话道,"我书里面有暗示,但我是关于伪伦敦的书,而不是关于伦敦的。记录不是很清楚。"

"我们只知道一点点,还是从故事里来的。"莱克特恩说。

"从旅人那里,"莫塔尔补充道,"以及从秘密的历史里来的。斯摩格被打败了。有一只神秘的卫兵队。天气巫师们。头鍪战士。头盔的旧称,就像伦敦的铠甲,明白吗?还有他们如何取得胜利的故事。他们拥有一个魔法武器。"

"*克林纳莱克特*。"莱克特恩朗声说道。

莱克特恩和莫塔尔看向赞娜。最后又看向迪芭。两人没有露出一丝认识这个的神情,他们貌似有点失望。"正如我所说,"莫塔尔继续道,"那是一个*秘密团体*。

伪伦敦

"所以通过魔法和一场隐秘的战争,伦敦人赶走了斯摩格,但他们没能成功杀掉它。它逃跑了。"

"逃到了这里。"预言书补充道。

"它体内有太多垃圾了,它从混乱之物来到伪伦敦的那些缝隙之中逃了过来,"莫塔尔说,"很长一段时间里,它都很虚弱。它到达的时候……几乎是油尽灯枯的状态。

"起先,就连我们预言家都不认为它是个威胁。这本书里……我们也没看到明确提及它的内容。"

"我们已经谈过这点了,"预言书小声咕哝道,"你这话说得有点偏颇。"

"那不是我的重点,"莫塔尔抱怨道,"我们可以之后再讨论这个。"

"是的,请之后再讨论。"赞娜说。

莫塔尔清了清嗓子。"它爬进了烟囱里,找寻冒烟的火,想喂给它自己。我们无视了它。认为它不值一提。但它却在做准备。它还记得回伦敦的路。它把一股股气体送往那些裂缝,然后这些气体进入你们的工厂并且将烟雾吸下来。它既从你们那里吸取,也从我们这里吸取。它花了数年的时间。它非常有耐心。

"我们太愚蠢了。我们早就应该认识到这一切。但当我们第一次知道发生的这一切时……它已经开始给自己提供食物了。"

"它……什么?"赞娜问道,"怎么做到的?"

"它会生火。或者说,它让它的跟随者生火。"

"斯摩格体内有数不清的垃圾,它可以浓缩垃圾,然后移动物体,捡取物体。它体内还含有许多化学物质,堪比最好的实验室,并且它可以按照自己的意愿混合这些物质,制造有毒物、易燃物、焦油等等。它可以挤压它体内裹挟的煤炭、金属还有灰尘,还可以把这些东西到处丢。

UN LUNDUN

"它会下汽油雨。通过把金属尘埃挤压为锋利的碎片,不断投下这些锋利碎片,直到金属碎片擦出火花,再让火花点燃汽油雨。最后,我们意识到了之前所面对的一切。书本里的警示也全都说得通了。"

"是的,书里提过了,"预言书说,"所以少说点'书里没提到'这种话了,求你了。"

"现在,我们已经和它战斗有段时间了,"莫塔尔继续说,"自从我们明白了情况。我们用上了吸尘器、灭火器,还有其他能找到的一切工具。然而大约在一年前,它好像突然就停止了进攻。"

"这不是好事吗?"迪芭问道。

"不,因为它在等待,"莱克特恩开口道,"它在密谋着什么。"

"而我们知道这一点是因为?"预言书满含期待地说。

"因为书里有写?"赞娜接下预言书的话。

预言书说:"正确!"

"有时候书里的话是谜语,"莱克特恩说,"不过这里没有多大的争议:'窒息之物会暂歇,继而升起,然后起火,随即增强,最后归来。'于是,现在它回来了。"

"公交车上的那个男人是谁?"赞娜问道。

"某人以为它会帮助自己的人,"莱克特恩答道,"但是世上还有英雄在。只要有像他那样的人,就也会有像恩斯特伯这样的人。"

"我们听过这个名字,"迪芭说,"先前听过。"

"谁是恩斯特伯?"赞娜问。

"我们最伟大的智者,"莫塔尔回答说,"本杰明·休·恩斯特伯。预言家。同时也是发明家、科学家、探险家、政治家、艺术家、银行家、家具设计师以及厨师。瞧,你们也知道,我们对伦敦与斯摩格之间那场隐秘的战争知之甚少。恩斯特伯日夜钻研,研究他能找到的所有故事,那些关于头鳌战士和他们的秘密武器的传说,还研究了斯摩格它本身。他比其他人知道的都要多。最后,他认定打败斯摩格的最佳机会在于查清楚它之前是如何被击败的。

"他很确定斯摩格会对我们不利,会攻击我们。他决定去寻找头鳌战士。

"那就是他跨越过去的原因。两年多了,我们没有再听到他的消息。"莫塔尔看上去一脸哀愁。"希望我们能再听到他的消息……不论什么时候。

"他的观点也是正确的。"莱克特恩说,"斯摩格再次发起了进攻。而此时我们明白了它在等什么。

"它一直在等你,舒瓦泽。"莫塔尔说道。

"我们知道它在接近你的时间,"预言书开口说,"消息已经传开了。我们听说伦敦上空的云层里出现了一张脸。那是第一个征兆。"

赞娜看向迪芭。

"早跟你说过了。"迪芭嘀咕道。

"第701页,"预言书发话道。莱克特恩翻动书页。"'另一个城市的一位来客,她将被称为舒瓦泽。只有她一人可拯救伪伦敦。'斯摩格听过这则预言。'她将首战获胜,且在终局再次胜利。'它知道你是它的敌人。而且它想要你消失。这就是为什么它终于展露了它的力量。它会尽可能快地攻击你。"

"实际上,"赞娜说,"它已经这么做了。就在伦敦。"

"但我们当时不知道它的身份。"迪芭说。

"他在*那里*就找到你了?"莱克特恩惊讶得倒抽一口气,"噢,真是太惨了。"

一阵漫长的沉默。

"听着,"迪芭理智地开口,"这都是……你们懂的,一些很重要的事情。但是你们仍旧没有告诉我们要怎样离开这里……"

"等会儿。"赞娜打断了迪芭的话。她的声音听着很紧张。"这太傻了。为什么恩斯特伯要离开呢?"她瞪大了眼睛直视莫塔尔和莱克特恩。

UN LUNDUN

"我是说……我被认为应该打败斯摩格，是吗？"她发问道，"预言这么说的。这……太疯狂了，先暂且不论，是吗？但为什么恩斯特伯要去寻找头鳌战士呢？如果我要来管这事情，那他还担心什么呢？这不是他的工作。"

莫塔尔和莱克特恩不自在地看着对方。

"他……向来有很多主意，对于预言他有他自己的主意，"莫塔尔说，"他说他想确定。'要不要拯救我们，这取决于她，'他过去是这么说的，'这并不意味着她会接受这件事。我要去看看我能做些什么。'"

"这么说……"赞娜总结道，"他消失是因为他试图要帮助我？"

第二十三章
痕迹的意义

"琼斯和其他人怎么样了？"迪芭问道，"就是给你们送消息的那些人。"

"我已经吩咐过筒者们了，如果他们来找我们，那就让他们进来，"莫塔尔看着赞娜说，"售票员们能够照顾好自己，还有他们的乘客们。舒瓦泽，你是否……"

"这太疯狂了，"赞娜说，"我只是个小女孩。舒瓦泽到底是怎么选出来的？为什么是一个小女孩呢？为什么不是本地人？这全都没有道理啊。"

"这就是预言，"莫塔尔温柔地说，"预言和道理没有关系，它们是将要实现的未来。这就是预言的运作方式。至于……你不仅符合描述，而且你就在这里。你穿越过来……甚至和你的朋友一起。此时此刻，还有什么比你就在这里这个事实更明显的证据呢？你找到了穿过异境、穿过伪伦敦的方法，来到了我们的身边，唯一能够告诉你、你的身份的人们身边。"

赞娜看着迪芭。

"你有感觉到，赞娜，"迪芭说，"你确实有感应。你明白你必须把我们带到这里来。"

UN LUNDUN

"你转动那个轮盘了吗?"莱克特恩问道,"你转动过了,对吧?你到底是怎么下来这里的?"

"这么说吧,"迪芭开始解释,"先出现了这个烟雾,接着又出现了这把伞。"

迪芭和赞娜言语有些混乱,东一句西一句地对预言家们讲述了恐怖烟雾的袭击,以及那把伞攀在赞娜的窗外偷听的事实。

"然后赞娜就跟着那个痕迹。"迪芭最后总结道。

"不是我一个人这么做的,"赞娜说,"我们两个都跟着呢……"

"不管怎么说,"迪芭说,"最后我们来到了这里。"

莫塔尔和莱克特恩望向彼此。

"我在想……"预言书开口说。

"他在做什么?"莱克特恩问道。

"谁?"赞娜反问道。

"那个男人,你见过他的仆人,"莫塔尔说道,"布罗肯布洛先生。帕拉普鲁伊·卡塞伊家族的老板。恩布雷丽斯莫。破烂雨伞的老大。"

"许多混乱家族都有领导人。"莫塔尔说。

"伪伦敦的一些物质在伦敦以初序形态存在着,然后在这里进入第二生命周期,获得新的用途,甚至是成为伪城市里有感知和意识的居民。它们是混乱产物,这是个简化语,意思是——"

"伦敦淘汰货,"迪芭插了一句,眉毛上挑,"我们知道混乱产物。"她靠向赞娜。"又旧又脏的垃圾。"她小声嘀咕道。

"呃……也对,"莫塔尔说道,"相当正确。而就如我所说的,许多混乱家族都有领导人,而领导人都各自拥有不同的能力。比如废弃打字机家的那位公主。"

"她的名字是什么?"赞娜问。

"我读不出来,"莱克特恩回答说,"全都是标点符号。还有锋碎,他

伪伦敦

是破裂玻璃家的J牌杰克。"

"保持风度的亚瑟,是空虚捕鼠器的教皇,"莫塔尔补充道,"还有其他人。有些混乱家族似乎也从没在意过。我不清楚易拉罐的纳波布[①]从自己的统治中获得了什么。但他似乎非常快乐。

"布罗肯布洛就不一样了。他真的在管理。而且他站在我们这边。他一向都是伪伦敦的守护者之一。雨伞是用来隔绝雨水的。但是一旦你划破它,它就失去这个用处了,随后它就会渗透到这里来。它会变成其他的物品。"

"一把雨桑[②]。"莱克特恩说道。

"一把雨桑。当雨伞变为雨桑,布罗肯布洛就可以命令它了。"

"这一把没有**渗透**过来。"迪芭说。

"它在到处晃悠,"赞娜说,"我们都看见它了。"

"是的。这令人困惑,"莫塔尔说,"布罗肯布洛一定是从这里一路发号施令的。这会消耗掉巨大的能量,巨大得可怕。"

"他不单单是在**等待**它们穿越过来,"莱克特恩说,"他是在**招募**。可是为什么呢?"

"书里面……有和这个相关的吗?"莫塔尔朝预言书点点头。

"没有任何提示,"预言书回答说,"第212页?第303页?不对……"

[①] 印度莫卧儿帝国时代的地方行政长官。
[②] 原文为unbrella,雨伞英文是umbrella,这里表示变化,m变为了n。

UN LUNDUN

"他到底在做什么呢?"莫塔尔说,"在舒瓦泽受到袭击之后还安排雨桑监视她。他在计划些什么?"

"我很抱歉,但为什么你们不干脆把我们送回家呢?"迪芭乞求道,"我们的家人……"

"我的妈妈和爸爸……"赞娜说道,"他们会绝望的。"

"他们不会。"莫塔尔答道。

"什么?"赞娜问。

"他当然会!"迪芭激动地说,"我的父母也会急疯的!他们爱我们。"

"我不怀疑这点,"莫塔尔说,"我不是这个意思。有变化发生了。伦敦和伪伦敦之间出现了一个空间,我们称之为无忧场……"

"它是干什么的?"赞娜问。

"是让伦敦的时间停止不动吗?"迪芭问。

"倒也不是。不过我可以向你们保证,你们的父母不会恐慌绝望。有种被称为镇静①效应的东西……"

"真恶心。"迪芭说。

"不是那个意思。"莱克特恩解释道,"但是你们真的不需要担心他们会惊慌。并且我们可以帮助你们在遇到麻烦之前联系到那边儿。"

"什么?"赞娜问道。

"我们还是需要回家。"迪芭说。

"尽可能早点。"赞娜说。

"我们会尝试的,"莫塔尔说,"但是我们必须弄清楚这是怎么一回事。如果布罗肯布洛也参与了进来,这么遥远还在指挥雨桑,那就好像他知晓我们不清楚的信息。"

"伪伦敦需要你,舒瓦泽。"莱克特恩请求道。

"我很抱歉,但这真的不是我们的麻烦!"迪芭说,"我们必须要

---

① 此处原文单词为 phlegm effect,单词 phlegm 也有"痰"的意思。

118

离开。"

"回去之后又怎么样呢？"莫塔尔反问道，"等待下一波袭击吗？"

两个女孩瞪着他。"拜托了，"莫塔尔请求道，"伪伦敦需要你们的帮助，这千真万确。可万一，*离开对你们而言并不安全*。你们被跟踪了。从伦敦就被跟踪了。要是你现在离开，没有人会保护你们。"

"想想吧，"莱克特恩温柔地说道，"你以为斯摩格不会再次动手吗？你以为你有多安全吗？你来到这里是有原因的，舒瓦泽。是为了你自己，也是为了我们。所以我们需要弄明白布罗肯布洛知道些什么。你们也同样需要弄明白。"

赞娜和迪芭惊恐地看向对方。

"我们会尝试追踪布罗肯布洛先生的行迹。"莱克特恩安抚道，"你们别担心。"

"然后他就可以解释为什么他的雨桑会监视我的家？"

"正是如此。"

第二十四章
计划中断

"那东西是跟着你来的,"迪芭说,"白克斯……她是对的,不过她当时可能不对。那是冲你来的。"

迪芭拍了拍黏黏。女孩们坐在预言家们的桥上办公室的中间,而主人家们在她俩身边急匆匆地走动。

"把消息贴到那些墙上吗?"两个女孩听见有人说。很长一段时间里,预言家们都在争论策略。他们翻查文件,在他们奇怪的计算机里提取各种信息,为如何处理吵得不可开交。"我们有没有认识的人可以给我们一个消……?"在一片敲击打字机的声响中,她俩听见莫塔尔的声音传了过来。

"我想你俩可能饿了。"说话的是莱克特恩,她端来一盘样子奇怪的蛋糕。女孩们打量这些蛋糕,又闻了闻;尽管它们颜色很古怪,但闻起来是食物。迪芭和赞娜吃掉了。

"抱歉让你们久等了,"莱克特恩说道,"正常服务。你们知道的。会尽快恢复的。"她注视着两个女孩,直到她俩都觉得不舒服了。"抱歉,"她飞快地说,"我明白这一切对你俩来说一定很艰难。我们也会全力以赴。现在……是非常重要的时期,对我们所有人而言。我当莫塔尔的助手已经

伪伦敦

很多年了,呃,久到有些尴尬,没人比我更了解那本书——毕竟我是它的持书者——对此我仍感到难以自信。"她情不自禁地露出微笑。这微笑很有感染力。

此时是正午,伪太阳高悬中天,但是她们的生物钟却完全是混乱的。赞娜和迪芭极力阻止自己打瞌睡。偶尔会有预言家给她俩送来茶水。"我们过会儿就过来陪你们,"送茶来的预言家们都这么说,"抱歉耽搁了。"随着时间流逝,群鸟飞过头顶,还有一些体型更大、外表更奇怪的东西。

桥下的街道上传来一阵微弱的呼啸声。

"有动静,你听到了吗?"迪芭问道。黏黏在垫子上前前后后地跳动着。

"喂……"下面有人在叫喊。那个声音非常小,几不可闻。

"没有,"赞娜答道,她站了起来,"不过我听到了其他的。"突然传来一阵喧闹。

"有东西过来了。"赞娜说。一个影子在桥上一瘸一拐地缓慢走来,预言家们纷纷跑去帮助它。

"发生了什么?"赞娜大喊。她跑向他们,迪芭和黏黏紧跟在她后面。

在隐秘桥斜坡上被救助的是第二个筒者。它的金属身体遭到了重击,身上还流着柏油似的黏液。

"我们受到了攻击!"一位预言家说,"筒者被伏击了!感谢老天它们听到了动静。"

在桥梁落地的那条空旷街道上,其他几个筒者正在赶来。它们在往后退,高举着武器,守卫着桥头。

"它们守在两端的桥头,"莫塔尔说,"本不该有人闯得过来。"

"我以为没人能够上到这座桥。"赞娜说。

"确实,**本该如此**,"他厉声说,"但是不存在完美的系统。所以才安排了筒者。以防万一。"

UN LUNDUN

筒者聚在它们受伤的朋友们以及畏缩的预言家们的前面。它们拿稳武器,等待迎战。

等待着。

"那么……他们在哪里?"迪芭悄声说。

一阵微弱的杂音响起。预言家们和筒者慌张地四处张望。

"在那边!"赞娜说。

在他们身后数米远的地方,办公室旁边,桥梁的中心,系着绳索的抓钩从下面街道飞升上来,缠住了桥的承重大梁。

"诡计!"莫塔尔说,"他们明白自己无法从任何一个桥头上来,但现在我们摆脱不了他们了……他们已经抓住了桥中间。赶快!"

这一打筒者犹如杂技演员一般翻着跟头,奔去阻挡入侵者。可是就在它们到达那个由办公桌和储物柜组成的小型迷宫之际,那些黑乎乎的恐怖影子已经爬上了桥梁的一侧。

入侵者的数量多于筒者。他们穿着又脏又烂的连衣裤,踩着橡胶靴子,戴着手套。他们装备着水管,像用枪似的用水管瞄准。真正把赞娜和迪芭吓得脸上血色全无的是他们的面具。

他们的整个头都包裹在帆布袋或者皮袋子里。他们的眼睛是烟熏过的玻璃圈。面具上吊着几根如同大象鼻子似的橡胶管,拉伸到他们背上的像潜水员的氧气瓶一样的圆桶上,桶身上到处都是油污和泥土,还印有生化危害和危险的标志。

"我的天啊!"赞娜声音嘶哑地叹道,"他们到底是什么?"

莱克特恩的脸色变得煞白。

"老天爷保佑啊,"莱克特恩呢喃道,"是恶臭吸毒人。"

第二十五章
吸毒的敌人

恶臭吸毒人是被斯摩格抓住的一群人,更恐怖的是,斯摩格强迫他们吸入它。它利用它的化学物质,合成了一种改变人心智的强效毒药,然后把这种毒药灌进了它俘虏的肺里,随即控制了他们。假如他们还有意识,他们会觉得自己处于深层的梦境之中。斯摩格让他们对药物上瘾,那么它命令的任何事情,他们都会乖乖照做。恶臭吸毒人是斯摩格的毒药奴隶。

筒者袭向他们。也许是因为恶臭吸毒人本身就是可悲的人偶,本身就是受害者,所以就连无情的筒者也没有使用它们的武器。它们以掌劈、拳头和回旋踢进攻,它们的金属身躯飞快地旋转,敌人根本跟不上。它们试图通过不对敌人造成永久性伤害的手段来制服敌人,但恶臭吸毒人吸入的斯摩格毒药让他们变得十分强大。

他们并没有受到多大的限制。他们的水管喷射出含油的烈火。筒者在喷射的斯摩格烈焰之间左躲右闪。

"快走!"莫塔尔一边说,一边推搡赞娜和迪芭。预言家们全都手忙脚乱地跑了起来。"莱克特恩!我们必须带预言书和舒瓦泽离开这里!"

"什么?"迪芭大叫起来。

UN LUNDUN

一个筒者被一束火焰击中。它拉下筒盖保护自己的眼睛,同时收回了它的双臂和双脚。烈火伤害不到它的金属身躯,只将它烧黑了。

"我们要去哪里?"莱克特恩高声问道。

"随便什么地方。"莫塔尔说。恶臭吸毒人越来越近。"我们快走!"

"去哪儿?"赞娜问。所有人在听到了她的声音之后都环顾四周。"他们的气罐里装的就是斯摩格吗?"莫塔尔点头。"他一直在找我!我怎么能逃走呢?"

她转过身,双拳紧握,一步一跺脚地走过去,脸上的表情介于任性与庄重之间。她从坏掉的座椅上抓起一根板条,把它当作大头棒一样举着。

"都别管我!"她大吼一声便冲向了战斗区域。

"赞娜!"迪芭喊道,"停下来!"

"等等!"看到迪芭和好几个预言家都冲向前去阻拦赞娜,莫塔尔忙不迭地说。莫塔尔的声音中充满紧张的喜悦。"'她将首战获胜'……"

"别管我!"赞娜一面高声喊,一面挥舞她手中的棍棒,她一头扎向战场,迪芭奋力奔跑,想赶上她。

"是时候了。"莫塔尔说。

赞娜的手指卷起,她周遭的风不寻常地急速旋转起来。

"感受它升起，舒瓦泽。"莫塔尔喊道。预言家们全都注视着这一幕。

"你在做什么？"迪芭大叫起来。

"这是她生来要完成的使命。"莫塔尔答道。

恶臭吸毒人逼近了。迪芭紧握住黏黏。气流在赞娜周身奔涌。

她举起右手，手中还握着那根尖锐的大头棍棒，接着一阵风扫过战场，吹得恶臭吸毒人踉跄后退。筒者跳到赞娜身侧。她扭头迎上迪芭的目光。有一瞬间，她似乎在发光。迪芭慢了下来，望着她。

"赞娜，"迪芭呢喃道，"舒瓦泽……"

一个恶臭吸毒人挤过了筒者们的封锁线，"啪"的一下击中赞娜的后脑勺。

就在这瞬间，赞娜倒下了。

"赞娜！"迪芭尖叫起来。

"什么……？"莫塔尔喊道。

赞娜躺在地上一动不动。先前那阵仿佛受她指挥的风忽然就随意四散而去。

筒者围在她身边，竭力阻挡那个偷袭者。他再次举起了手臂。

"住手！"迪芭大吼道，"它会害死她的！怎么回事？"迪芭一把抓住莫塔尔的衣领。

"我……我……我……"他结结巴巴地说不清楚，眼睛盯着失去意识的舒瓦泽，"预言书？"

"我不知道。"预言书呜咽着说。莱克特恩飞快地翻着书页，神色惊恐。"这……不应该发生的。"

"*救她！*"迪芭焦急地说。

恶臭吸毒人的数量远多于筒者，尽管垃圾筒们个个都英勇无畏，但恶臭吸毒人步步紧逼，朝赞娜迈进，他们脚下那双厚重的靴子踩在地面上砰砰作响。

第二十六章
合拢与张开

此时传来一阵振翅的声音。桥梁上空忽然疾速飞来许多拍打着翅膀的黑影。

"切断那些水管!"一个声音不知从桥下哪个地方传来,"还有,快让我进去!"

"是布罗肯布洛!"莱克特恩说,"我们要怎么办?"

"唔……"莫塔尔支吾着。他望向平躺在地上的赞娜,然后又望向逼近的恶臭吸毒人。

"快让我进去!"布罗肯布洛大喊道。

"我……我这就连接他附近的桥梁。"莫塔尔说道。他咬紧牙关,聚精会神起来。

一个高挑而纤瘦、身穿黑色套装的男人奔跑着出现在桥梁上。他的风衣随风飘动。恩布雷丽斯莫。他身边有东西飞在空中,一边飞一边喷射出细小的气流,身体还一张一闭的,就像章鱼和蝙蝠的混合体;它们数量惊人,有上百种颜色;正是听命于他的破烂雨桑们。

有些伞架弯了,有些伞布烂了,有些雨伞没有把手,但它们全都移动

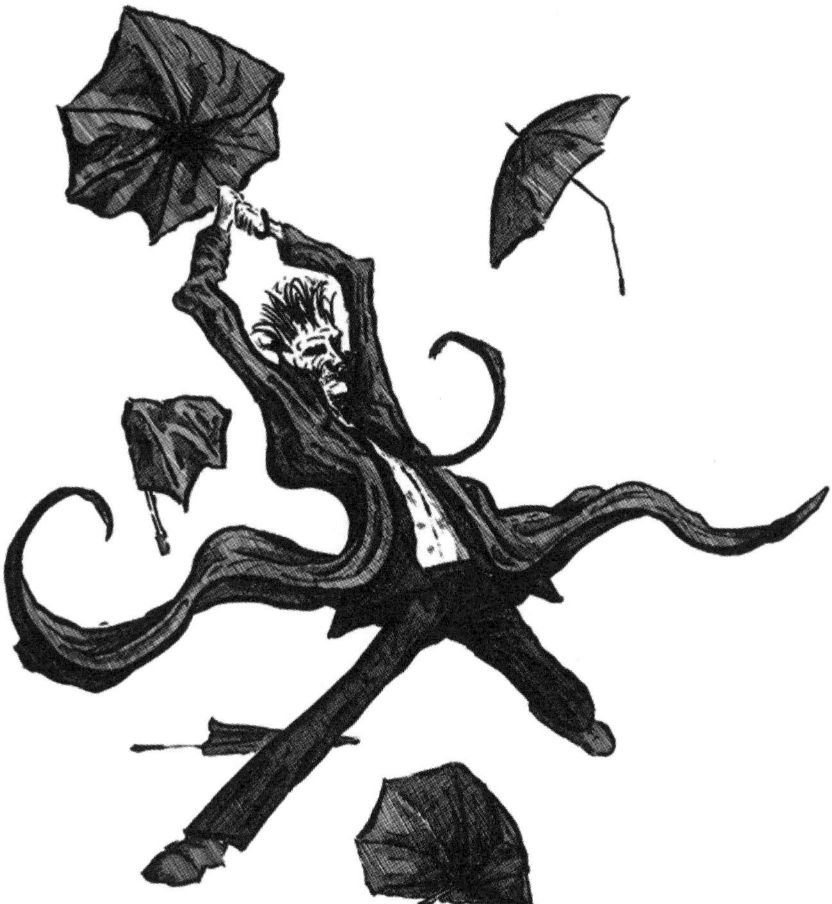

伪伦敦

得非常迅速，而且来势汹汹。它们绕着恶臭吸毒人打旋。它们如同好斗的乌鸦，用它们的伞尖去戳护目镜，用弯曲的手柄去钩取呼吸管道和喷火器。

一把坚忍不拔的大雨桑用弯曲的辐条，用力扯下了那个偷袭赞娜的敌人的兜帽。随之而来的是一声巨响，以及一团肮脏的烟雾。

这个恶臭吸毒人惊声尖叫起来。他连忙慌乱地伸手去摸水管，而此时气罐还在不断喷涌斯摩格的毒气，水管胡乱地扭动着，犹如毒蛇狂舞一般。雨桑用力地撑开又收拢。迪芭看见好几个筒者取出了张开的铁质扇子，朝烟雾猛烈挥动起来。

"铁扇术①，"莱克特恩蹲在迪芭旁边说，"格斗用扇的一种技艺。要对付斯摩格，这种技艺不可或缺。"

"我们必须救回赞娜。"迪芭说。透过那个受伤袭击者面具上的洞，迪芭能听到他的喘气声。呼吸到了干净的空气，有毒化学物质被夺走，那人倒地不起，浑身抽搐。

"切断那些水管！"布罗肯布洛再次高声喊道。筒者低头躲过火焰，迅速回到打斗中去。这一次，它们明白怎么做了。斯摩格的吸毒人兵队一个接一个地倒下了，吸食着那些被扯断或者被切断的水管。他们绝望地吸食那些有毒的烟雾，接着就静止不动了。

剩余的斯摩格毒气嘶嘶嘶地漏了几秒钟。一股股令人倒胃的臭气飘在半空中，缓慢抵抗着筒者和雨桑为了驱散臭气而制造出来的气流。

莫塔尔和莱克特恩挡在迪芭身前，于是她奔向赞娜，嘴里高喊着她的名字，看到朋友的头上有瘀青，还在流血，她整张脸都皱了起来。

"预言书，"她听到莫塔尔在说话，"到底怎么回事？"

迪芭跪在赞娜身边，此时，她看到一团斯摩格毒气正像一条满怀恶意的鼻涕虫似的钻进赞娜的鼻子和嘴巴。

---

① 此处原文为铁扇术的日语罗马拼音，tessenjutsu，合气道的一种技术。

UN LUNDUN

"它跑进她身体里了！"迪芭大叫起来，"救命！"

"她吸进去了吗？"莱克特恩赶紧问道，"预言书？"

"我什么都没查到，"预言书答道，"第76页？第520页？"莱克特恩急忙翻查书页。"书上没写这件事。"

莫塔尔听了听赞娜的胸膛。就算是没有意识，赞娜在呼吸的时候也又咳又喘。"我想这点儿毒气不会害了她的性命，"莫塔尔说，"但也不会让她好过。"他坐了起来，迪芭看得出他眼睛里的不解与恐惧。

明眼人都能看出他在极力控制自己。"莱克特恩。"他喊道，随即指向那群恶臭吸毒人。

"我们会看看能为他们做什么，"莱克特恩说，"有些人可能中毒太深，无可救药了。"

"可是赞娜要怎么办呢？"迪芭大声地问。

"预言家们。"布罗肯布洛先生在雨桑的护送下，来到他们身边。

"恩布雷丽斯莫，"莫塔尔一边说话，一边与他握手，"我们欠你人情。请原谅这里的凌乱。我们发现情况有变……和计划的不一样……"

"怎么回事？"迪芭对莱克特恩怀里的预言书发问。

"我一直都在戒备诸如此类的袭击，预言家。"布罗肯布洛对莫塔尔说。他说话的声音冷冰冰的，音量也很低，只比悄悄话大声一点点。"我听说你在找我。看情况我来得很及时。你知道他们是在追捕什么吗？"他看了一眼迪芭。

"当然知道。舒瓦泽。"

"什么？"恩布雷丽斯莫整个人露出一副无比吃惊的样子。"我……不知道舒瓦泽已经到这里了。当然了，之前是有很多传言，不过我以为……它们不可能是真的。那么，舒瓦泽……"他看着迪芭。迪芭表情痛苦地看了回去。

"噢，不，"莫塔尔说，"确实很容易弄错，布罗肯布洛。这位不是舒瓦泽。这位年轻的女士是迪芭·乐珊。书里也提到了她，我想你会找到

130

的，但她不是舒瓦泽。"

"被那本书提到有什么用？"迪芭说，"那本书讲的都是错的。"

"你好大的胆子！"预言书反驳道。

"你看呢？"她说话的同时手指着赞娜。现场一片鸦雀无声。

"那位，"莫塔尔说，"就是舒瓦泽。"

"啊，"布罗肯布洛说，"我明白了。"他低头看向她。"她有一头金发，"他语气轻柔地说，"我想我以前听说过这点。她……"

"不，"莫塔尔迅速地回答，"我们赶走了大部分斯摩格毒气。只有极少量被吸了进去。"

"但是也足够……制造麻烦？"布罗肯布洛低声问道。莫塔尔点头肯定。

"我的天啊。"预言书忽然开口。它的声音听起来空洞而恐怖。"她说得对。预言书讲错了。这里有内容。预言书错了。"

"发生的一切说不太通……"莫塔尔对布罗肯布洛解释道，"有什么意义呢？"预言书喃喃地说，"到底有什么意义呢？"

"预言书，行了，"莫塔尔强忍住他的情绪，然后对布罗肯布洛说，"我们以为我们知晓一切……结果却出了不少意外。是的，我们想和你谈谈，弄明白这到底是怎么一回事。或许你可以解释某些事情……"

"为什么你把伦敦的雨伞召唤到这里来？"迪芭叱问道，包含怒火的声音带着一丝哭腔，"为什么你要派雨伞去监视我朋友的家？都是因为这个我们才会来到这里。你到底做了什么？"

"啊……"布罗肯布洛慢悠悠地回答，"终于，我有点明白这个情况了。"

"那就快点解释，"迪芭说，"然后我们要好好医治赞娜，还有……"她指着她的朋友，话音顿时卡住。

那团从恶臭吸毒人的气罐里喷涌而出的泥巴色毒烟，那团雨桑和筒者极力想要吹散的毒烟，正在悄悄地再次凝聚。它悬浮在战场上，如同一团

UN LUNDUN

浓缩的污渍，一点一点爬向赞娜的身体。

"斯摩格勒！"莫塔尔说道，"落单的烟团。别让它靠近舒瓦泽。同时我们必须阻止它加入它庞大的本体。要是斯摩格发现了上桥的办法，那我们全都会完蛋。"

那是一团厚实的云层，有三四米宽。它不停盘绕着，颜色逐渐加深，犹如一朵恶毒的小型暴雨云。在它的内部深处，传出一阵刺耳的响声，就像在磨牙。

云层貌似在收拢自身。随后传来一阵机关枪似的砰砰声，它下起了石头、煤炭以及子弹，径直朝她落下。

第二十七章
布料与钢铁之墙

布罗肯布洛一跃来到迪芭的面前,动作快得让人看不清。他的两只手上各拿着一把撑开的雨桑。

这位恩布雷丽斯莫跳舞似的转着圈,他旋转着手上弯折的雨伞,把它们当作盾牌一般。不可思议的是,啪——啪——啪的声响传来,斯摩格勒的子弹被层层帆布弹落。

布罗肯布洛飞快地舞动两把雨桑,速度之快,仿佛一堵由彩色布料与纤细的金属手指构成的闪闪发亮的墙面。布罗肯布洛一声令下,其他的雨桑全都扑腾着飞了起来,它们撑开伞面,旋转着加入到封锁烟团的进攻的队伍中。有的雨桑被撕裂了,有的雨桑被折弯了,有的雨桑倒翻成了碗的形状。但每一把雨桑都把自己变成了一面盾牌。

随着斯摩格勒变小,攻击的力度也逐渐减弱。它的子弹被反弹之后,纷纷溶解为一团团烟雾,然后往斯摩格的方向飘回去。不过雨桑们没有给它们回去的机会。雨桑们疯狂地一开一合,制造出了强风。

斯摩格勒本来放出了一缕缕细烟,摸索着伸向桥梁,想攀附住桥身。但是雨桑们对这恶心的小瘴气毫不手软。它们把斯摩格勒吹散成块,吹得

UN LUNDUN

它离桥越来越远，吹进了强风里。

斯摩格勒现在小得无力停稳。它变得更浅淡，更单薄，接着变成了空中的一个污点，随后彻底消失了。

迪芭和预言家们站在下沉的伪太阳那厚重的光芒下，注视着雨桑一个接一个降落在赞娜的身边，好似它们已经耗尽全身的力气。

"那些都是子弹，"莱克特恩说，"还有匕首。你的雨桑们是帆布做的。"

"所以说，"莫塔尔对恩布雷丽斯莫说，"以流血砖石的名义，你是怎么做到的？"

"我之前还不确定该什么时候告诉你，"布罗肯布洛说，"我现在还没有完成最后的测试。但是各种事件，正如你所见的，迫使我动手了。至少现在，我们清楚这一切能起作用了。比起努力向你们说明，我直接展示给你们看会更容易一些。

"你可以从隐秘桥去往任何地方，是吧？"

"那是自然，"莫塔尔答道，"只要有这个地方。这就是桥梁的意义——去到某个地方。你想去哪里？"

"请和我来，"布罗肯布洛说，"还有……"他看上去在思考，沉默了几秒。"是的，你也来，年轻的乐珊小姐。我认为你应该得到一个解释。就在不久之前，我找到了一个东西。去哪里？定下方向。我们要前往本·休·恩斯特伯的工作坊。"

"什么？"莫塔尔惊讶道。

"我不会离开赞娜的，"迪芭说，"你们看她啊。"

赞娜躺在一张沙发上，接受着预言家们的照料。她双目紧闭。她在流汗，面色苍白，而且每一次呼吸都让她的肺部发出难听的响动。

"我不知道。"预言书悄声说。

"你帮不了她，"布罗肯布洛说，"在**这里**帮不了。此时也帮不了。不过只要你跟我来,我会让你明白如何才能帮上忙。"

"她不安全。"迪芭说。

"她会很安全的,"莱克特恩说,"我们会让桥梁一直移动。"

"斯摩格的主体还不知道发生的这一切,"布罗肯布洛说,"最终或许会有几缕从这场战斗中逃跑的烟雾找到它,但短时间内这里不会有危险。"

"我真的很想去,"迪芭说,"带上赞娜和我一起去。"

"当然了,"布罗肯布洛说,"我很乐意这么做。相信我。"

莫塔尔,莱克特恩和预言书,迪芭和黏黏,恩布雷丽斯莫和他听话的雨桑们走下了弯曲的桥身。

"就算斯摩格知道了之前发生的一切,"布罗肯布洛说,"我认为事情的经过会让它心生一丝畏惧。

"它清楚大战一触即发,"他说,"这场战争已经筹备数年了。如今战争爆发了。这就是为什么它要袭击舒瓦泽。"他温柔地对迪芭说,"它非常惧怕她。它希望在战争打响之前,她不会成为阻碍。它很快就会袭击伪伦敦。

"但是现在,我们要给它增加点儿顾虑。我待会儿会解释这一切。"

他们来到了桥头附近。莫塔尔和莱克特恩若有所思地凝视着远处的街道。

"让我们去一个地方……"莫塔尔说,随即走下桥头。

"别担心,"莱克特恩对迪芭说,并努力对她露出一个安心的微笑,"我明白你想照顾你的朋友。我们会确保一切万无一失。"她挥手示意,跟上了莫塔尔,迪芭落后她几步。

她走了几步后才意识到身边的建筑与她几秒钟之前见过的那些不太相像。在入夜不久的月光下,眼前都是些煤炭颜色的陌生建筑。

她身后也没有桥梁。

她走过一些伪伦敦的奇怪大楼。有座房屋长得像一个有窗户的水果,

UN LUNDUN

有一扇字母S形状的窗户,还有一扇窗户像字母Y,是一座处在挖空的线球中的房屋。它使得布罗肯布洛带他们去的那栋建筑更加突出了。

"我记得这个地方,"莫塔尔说,"以前在这背后收取补给,通过运河……"

这栋建筑看上去是一座再普通不过的砖厂。它有几层楼那么高,厂房中心竖起一根高耸的钟楼兼烟囱。

第二十八章
实验所

恩布雷丽斯莫领着他们走进一栋漆黑的楼房。

他们听从他的声音，跌跌撞撞地通过走廊，穿过房间，爬上阶梯。

"要是这里有陷阱怎么办？"莱克特恩问。

"闭嘴，"预言书急切地说，"我想听听这个。我需要知道现在发生的一切是怎么回事。"

"显而易见，斯摩格已经做了一段时间的准备了，"布罗肯布洛说，"云层一直在同我说。斯摩格以往总是躲在暗处，发射奇怪的火焰，又冲出来吞掉它，然后再次消失。在废弃的大楼或者地下潜伏着。然而一切都已经变了。

"事到如今，人们已经好奇几个月了，都在想舒瓦泽是不是出现了。我认为这让斯摩格变得无比焦躁。它肯定认为时机到了。

"很明显恩斯特伯也很担心。虽然。我不认为……"布罗肯布洛飞快地瞟了一眼预言书，然后移开了目光，似乎觉得很尴尬。"我并不确定他是否完全相信预言的准确性。"

"也许有点道理吧。"预言书闷闷不乐地说。

"当我听说他离开了，我开始思考。可能他是对的。万一舒瓦泽没有出现呢……我之前以为恩斯特伯发现了什么。伪伦敦需要一个备用计划。"

他们继续穿越大楼里没有窗户、没有灯光的区域。迪芭听见黏黏边走边嗅。

"我想通了一件事，"这位恩布雷丽斯莫说，"斯摩格发射的这些子弹：它们是雨。一场挑衅的雨，但雨终究是雨。斯摩格是云。而所有云朵都有一个天敌。雨桑。"

"等会儿，"迪芭说，"你的雨伞全都是坏掉的。"顿时一阵尴尬的寂静。

"**你们的雨桑**不过是棍子，"布罗肯布洛冷冷地说道，"我的雨桑已经**觉醒**了。而且仍然是保护者。于是我决定训练它们，利用一些小手段，保护伪伦敦的人民。

"我需要一支军队。如果只靠往常那样渗透过来的废弃品，数量是远远不够的。所以我一直在这里招募新的雨桑，哪怕相隔很远。

"之后我听说出事了。我倾听云层之间的闲言碎语，那些往来于这片天空与你们的天空的云层，它们说斯摩格发出了尖锐的爆裂声，还说它打败了它的敌人。我好奇是不是舒瓦泽遇到了什么事情。所以我召唤了一个观察员去核查情况。那就是你之前看到的，年轻的小姐。

"赞娜没有被车撞，"迪芭说，"被车撞的是另一个女孩。"

"啊……"布罗肯布洛说，"金发的？很高挑？这倒解释了这个谜题。我当时还以为舒瓦泽丧失了活动能力。悲伤的是，如今结果也是这样。所以，其实，我也只是一直有所准备。"

走廊上有了微弱的光亮。布罗肯布洛站在一扇修长而模糊的门旁边。

"但是要怎么做呢？"迪芭问，"雨伞挡不住子弹啊。"

"好了，"莫塔尔怒气冲冲地说，"你这样非常无礼。"

"让她问吧，莫塔尔，"莱克特恩小声说道，"恩布雷丽斯莫，我们这位访客想表达的是，那个，呃……"

伪伦敦

"她说的完全正确，"布罗肯布洛说，"不管是雨伞，还是雨桑，它们都不防弹。但是正如我说的——斯摩格的子弹只是雨罢了，而我的子民可以阻挡雨。我知道一定有方法可以强化它们。"

"所以说，它们有点像防弹背心？"迪芭问。

"差不多吧。问题在于斯摩格可以改变它的化学物质，可以发射不同复合物构成的飞弹。要让雨桑有效阻挡它可能制造的所有产物，唯一的办法就是要了解斯摩格的一切。"

"所以说我们为什么要来这里呢？"迪芭又问，"你进入恩斯特伯的工坊，阅读他的书籍，是不是？他比所有人懂得都多，于是你一直在学习。"

布罗肯布洛笑了。

"你真是抬举我了，"他说，"我完全读不懂他的那些文本。相信我，我努力试过了。我做不到，不过我明白我需要一位专家的帮助。"

他推开了那扇门。室内上方的照明亮得让他们忍不住眨眼。

这是一间十分宽敞的工作间。天花板高远。房内有塞满了书籍的书架，以及布满灰尘的机器，还有大量烧瓶、卷轴、钢笔和垃圾。还有几堆塑料和几块煤炭。在巨大的壁炉旁边还安有一部货梯。

房间里到处都是烧水壶、玻璃杯和橡胶管，还有锅炉和传送带。中间是一口冒泡的黄铜铸缸。

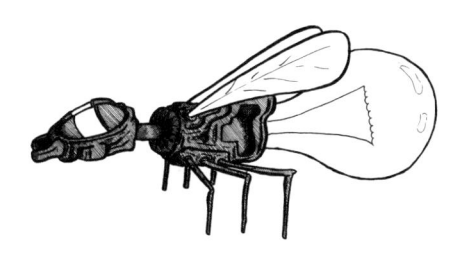

房内没有窗户。书架和板凳上坐着许多看似平静的昆虫，个头差不多有迪芭拳头那么大，还有很多懒散地趴在墙上，室内的光亮正是来源于这些昆虫。它们的腹部都是发光的灯泡，用螺丝固定在它们的胸廓。它们移

UN LUNDUN

动缓慢,让影子也跟着爬动。

房间里一团乱。到处都是坏掉的雨伞。在液体喷雾前,它们以蜘蛛一般的步伐快速地穿过众多转向气缸。它们吃力地攀上大缸的边缘,挨个跳了进去。

它们像企鹅入水那样一头扎进缸里的液体,随后再次出现,颤抖着跳出来,接着把自己插进一个巨大的置物架上。一排又一排的雨桑在那里滴水沥干。

莫塔尔和莱克特恩突然惊讶地吸了一口气。

积满灰尘的壁炉旁边,站着一个身穿一件十分肮脏的白色外套的男人。在移动的昆虫灯泡的光芒下,他看上去脸色惨白。他身材矮小,体形肥胖,眼睛里布满血丝,大大的脑袋上光溜溜的。

他看上去疲惫极了,但他冲迪芭和两位预言家露出了微笑。

"不可能!"莫塔尔说,"真的是你吗?"

"你们好啊,我的老朋友们。"奇怪的小个子问候道。

"本?"莫塔尔难以置信地说,"本杰明·恩斯特伯?"

第二十九章
坩埚中隐藏着希望

一阵欣喜过后,莫塔尔生起气来。

"你到这里多久了?"他质问道,"我真不敢相信你竟然不告诉我!我们还以为你死掉了……"

"我知道,我知道,"恩斯特伯说,"我很抱歉。这是有原因的。"

他说话时喘得厉害。他和迪芭握了手,他的手握起来有些紧绷。他看上去糟透了,尽管看他的动作十分有力,说话也很快。

"什么理由?有什么正当的理由可以……"

"斯摩格仍然在找我。"

"啊。"

"我会告诉你所有细节,"恩斯特伯说,"我保证。不过简短的版本是这样的:在伦敦时,我找到了头鳌战士。"

"什么?"莫塔尔惊讶地问,"你怎么找到的?都没人清楚他们到底存不存在。"

"哈?噢,是的。不过,你知道的,他们也许是一个秘密团体,但是没有秘密能瞒过意志坚定之人。所以我找到他们了。他们还剩一些人。藏

UN LUNDUN

起来了。并且他们还教了我他们的魔咒。"

"那他们给你看克林纳莱克特了吗？"莱克特恩满怀敬意地问道。

"非常遗憾，唉，那东西早已消失了。魔法武器无法长存。它完成了它的使命，如今它已经坏掉了。但是他们将斯摩格的信息教给我了。我知道了所有的一切。我知道了它的构成，更重要的是，我知道什么可以阻止它。那才是我当初离开的目的，我找到了。

"然而斯摩格肯定发现了我的行动。因为我查到它在跟踪我。

"要不是我把它研究得这般彻底，我很可能都发现不了它已经侵入过来了，但是我用了一些……试探手段。我不得不躲起来。转入地下。毫无疑问，这儿的人没一个知道我在哪里。就连我是否还活着都没人知道。然而斯摩格在找我。有一次它就差一点儿就找到我了。我设法逃走并溜回了这里，不过我还没做好准备。我很清楚，只要斯摩格认为我失踪了或者消失了，它就不会再管我了。所以我**必须继续隐藏**。我不能出去，因为我没有做好万全的准备。"

"我们一起制订了一个计划。"恩布雷丽斯莫说。

"就是这样。布罗肯布洛的仆人们找到了我。当他问我如何让他的雨桑们变为盾牌时，我想到了如何将我所学到的一切投入具体的应用。"

"这可以阻止斯摩格。"布罗肯布洛说。

"正是。"恩斯特伯朝那个奇怪的机械以及那个挤满正在激情游泳的雨桑的大缸挥了挥手。"这个应用就是橡胶的硫化，不过更有趣，还有一点点超自然。化学物质、技术以及魔法的混合物，可以挡开斯摩格扔向我们的一切混合物。它无所不能。"

"我们就快要准备好了，"布罗肯布洛说，他的声音中充满了激动之情，"我已经召集了一支军队。恩斯特伯已经让它们做好了准备。几天之后，我会给伪伦敦里的每个人分发经过处理的雨桑。这会花费点时间，但到时每个人都能得到一把雨桑。我会继续把它们从伦敦拉过来。直到城里的每个人都处于它们的保护之下。"

伪伦敦

"可是我们无法如你一般命令它们，恩布雷丽斯莫。"莱克特恩说。

"你们不必动手。这正是美妙之处。它们听从我的号令。我会告诉它们保护携带它们的所有人。只要有恩斯特伯的神奇液体和我的士兵，我们就可以保护伪伦敦的所有人。如果斯摩格企图朝我们下它的子弹雨……只用撑开你们的雨桑，你们就会安全无恙。"

"这真是……绝妙。"莫塔尔感叹地说。

"这个计划，"莱克特恩叹道，"是个真正的计划。"

"如此说来，伪伦敦根本就不需要舒瓦泽？"迪芭说，"斯摩格似乎不知道这点。它依然待在她的肺里。它会对她做什么呢？万一她真的生病了。假如她发生不测，那我不管斯摩格有多恐怖，我都会找到它。"

在场众人沉默了一会儿。

"我就猜你可能会这么想，"布罗肯布洛体贴地说，"我听说了很多消息，你和你的朋友一起来到这里。你们一定非常害怕。还有说我们必须认真考虑你们的事情。我在想我们能做些什么……"他眯起眼睛，似乎在评估她。"给我点时间。"他说完便招手示意恩斯特伯过去。

两个男人在一起嘀嘀咕咕。"……我们可以……"迪芭听见他们说。莱克特恩朝她挪了几步，似乎想要护着她。那两个男人貌似有分歧。"……绝对不行……"她又听到了，还有"……可能会起作用……"以及"……值得一试……"和"……除非迫不得已……否则……"他们聚头低声讨论着。

"那好吧。"恩斯特伯突然说，接着耸了耸肩。

"我有一个主意，"布罗肯布洛说，"我想我也许可以将你朋友体内的斯摩格给赶出去。"

"计划就是，"他说，"让斯摩格慌张起来，让它怕到不得不召回它的每一丝分身，准备战斗。它不习惯面对拥有克制它武器的人。"

"你认真的吗？"莫塔尔问，"你真心觉得你可以让斯摩格感到害怕吗？

UN LUNDUN

如果你能够做到……好吧。"莫塔尔的表情还带有一丝对恩布雷丽斯莫能否做到的怀疑,但他已经赢得了莫塔尔的尊重和忠诚。

"而你要如何帮助舒瓦泽呢?"莱克特恩问道。

"我会吸引它的注意力,"恩布雷丽斯莫说,"在远离此处的某个地方,某个没人会受伤的荒地。点亮两个旧轮胎,去钓斯摩格。"

"你打算故意引它现身?"莫塔尔询问。

"我无法相信,"预言书难过地说,"几个世纪以来,所有会发生的事情我都知道,所有的来龙去脉我都清楚。可在舒瓦泽的后脑被锤了那么一下之后……我所知的一切都消失了。结果就成我什么都不知道了。不过准确地说,我觉得你听起来像是一个令人钦佩的将军。或许你的计划会有用。就算没有舒瓦泽,也许伪伦敦的确还有机会。"

"预言家们,预言家们!拜托了,"布罗肯布洛说,"我们不只是在讨论这座城市。我们也在谈论一个年轻的女孩,她还躺在桥上,呼吸十分艰难。现在,只要我的计划起效了,"他对迪芭说,"那么你就可以休息了。你的朋友也会安然无恙。那些预言……好吧,它们仍旧是错误的,但是那也没关系,因为伪伦敦有了保护自己的新办法。"他手中转动着一把雨桑。"所以,舒瓦泽再没有必要回来了,你们也不必再担心她了。"

"我能做些什么吗?"迪芭说,"我想帮忙。她是我的朋友。"

"那会很危险。我真的不能……"他沉默下来,开始思考。"或许确实有件事情。"

"告诉我!"

"这意味着你要回家,而我需要时间来准备。我们需要让她离斯摩格越远越好,还得尽快行动。这只有你在伦敦才能做到。"

迪芭都快喜极而泣了。

"我想要回家!"她激动地说,"我们一来到这里就一直想回家。"

"那么正好,"恩布雷丽斯莫说,"让我来告诉你怎么做。"

第三十章
离开

当众人从工厂出来时,隐秘桥原本不在那儿。但是莫塔尔和莱克特恩让众人快速转了一两圈后,熟悉的塔楼和天线又出现在了他们面前,随后他们就回到了隐秘桥那柏油碎石路面上,朝预言家的办公室走去。

月酿高悬头顶。它变得比前一夜更大了,近乎满月。

预言家们都聚在赞娜一动不动的身体旁,等待着。黏黏蹦蹦跳跳地溜向他们。

"快过来,你这个傻盒子。"迪芭说,同时轻柔地摸了摸她朋友的脑袋,倾听她费力的呼吸声。接下来,迪芭看到三个熟悉的人影出现在了隐秘桥上,她惊喜地叫喊起来。

"奥巴代!琼斯售票员!斯库尔!"她一边喊,一边跑向他们,并挨个儿拥抱了他们——就连斯库尔都笨拙地倾身抱住她,用戴着巨大又笨重的手套的手拍了拍她的后背。

"迪芭!"奥巴代喊道。

"你还好吗,姑娘?"琼斯问候道。

"你们做到了,"她说,"你们是怎么到这儿的?你们所有人都还

UN LUNDUN

好吗?"

"途中确实有一点点惊险,"琼斯说,"我们去了河流的南部。在那里,罗莎不得不使用了一些极限驾驶技巧……"斯库尔用力地点头,伸出一只手在空中比划出"之"字形动作。"我们甩掉了一只恶心酒瓶,但有两个空中劫犯登上了公交车。我用尽一切办法干掉他们。"

"然后斯库尔登场了。"奥巴代说。斯库尔摆出了一个强壮的姿势。

在琼斯简洁的描述中,穿插着奥巴代热情的话语,还有斯库尔激动的手势,迪芭知道公交车已经着陆,并且经历了一场战斗——"不算很激烈。"琼斯是这么说的。"那简直太可怕了!"奥巴代是这么说的。"恶臭吸毒人……烟雾僵尸……还有其他外表十分恐怖的东西……"

"我们尽可能久地拖住了他们,"琼斯回答,"他们一进入公交车就抢回了那个俘虏——就是那个穿着托加袍的坏蛋——然后就走了。"

"他们发现舒瓦泽不在车上了。"迪芭接话道。

"可怜的小家伙。"奥巴代看着赞娜说。斯库尔摸了摸她的脑袋。

"她会没事的,"迪芭赶紧说,"我们知道接下来要怎么做。"

"真是难以置信,她竟然这个样子,"奥巴代说,"这本不该发生的。"

"跟我说说吧。"预言书待在莱克特恩的怀里,闷闷不乐地开口。

"如果不是她来拯救伪伦敦,那会是谁呢?"奥巴代问道。

"说到这个,"莱克特恩开口道,"我们有了另外的计划。一个相当非同寻常的计划。一个有你们以为不会再见到的人参与的计划。"她瞟了一眼预言书,又悄悄补充了一句:"总之不是一个书上写过的计划。"预言书发出一声叹息。

"你还记得怎么做吧?"布罗肯布洛问道。迪芭点点头。

月光洒满大地。预言家们和几位筒者站成一条线,目送迪芭离开。她低头注视着赞娜,双目紧闭,安静地平躺在一架手推车里(预言家们非常小心且轻柔地将她放了进去)。这看上去有些不尊重,像这样推动她的朋友，可是她没有其他的选择。

"很快。"恩布雷丽斯莫说，"我会准备好一切。早上六点。做好准备，好吗？"迪芭再次点头，然后望向她剩下的同伴们。

她一直那么想回家，想了那么久，并且她依旧非常迫不及待地想要见到她的家人，然而要和这些伪伦敦人说再见时，她突然感到非常悲伤。从他们脸上的表情来看，他们也是同样的感受。

"你是一个非常坚强的人，不是舒瓦泽的迪芭，"售票员琼斯说，"你有你自己的伟大人生，你听到我的话了吧？"

"我可能会再回来的。"她说。他摇了摇头。

"这……很难说。"琼斯缓缓说道。他弯下身子，让迪芭能平视他的脸。"回来可不那么简单。相信我。我试过好几年了。"他的视线下移了片刻。"要是你能再回来，那我会很开心，相信我。你让我刮目相看。不过……"他露出一个悲伤的微笑，摇了摇头，突然拥抱了迪芭。"我恐怕这便是永别了。"迪芭几乎听不到他的声音了。

斯库尔蹲了下来，笨拙地拍了拍迪芭，给了她一个拥抱，然后对她竖起大拇指，祝她好运。

"能带你们两个去公交车车站，我感到非常荣幸，"奥巴代说，"别忘了我。以及……让舒瓦泽也记着我。"

"或者别那么做，"布罗肯布洛警告道，"你必须对自己说的话非常小心谨慎。"

"我明白，我明白。"她回答道。

"那好吧，"奥巴代哀愁地说，"那么，就你记住我吧。"

"你。"预言书开口了。它的声音听起来很郁闷。"丰恩，你让我想起了件事情。"

莱克特恩举起预言书。奥巴代凑上前去，头上插满别针的设计师和那本多余的预言书悄悄地谈起话来。

"自我记事起，我就一直在等待她，"预言书对迪芭说，"舒瓦泽不应为……我的不足负责。你知道吗，我总是幻想等到舒瓦泽拯救伪伦敦之时，我会如何在她的手里，如何为她提供建议。我幻想这一幕已经很久了……久到你和她那时还没有出生。

"我是真的非常难相信这一切……不会发生了。我很想她能以某种方式，带上我四处行动。我想请求你帮我送给她某个东西。"

"这可不是个好主意，"布罗肯布洛说，"我们完全不清楚舒瓦泽醒来之后会是什么状态……"

"好吧，如果这不合适，"预言书气冲冲地说，"那么你就留着这份礼物吧，迪芭·乐珊。你同意吗？看在老天的分上，我只是想做出一个姿态。为了她。并不是说我有多么想要死守我原本的用处，明白了吗？"

"把我打开，"它对莱克特恩说，"在开头的某处。有一页描述——这些内容全都是准确无误的。不论其他内容情况如何。"莱克特恩照做了，接着她、莫塔尔，还有迪芭，全都发出了恐惧的大叫——奥巴代探过来并且整齐地撕下了这一页。

"你在干什么？"莱克特恩大声呵斥道，"你疯了吗……？"

"冷静点，"预言书说，"是我让他这么做的。我的主要工作本来是预言，可结果证明，我要是本食谱那还能更有用一些。至少你们可以从我身上得到一顿体面的午餐。这样一来，这两位至少能够真的记住我们。"

奥巴代手指灵活地处理着那张纸。他从口袋里摸出剪刀，用它来剪出式样。他从头上取下几根别针，把式样们钉在一起，然后又从头皮上取出一根穿有白线的缝衣针，开始缝制起来。

不到两分钟，他就完工了。

"好了，"他对迪芭说，"伸出你的手。"他给那只手戴上了他为她做的手套。

迪芭活动了一下她的手指。古老的纸张非常柔软，看着丝毫不起皱，但弯曲时又能感觉得到。这只手套上写满了词语、未完的句子以及段落的末尾，印成了十分古奥的样式，让人很难读懂。

伪伦敦

"一件能让你们永远记住我们的礼物。"预言书说。

"这太漂亮了,"迪芭说,"我……她会非常喜欢的。"

"如果她看到了这个,"布罗肯布洛说,表情有些不安,"那很可能不太合适。"

莫塔尔和莱克特恩盯着那只手套,一副仿佛随时会心脏病病发的表情。

"噢,省省吧,你俩,"预言书说道,"我的书页。我想做什么都可以。"

"现在就别担心了,"恩斯特伯说,"我们会保护伪伦敦的安全。"

"并且帮助你的朋友。"恩布雷丽斯莫补充道。

黏黏从阴影中滚了出来,跳进了迪芭的怀里。这个小牛奶盒紧贴着她。

"很抱歉,黏黏,"她低声说,"但是我不能带上你。"牛奶盒发出悲哀的声响。"你不会喜欢那边的。你会被不小心丢掉。最后运进垃圾场里。或者被烧掉。"

黏黏哀伤地晃动它的开口。

"不行,"迪芭说,"你必须留下。"她环顾四周,找寻桥上看起来最有责任心的人。"莱克特恩……感谢你一直以来的关照。还有……你可以照顾它吗?"

莱克特恩一脸惊讶。

"当然可以。"她稍后回答道,然后接过了牛奶盒。黏黏发出了抽泣似的声音。

"听话。"迪芭说。

"记住,"布罗肯布洛蹲在迪芭身侧说,"我们不知道斯摩格离开后,舒瓦泽会是一个什么状态。对她温柔点。别让她受到惊吓。别强迫她去回忆那些她还没准备好想起的事情。"

"莫塔尔?"他一边说,一边碰了碰莫塔尔的手腕,"请?"

149

UN LUNDUN

  莫塔尔挥手示意迪芭过去。她动作尽可能地轻柔地推动手推车，带着赞娜往桥头走去。

  她转身挥手告别。莱克特恩、奥巴代、琼斯还有斯库尔，甚至还有一两个简者也同她挥手道别。黏黏试图从莱克特恩的手中挣脱出来，想要跟着迪芭。

  "两个地方相距越远，难度就越大。"莫塔尔说，"从伪伦敦通往伦敦的路格外遥远，得穿越异境。我们会用到巨大的能量。"

  在远处，迪芭能够看到伪伦敦之眼正在加速转动。那庞大的水车越转越快，将史米斯河搅出了泡沫。

  "这些能量将透过我提取出来。"莫塔尔说。

  桥头已近在眼前。奇怪的伪伦敦街道只剩几步之遥。"坚持住……"莫塔尔说。他在流鼻血。

  "这让你受伤了！"迪芭喊道。

  "只有……一点点……远了……"莫塔尔咬紧牙关挤出这句话。

  旋转水车的嘎嘎声此时听起来已经有点危险，迪芭坚持他们应该停下来，前方的街道上出现了奇特的一幕，然后莫塔尔*真的*停下了，但他突然粗暴地指向上方，接着迪芭跟跟跄跄地朝前走去，将手推车推下桥头——

  ——进入了她的住宅区。来到了一楼的人行道，就在她家前门的旁边。

  在伦敦。

  月光透过云层洒向大地。一只猫在附近某处叫了一声，而后又重回寂静。迪芭周围的窗户全都黑乎乎的。

  隐秘桥突兀地出现在她身后的人行道上。它架在住宅区空地的上方。

伪伦敦

她看不到隐秘桥的另一端。莫塔尔站在桥上，举起他的手。

不知何处传来丢瓶子的噪声。迪芭转身望了一眼，等再转回来时，隐秘桥已经消失了。

她静静地站在原地，站了很久。

最后她打开了她家前门，她手上还戴着那只用预言书的书页做的手套，她用那只手推开了家门。她跨过门槛走进家里。

"妈妈，爸爸。"她小声地喊了几声。她心底有点期待他们会坐在外面，焦急愁苦地等待她。不过客厅里没有开灯。她能听见他们卧室里柔和的呼吸声，他们在睡觉。

她尽力保持安静，推着赞娜进入她的卧室，动作轻柔地将她抱上折叠床。然后她把手推车拿了出去，将它弃置在人行道上（所有人都会认为它是别人家的东西）。或许它甚至会悄悄渗回到伪伦敦。

回到房里，她小弟弟的卧室灯亮了起来。哈斯穿着他的睡衣，揉着眼睛走了出来。看到她时，他停下了脚步，目瞪口呆地望着她，傻兮兮地站了好几秒。然后他浑身哆嗦，眨了眨眼。

"你好，迪芭。"他困倦地说。他走进卫生间，开着门撒了尿。"你为什么穿得这么整齐？"他在回卧室的路上问，"我做了个关于意大利细面的梦。"他关掉灯，回到了床上。

迪芭挠了挠头，皱起眉头。她坐在自己床上，摸了摸她毫无意识的朋友的额头，随后看了看时钟。

"大家可以停止担忧了，"她呢喃道，语气忧愁且困惑，"我回来了。"

第三部分

伦敦,还是伪伦敦

第三十一章
清除气体

时间一分一秒地过去，床帘外的天空依旧是一片漆黑，迪芭感到无比焦躁，甚至觉得难以呼吸。她想跑进父母的房间，跳上他们的床，把他们都弄醒，然后要求他们为了她的归来而感到高兴和宽慰。她想检查奥巴代缝制的那只手套，那只不久之后她可能就得放弃的手套。她想仔细地阅读手套上的每一个字。但随着时钟指向清晨六点，她明白自己还有任务要完成，她必须集中精神。

我之后会弄清楚其他所有事情，她想道，心脏剧烈地跳动着，*现在，我必须做好准备。*

"坚持一会儿，赞娜，"她轻声说，"布罗肯布洛……别出错。"

为了完成恩布雷丽斯莫交给她的任务，她鬼鬼祟祟地穿过黑暗的房屋，悄悄地拿起她需要的工具。

时钟的秒针走了一圈，慢得惨无人道。分针几乎是在爬着走。赞娜躺在折叠床上艰辛地喘气，辗转反侧。

"用不了很久，赞娜。"迪芭呢喃道。

最后，还差五分钟到六点。还差四分钟。三分钟。迪芭在犹豫，随后戴上了奥巴代给她的手套，希望能有好运气。在半明的微光之下，她努力

UN LUNDUN

读着手套上的文字。

还有两分钟到六点。一分钟。

迪芭环顾四周,忽然感到一阵恐慌。房间里的电源全部都被接通了。她从插座上拔下一个插头,她的立体音响上的光变暗了。她接入自己的设备。

在分针指向十二,正好六点整的那一瞬间,赞娜开始发抖。

"加油,赞娜。"迪芭低声念道。

她朋友的身体在颤抖,手臂和腿脚都剧烈地扭动起来。

赞娜呻吟起来,然后屏住了呼吸,屏息的时间长得吓人。

呼吸,迪芭心想道,**快呼吸!**

紧接着迪芭发出一声惊恐的喊叫。一缕蜿蜒的斯摩格触须从她的窗户飞快地爬了进来。

她胡乱地拍打那个东西,但是它移动得太快了。它无声地快速跃过房间,散发着废气的恶臭,展开自身,紧附在赞娜的脸上。

"不!"迪芭大喊一声,随即拾起她的武器,可接下来她看到斯摩格看起来就像在拉扯她的朋友,而赞娜在**吐气**,她犹豫了一秒钟。

我会让它自己聚集起来。布罗肯布洛曾这么说过。

一股股污秽的烟雾从赞娜的鼻孔中喷流了出来。她吐气的时间很久。肮脏的螺旋状烟雾在床具上方盘绕,融合为一个绵密的雾块,悬停在床的上方。

迪芭看着那团气体,她很确定,它也在盯着她。

然后,一缕缕细丝般的烟雾朝迪芭的脸射去,她打开了手中拿着的风扇。

"想掐死我的朋友?"她问道,然后拿起风扇对着这团斯摩格勒一阵狂吹。

它退缩了,但是迪芭没有放过它。她拿风扇正对着它吹,斯摩格在惊恐中开始消散。她能够感觉到空气中那污秽模糊的压力。

迪芭在整个房间里追赶这些肮脏的烟雾。它们慌慌张张地逃窜，就像躲进角落的鼻涕虫，而她将风扇的电线拉伸到极限，不断攻击它们。它们逐个灰溜溜地逃跑了，躲进地毯里，或者挤进缝隙中。

那个钻进窗户、从伪伦敦一路追来的斯摩格触须，赫然挡在她前面，但她把风扇陡然往它面前一送，它迟疑了，然后蓦地顺着原路飞速跑出窗外。

迪芭静止了一刻，这一刻仿佛无比漫长。

我……做到了……吗？ 迪芭心想。

迪芭关掉了风扇。她十分怀疑地嗅了嗅，但这里只有些许斯摩格的气味：汽油、煤炭、泥巴和硫黄。她在自己的皮肤上发现了它留下的浮渣和污迹。

"迪芭？"

赞娜睁开了她的眼睛。

"赞娜！"迪芭喊道，张开双臂抱住了她的朋友。

"迪芭……？发生了什么？我在哪里？"赞娜咳了起来。*你吸进了斯摩格*，她想，*然后又把最后一丝斯摩格都赶出来了。*

她抱着赞娜，抱了很久。

"发生了什么？"赞娜不停地问。她皱起眉头，摸了摸她的后脑勺。"怎么回事？"

*谢谢你，恩布雷丽斯莫，*她在心里想。*谢谢你，谢谢。还有……我干得也真不错。毕竟她把最后一点斯摩格也赶走了。*

"没什么，赞娜，"迪芭说，"你被一个恶臭吸毒人给偷袭了，斯摩格钻进了你的身体，但是布罗肯布洛帮了忙，我刚才把它赶跑了，所以……"

迪芭看到赞娜脸上的神情，话音一下停住了。

UN LUNDUN

"迪芭，"赞娜声音沙哑地问，"你在说些什么呀？"

"斯……斯摩格，"迪芭答道，"在那座桥上。和那些预言家在一起？"

赞娜摇摇头。

"我听不懂。"她说。

我们不清楚它会给她留下什么影响，布罗肯布洛曾这么说过。

"你记得的最后一件事情是什么？"她问道。

"你什么意思？"赞娜问，"昨天？我们……是昨天吗？我梦见了有东西在我家外面，只是……这是怎么一回事……？"

她什么都不记得了，迪芭想，全都不记得了。她震惊地瞪大了眼睛。

"这该死的噪声是什么？"迪芭的母亲穿着睡袍打开了门。当她看到两个女孩，有一瞬间眼神一片茫然。她摇了摇脑袋，对她们恼怒地眨了眨眼睛。"原来是你们两个，"她说道，"弄得梆梆梆响，还大喊大叫……还早着呢，姑娘们！迪芭，你在？"

迪芭一把抱住她，她一脸迷茫地低下头。

"妈妈，妈妈，妈妈！"迪芭唤道。

"对，疯丫头，是我，"乐珊夫人答道，"虽然你这突如其来的孺慕情很讨人喜欢，但你还是太吵了。"

"对不起，乐珊夫人，"赞娜说完，再次爆发出一阵咳嗽，"我的头！"

迪芭的母亲又眨了眨眼，换了个表情。"你听起来不太好，亲爱的，"她说，"也许我们应该快点把你送回家。"

家，迪芭心想，然后露出了微笑。

"也许我应该回家了，"赞娜难受地答道，"我感觉**糟透了**。"

我们做到了，迪芭想着。尽管她的朋友处于疼痛之中，她也不明白赞娜的记忆出了什么问题，但最重要的事情是她们两个现在都在**这里**。家，她心中充满难以言喻的情感。

"你在笑个什么劲？"她的母亲问她。

我们回家了，迪芭想。

第三十二章
遗留

送赞娜回家后,迪芭在心里对帮助过她的伪伦敦人表示了感谢:奥巴代、琼斯、斯库尔、瓦石行者们、莫塔尔和莱克特恩,特别是那位恩布雷丽斯莫,布罗肯布洛。

祝你们好运,她心想道。她知道伪伦敦人们仍然面临着一场硬仗要打。斯摩格不会喜欢他们的反击的。但是有了布罗肯布洛和恩斯特伯的计划,伪伦敦的人们可能会获得胜利。

现在,这是他们的战斗了。他们没有舒瓦泽了,但是他们制订了自己的计划,她希望他们能够有好运。

母亲的漠不关心实在古怪,迪芭对此感到困惑,回家的喜悦都被这困惑蒙上了阴影。不过接下来她又想起莫塔尔说过的那个术语——镇静效应(phlegm effect)。

她在电脑边上查询phlegm这个单词。她发现,没错,它确实是鼻涕的意思,就是她之前以为的那个意思,但是它也有其他更古老的含义:镇静。当她查询这个意思时,她知道了这词是"情绪的平复"的意思。

UN LUNDUN

所以说这才是莫塔尔想表达的含义。

镇静效应就是迪芭的爸妈睡眼惺忪地来吃早餐,愉快地和迪芭打招呼,仿佛她未曾失踪三天之久的原因。

"爸爸,"她说,"你还记得我昨天是什么时间到家的吗?"

"昨天吗?"他看上去在思考,"大概六点,是吗?不对,我不太确定。"他耸了耸肩。

"我们在晚餐的时候聊了什么,妈妈?"

"晚餐的时候,亲爱的?大概是……你的功课?"她的母亲把回答变成了问句,然后抛诸脑后。

这并不像是时间停止了,并不像是他们忘记了她,也不像是她被一个幻影所替代了。恰恰相反,她一直都待在伪伦敦,他们只是*没有担心*。这么长的时间里,他们都以为自己片刻之前见过她,或者说她只是钻进了自己的房间待着,或者是快要回来了,又或者是他们很快就要和她交谈。他们全都保持着镇静——很冷静——因为他们没有,也没能意识到,她真的消失了。

她的父母和弟弟,她的朋友们和老师们并没有陷入恐慌,迪芭对此很高兴。她一点都不想要他们担心。虽然她不得不承认,发现没人想着她和赞娜,这还是让她心里有一点点不舒服。

但她想起家人们在看到她回来的那一刻时,他们所流露出的迟疑让她感到很不安。迪芭努力不去想起这一点,哪怕她的老师和同学也出现了同样的反应。

赞娜回去后的第一天没有去学校,她躺在床上吃止疼药医治头疼,喝止咳糖浆抑制咳嗽。在运动场上,迪芭望着太阳,冲着那张又圆又胖的小脸露出微笑。看到的不再是伪太阳那个空洞洞的圆圈圈,这感觉可真是非常奇怪。

阳光更加明媚,她觉得自己在晒日光浴。

"你心情很好嘛,"爱德华兹小姐一边说,一边古怪地看着她,"好久没见你这么开心了，自从……"她说着，声音逐渐止住了，当然是因为她记不太清楚上一次见到迪芭是什么时候了，因为镇静效应。

赞娜的爸爸摆脱了车祸的罪责，他的好心情也让赞娜心情不错。凯莎和凯丝在迪芭身边仍旧有点小心翼翼，不过她们之间的气氛已经有些改变了。在午餐队伍中，她们会拘谨地向她微笑，还提到了白克斯很快会回来上课。如果看到斯摩格的那一幕吓到你们了，迪芭心想，你们绝对无法相信我在过去几天里经历的那些事情。

她自己都不太敢相信。在明亮的小太阳的光辉之下，她所有那些关于恶心酒瓶、瓦石行者、通往任意地方的隐秘桥、飞翔的公交车，以及她的小牛奶盒黏黏，都仿若一场白日奇梦。

所发生的一切都似乎是那么不可思议，她在确保周围无人盯着她后，掏出了那只手套，开始阅读。如果赞娜想起来了，她想，我就把这个给她。在那之前，它是我的。

手套上大部分都是单个词语，甚至只是一些字母，但偶尔还是有些简短的句子。她很快就把它们记在了心里。

砖石魔法和鸽子们
到底，只能后悔
难以进入，不容易
通过书籍台阶进入，在故事梯子上
不同于其他所有

她以相同的顺序读了一遍又一遍，静静地背诵它们，就像背诵诗歌那样。

赞娜很快就回到了学校，随后白克斯也回学校了，她俩和朋友之间的关系仍在继续缓慢地修复。几周内，她们就重归于好了。

一切都回到了原来的样子，迪芭对自己说。

UN LUNDUN

她自言自语，即便她明白这不是真的。

凯丝依旧打着石膏。赞娜还在忍受头疼，只要一用力呼吸她就有点喘不上气。她的动作比以前还要迟缓了。只有迪芭知道原因。

迪芭绝对不能对她的朋友们说起之前发生的一切。但凡她的谈话稍微靠近任何有一丁点儿怪异的事情，凯丝，或者凯莎，或者白克斯就会变得很恐慌，很暴躁。

有一次，当迪芭和赞娜独处时，她温柔地问道："你知道'舒瓦泽'这个词的意思吗？"迪芭摸到了口袋里的那只手套。它是你的，你有这个权利，她心想。

赞娜专注地皱起眉头。她张开嘴巴，不过什么都没有说。忽然之间，一种嫉妒、惊慌，甚至是害怕的神情从她的脸上一闪而过，她开始剧烈地咳嗽。*她不愿意想起来*，迪芭意识到，同时伸手拍拍她朋友的后背，*那太可怕了*。

当然了，不能将这场难以置信的非凡经历告诉她最好的朋友们，这很让人沮丧，有时候甚至让人沮丧得不行。这是发生在她们两人身上的事情，但当她和赞娜坐在公交车后座嬉笑胡诌时，就连她自己都很难相信所有的经历就这么从赞娜的脑袋里消失了，她告诉自己这是值得的，随后她极力不去想起她和赞娜最近乘坐过的那辆非同寻常的公交车。

有时在晚上，迪芭会坐在她的床上，望向外面月光照亮的住宅区，想象月酿光辉下的伪伦敦。她希望那里的每个人都健康幸福，还有那场反击斯摩格的战斗也能完全按计划进行。

那会是一场艰难的战斗，但是在恩布雷丽斯莫、恩斯特伯的指导下，在神秘头鳌战士的技术辅助下，也许伪伦敦能够获胜。纸手套上的神秘文字，迪芭读了一遍又一遍，到目前，她相信手套属于她，并祝愿伪伦敦人好运。

当她在伪伦敦时，她无比地想要回家。现在，尽管她真心高兴自己回来了，但她还是伤感于无法谈起她去过的那个神奇地方。

迪芭确信自己再也看不到伪伦敦了。

第三十三章
日常的强势回归

她当然想错了。

第三十四章
好奇心和它的果实

有一段时间,迪芭努力不去想伪伦敦,因为它总让自己想念它。然而她很快就意识到,她根本控制不住自己。

走在街上时,她看着路人都会猜想他们是否知道伪城市的存在。她是知道此事的少数人之一。

迪芭想知道伪伦敦人、伪伦敦、斯摩格和那场秘密战争的消息。尤其是那场与斯摩格的战斗特别吸引她。想到她自己的城市曾经也经历过这类似的事情,她就觉得之前见过的那些不可思议仿佛与她的家乡更贴近了。

肯定有来到伦敦定居的伪伦敦人,反之亦然,她意识到,或许有某个秘密团体之类的我可以加入,伪伦敦的朋友。

毕竟,如今她已经知道确实有真正的秘密组织存在了。

迪芭用客厅里的电脑上网搜索关于秘密战争的信息,与此同时,她的父母在看电视。

网上有一些网站提到了"伪伦敦",但是在她费时费力地查看这些网站之后,她发现没一个是关于那座伪城市的。**不可能什么都没有,她心里想着,**可是网上的确什么都没有。

伪伦敦

所有提到"恩斯特伯"的内容全都是不相干的拼写错误。所有列举了"头鏊"的清单都是关于古代头盔的,也就是这群神秘守护者用来当作名字的那个物件。迪芭尝试了"克林纳莱克特"的好几种不同拼写,但什么都没有搜索到。

她努力思考着新策略来调查这段被隐藏的历史。她查找了如何硬化织物。她查找了"天气巫师",然后得到了一大堆网页,但是大部分内容都愚蠢得可笑,完全没有一点有用的信息。

"妈妈,"她喊道,"研究天气的学科叫什么呢?"

"气象学,甜心,"她的母亲答道,并且给她讲了这个词的拼写,"你在做家庭作业吗?"

迪芭没有答话。她在搜索引擎里输入了"气象学",在看到超过一千四百万条查询结果跳出来时叹了一口气。她将气象学与"烟雾"、"团体"和"伦敦"这些词组合在一起,依然得到了成百上千条网站链接。

她对研究英国天气的人数感到震惊。国家气象局、大学里的气象学学院、伦敦市市长办公室的下属部门、英国皇家气象学会。她随机地点开它们,浏览了关于1952年伦敦烟雾的许多文章。

紧接着,迪芭忽然看了一眼她正在阅读的网页之一的网址:rmets.org。

英国皇家气象学会,它的名字就写在网页的顶部,学会图标的旁边,读作阿麦茨。

迪芭瞪大了眼睛,张大了嘴巴。

她找到了这个被称作"天气巫师"的组织,也就是恩斯特伯说他曾经寻找并向其学习的组织。她找到了"头鏊战士"[①],而且他们的名字根本就不是用头盔来命名的。

多年来这些都混淆了,她想。这个名字。这里的人们念的是RMetS,

[①] 头鏊战士的英文为Armets,英国皇家气象学会的首字母缩写为RMetS,其发音与"头鏊战士"发音相同。

UN LUNDUN

而伪伦敦人听错了，还以为是 Armets。只是他们弄错了。

查清问题的喜悦很快被逐渐增长的不安浇熄。

所以说……恩斯特伯所说的一切到底是什么，他跟头鍪战士一起学习魔法？这里没有头鍪战士，没有天气巫师，也没有魔法。这里根本没有秘密团体。全都搞错了。

所以说……

所以说恩斯特伯一定是在撒谎。

第三十五章
对话与揭露

也许是我搞错了,迪芭想到,也许他说的是他和RMetS一起工作,是我记错了。

她给英国皇家气象学会打了四次电话,她总是失去勇气然后挂断电话。第五次的时候,她让铃声一直响着。当一个男人接起电话时,迪芭很高兴听见自己的声音还算冷静。

"请问我能和利普斯特教授讲话吗?"她先前从网站上写下了一份名单。

"有什么事吗?"

"我需要某人的一些个人信息,他曾经工作……我认为他曾经在学会里工作过。"

"我不能……"

"他名叫恩斯特伯。"迪芭说,令她吃惊的是,这个男人不说话了。

"等会儿。"他说,随后是一阵咔哒声。

"你好?"一个女人说,"我是丽贝卡·利普斯特。我得知你想了解本杰明·恩斯特伯的事情?"

"是的,"迪芭说道,"我想知道他之前到底在研究什么,拜托了。这

UN LUNDUN

相当重要。我在竭尽所能地找寻尽可能多的……"

"听着,"利普斯特教授打断道,语气中多有怀疑,"我不能谈论这类事情。你是哪位?"

"我是他的女儿。"迪芭说。

一阵沉默。迪芭屏住呼吸。她知道她在冒险,利普斯特有可能会听出她在撒谎。但是迪芭认定,只要他们听说过恩斯特伯,这就是她能遇到的最好机会——说服这群气象学家交出他留下的任何记录的机会。她已经准备好了所有的谎话。我爸爸说他遗漏了他的部分资料,我可以来取走它们吗……?

而接下来,完全意想不到的事情发生了。

"噢,我很抱歉,"利普斯特教授说,"当然,我能够理解你想要知道,我会把我能说的都告诉你……而且我真心为你失去了他而感到难过。"

迪芭的眼睛睁大了。

"你应该为你的父亲感到骄傲,年轻的小姐,"利普斯特说,"他工作非常努力。就在他出意外……那天……环境事务大臣罗利女士来这里有一场官方访问,而你的父亲非常激动。他总是说她将她的工作完成得无比出色,并且他想要和她见面想了好几周了。他说过他有一些问题想要请教她。她也说过她很期待与他会面。

"之后……这场访问自然是被取消了,当我们找到他的时候。"

"发生了什么?"迪芭问道。

利普斯特犹豫了。

"我想肯定有人告诉过你了……我们认为他心脏病病发了。起初,我们认为有可能是化学意外,房间里有非常难闻的气体。但是他没有做任何类似这方面的研究。他只做历史研究。"

"哪类历史研究呢?"迪芭追问道。她的心跳在加速。

"1952年的烟雾,他说过。烟雾里有什么,它造成了多大的破坏,这之类的研究,以及解决烟雾问题的相应措施。他对什么特别感兴趣?等等:我想起来了。

"是克林纳莱克特。"

"是什么?"迪芭问道。

"从1956年起,"利普斯特教授说,"有一条法案真正地解决了烟雾造成的各种问题。"她语速缓慢地重复了她的话:"清洁空气法案①。"

"噢,"迪芭恍然大悟地叹道,"噢。"

"还有什么你想要知道的吗?"利普斯特问。

"其实,"迪芭说道,"这已经比我预想的要多了。"利普斯特还在说什么时迪芭挂断了电话。

当天晚上,迪芭的爸爸倍感意外地看到迪芭冒着小雨走出了家门。她想要在新鲜的寒冷空气中好好思考。

"你要出去玩水吗?"她的父亲询问道,"别走太远了。蠢丫头。"他指着她的雨伞,红色伞布上有蜥蜴印花的那把。"我不认为空气中的水汽是充足的理由……"

"好的,好的,爸爸,推翻用尖头棍棒指人的社会禁忌,等等等等。"她亲了亲他,然后出门了。

她转了转自己的雨伞,看着伞面上小雨滴被甩出去。她想起了布罗肯布洛是怎么用坏掉的雨伞保护她的。

迪芭又想了一遍她查出来的信息。

恩斯特伯本来打算和环境事务大臣见面,但他被阻止了。被某个发臭的东西阻止了。化学物质。他在英国皇家气象学会的同事认为他死掉了。

斯摩格发现了他。他没能够躲过它,就和他告诉她的一样。

---

① 清洁空气法案的英文为 The Clean Air Act,克林纳莱克特的英文为 Klinneract,前者发音连读后和后者发音相近。

UN LUNDUN

迪芭想到了那位负责环境事务的议员伊丽莎白·罗利。或许，迪芭想到，她可以去查清楚为什么斯摩格那么急切地阻止恩斯特伯和她见面。恩斯特伯显然认为她能够帮忙。

迪芭回想起她最近一次在新闻上听到罗利的名字。具体什么时候我记不清了，她想，不过我很肯定那不是很久之前的事情。爸爸是不是昨晚还说了关于她的什么？他很喜欢她，说她是唯一尽职尽责的人。报纸上是不是有她？是的，我肯定她在……总之这不重要。为什么我要担心罗利？我肯定很快就会再听到她的什么消息……

"我的天哪。"迪芭蓦地感叹道。她转到一半的雨伞突然停住。她突然想明白了为什么她连最近一次是什么时候见到伊丽莎白·罗利的都想不起来了。

"我也遇到了镇静效应，"她说，"也就是说……罗利就在伪伦敦。"

克林纳莱克特并不存在。很久以前，一些伪伦敦人一定是把阻止斯摩格在伦敦肆虐的东西给听错了，然后传播了这个不经意间发明出来的词语，最终整个伪城市都相信了一件不存在的魔法武器。这就是传说的起因。接着迪芭也被这个传说骗了进来，信了这个东西。被恩斯特伯骗了。

可假如说英国皇家气象学会的人是对的，恩斯特伯已经被斯摩格杀害了，那在伪伦敦的人就不是恩斯特伯。那么迪芭遇见的人到底是谁呢？

以及，这个冒名顶替者到底要做什么呢？

伪伦敦里有事情发生了，伪伦敦要出事了。没有一个伪伦敦人知晓这件事情。

第三十六章
密码中的担忧

他们会没事的,迪芭告诉自己。她一次又一次地告诉自己。

伪伦敦会挺过去的。预言家们会弄明白这些情况的。不论到底是怎么一回事。有可能我才是那个想错了的人。或许一切都好着呢。总之,无论如何,预言家们都会处理好的。

迪芭只要一想到这个,她就忍不住想起所有关于舒瓦泽和预言的疏忽。她忘不了预言家们错得有多离谱。

尽管如此,她想,他们会吸取教训的。他们会更加小心。

伪伦敦必须照顾好自己。她不是舒瓦泽。她只是普通人。不管发生了什么情况,一个普通人怎么可能帮得上忙?

它会没事的,她心想。你见识过布罗肯布洛、琼斯,还有筒者的表现了。

但是她没办法百分百放心。

再说了……她发现自己开始有奇怪的想法。接着她为自己感到羞愧。因为她脑海中悄然浮现的想法是:再说了,就算发生了可怕的事情,你也不会知道……

UN LUNDUN

"赞娜，"迪芭说，"我需要问你点事情。"

"要是你知道有个地方正在发生不好的事情，但是那里的人们并不知道，而且他们以为有好事正在发生，但是你明白其实压根不是这样，你也不是百分百确定，但你确实知道，你不知道怎么给他们传递消息，而你也没有从他们那里收到音讯，所以你也不清楚假如你真的把消息传给他们了，他们会不会做成什么事情……"

迪芭结结巴巴地说着，然后停了下来。一切似乎在她的脑子里变得更清晰了。

"迪芭，"赞娜说，"我完全不知道你在说什么……"

赞娜走开了，同时既抱歉又疑惑地回头望了一眼迪芭。迪芭明白了，恐惧。

意识到这个的瞬间，她下定了决心。就算眼前她和她的朋友们一切尚好，她也不能无视伪伦敦可能会很不好的事实。她必须想办法传消息给那座城市。她光是想想就觉得这无比艰难。

迪芭考虑过把消息装在瓶子内丢进下水道里。她在思索要在信封上写什么内容才能确保信件顺利通过异境。可不论她写什么，她永远也无法知道信息是否送达，而她必须确定这点。

当迪芭得出这个结论，她惊讶地意识到她心中的兴奋竟多于不详预感。尽管伪伦敦很可能发生了非常糟糕的事情，但她对自己发现的一切感到很激动，这也意味着：她必须得回去。

于是问题就变成了如何回到伪伦敦。

迪芭反复告诉自己，她绝对不想去，哪怕她可以做到。她没能说服自己。

在尝试几次之后，迪芭找到了通往住宅区深处地下室的那条路。然而，这次当她转动那个硕大的阀门时，伦敦并没有消失。所以她继续寻找前往伪城市的其他路径。

伪伦敦

迪芭走到几座桥上,一直在尝试集中精神,想象桥的另一端是另一个地方——伪伦敦的某个地方。但没有起效。

她找寻隐藏的大门。她闭上眼睛,努力许愿,并拢脚跟,用力去推父母的衣橱的背板。这些做法都没起效。

那边现在到底怎么样了? 她想。

绝望之中,迪芭写信给了她能想到的、唯一和伪伦敦有联系的那个人:下议院的伊丽莎白·罗利。

她意识到这封信必定会经过好几个秘书和助理之手,于是她给她的消息加了点伪装。

敬爱的罗利部长,

您不必知道我的名字。我知道您去过某个与伦敦很相似、但在某些方面又完全不同的地方。我想您明白我的意思,而您也明白我知道我在说些什么。我写信给您是因为或许您去那里比我去那里要更容易一些,而我认为那个地方有可能遇到了大麻烦。您可能知道那里有计划反击某个经常吸烟的家伙——您知道我说的是谁——并且我认为有个本该提供帮助的人可能并不像他自称的那样,相反,实际上是一个为反派效力的敌人。您认识我说的那个男人,那个男人很不可靠[①](迪芭尤其满意这个双关语)。

如果您可以前往那个地方,或者派其他人去,那么我认为也许您应该去看看那个男人,确保他在做他说过的事情,不然我们的朋友们就有大麻烦了。

谢谢您。

一个朋友

---

① "不可靠"原文为 UNSTABLE,恩斯特伯的原文为 Unstible,两个词发音相似。

UN LUNDUN

　　至少我努力了。迪芭想，但她清楚部长很可能收不到这封信。所以她还是努力思索着回到伪伦敦的其他办法。

　　每天晚上，她坐在床上，戴着奥巴代用预言书的书页做的手套，阅读手套的内容。"砖石魔法，"她念道，"鸽子。难以进入。通过书籍台阶进入，在故事梯子上……"

　　一天夜晚，迪芭和以往一样读着这些文字，她忽然停住了，慢慢地将戴着手套的那只手握成拳头。因为忽然，终于，她想到了一个主意。虽然她马上小心翼翼地——几乎是尽职尽责地——反思了她不应该一意孤行的全部理由，但是迪芭没办法停止她对伪伦敦的朋友们的担心，她明白她会尽她所能。

第三十七章
无畏的开场

第二天到学校时,迪芭的书包被塞得满满当当。里面装了三明治、巧克力、薯片和饮料,一个铅笔刀一个便条本和几支笔,一个秒表,一条毯子,膏药和绷带,一套缝纫包,一叠过时的外国钞票(她翻遍了家里的抽屉才搜集到的),还有她觉得可能会派上用场的零碎物件。在这堆东西的最上面,迪芭还把她的雨伞也放了进去。

这天清晨,她久久地拥抱了家人们,久到他们都感到惊讶和好笑。"待会儿见,"她对弟弟哈斯说,"我可能会离开一会儿。但那里有我必须要做的事情。"

她提醒了自己好几次,她的计划可能行不通,她的全部准备可能都是白费功夫。尽管如此,那天大部分的时间里她的心脏还是跳得非常快。她以为这是因为兴奋,又认为是因为害怕。随后她明白二者皆有。

这天上午她没有和任何人说话。白克斯多疑地看着她,而赞娜看着她一脸不解。迪芭无视了她俩。

等到午餐时间,她去了学校的图书馆。

UN LUNDUN

图书馆里还有其他几个学生，有的在做家庭作业，有的在阅读，有的在用电脑办公。图书馆管理员普德莱先生抬头望了她一眼，然后继续做他的文书工作去了。除了一些窃窃私语，图书馆里很安静。

迪芭走过书桌和那些学生，来到书架之间。她走到馆内最远端，看着她面前的书架。她戴上了那只书页和文字做成的手套。

那些精装本的多彩书脊纷纷看向了她。它们有些轻微磨损，外面覆着透明的塑料。迪芭向上看。书架高出她的头顶一米左右，一直延伸向天花板。

"很好。"迪芭喃喃道。她再次检查了她包里的东西。"通过书籍台阶进入，"她看着自己的手念着，"还有故事梯子……"

没人看着这边。她小心翼翼地挪动步子，一脚踩到了一个书架的边上。她向上攀爬，扶着另一个书架。她的动作十分缓慢，也很谨慎，她开始把众多书架当成一把梯子攀爬着。一脚踩在一边，一手爬上另一边。

众多图书没有给她的手脚留下太多空间。她感觉到书架们在晃动，但它们并没有倒下。迪芭集中注意力阅读她指尖的图书标题。

她清楚她一定离天花板很近了。她没有慢下来，也没有向上看。她只是注视着上方的书本，继续攀爬。

再往上走，书脊的磨损程度看着要轻微一些。它们的颜色更鲜艳一些。它们的标题更陌生一些。迪芭努力回忆着她是否听说过《假发里的黄蜂》或者《一个勇敢的鸡蛋》。

她隔了一会儿才意识到她仍在攀缘。而图书馆地板看着……

幕间休息

书籍阶梯

伤伦敦

在她面前的是一本叫做《燃烧世人的伦敦指南》的书。迪芭继续攀登。她绝对已经爬到天花板之上了。和之前一样,她依旧没有向上看。

她紧贴着书架的边缘,继续爬了很久。一阵风猛然吹向她。迪芭迫使自己将目光从一本叫做《暗影之碗》的书上移开,最终向下看去。她发出了一小声震惊的尖叫。

在很下面、很下面的地方,她看到了那座图书馆。孩子们如同一个个斑点,在书架之间走动。而她正在攀登的这个书架,则像悬崖峭壁般耸立着,一路向下,两边都延伸至她目之所及的最远处。

眩晕让迪芭犯恶心。她不得不强迫自己继续向上爬。

一直到她手脚都发抖了,她才停下来休息。这一次,她再往后看,就只能看到无限延伸的书架了。她身后除了黑暗什么都没有。

迪芭试图从书架上取出一本书,看看里面的内容。她差点就没抓住。她听见自己发出的尖叫声,紧贴住这个故事梯子,等待她的心跳慢下来。她好奇她下面的朋友们有没有听到一声微弱、极微弱的响动,以及要是她摔下去了,她会不会一直下坠,最后摔回图书馆里呢?

最后,她从背包里摸出她的雨伞,接着就像登山运动员那样,用雨伞弯曲的手柄勾住上方的一层书架,帮助自己向上攀登。

有一次,她听见一声粗粝的鸣叫以及振翅的噪声从身后那片虚空传来,有东西在向她飞近。

迪芭看都不看,随手抓出几本书,直接就往肩膀后面抛掷,发出仿佛扇动翅膀的沙沙声。她听到一声重响,接着是一阵愤怒的鸦叫。鸟鸣声在身后远去。她并没有听到书本落地的声音。

迪芭松了口气,但这样乱抛书让她心生出一丝模糊的罪恶感。

UN LUNDUN

　　她不再留意时间的流逝。她心里只有这看不到尽头的书籍，只有不断增强的狂风怒号，以及四周的黑暗。迪芭的手指握住了一把叶子。她爬过的地方，有常青藤占据了书架，纠缠着的根须深入书本之中。她穿过的地方，有小动物从她面前匆忙跑过。

　　可能我这辈子都要花在攀爬上面了。她近乎迷梦一般地想到。我真想知道这堵书籍绝壁有多高远。还想知道我或许是不是该开始向左转了，或者向右转，或者走对角线？

　　情况正在缓慢好转。迪芭觉得她听到了一阵低沉的谈话声。她忽然震惊地意识到眼前已经没有书架了。

　　她到达了顶端。她举手向上，用力爬了上去……

第四部分

战时生活

第三十八章
下方的分类号

越过书墙可以俯瞰伪伦敦。

迪芭精疲力竭。这座伪城市此时就在她脚下,在她周围。月酿的光芒洒向城市。

她太疲惫了,也太困惑了,过了好一会儿她都还没明白眼前看到的一切。她谨慎地将雨伞手柄勾在砖墙上,然后一脚跨过墙头。她环视起四周。

迪芭有些头晕地晃了晃。强风用力地在推她。

她此时跨坐在一座巨大的高塔上。高塔是一个巨硕的圆柱体建筑,直径至少有一百英尺,内里中空,边缘摆满了书。它的外部是砖石垒砌的,楼层多得数不清,向下穿过小块的云朵以及一群群蝙蝠,一直延伸到伪伦敦的街道。它的内部排满了她之前攀缘的书架。

书本砌成的垂直通道十分昏暗,不过在下方的黑暗虚空之中,有飘浮的光不定时地亮起。它仿佛没有尽头。它不是一座塔:它是一口深扎于大地之下的书井。

在她攀登的过程中,有某一瞬间,原本一座平直的书籍峭壁逐渐地弯曲成圆,在她身后合拢,所以她之前并没有发现。它变成了一座烟囱,从

UN LUNDUN

书架的垂直领域探了出来。

她身后有动静。书架上是有人的。

他们紧抓住书箱的边缘，如专家一般熟练地在这些书箱之间穿梭。他们带着绳索和爪钩，还把尖嘴镐挂在身上。他们还带着笔记本、钢笔、放大镜、印泥和邮票，都悬挂在带子上。

这里的男男女女一边走路，一边从书架上取下书籍，靠着他们的绳索，检查书的细节，然后把它们放回原处，再拿出小本子做笔记，有时他们会带上书前往另一处地方，把书重新放进书架。

"喂！"迪芭听见一声喊。一个女人正朝她爬上来。好几个男人和女人转动他们的拴绳，好奇地看了过来。

"需要帮忙吗？"那个女人开口询问，"我想这里出了点儿问题。你是怎么通过接待处的？这些书架可没有开放的入口。"

"不好意思，"迪芭回答，"我不懂你的意思。"

这个女人在她下方像个蜘蛛一样移动着。她戴着一副眼镜，向上注视着迪芭。

"你应该给前台递交一份申请，然后我们的人会把你想要的书带给你，"她说，"我得请你回去了。"她指向伪伦敦。

"我正想去那里，"迪芭一边说话，一边摘下手套，放回背包里，"但我是从这里面上来的。"

"等会儿……你说真的？"女人激动地说，"你是一名旅行者？你从书籍阶梯爬上来的？我的老天呀。距离我们上次遇到探索者都过了好多年了。毕竟这可不是一趟轻松的旅途。不过，你知道他们的说法：'所有书架都通往藏书井。'此刻你就在此处。

"我是玛格丽塔·史塔普勒斯。"她抓着自己的拴具鞠了个躬，"极限图书管理员。寻书员。

"你从哪里来的？"玛格丽塔问道，"伪洛杉矶？伪巴格达？"

"我不是从伪城市来的，"迪芭答道，"我是从伦敦爬上来的。"

伪伦敦

"伦敦?"女人眯起眼睛。"这么小的年纪,你指望我会相信你一路爬上来的吗?一路向上?你没遇到文字乌鸦捣乱吗?中层书架的书族战士没阻拦你吗?"

"我不知道。先前是有东西在追我,但我逃掉了。我从我学校的图书馆里爬上来的,然后到了这里。"

"天哪……"玛格丽塔·史塔普勒斯瞪着她,"你说的都是真话。很好。很好。很好。

"你在来的路上没有左拐右拐,这真是件好事,不然你有可能最终会到达其他地方。有些图书馆真的非常糟糕,相信我,你不会想要出现在那儿的。我得承认,没有说我们这里目前就做得非常好的意思。"她叹了口气。

"为什么?"迪芭问道,"发生了什么事吗?"

"我们正处于战争之中,"史塔普勒斯答道,"并非只是这个图书馆:而是整个伪伦敦。"

第三十九章
尽职调查

从这个高度,迪芭可以看见伪伦敦之眼。闪烁摇曳的幽灵镇。屋顶区的黑色石瓦。她还可以看见将城市一分为二的那条河流的粼粼波光,两头庞大的铁质鳄鱼头蹲守在河流的两边。

夜空爬满了移动的星星。一辆飞行的公交车从月酿面前划过。

"你看到了吗?"玛格丽塔·史塔普勒斯指向远方的伪伦敦说。

远处有混合建筑的屋顶,巨大的虎爪造型和苹果核造型,以及一些奇形怪状的建筑,那些都是供人居住的房屋,旁边也有造型更常规的建筑,而在这一片建筑之中,唯有黑暗。

"我的老天啊。"迪芭叹道。

一个凝聚成团的黑色物体包裹了街道。很难看清楚那个东西,幽暗夜晚中的一个阴影。

就在迪芭望着它时,它伸出了一根根舌头状的物质,似乎在舔舐那些建筑,给它们留下了一块块烟煤灰似的污垢。它探出云雾状的触手,仿若一只肮脏的章鱼。

玛格丽塔指向另一团翻滚的气体,随后又指向下一个。伪伦敦到处散布着邪恶烟雾的聚合物,整座伪城市都落入了斯摩格的魔爪。

伪伦敦

"我的工作一点都不无聊,"史塔普勒斯说,"基本的工作内容有在下雨时把柏油帆布盖在竖井上等。分类与归置。这些书架的状态真的是令人震惊。等你面对有史以来所有写下来的东西,或者所有踪迹不明的东西时,这份工作就很难了。还有就是取书。

"我以前真的非常期待那些想要这个深渊底部的图书的请求。我们会全身绑好绳索,顺着绳索下潜数英里。下潜一定深度之后,书目顺序会变得一塌糊涂,但你会逐渐学会找出分类号。有时候我们会花上好几个星期去搜寻那些书卷。"她说话的声音听起来很遥远。

"这工作也有危险。猎人、野兽和意外。断开的绳索。有时有人会落单。二十年前,我在一个寻书小队里,找寻一个人要求的书。我还记得那本书叫做《那好吧:巴特勒比归来》。我们当时由普托勒密·耶斯领导。他也是教导我的人。有人说他是这里有史以来最好的图书管理员。

"总之,经过长达数周的搜寻之后,我们的食物都耗尽了,不得不返回。我们没人喜欢失败,所以所有人的心情都不太好。

"而当我们发现我们失去了普托勒密时,我们更觉得悲痛难当。

"有些人说他是故意离开的。说他无法承受没找到书的打击。说他依然在藏书深渊里,以书架猴子为食,继续找寻。还说他总有一天手里会带着那本书回来。"

玛格丽塔甩了甩头。

"抱歉,"她带有歉意地说,"我不应该说个没完。我只是想表达我一点危险都不害怕。但我从没想过我会在战争地带工作。而且战况在恶化。斯摩格随时都有可能发动袭击。

"我们不得不一直戒备针对这座书塔的攻击。这绝不该是这份工作包含的内容。我们希望这高处的劲风能够阻止这些斯摩格的走狗。"

"住在那里的人们呢?他们怎么样了?"迪芭问道。

"那些斯摩格控制区域里的吗?那些地方以前有人居住,但人们都不

UN LUNDUN

得不逃离了。而那些跑得不够快的人……?"玛格丽塔摇摇头,"现在没有人可以回去。你在那里根本无法呼吸。人们说,斯摩格控制区里有东西会在夜晚鬼鬼祟祟地出现,然后放火,或者埋伏起来,等着抓人。恶臭吸毒人……复生的死尸……还有斯摩格洛迪茨——从化学物中诞生的怪物。"

"我不知道发生了什么,"迪芭说,"但我清楚是谁参与了。本杰明·恩斯特伯。"

"噢,是的,"史塔普勒斯说,"你说得很对。"

"真的吗?"迪芭说道。他们已经自己想明白了,他们不能信任他,她想道。

"是的,"玛格丽塔·史塔普勒斯继续说,"要不是恩斯特伯博士,我们全都已经没命了。"

啊,迪芭想道。

她正要打断这位寻书人的话,并向她说明为什么她觉得她说错了,但她打住了。史塔普勒斯话语中的热切让她沉默下来。

"我还没得到我的雨桑,"她说,"恩布雷丽斯莫正在尽他所能快速地分发雨桑,所有雨桑都用恩斯特伯的配方进行了硫化处理。我之前本来打算存钱买。但是布罗肯布洛甚至不愿收一分钱。皮特·奈福伊特……"她指着书坑对面的一位同事,"他有一把雨桑,当时他正遭到斯摩格的攻击。

"这些雨桑棒极了! 他告诉我。你甚至不必知道应该如何保护自己。它们都被赋予了命令,它们全都接受了充分的训练。皮特甚至不用躲在掩护后面。雨桑自己就在他手中撑了起来,阻止雨滴一般的子弹碰到他。"

"我见过这个。"迪芭说。

"能帮助他是一件很荣幸的事情,"玛格丽塔说,"每隔一两天我们都能收到恩斯特伯的请求,寻找越来越多的晦涩书卷。化学和法术。还有化学法术。以及法术化学。我可以这么跟你说,找这些书可不容易,是相当艰难的探险。不过一切都值得,为了他研究的一切。

伪伦敦

"斯摩格扩张得非常快。要不是这些雨桑,斯摩格如今早就占领整个伪城市了。多亏了恩斯特伯的帮助,我们才有一丝机会。"

显而易见,她非常信任本杰明·恩斯特伯和他的配方。迪芭立马想到。

她原本计划向所有愿意听她讲话的人宣告,恩斯特伯并非如他看起来的那样,但她意识到这个做法的效果或许不会很好。最好的情况,玛格丽塔会觉得她是个疯子。而最坏的情况,她可能会将迪芭视为伪伦敦的敌人。

迪芭可不想进伪伦敦的监狱,也不想逃亡。况且,玛格丽塔的笃定也让她开始怀疑自己的结论。有没有可能是自己想错了?

或许我应该就这么回去,她想道,而一想到要再这么一路爬下去,她就浑身哆嗦。她甚至不知道这还能不能成功。然而更多的,是不确定的想法渐渐吞噬了她的决心。

完全确定恩斯特伯在撒谎之前,我什么都不能说,她在心里想道。*我有可能完全错了。可要不是这样……那伪伦敦就真的麻烦了。*

她眺望整座伪城市,心里想着要怎么办。不远处,幽灵镇那闪烁的轮廓抓住了她的目光。她想起了奥巴代曾经告诉过她的关于幽灵镇住民的事情。

幽灵镇的屋顶并不一致。它们的形状在变化。从这个距离看来,它们仿佛在移动,如同惨白的冰冷火焰。

迪芭并不喜欢她此时想法的方向。她努力思考着一些能够找到她所需信息的办法。不幸的是她想不出来。她叹了口气。她刚刚甚至想亲身加入一场危险的寻书行动。

可是我必须完全确定,她想着。*这样才不会有人认为我疯了。*

"你能告诉我如何下去吗?"她问道,"还有……你对幽灵镇和那群鬼魂了解多少呢?"

第四十章
走向鬼魂

塔楼外部有两座铁梯子，一直伸向地面。它们锈迹斑斑，一副快要散架的样子，但迪芭在经过攀爬书籍悬崖这种史诗级别的攀登之后，这两把梯子根本吓不倒她。

她挥手向寻书人玛格丽塔告别，然后开始向下爬。她旁边是另一座梯子，供读者们向上爬的，可以避开瓶颈子的噩梦。

一两分钟之后，迪芭听到了打字机的沙沙声。离她几步之遥的地方，一块砖头搁板伸了出来，搁板上有一张办公桌，搁板看看只比办公桌大一点点。有一个身穿套装的男人坐在办公桌后，瞪大了眼睛望着迪芭。

"我没有需要检查的东西。"她先交代道。

"慢着……你之前是怎么爬到这里来的？"他问，"你是偷偷爬上去的吗？"

"不，我没有。"迪芭恼怒地说。她继续向下爬。"去问玛格丽塔，"迪芭对着他大声说道，"我是从里面来的。"

"真的吗？"他问道，"一位观光客！"他的身子探出那小小的办公区域，向下呼喊道："欢迎来到伪伦敦！"

是的，这真是太热情了。联想到那不断沸腾冒泡的斯摩格控制区，迪

伪伦敦

芭不禁讽刺地想道，*而现在我不得不去乞求一群幽灵的帮助。*

不过尽管如此，她也没办法假装自己毫不激动：她回到了伪伦敦。

最后，她降落在伪城市的路面上。街道朝不同方向蜿蜒而去，它们的砖石和灰浆都变幻莫测，在阴影之间移动。

"这一次你们可吓不倒我了。"迪芭说。

伪太阳即将从随机的一个方向升起，那方天气渐明。迪芭背上她的背包，摇晃着她的雨伞。她仰望着藏书井这巨大的柱体，它是那么高耸，仿佛下一秒就要倒下来。

迪芭认准了方向，随即朝幽灵镇的方向出发，心里回忆着她之前了解到的幽灵镇居民的信息。

没人确切地知道亡者为什么会以鬼魂的样子居住在幽灵镇。大部分死在伪伦敦和伦敦的人都会直接去往他们该去的地方。在逗留人世的少数鬼魂中，许多会去别处，尤其是在他们的死亡地点出没。其他一些则会四处游荡。

然而，城市与伪城市的鬼魂中的大部分都居住在幽灵镇。有时候，他们会停留数年，然后才逐渐消失，离开，前往亡者去的地方。

幽灵镇是伪伦敦里的一个区域，但它也是亡者国度的郊区，距离死者大都市中心非常远，以至于生者的世界也能模糊地看到它。住在幽灵镇的亡者必定是有一定的缘由才会如此靠近生者，伪伦敦人是这么认为的，而他们拒绝解释这一点也很可疑。

要理解幽灵镇是非常困难的事情，因为你几乎无法和亡者沟通。这导致了无数的流言。如果不是嫉妒生者的身体，那幽灵镇的亡者们为何还要逗留于此呢？

迪芭很害怕。可是她很清楚，只有在幽灵镇，她才能找到一些关于恩斯特伯至关重要的信息。她努力地思索着如何安全地走进幽灵镇的街道，如何找到她需要的所有信息，随后安全离开，防止自己的身体被偷走。她

UN LUNDUN

还有一两英里的路程来做出决定。

"我究竟要怎么做？"她大声地问了出来。

在迪芭快速地走过那些没有灯光的巷道时，她不得不承认，她并不像之前那么肯定伪伦敦再也吓不到她了。玛格丽塔警告过她，在前往幽灵镇的路上经过的这些空荡荡的街道并不安全。迪芭告诉自己，因为差不多要到黎明了，也因为她没有耐心了，直接出发去幽灵镇才是对的。她想知道她是不是做了错误的决定。

她开始自顾自地哼起歌来，给自己打气。

肯定不会特别远，她心想道。她还是没有想清楚等她到达鬼魂区之后要做些什么。在寒冷潮湿的空气中，迪芭打了个哆嗦。

附近某处传来玻璃破碎的声响。

迪芭僵住了。

她听到一声可怕的尖叫，或许是一只狗或者狐狸或者甚至可能，只是有可能，是一个人发出的。忽然间，叫声戛然而止。

迪芭蹑手蹑脚地走近一栋邻近的建筑，一栋由古旧的磁带录音机建成的混乱房屋。她专心听着。

没有更多尖叫传来。不过有其他噪声。一阵微弱且湿哒哒的碾磨声。不是那种轻轻的脚步声，也不怎么像踏步的声音。介于两者之间的一种声响。

迪芭悄悄走向前。在那些狭窄的街道以及凝重的气流中，她无法分辨这些声音的源头。声音在移动。

有一瞬间，她看到身后的屋顶之间有一个黑影在快速移动。有东西在靠近，只有一条街的距离，在人行道的上方。

她慢慢向前走，然后瞟了一眼角落。

噢……她想道，心里咯噔一下。**拐错弯了**。

伪伦敦

前方几米远处，有一只体形巨硕的动物赫然立于黑暗之中。它的两条腿就像根系发达的巨树。它健硕的躯干上伸出一根粗长的脖子。它正把头探进楼房顶层残破的窗户里。

迪芭又听到了那湿哒哒的碾磨噪声。那个生物正在咀嚼它的猎物的尸体。

迪芭的喉咙里发出一声极小的声音，而那个恐怖的生物马上扭头，用它那双掠食者的眼睛紧盯着迪芭。月酿的光辉照在它弯曲的角上。它的利齿松开嘴唇，口水和鲜血滴了下来。巨大脖颈的深处传出一声咆哮。

*我就不该有任何怀疑，*迪芭惊恐地想道，*他们说的都是真的。在伪伦敦，长颈鹿一点都不可爱。*

第四十一章
城市里的稀树草原凶兽

迪芭狂奔起来。

她身后传来一阵怒吼与咆哮,接着是那巨大的动物脚掌踏在伪伦敦路面上的哒哒声,那只长颈鹿开始追赶了。

迪芭曲折地逃跑着,尽可能多地急转弯。她跌跌撞撞地左拐右转,呼吸十分剧烈。她瞥了那只野兽一眼,它正步伐矫健地疾驰追赶她,头不停地乱甩,嘴里衔着之前咬的猴子,犹如一面血淋淋的旗帜。

它挥动那面旗帜,紧咬的牙关间发出鬣狗般的反复尖叫。迪芭突然意识到,它在召唤它的朋友们。而在她飞奔过一个拐角之际,她看到了另一只长颈鹿出现在她的面前。它们是群体狩猎。

她沿着一条巷道逃跑。附近的屋顶上又探出了脑袋,一双双凶残的黄色眼睛全都直愣愣地紧盯着她。迪芭拼命地奔跑着,心里清楚她毫无希望。长颈鹿的声音从四面八方传来。她转弯再转弯,寻找着可以逃跑的方向,可是她已经没有力气了。

在她身后,她听到了野兽渴望的嚎叫。

长颈鹿们离她很近了。它们伸出肉块一般的舌头舔舐着自己马一样的嘴唇和牙齿。

伪伦敦

大约有六七只长颈鹿在追赶她。迪芭屏住了呼吸。

长颈鹿推搡着想抢到前面,其中两只硬是并排挤进了这条逼仄的小巷,一瞬间被卡住了。它们暴躁地互相啃咬起来。

迪芭转身拼命逃跑。

鲜血从它们给彼此制造的伤口中流了出来。这些巨型食肉动物再次疾驰追赶她。迪芭奔跑的速度加快。她回头去看它们有没有追上来。

可它们没有。迪芭脸上的神情有一丝变化,不过她所有注意力都放在了这些长颈鹿上。

长颈鹿们一只接着一只,在她面前几米远的地方,停了下来。

它们纷纷惊退,仿佛一只只不愿跨栏的赛马。它们低下了自己粗硕的脖颈,焦躁地在原地小跑着。

迪芭后退。

"你们为什么不追上来?"她喃喃自语。

这些长颈鹿转着圈怒号着,还朝迪芭伸长了脖子,但是它们没有靠近

UN LUNDUN

一步。它们整个巨大的身躯都站直了。

它们在害怕什么吗？迪芭想。紧接着，她意识到了自己所处的地方，于是答案很明了了。

四面都是闪烁的黯淡房屋。房屋的窗户处，无数幻影般的眼睛正望着她，眼睛的主人过于模糊，或者正在消失，又或者移动得太快，让迪芭无法看清。

她本来打算在幽灵镇外等待，然后制订一个计划，现在她想重新思考她的计划了。迪芭一头冲进了幽灵镇。而这些伪伦敦的鬼魂们就这么看着这一切发生。

第四十二章
鬼屋与房屋

迪芭的计划完全不是这样的。逃出长颈鹿之口的喜悦瞬间就变成了新的焦虑。

而且她还不能跑出去,那些长颈鹿还在外面徘徊,虎视眈眈。她撑开自己毫无用处的雨伞,把它当作盾牌似的举了起来。迪芭开始原地转圈。

"不准接近,"她大声地喊话,"我都盯着呢。一旦有人试图控制我,那我就……"

我就不该开口,她想着,因为她根本想不到怎么补完这句话。

迪芭小心翼翼地走进幽灵镇,一边走一边转动身体。并非只有幽灵镇的居民是鬼魂。镇上的建筑也是。

每栋房屋、礼堂、商店、工厂、教堂,还有寺庙都是砖石、木头、混凝土及其他建筑材料的内核,全被包裹在一层飘渺光冕之中,而那层光冕是它们早先的模样。所有建筑扩建的部分以及被拆掉的部分,所有被擅自侵占而变小的轮廓,所有不同的设计:全都是依附在实体上的幽灵。它们没有实体、没有颜色,形体闪烁,忽隐忽现。每栋建筑都被包裹在已经消亡的过去的自己之中。

UN LUNDUN

从所有幽灵窗户里,幽灵镇的鬼魂们注视着一切。

随着幽灵们来到街上,迪芭转身的速度越来越快。

在下沉的月酿的照耀下,一个个半透明的身影显现。男男女女的幽灵凭空出现,身上穿戴着历史上各个时代的服饰。有些人看着像伦敦人,头戴着古董假发,身穿着过时的外套。有些人更像伪伦敦人,穿着他们稀奇古怪的套装。所有人都没有颜色,完全沉默,没有实体。迪芭可以看穿他们,看到其他鬼魂。

他们飘得更近了。

"你们都退后!"迪芭喊道,"不准靠近!我知道你们想干什么!我只是需要一条消息,之后我就会离开。"

幽灵镇的鬼魂们包围了她,然后开始讲话。她能看到他们的嘴巴在动,但她听不到一点儿声音。迪芭摇了摇头。

他们变得急躁起来,甚至看上去是在大喊大叫,然而迪芭唯一能听见的只有风的叹息,以及远处野狗和狐狸的吠叫。一个鬼魂无声地跺着脚,看着很懊丧。月酿的光透过他们,闪着微光。

"我需要看一份名单。我需要看**那分名单**。"迪芭说道。她一字一句地慢慢说出她的话,仿佛她在和某个英语不好的人对话似的。"你们之中一定有人可以和我说话,"她说,"别靠近!我一会儿就会离开!我只是需要看那分清单!"

迪芭从那个打扮得像莎士比亚的模糊人影的身旁退了一步,他靠得太近了,都可以碰到她了。

"离远点!"她大声地说,"你们就没一个人能听懂吗?"

"他们全都听得懂,"有人答话了,"是你听不懂他们。"

"是你!"她说。

她转身。越过她身边这群重重叠叠的幽灵,她认出了赫米,他就靠在一栋闪烁的幽灵房屋上。

伪伦敦

他朝她走来，经过一个又一个鬼魂。

"别靠太近，"她警告说，"离远点！你看了有多久了？"

"别靠近？"他反问道，"你到底是有多没礼貌？你才是那个来这里寻求帮助的人。"附近的一个鬼魂惊讶地低头看着赫米穿过他的胸膛，走到迪芭面前。

他穿着一身破旧套装。他的肤色就像她记忆中的那样苍白，他的眼睛也跟之前一样看不清，他的语气还是那么嘲讽。"天哪，看看谁回来了。"他说道。

"你就离我远点。"迪芭说。她警惕地后退一步，举起了她的雨伞。"为什么你要一直跟踪我？"

赫米发出一声粗鲁的噪声。

"跟踪你？"他嚷嚷起来，"别傻了。"

"你当时在公交车上，"迪芭说，"和那个男人一起。"赫米面露窘迫。

"好吧，对……我确实算是上了那辆公交车跟踪你们，可那只是因为你的同伴是……你知道的，舒瓦泽。"他说道，"我那时想认识你们，而且不论……"他突然停顿了。"你说的什么意思？'和那个男人一起'？"他质问道。

"你还跟踪我们去了屋顶区。你还偷了赞娜的旅行卡！"

"慢着！行吧，假设我算是在屋顶区时也跟在你们后面，但你怎么能说我是小偷！我当时在屋顶上为你们望风呢，你们这群迟钝又没良心的家伙。之前那群恶臭吸毒人追上桥时，是谁在桥那儿吹口哨提醒你们的？我根本、从来没有偷过东西！还有，'和那个男人一起'，你到底是什么意思？"

"你来告诉我。"迪芭的话音很谨慎。

"我就知道！你污蔑我和那群恶心酒瓶是一伙儿的。"他双手放在胯上，摇着头。"真是蛮横无理。都怪幽灵，是吧？明明是我阻止了那个男人！"

UN LUNDUN

"为什么……?"

"因为他想伤害舒瓦泽!我是说……因为……你明白的。"

迪芭沉默不语。她再回想当时发生的一切:那个鬼魂男孩,或者说半鬼魂男孩,不知道从哪里莫名其妙地出现——把那个袭击者干净利落地推向奥巴代的脑袋。在屋顶上时,她也的确没看到他去触碰赞娜。"我……从没想到。"她最终开口道。也许只是赞娜把那张卡弄丢了——迪芭以前也不是没干过这样的事情。"那你为什么什么都不说呢?"

"好像你这样的人会听信鬼语者的话似的。"他的一边眉毛上扬,"你刚才还说我在跟踪你,而我连你是从哪儿来的都不知道!是你来到这里的!他们一看到你就让人来叫我了,"他说,"他们知道你太聋了,听不到他们的声音。现在,放下你这把该死的雨伞,告诉我们你想干什么,然后滚出去。"

"对不起,"迪芭说,"不过我知道你们的把戏。我不想让任何人夺走我的身体。我只是必须得查清楚一件事情……"

赫米打断了她。

"你还真把那些混账话当真了,是吧?我们为什么会想要你那讨厌的身体?"

迪芭大吃一惊。事实上,很多鬼魂都冲她愤怒地摇晃着拳头,嘴里吐出看似脏话的咒骂。

"你闯进这里来,"赫米说,"胡说八道一番,然后你还要求得到帮助?"

"我……我很抱歉,"迪芭结结巴巴地道歉,"有人告诉我……"

"你还要说什么?你也要和其他人一样,说我们和那该死的斯摩格是一伙儿的吗?"

迪芭环视周围聚拢的鬼魂。"你们……不想控制人们吗?"

"看在亡者的分上,当然不想!"赫米回答说。"听着,你,"他伸手指着迪芭说,"我不会对你说什么幽灵镇的人从没偷过身体。就像你也不能

伪伦敦

对我说伪伦敦的人从没偷过衣服一样。然而你看到我把**那些坏事**全怪在你身上没有?你看到了吗?"

"所以说……如果你们不想要身体,那你们为什么要住在活人旁边呢?"迪芭看向这些鬼魂。

"并非是他们**选择**要停在这里的!"赫米说,"在我们死后,我们中的一些人只是再次醒过来罢了。有时候是几天,有时候是几个世纪。是这样吧?"他身边一个穿着古代服饰的鬼魂点了点头,然后翻了个白眼。

"我们大部分都会在这里终结,"赫米说道,"那又怎么样?至少在这里我们还能和别人说话。但接下来我们遭到各种指控!随后我们所知道的事情是,好几伙伪伦敦人让驱魔人把我们赶走!你知道每隔多久,就会有伪伦敦人经过幽灵镇,然后在这里醒过来吗?当他们看到这里的情况后,我们又不得不听他们那些道歉的话,什么他们误会了我们之类的。显然,到了那个时候,一切都已经太迟了。"

随后是一阵漫长的沉默。当然了,愤怒的鬼魂们可能还在喋喋不休,但是对迪芭而言,只有一阵漫长的沉默。

"那么……对不起,"迪芭道歉,"别人跟我说的不对。"

"无所谓了。"赫米不屑地答道。

又是一阵沉默。迪芭在等赫米发问,问她来这里要做什么。但他没有问。

"也许……你可以帮我?"最后她开口问道。赫米打量起她。

"我帮你?"

"求你了。"她说话的语气变得更急切了,"这真的非常重要。我需要查个事情。有人告诉我这里……这里有类似所有死者名录的东西吗?"

"有啊。"赫米满不在乎地回答道,"在档案馆里。幽灵镇是一个行政区,属于死亡城邦——伪伦敦和伦敦的亡灵城市。我们还不能搬进那座城市的中心,也不太了解那里,但我们还是可以接触到它们的部分官方文件。亡者比生者要有组织得多。"

201

UN LUNDUN

"太好了,"迪芭说,"听我说……我真的需要查清楚某个人是否在那个名单上。"

"为什么?"

"因为别人告诉我他已经死了。而且是在我遇见他*之前*就已经死了。但是他肯定不是一个鬼魂。所以我想要知道这是怎么一回事。"

第四十三章
闪烁的街道

那群长颈鹿在远处咩咩地叫。与此同时,赫米领着迪芭穿过幽灵镇那些忽隐忽现的街道,走过那些被记忆中的自己笼罩着的商店和办公楼。周围的大部分幽灵都散开了。除了一两个好奇心重的亡者还在迪芭身边轻快地打转,这里只剩下一星半点儿微弱的鬼影在闪烁。

"我真是难以置信,"迪芭再次感叹,"你竟然为此向我收税。"

"呃,真是不好意思!"赫米说道,"这可不关我的事。还有你提起我们时的语气和方式,我觉得你幸运得要命,毕竟我是在帮你。"

"帮,"迪芭埋怨地嘀咕道,"我的一半现金……"

"是啊。"赫米咧嘴笑了。他炫耀似的用一叠过时的钞票给自己打扇,那是他执意要让迪芭付给他的,还得在他护送她出发之前就付。"很高兴和你做生意。"

"等我们完事儿了,我要立刻离开这里。"迪芭咕哝着说。

"哦哦哦,"赫米说,"别啊,请留下来。"他俩瞪着对方。

"我知道,我明白,"赫米时不时地和这一缕缕幽魂说上一句话,"没事的,她和我在一起呢。"

"我们不太习惯幽灵镇里出现还有心跳的人。"他告诉迪芭。

UN LUNDUN

他们走过老式街灯投下的幻影（它们早就失去了照明的能力）。鬼魂们三五成群地聚在街角。他们站在那里——或者说飘浮着，他们都没有腿——穿着从古至今各个年代的服饰。

"当你提起他们的时候，你一直在说'我们'，"迪芭开口说，"但你和其他人看着不一样。"赫米没有看她，转移了目光。"我在集市上遇见的一个人告诉我，你是半个——我怎么能够听到你说话呢？还有……"迪芭伸出手，轻轻地推了他一下，"你有实体。"

赫米叹了口气。

"我的妈妈曾经和你一样，是个伦敦人，"他说，"出生在两百年前，死于一百六十五年前。我爸爸并没有死。他是伪伦敦人，出于好奇而进入了幽灵镇。"

"我母亲试图去吓他。这是一个游戏。于是她做尽了一切吓唬人、捉弄人的把戏。但是我父亲并不害怕。他们是这么描述这件事的……在这之后，我爸就这么迷上她了。然后发生了一系列事情，比如说有了我。"

"但是怎么可能呢？要是她都没有……实体的话……"

伪伦敦

"有些鬼魂可以变为实体。能碰到一点。只有少数鬼魂可以。她是其中之一。"

"问题在于,"他愁闷地说,"我爸的家人们不喜欢,而我妈的朋友们都觉得她病了。他们成功惹恼了所有人。"

"你是唯一的半鬼魂吗?"

赫米耸了耸肩。

"我不知道,"他说,"从没遇到过同类。"

"所以你和你的父母住在一起吗?"

"我十岁的时候,我妈妈去了死亡城邦。我爸爸说她试过留下来,但形势留不住……爸爸不久后也消失了"赫米语气轻巧地说道,"幽灵镇里有很多居民都不喜欢他在这里生活。可能他们把他吓出去了。或者更糟糕的可能。或者为了和妈妈重聚,他不得已离开了。"

"抱歉。"迪芭喃喃地说,整个人都处于震惊之中。

"没关系,"他说,语调也许过于轻松了,"这里也有很好的人,他们照顾了我。就算这里有些亡者因为我有一半是生者而不喜欢我,但镇上不全是这样的人。真正不喜欢我出现在周围的是那些生者,因为我有一半是鬼魂。我可以自己照顾自己。鬼魂们不用吃饭,但我需要。运气好的是,我那一半鬼魂血统让我很轻易就,啊,能购物。"他顽皮地眨了眨眼。

"总之,"他最后总结道,"就是这么一回事。"

一栋建筑和它的鬼魂出现在他们的面前。这是一栋水泥办公楼,被一座维多利亚时代的房屋的幽灵所笼罩,一座坍塌的乔治王朝时期的建筑,还有一间中世纪外表的茅屋。它们围绕着这栋办公楼,彼此忽明忽暗地闪烁着。它的前门上方有一块印着字的塑料标牌,上面还有之前手绘的鬼影,标牌上写着:*幽灵镇议会*。

赫米为迪芭推开大门,早前所有大门的鬼影和他们一起动了。迪芭进入了悠久的历史之中。

第四十四章
"验尸"官僚作风

如果说切切实实地走在幽灵镇里面已经是一件令人困惑的事情了,那么被各种历史形态的鬼魂所包围、走在这座办公楼里就更让人不知所措。

走廊看起来一会儿宽一会儿窄,因为它的鬼影在不断扭动。周围的墙上整齐地挂着各种证书和照片,每幅都被幽灵所包裹着。裸露的灯泡和精致的吊灯的魅影覆盖在光影之上。

"我觉得我要吐了。"迪芭说。

"你这是晕鬼魂了。"赫米说,"会平复下来的。"

在一张办公桌——以及数不清的幽灵办公桌——上面放着一台电脑、几叠纸、几支钢笔以及它们的鬼影,办公桌后面坐着一个身穿田径服的胖胖的鬼魂。

我能帮助你吗? 他做着嘴型,然后抬起了头。他惊得站直了身子,脚都绷直了(如果那是脚的话),他的腿都停止了飘动。他开始尖叫,没有声音。

赫米尖叫回去。

"别这样跟我说话,"他说,"是的,她是个活人,以及是的,我就是

伪伦敦

'那个男孩'。我不在乎你的想法,你的工作就是提供信息。不,她不是,她是伦敦人,你这个蠢货。"他翻了个白眼。"不,那当然不是驱逐大炮,那是一把雨伞。"迪芭被赫米语气里的凶狠劲儿给震住了。

"现在,"他说,"把我们需要的信息告诉我们。不然我就去举报你。"

胖鬼魂郁闷地坐了下来。迪芭看到他盯着赫米,嘴里念念有词的。

赫米没有理睬他。这个鬼魂说了什么?迪芭跟着动了动自己的嘴唇,想弄明白。

忽然她就明白他怎么称呼赫米了,随即迪芭气冲冲地瞪着他,眼神充满深深的厌恶。混血种。

"好了,你需要查什么?"赫米问。

"那份记载了所有亡者的记录,"迪芭说,"我需要查一个人是否有记录。

"他的名字是本杰明·修·恩斯特伯。"

"什么?"赫米惊道。什么?那个鬼魂做着嘴型。

"你在说什么啊?"赫米说,"恩斯特伯没有死。他结束了躲藏!他正在实施他的完整计划呢,他正在伪伦敦解决斯摩格的问题,他正在对雨桑们做硫化处理……"

"我知道,我知道,"迪芭说,"我正为此祈祷呢,不是吗?快帮我忙查查看吧。很可能没什么结果。"

鬼魂动作浮夸地甩了甩手,接着使劲拉了一下他的幽灵抽屉(真正的抽屉实体就在它中间)上的把手,打开了文件柜。他快速翻找着文件。

"没有,"鬼魂大叫起来,赫米最终说道,"幽灵镇里没有恩斯特伯。"

"好吧,"迪芭缓缓地说,"好吧……很好。"我这么一路赶来伪伦敦竟然没有任何意义吗?她心想道。英国皇家气象学会的人一定是弄错了。

"那死亡城邦本身呢?"她问道,"还有另外的文件吗?"

"你听到她说的话了,"赫米说道,"再检查检查!快、快!"那个官僚

207

UN LUNDUN

主义的鬼魂不悦地看着他,但是——显然觉得这是摆脱他们最轻松的办法——他起身,飘到办公室后面,比划出"等着"的动作,嘴里也念念有词。

"他说新的文件每隔几个月都会出现在死亡城邦的办公室里。"

"每隔几个月?"迪芭再次问道,"如果我没弄错,恩斯特伯可能是……前几周才来到死亡城邦的。"

赫米叹了口气,然后狡黠地扫视周围,小声地说:"既然你付了钱。我认为我们可以上后网络①,登录进数据库,如果你真的想的话。那里有更近期的数据。你也明白官僚作风有多费事。这些家伙依然更喜欢和实体资料以及其鬼魂打交道。我想他们只会用那东西来玩扫雷然后炸翻天。""干吗?"他冲电脑及老式电脑鬼魂那跳动的光圈歪了歪头。"要是他来了就跟我说。"他说完就一把抓过键盘。赫米在显示器一侧的一张幽灵纸张上发现了密码。

"这个后网络联通到……他们在伪伦敦怎么称呼来着……地下网?"迪芭问。

"是的。而且两个都连接到你的互联网。然而并没有多少人能够让这些联接起效。啊,好了。"

迪芭看到胖鬼魂在挨个关另一个房间里的抽屉。

"快点。"她低声说。

"好了,"他说,"那么,如果我只要……点一下这里,然后再输入一些……成了。完美。我们进去了。现在。"他侧身看了她一眼,一边打字一边摇头。"本杰明·修·恩斯特伯。"他念道,然后敲下回车键。

屏幕变为一片空白,接着旋转起来,而后闪出一个单独的条目。

本杰明·修·恩斯特伯
死亡城邦居民。新迁入。

---

① 此处原文为afternet,对应的是因特网(Internet)。

伪伦敦

迁入原因：吸入烟雾/中毒

一阵无比漫长的沉默。

"我的老天爷啊。"赫米发出惊叹。

"我是对的。"迪芭说，然后握紧了她的拳头。

"恩斯特伯几周前就死了。"赫米说，"被……斯摩格杀死了。"

"那么……有没有可能是他的鬼魂在分发雨桑呢?"迪芭问，"虽然他和你们没有一点相似之处……"

"不可能，"赫米说，"如果他是一个鬼魂，那他会被登记在册，同时也会出现在幽灵镇。恩斯特伯完全通过了这些。不管他是什么，不管他的外表如何，不管他正在做什么……他都不是本杰明·恩斯特伯。"

第四十五章
恶毒的雨

鬼魂回来看到他俩在操作电脑,张大嘴巴"喊"道,喂!它一把抛开手中的幽灵文件,挥着拳头朝他俩飘去。

"打印出来。"迪芭说。赫米用力按下按钮。"赶快!"

当文件打出来时,那个胖乎乎圆滚滚的鬼魂赶到了,不过赫米一把抢下文件并交给了迪芭。鬼魂狠狠撞上了键盘,随即电脑屏幕黑了。你们在干什么?鬼魂无声地咆哮着,迪芭和赫米拔腿就跑。

这份文件十分难读。字体被螺旋重叠的幽灵印刷体包围,曾经被当作官方字体使用过的所有字体都在闪烁。并且这种纸张显然是回收再利用纸张。它之前的形体——字迹潦草的信息以及报纸内页——全都飘浮在纸张周围。

不过透过所有这些幻影的干扰,恩斯特伯的名字,以及他"迁入死亡城邦"的细节信息——他的死亡——还是都能够辨认出来。

"这就能证明了。"赫米说,他在大楼入口停了下来。迪芭将这张打印文件仔细收进她的背包。

"我告诉过你了。"她说。

伪伦敦

"好吧，好吧。"赫米一边说，一边推着她向大门走去。与此同时，他们身后出现了一大群暴跳如雷的鬼魂官僚。

当他们出去时，伪太阳已经初露曙光。迪芭望向那陌生又熟悉的形状。

"我们得去告知布罗肯布洛，"迪芭急切地说，"还有预言家们。"

"哇哦，哇哦。"赫米开口喊道。在幽灵镇上走着时，他紧张地看向他的背后。"'我们'？这是你的事。我很抱歉，但我已经完成了你雇我的任务。祝你好运，我走了。"

"慢着，什么？"迪芭停下脚步，瞪着他，"你不能走。你在开玩笑吧。做这一切的人根本不是恩斯特伯。你难道不明白吗？真的出事了。我需要去隐秘桥。你能帮忙吗？"

"它的桥头离这里远得很，"赫米说，"你可以乘公交车，但是……"他似乎嗅了嗅空气，"今天是顽皮日。我不知道顽皮日的公交车的发车频次是怎么样的。"

"等会儿，"迪芭说，"顽皮日。你还记得我第一次遇见你的地方吗？"

"当然记得，"他说，"我当时正在买早餐。"偷早餐，迪芭心想。"在集市上，正要买呢。"

"我有一个朋友在那里，他也许能帮助我们。"

"不是'我们'，"赫米说道，"我不知道出了什么事，但我不会参与其中。"

"可是……你都不在意吗？"迪芭问道，"伪伦敦……"她突然闭上了嘴。她从没见过赫米这样激动。她意识到并非是赫米不在意——而是他难以承受。同时她也想起了之前在集市时他遭遇的一切。

她需要他的帮助。迪芭几乎要绝望了。她还没放弃的原因之一就是，尽管赫米一直表现出他好像马上要离开的样子，但他并没有走。她飞速转动脑筋。很明显，他得自己养活自己。

"你看。"她一边开口,一边仔细地思索。她拿出自己带来的钱,剩余的全部。"这是我所有的钱了。只要你帮我,这全都是你的,全部都是。我一个人办不到。"她的声音差点露馅。

赫米看向那堆现金。他犹豫了。他缓缓将手伸向钱。

"不行,"迪芭说完就收回了手,"货到付款。带我去那座桥——这全都是你的。或者至少带我去集市上——我们会想出办法的。我保证,求你了。"

"我不太确定,"他嘀咕着,"我*真的*不太确定。"

他们来到了幽灵镇的边缘,隔着一大片混凝土地面,眺望着集市、商人和顾客。一堵墙屹立在这里肯定有些年头了,而他们正缩在这堵墙的鬼影身后。迪芭眯着眼睛往这些幻影砖石外面望,目光越过那个颠倒的浴缸以及广场边缘那个不断变大的混凝土搅拌机。

"没关系的。"迪芭说。

"才不会没关系,"赫米反驳道,"他们讨厌我。"

"好吧,我想既然我现在已经到这儿了,那你其实不必进来。"迪芭语气迟疑地说。

"随便了,"赫米含混地说,"我也可以在这里待久一会儿,赚赚剩下的钱。"

"好的。"迪芭看也没看他就回答道。

她握住他的手,走向那堵墙的幻影。她感觉到了一股轻微的阻力,接着她穿了过去。

"我保证,"迪芭补充道,"我不会让他们对你说出任何废话,包括奥巴代。"

走到半路,赫米停了下来。

"等会儿!"他说。他的声音里包含着骇人的焦急。他伸手指向上空。

天光正在消失。黑色的云团正在迅速盖过那苍白的环状伪太阳,如同激射的墨汁。它从众多街道腾空而起，在屋顶之上扩散，拖拽着自己冲破空气，冲向集市。

人们都看到它了。有些人站在原地，抬头望着，十分害怕却极力想表现出勇敢。许多人撒腿狂奔，四散跑向周围的房屋。

"快点，快点，快点，"赫米大喊，"我们必须找地方躲避。那就是斯摩格。"

"你的雨桑呢？"赫米边跑边问。

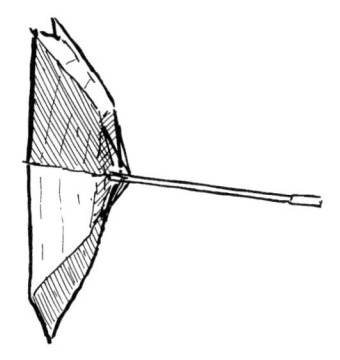

"那不是雨桑，"迪芭气喘吁吁地答话，"那是一把雨伞……"

"它能保护我们吗？不能？那它到底有什么用？"

赫米快速打量了四周，随后跑向街上的一个下水道井盖。

"快来帮我！"他说，接着他和迪芭开始用力将井盖撬离地面。

赫米的手速太快，迪芭完全跟不上。他使劲绷紧了身子，迪芭敢发誓，有那么一瞬间她看到他的手指消失在了金属盖里。

"快搞定那个锁了……"他含糊地说，紧接着，"好了！"只听到"咔嗒"一声，然后他们把井盖拖离了街面。"快进去，赶快。"

他跟着迪芭爬进那个湿冷的洞里。赫米把井盖拖回他们头顶，又用一块石头卡住井盖和洞口，留出一点缝隙，好让他们能够通过缝隙看到外面。

无数脚踝从他们周围跑过，还有车轮，以及其他更古怪的肢体。天空

UN LUNDUN

正在变暗。

外面传来一阵碰撞的声音。金属盖开始发出类似金钹的声响。有小球在反弹。不远处，迪芭刚好可以看到一个女人在这场攻击开始之际，抽出了一把雨桑，无所畏惧地站立着。雨桑跳动起来，将女人的手提高到头顶上方，然后旋转起来，阻挡了斯摩格的攻击，弹飞了它发射的子弹。

大量的炭块重重地砸在人行道上，距离她的脸只有几厘米。空中到处都是金属块儿，正以足以毁坏地面的力度袭来。

"太危险了。"赫米说着把井盖放得更低了。

他们在黑暗之中紧靠在一起。外面的噪声震耳欲聋。在斯摩格进攻的锤击声下，迪芭能听到痛苦的呼喊与惨叫。而这一切背后还有一个噪声，那或许是雷声，也有可能是雷鸣般的咆哮。

"它在展示它的威力，"赫米低声说，"每隔几天它就会整这么一场袭击。而且它还会派它的恶臭吸毒人和烟雾僵尸四处点火。它是在宣战。"

外面的喧嚣渐渐平息，随后停止，只听见伤者发出的呻吟。赫米缓缓地推开了井盖，两人走了出来。

集市上处处都躺着受伤的人。有一部分躺在地上无法起身，斯摩格的子弹击中了他们，被刺穿的伤口血流不止。集市上的摊位也都被轰得稀烂，还在冒烟。

人行道上以及集市上的一排排帐篷之间，到处都散落着这次袭击留下的残迹。手指大小到拳头大小的金属碎片和矿石碎渣遍地都是，甚至还未熄灭，仍在闷烧。迪芭注视着这些残渣，它们正在迂缓地蒸发。它们发出可溶解药片那样的嘶嘶声，随后主体沸腾成烟飘走了。

天空再次晴朗。斯摩格离开了。

原本躲在防空洞、地下室以及被当作街垒的空荡建筑中的人们纷纷走了出来。他们检查着破碎的布篷。

也有人幸运地拥有雨桑。

伪伦敦

"它很有用。"一个女人说。她转动起自己那把破损的雨桑，它的辐条被弯曲成了丑陋的爪子，它的顶端也因为先前弹开子弹而产生了翻腾的烟雾。"你们看见了吗？"

她的同伴是一个穿着紧身连体服、系着丝带的男人。"你说得对。"迪芭听见他回答，语气满含崇敬。他转动自己的雨桑。它的伞柄已经弯曲了。"没有东西能够碰到我。我甚至什么都不用做——你也是吧？布罗肯布洛都安排好了。它们全都听他的。"

赫米跪在一个恐怖矿石雨的受害者身边，她穿着常春藤编织的蓬蓬裙。他抬头望向迪芭，摇了摇头。

一些伤者被抬走了，或者由一些身着不同古怪服饰的医生照料着。还有少数人已经药石无救。

遭袭后的集市混杂着欣喜与毁灭，非常怪异。迪芭和赫米穿过兴奋的人群、受伤的人群，以及到处躺着的死者。

第四十六章
老朋友们

"奥巴代!"

奥巴代穿着一身由诗歌缝制而成的时髦笔挺的西装,正在清扫他店铺前的煤渣和铁块,将它们扫成一堆。甚至在他扫的时候,这堆残渣冒着气泡,又变回一缕缕斯摩格青烟,飘远了。他一把将迪芭抱起。迪芭大笑着回抱了他。"迪芭,你在这里做什么?"他握住迪芭的双臂,看着她。

奥巴代的店铺里传来一阵兴奋的呼哧呼哧声。

"那是……?"迪芭话未说完,黏黏就从帘布后面蹦蹦跳跳地跑了出来。这个小牛奶盒滚动着自己的硬纸板身体,朝他们靠近,然后一跃跳入迪芭的双手中。

"黏黏!"她惊喜地喊道。她伸手挠它,而它快活地扭动着身体。"它怎么和你在一起呢,奥巴代?"

他露出一副难为情的模样。

"是这样的,"他说道,"在你离开之后,这个傻傻的小东西太可怜了,它一直在思念你们。莱克特恩本打算把它送回后墙迷宫,但我觉得可能它更愿意……生活在某个认识你和舒瓦泽……的人身边。"

"噢,好的呢,"她说完露出微笑,"你是为了它才留下它的。其他的

伪伦敦

你都不在乎。"

"行了，行了，"他说，"不管怎么说。你究竟是怎么到这里来的？你为什么会来？如今可是艰难时刻……"

他的话音渐渐止住。他瞪着赫米。

赫米浑身紧绷地站在那儿，做好了逃离的准备。要不是早知道，谁也不会把他当成半鬼魂——但肯定看得出他不想待在这里。他一脸疑虑地看着奥巴代。

"奥巴代，"她说，"多想想你要说的话。"

"可是迪芭，"他愤然地低声说，"你不知道他的身份。他是一个……"

"他的身份我再清楚不过了。他名叫赫米，是一个半鬼魂。他是个讨厌鬼，但他也是带我来这里的人，是帮助我的人。"

"但是他会试图……"

"别说了，奥巴代。不，他不会这么做。我说真的。"迪芭非常严厉地说，"他帮助过我。而且我们有非常重要的东西要给你看。赫米是和我一起的，我不想再听到多余的话了。"

奥巴代抿紧嘴唇。

"要是你这么说的话，迪芭，"他答道，"毕竟你是舒瓦泽的同伴。好吧。进来喝杯茶吧。还有……"他暂停了很久，"还有你这位客人。"

他们坐在织物镶边的奢华里屋中，此刻这间房已被砸出了几百个洞，伪太阳的光透了进来。空气中弥漫着斯摩格子弹的恶臭。

"你挑了一个相当糟糕的时间来拜访我们，"奥巴代说，"你看到这里发生的一切了吗？"迪芭点点头。"那么，你见识到了战争的恐怖……而绝非是复杂的舞台效果。"

"这正是我来这里的原因。"迪芭开口说道，但奥巴代继续着。

"感谢老天，多亏了那些雨桑，这是我唯一能说的。"他敲了敲他腰带上的那把雨桑。雨桑上部分织物已经撕裂了。"这个小口子——正是它造

217

UN LUNDUN

就了这把雨桑——并不影响它保护我。要是没有恩斯特伯的配方——以及布罗肯布洛的命令——我们没人能够直面斯摩格。可惜我们还是有太多人无法——目前根本没有足够的雨桑。不过我还是要告诉你,它们让斯摩格害怕。"

"我认为斯摩格的袭击增多是有原因的……"迪芭说。

"是的,恩斯特伯有一天也说起过这个。我在墙上读到了。他解释说斯摩格变得越来越担心。因为它能看到我们已经采取了新的战略。"

"是的,"迪芭说,"但是关于这一点。关于恩斯特伯……"

"所以说真的,"奥巴代继续道,"战况变得愈加激烈,这其实是一个**好**的迹象。这意味着我们可以对取得的进步感到满意。这都是恩斯特伯说的……"

"奥巴代,你可不可以听我说话?"迪芭气呼呼地说,"我在尝试告诉你一件事情。战况变得糟糕的原因不是斯摩格在担忧,而是因为恩斯特伯**不是你们这边的人**。"

迪芭向他展示了这份盖有幽灵镇官方印章的文件。

"这是什么……?"他问。

"你看。恩斯特伯死了。斯摩格杀害了他。不论现在发号施令、制作魔药的人是谁,那都不是**恩斯特伯**。"

"这……这什么都证明不了,"丰恩说,他的反驳听着很没底气,"这可能都不是真的。"

"奥巴代,"迪芭说,"不要犯傻。看看这份文件。"在她说话时,这份文件闪烁起虚幻的光影:在它的边缘处,甚至看得见一片叶子,是制作这张纸的那棵树木的叶子片刻的鬼影。"你以为我为什么会来这里?我发现了有些怪异的事情正在发生。现在我有了证据,我需要把证据给桥上那些人看。"

"那么……"奥巴代望了一眼赫米,"我相信你的这位朋友在这里不会故意惹事,但你不能信任那些幽灵。有人甚至说他们和斯摩格是一伙的。"

赫米一下站了起来。"我就知道,"他说,"我早就告诉过你了,迪芭。"

"我不是说你,我也不是说我相信这个说法,"奥巴代辩解道,"假如迪芭说你没问题,那么……你大概是没问题的。可是也许,我不知道,万一办公室里有人想要陷害恩斯特伯,或者这之类的……"

"我亲眼在数据库里看到了这个,"迪芭说,"在电脑上。"

"呃……"奥巴代翻来覆去地检查这份文件,"我敢肯定这可以解释。或许是**另外一个**恩斯特伯。那么你觉得会是怎么回事呢?这根本没有意义。恩斯特伯在**帮忙**,很明显他就是我们这边的……"

在迪芭回答之前,外面传来一阵大叫。"奥巴代·丰恩!"他的一个店员大喊着穿过被斯摩格毁坏的帘布,"赶快。有东西过来了。"

"什么?"他说完就站了起来,一手甩出他的雨桑,"斯摩格又回来了吗?"

"不是。是一辆公交车来了。"

第四十七章
另一个阿伯诺特

公交车在屋顶上方低空飞行,由挽具吊在气球下摇晃着。

集市上的商人们纷纷停下了手中的重建工作,个个惊讶地张大了嘴巴。公交车从来没有在集市设立过停靠站。

伪伦敦里的气球公交车不止一辆,但这辆公交车前面的标志是绝不会被错认的。那是潦草卷轴号。迪芭看到售票员琼斯的渺小身影探出平台在挥手。她也激动地向他挥手。

"啊嗨!"他大喊的时候,公交车在几米高的地方停住了。他把绑着绳子的篮筐抛了下去。"迪芭,我真不敢相信你回来了,丫头!你真的回来了!我之前还以为我弄错了……快上来!上面有人想和你说话。"

一小群人聚拢在一起。

"你好,琼斯!"迪芭大声招呼道,"是谁?"

一个男人出现在平台上,站在琼斯的身边。他身形瘦削,面色不安,手上抱着一个公文包。

"啊,是乐珊小姐吗?"他声音紧张,迪芭勉强能听见他的话,"我是从罗利部长办公室来的。部长对你的那封信深感好奇。"

"什么?"她说道,"她收到信了?你是怎么……怎么到这里的?还有,

伪伦敦

你怎么会知道那是我寄的信呢?"

"他是谁?"赫米悄声问她。

"这个嘛,"这个男人轻微地笑了一下,"我们,呃,有我们的办法。再现一封信送达的全过程,查看监控录像,诸如此类的手段。我们能够查出一定是你寄出了那封信。我们试过到你家联系你,乐珊小姐,但我们觉得你肯定来这边了。我们非常热切地想要,呃,和你谈谈,拜托了,要尽快。"

"我怎么和你说的?"迪芭对奥巴代说。他傻乎乎地望着公交车,嘴巴因为震惊而张开了。"要不是这里出了状况,你觉得他们会大老远地把他从伦敦派过来吗?"

"我……可是……"奥巴代只能结结巴巴地答话,"……这一定是有误会……"

"才没有呢,"迪芭反驳说,"我认为有事情在发生。你们自己都要小心。我认为事情并不像你们以为的那样在发展。等等,琼斯!"她朝上方大喊道:"我这就上来。你想来吗?"她问赫米,"你不用勉强。"

"我说过会把你带到桥那儿,"他漫不经心地回答,"上车倒也没关系。"

"我还带了一位朋友。"赫米挑眉。黏黏拒绝离开她的怀抱。"两位朋友。"她补充道。

篮筐旋转起来,但是迪芭已经失去了对于高度的恐惧。她身子前倾着向依然垮着脸的奥巴代·丰恩挥手告别。黏黏跳到了她的双手上,也向下望去。

赫米紧贴着篮筐一侧,紧紧地闭着双眼。

"你是半鬼魂,"迪芭开口道,"你怎么还会被吓到啊?"

"当然是因为我的家人有一半是不安的亡者,"他愤愤不平地低声答道,"我为什么要喜欢这种事情?"

UN LUNDUN

直到售票员将他拉进公交车,他才睁开了眼睛。

"你好,琼斯,"迪芭说着,拥抱了他,"你不会这就开始对赫米的事情说个没完,对吧?"

"你的朋友身体里有一只鬼魂,"琼斯耸耸肩,"这不关我的事。现在他是我的乘客,而这意味着我会保护他。不过这意味着,小伙子,不准再在公交车车身外攀爬,不准再穿过地板,不准再留下一堆堆脏衣服。明白了吗?"

赫米没有看向他,但他苍白的脸色变暗了,只有一点点。

"不知道你在说什么,售票员。"他嘟哝道。

"你怎么会来这里?"她问道,"我以为你不喜欢偏离你的路线。"

"凡事总有例外。当莫加特洛伊德先生来到这里,解释了整个情况,我们毫不迟疑就来了。他需要帮助,说他们在旧城收到了你的信息,还问有没有人能帮助他找到你的行踪。而预言家们很清楚我不会错过再次见到你的机会。我就知道,如果我是你的话,我也会想回到这里,这个有朋友在的地方。不过我之前没有完全相信你真的在这里……"

"我必须来……"迪芭说道。

"乐珊小姐。"那个焦虑的男人走上前,打断了谈话。他看上去脸色苍白。他十分注意地远离了出入口的边缘。"我是环境部的莫加特洛伊德。我是罗利的下属。"他和她握了握手。他看都没看赫米一眼。

伪伦敦

"你为罗利做什么事呢?"迪芭问道。

"勒去①。"他回答道,随后结巴起来,"意、思是说,我,呃……我勒去,罗利大臣的智慧结晶。这是,呃,一种穿越异境的实验性技术。我'勒去了'这里。我正在努力完善这项技术。"

"我真不敢相信你找到了我。"迪芭说道。莫加特洛伊德含蓄地点了点头。

"我们有些办法。"他说。

"这是怎么回事呢,迪芭?"琼斯问道。他始终留意着天空的情况,警惕着斯摩格重返。公交车升起,再次向城市上空启程。迪芭俯瞰着集市的轮廓,看着幽灵镇的鬼影瓦片仿佛泡沫般若隐若现。

"这就是我要告诉你的,"她说完就伸手去掏那份文件,"我发现了个东西……"

"慢着,"莫加特洛伊德迅速说道,"我不确定你有什么证据,但是我们还不能在公共场合就把它展示出来。"

"可是琼斯又不是其他人……"

"我必须坚持这点。"

"没关系,迪芭,"琼斯说,"我只想把你们送到你们要去的地方。我不知道此时此刻发生了什么,而且我也不必知道。等时候到了,我自然会弄明白的。"

"可是为什么?"迪芭低声询问莫加特洛伊德,"你认为我的想法是错的。"

"恰好相反,乐珊小姐。"他低声答道,"恰好相反,部长非常肯定你是正确的。

"然而情况发展得太快了。我们需要想清楚接下来要怎么做。我们必须想出应对之法。为了实现这点,我们要去见一个了解……你忧心的那个人的人……他比任何人都更了解这个人。他比所有人都更清楚地明白目前

---

①此处原文为英文单词,lurch。

的形势，也比所有人都更需要看到你手里的证据，如此才能最好地决定如何处理这份证据。如果他被误导了，他甚至会比你更加愤怒。"

"莫塔尔吗？"迪芭问道。

"比那更好。"

罗莎驾驶着公交车在伪城市的各块阴影中穿梭。

"那么……我告诉过你别担心你的家人们会惊慌，对吧？"琼斯说。

"是的，"迪芭回想起她的家人们在她回家时的反应，谨慎地说道，"不过我还没有待很久，而预言家们可以再把我送回去。"

"辛辛苦苦赶来这里就是为了传递这则信息吗？"他摇摇头，"我向你脱帽致敬，女孩。你得跟我好好说说你是怎么过来的。而你可能也觉察到了。镇静效应是有代价的。不会影响到像我这样的人，没有打算回去的人，可是你……"他的声音渐渐止住了。

琼斯指向远方一处被烟雾污染的景观，那里看上去如同一幅污迹斑斑的地图。"看着那团斯摩格麦尔。"他说。他把他的望远镜递给迪芭。通过望远镜，迪芭看到了那些行政区，斯摩格充斥在街头巷尾。她可以看到一些模糊的黑影在弥漫的烟雾之下游走，就像恶毒的游鱼。"那里所有东西都发生了异变，成了有生命的物体，"他说，"我们会避开那里。"

"我们要去哪里？"赫米问。

"对啊，我们要去哪里？"迪芭说，"那边是隐秘桥。"她伸手指到。她一直好奇这座桥怎么会桥身立在那里，而桥头却同时会出现在好几个不同的地方。

莫加特洛伊德回答之前众人都停顿了一下。

"我们要去的……不是某个特定的地方，"他答道，"是几个区域之间的缝隙。隐匿之地。粗心的谈话会付出生命的代价。我们不能冒险让消息落入斯摩格手里。在我们完全掌握你手里的信息前，我们也不能冒险再提起你要说的那个话题。"

伪伦敦

"我们快到了,"琼斯说,"是时候消失了。"他摇响铃铛,随后公交车开始下降。

公交车在楼房之间迂回前进,不断向外排出气体,发出嘶嘶声,同时气球也变得松瘪,直到它的轮胎触地、在地面上行驶起来。他们现在处于伪城市中一个荒僻的地方。街道上一个人都没有,窗户里也都没有灯光。

"人都去哪儿了?"赫米问,"怎么空荡荡的?这里是一个中转点吗?"

"这些都是空楼,"琼斯答,"斯摩格占领的区域离这只有几条街远。这里不安全。"

"那么我们为什么来这里呢?"迪芭惊恐地问。

"人们现在是不会来这里的——来这里大概也是为这个。"琼斯说道。

"我们不能被发现,"莫加特洛伊德说,"只要我们动作够快,这里就是最完美的地点。"

"没人敢来这儿。"赫米对迪芭说。他指向他们经过的一条小巷。小巷的尽头是一堵斯摩格制造的墙。在它摇曳的烟丝深处,有凶猛的阴影在移动。

第四十八章
撒豆子

公交车"突突突"地缓缓停在一座由破旧的个人立体音响和扬声器组成的教堂旁边。

"你们可以稍等一会儿吗?"莫加特洛伊德向罗莎和琼斯售票员请求道,"我和……我们的联络人,大概需要搭个便车去那座桥上和预言家们谈谈。当然了,还有乐珊小姐。"

"我真心觉得他们应该一起来。"迪芭开口说,但是莫加特洛伊德无视了她。他向迪芭及赫米招手,两人便跟着他走进了这座混乱教堂旁边的黑暗街道中。

迪芭再次回头,仍旧有些疑虑地望向琼斯。

"快去吧,"琼斯看着迪芭走进街道,同时温柔地说,"我们待会儿见。"

莫加特洛伊德领着迪芭与赫米走过一堆看着很古老的垃圾袋和废品,进入一个混凝土浇筑的死胡同。伪太阳撒下的光画出一道锐利的阴影线,将这条小巷拦腰切断,把小巷最深处留在了黑暗之中。

三人沉默了几秒。在这片寂静中,迪芭听到了一阵不知疲倦的微弱

伪伦敦

耳语。

"那是什么?"她冲赫米做嘴型问道。

"那是斯摩格的声音。"他悄声回答。他们都听到了在几条街之外,斯摩格盘绕伸展的声音。

阴影中出现一个声音。

"我在这里。"

迪芭和赫米跳了起来。迪芭丢掉了她的包。

"莫加特洛伊德先生,"那个看不见的家伙继续说,"我收到你的消息了。你让我一个人来,我来了。你让我谁都不要说。你尤其让我别告诉我的搭档。我不喜欢欺骗,莫加特洛伊德先生,但我姑且先相信你。现在,证明我该这么做吧。"

布罗肯布洛先生缓步进入众人视野。

"迪芭·乐珊,"他朝迪芭与赫米点头致意,"年轻人。"

"恩布雷丽斯莫,"赫米咕哝着说,"哇哦。"

黏黏跟在迪芭脚后面,布罗肯布洛一身风衣飘飘地走近时它又退缩了。随行的还有众多坏掉的雨伞,都在阴影中焦躁地晃动着,与此同时,他身后传来布料翻动声,以及纤细金属发出的嘎吱声。

布罗肯布洛双臂抱胸。"我很高兴再次见到你。一切还好吗?你的朋友,舒瓦泽……我的办法没能起作用吗?"

"不,不,她很好,"迪芭说,"那个办法有效极了。非常感谢你。那不是我来这里的原因。"

布罗肯布洛扬起一边眉毛。

"我很高兴听到她很健康,"他说,"但我感到不解。你们都明白,我有点忙碌。我们发现我方在这场战斗中处于十分艰难的境况之中。所以,请谅解我长话短说。"

"看到了吗,迪芭?"莫加特洛伊德说,"你明白我们为什么在这里了吗?恩布雷丽斯莫才是被那个冒牌货利用得最深的人,比我们任何人都深。我们目前还不知道原因。但他有权知道这是怎么一回事。而且,他比我们任何人都有能力处理这件事情。"

"布罗肯布洛先生。"迪芭说。她从她的包里取出了那份幽灵镇文件,然后递给了他。"你应该看看这个。"

他烦躁地摆弄了好几秒文件,眯着眼睛阅读那些忽明忽暗的幽灵字体。等他搞清楚这张文件的内容后,迪芭看到他帽子下面的脸都变僵硬了。

"我很抱歉,"她说,"我不知道他做了什么,也不知道他为什么要这么做。我不知道他是谁。但是那个男人说他自己是恩斯特伯,但其实不是。他不可能是恩斯特伯,你看到了吗?并且我也不知道他给你的雨桑们到底用了什么东西。我之前以为……那是类似毒药的东西,起效很慢的那种,会害它们生病之类的?我的意思是,我明白它暂时有用,但不知道几周之后会有什么影响。"

布罗肯布洛一言不发。迪芭开始紧张了。

"我是说,也有可能,他想做的事情不是什么坏事,"她激动得说个不停,"但是,只是……也有可能不那么好,因为,我的意思是,他为什么要撒谎呢?我不明白他为什么不告诉所有人他不是恩斯特伯,毕竟他……不是……"

她的声音止住了。而布罗肯布洛依然保持沉默。他一遍又一遍地读着那份文件。

"所以……"赫米开口。他和迪芭交换了一个眼神。

"所以,"迪芭问,"我们应该做什么?因为,我的意思是,我来这里还没多久,但目前我看着事情进展得好像并不顺利。而如果你能想出办法来……"

"你为什么要来?"布罗肯布洛最终开口了,"**为什么你要赶过来?**"

一时间没有人说话。

"我很担忧。"迪芭说。她说话的声音越变越小。"我发现了很奇怪的

伪伦敦

事情，而我不能……我只是……我想确定伪伦敦没出问题。"

"你做了正确的事情，"布罗肯布洛最终说，"我不喜欢被当成傻子一样愚弄。"

"那你明白为什么我要求这次会面。"莫加特洛伊德说，"为什么大臣坚持要查清此事的原因。"

"我需要知道一切。"恩布雷丽斯莫说，语气很急迫。他突然倾身靠近迪芭，把迪芭吓得一跳。"我需要了解你知道的一切，你是怎么查清楚这件事情的，你是怎么拿到这个的。"他挥了挥那份打印文件，这份幽灵文件在空中留下了模糊的尾迹。

"如果我们要翻盘，我必须完全清楚我们所处的情境。我们可能没有太多时间。"

迪芭将一切都告诉他了。她之前是如何起了好奇心，何如研究头鳌战士，如何查到了英国皇家气象学会，以及如何联系上了他们。在听到恩斯特伯的死讯后，她又是如何生疑。她是如何打算费尽口舌让他们相信自己（虽然后来没有费多大功夫），以及她后来又如何克服万难过来，并最终在幽灵镇找到了证据。

布罗肯布洛和莫加特洛伊德全神贯注地听她讲述这一切。

"不过你是怎么过来的呢？"莫加特洛伊德中途插过一次话，"整个伦敦只有极少数人知道怎么过来。"

"我以前在哪儿读到过，"迪芭答，"确实是有点好运，被我猜到了。"

"可是怎么做到的呢？"

"我在图书馆里找到了一条路。"她没有解释太多。

当迪芭说完，布罗肯布洛和莫加特洛伊德两人都站在原地沉默了一段时间。

"就这些了吗？"莫加特洛伊德问。

"对啊。"

UN LUNDUN

"现在还不是太迟,"布罗肯布洛说,"不过不管这个男人是谁,他很快就会发现我们盯上他了。"

"那个液体似乎有用。"莫加特洛伊德说。

"噢,的确有用。它发挥了它应有的作用。不过就如她所言,也许它还会有其他副作用。显然他还有其他某个计划。我们必须决定之后怎么做。迪芭,赫米……"布罗肯布洛屈膝蹲在她二人面前,"还有谁知道这件事吗?"

"没有了,"她回答道,"只有在场的我们几个人。噢,我还对奥巴代·丰恩也说过一点。但是……"迪芭哼哼了一声,"我认为他不相信我。"

"就他们吗?"布罗肯布洛追问,"没有其他人了吗?"

迪芭摇了摇头。恩布雷丽斯莫慢慢地露出微笑。

"很好。"他说。

他突然站了起来,接着向后张开双臂,撑开一片黑影,犹如张开的蝙蝠翅膀。有一瞬间,这一幕看上去仿佛他自己就是一把损坏的雨伞,他的双臂和双腿都是弯曲的金属,他那宽大的外套则是一张罩布,而接下来他冲迪芭猛扑过去,一把抓住了她,快得她来不及呼吸。他紧紧捏住她,她无法尖叫、无法说话,甚至连呼吸都做不到,随后一切陷入了黑暗。

第五部分

拷 问

第四十九章
动弹不得

迪芭被一阵声音吵醒了。

"……是这样吗？会不会太多了？"

"不，这就非常好。'我们没有时间浪费了！'我喜欢这句话。"她听到了笑声。

那是布罗肯布洛和莫加特洛伊德。迪芭战战兢兢地让眼睛睁开一条小缝，但她什么都没看见。有一刻她以为现在是晚上：然后她明白是她的眼睛被蒙住了。她实验性地摇动身体，却动弹不得。

"迪芭！"是赫米的声音，他就在她后面。

"赫米，"她低声说，"你在哪里？我觉得我被绑起来了。"

"你是被绑起来了，"他说，"你被绑在我身上了。"

现在她感觉到他的背脊抵住了她的背脊，还有他轻微的扭动。他俩背靠背地被绑在了一起，坐在寒冷的人行道上。

"莫加特洛伊德抓住了我，"赫米说，"而那个雨桑男抓住了你。真不敢相信你害我落到什么境地！"

迪芭的心跳得飞快。起初她以为自己在害怕。然后她意识到她确实害怕，这毫不意外，但是不止如此，她还觉得怒火中烧。

UN LUNDUN

"他们耍了我,"她恼怒地低声说,用力挣扎起来,不过徒劳无果,"布罗肯布洛是他们一伙的。他们一定是想弄清楚我知道多少。我可真是个笨蛋。噢老天。他们接下来要做什么?你听到了什么吗?"

"没有。只听到什么他们很快会查清楚——我不知道他们要查什么——还有莫加特洛伊德说按他计划行事,还说人们都指望着他,安静会儿,我在尝试使力。"

有东西在扯迪芭的脸。她极力忍住尖叫,随即她吸了吸鼻子,突然闻到了牛奶的气味。

"黏黏?"她说道。黏黏用它的开口夹住了迪芭的蒙眼布,接着用力一扯,把布扯下来了,迪芭的眼睛张开了。"乖乖。"她小声夸道。它欣喜地摇晃起来,然后滚到了她的大腿上。

布罗肯布洛和莫加特洛伊德还在谈话,就在墙边。迪芭听见身后有火焰燃烧的声音,跳动的橙色火光照亮了他们。她觉得她还听见了另外的声音。非常微弱,动作放轻的脚步声。在不远处徘徊。

"你听到那个声音了吗?"迪芭小声地询问,"谁在火堆旁边?"

"我看不到,"赫米回答,"我的眼睛被蒙住了。"

黏黏啃咬着捆住他俩的绳子,但它那硬纸板做的封盖完全起不了作用。

"我们得逃出去,"迪芭说,"我们得去警告预言家们。我们得警告所有人。不管那个冒牌恩斯特伯在搞什么鬼,这些家伙跟他是一伙的。"

"你们好。"一个声音传来。布罗肯布洛和莫加特洛伊德早就看到她了,正朝她走过来。黏黏僵住了,躲藏在赫米和迪芭之间。

"你是怎么取掉蒙眼布的?"布罗肯布洛继续讲话,"你醒过来了。这好极了。我们还有些事情需要问问你。"

"你都跟谁说过了?"

"我已经说过了,"迪芭答道,"没有人了。"

"也许我应该回到集市上去,"莫加特洛伊德说,"和那个裁缝聊

伪伦敦

一聊。"

"这想法不错。"布罗肯布洛赞同道。

"放过他!"迪芭激动地说,"我已经告诉过你了,他不相信我。"

"好了,我们会弄清楚这点的,对吧?"布罗肯布洛说,"你看,问题是,这很快就会变得毫无意义。每天仍有雨桑穿越过来,而那群蠢货都跟雏鸟似的排成一队,来找我领取雨桑。几周之内,每个人都能拥有一把了,届时,不管你知道什么,或者你以为你知道什么,也不管其他人相不相信,这根本一点意义都没有。但是我很不喜欢被人抢先。我的同伴也不喜欢。所以我们非常希望确保事情不会变得更复杂。"

迪芭咬牙切齿地怒视着布罗肯布洛,并坚定地不再对他吐露半字。他挑起一边眉毛。

"好吧,"他说,"你此刻的表情几乎快让我担忧了。我都快感到害怕了。如果我不是,你明白的,**比你强大得超乎你的想象**。"

他咆哮着说出了最后一句话,随即突然扑向她。迪芭忍不住跳了起来,这甚至让她更生气了。

"这太愚蠢了,"布罗肯布洛说,"这整件事完全没有必要。我帮了你那么多忙!"他的语气听起来委屈得不行。

"是我让我的搭档相信放过你朋友、放过那个该死的舒瓦泽对我们更有利。是**我**说服了他。为了给你们看那个小把戏,我给自己惹了不少麻烦。帮了你们两个人一个大忙!某种程度上我都想大张旗鼓地宣传我干的善事。我确保那一丁点儿斯摩格勒在离开时带走了她的全部记忆,好让她——或者你——没必要再担心伪伦敦的事情。我们完全把她撇了出去。我真的不明白把人给弄死有什么意义,完全没必要。

"况且,我的同伴,深受众人信赖,花了不少功夫确保一切安好。正如我跟他说的,所有人都应该受益。你找回了你的朋友,不再对危险的话题感兴趣。你的朋友活下来了。帮助她、救了她让你感觉良好——所以别再说我什么都没帮你了。而**我**,要用我的力量,对付那邪恶的烟雾,让我周围的蠢货们对我刮目相看,好让他们相信我。这反过来也让我的同伴受益。你本不应该再参与进来,一直幸福快乐下去。你本不会、也绝不应该来干扰我们,我们也不会去打扰你。

"现在,**为什么**,在我历经千辛万苦为你们所有人解决了所有麻烦之后,你要无视这一切再回来呢?**你完全没有必要。**"

众人沉默下来。迪芭不服气地怒瞪着他,直到他叹了口气,然后移开了视线。

"他说的有点道理,"赫米轻声说,"你为什么要回来呢?"

"闭嘴,"迪芭说道,"听。"

"我们应该开始下一步了,"莫加特洛伊德对布罗肯布洛说,"我得回去向我的上级汇报。罗利对她的那封信感到相当担忧,你想象得到。她想要一个一切都在掌握之中的保证。非常感谢你告诉我们她的身份。之前我不得不瞎编一些什么从邮局开始追踪她的行动的话。"两个男人大笑起来。

"上面情况怎么样?"布罗肯布洛问。

莫加特洛伊德谦虚地耸耸肩。

"一切看起来进展顺利,"他说,"我们的 LURCH 计划顺利进行,效果好极了。要建造那些跨区域的烟囱,还要把那些气体都输送到这里,可都不容易。不过这些努力都很值得。我的老板因为大幅减轻我们那边的污染而收到了诸多赞美。"两人都笑了。"有些人都开始好奇,这是否意味着也许'罗利首相'指日可待。她非常看重这段与你和你搭档的关系。"

"是的,我很肯定我们还会有更多携手合作的时候。"

"我知道让它赶过来没那么容易……"

"噢,必要的时候它能做到的。"

"那是当然。现在,我真的必须回去向他们报告我们已经抓住这个女孩了。她差点就要搅乱这里的计划了。"

"我很肯定我们能解决一切问题,不过以防万一,我们一分钟之后就会知道她所了解的一切了,"布罗肯布洛说,"我们将清清楚楚地弄明白,到底哪些人知情。你听到了吗?"他对迪芭说道,他的声音轻柔得令人发寒,"尽管撒谎吧。"

"我没有撒谎!"迪芭高声反驳道。

"这毫无意义,"他说,"我们会了解真相的,只要……"他望向迪芭身后,"只要一分钟。"

莫加特洛伊德也望了过去,他一脸不喜地皱起眉头。

"我不愿待在这里看下去,"他说道,"我先到升降机那里去等着,方便我们听到答案之后能直接回去。"

"很好,"布罗肯布洛说,"我会带你回去的。在实验室里安装一辆升降机是非常有用的。不轻松,这我明白,并且非常感激。同时,我们要让这里的事情……继续。"他提高音量,对迪芭身后的某人或者某个东西说话,"等你完事儿了就过来,告诉我们情况怎么样。再见,乐珊小姐。为了你自己好,我希望你能迅速告知我你所知道的一切信息。"

"你这头大肥猪。"迪芭咒骂道。

"卑鄙小人!"赫米大骂道。

"你逃不掉的。"迪芭说。恩布雷丽斯莫点了点他的帽子,一副忍俊不禁的表情。

"我当然会没事,"他说,"谁会阻止我呢?*舒瓦泽她本人*都做不到。预言我已经听得太多了。假如她都做不到,你以为*你究竟能做些什么呢?*"

布罗肯布洛伸手抓住迪芭的书包,取出了她的雨伞。看着完好无损的雨伞,他脸上流露出极度厌恶的神情。

"我真是太讨厌看到一把雨桑处于这种未完成的状态了。"他说完便粗暴地在伞布上撕开了一道口子。

他丢掉了它。它没有倒下,而是跟跟跄跄地靠手柄立了起来。它摇晃着,然后"啪"的一声挺直了,没有眼睛,却仿佛在打量四周。布罗肯布洛动了动手指,这把新生的雨桑一下子就立正了。

"跟我来,你,"他说道,"要给你处理一下。不过首先……"

UN LUNDUN

　　他捏住迪芭的双肩，将她和赫米背靠背地转了个圈，把他们拖到地上。现在，迪芭正对着火焰，将等在他们面前的东西看得清清楚楚。

　　火苗奋力冲出火盆，那是一个巨大的油桶，里面装满了煤炭和有毒垃圾，正释放出黑色的烟雾。油桶旁边是一堆垃圾，顶上还插着一把铁锹。

　　有东西站在那个发光的油桶之上，正在呼吸那肮脏而恶臭的气体，那张令人毛骨悚然的脸上露出了饥饿与狂喜的表情，那正是假冒本杰明·恩斯特伯之人。

第五十章
邪恶的呼吸者

迪芭睁大了眼睛。她大喊出来。

"怎么了?"赫米急忙问道,"发生了什么?怎么了?什么情况?"

"是他,那家伙,"她回答道,"恩斯特伯,他就在这里。"

这时,迪芭突然听到了身后传来如同拍打翅膀的声响。那群雨桑纷纷从空旷的街道起飞,布罗肯布洛和莫加特洛伊德的谈话声也随之逐渐远去。

恩斯特伯的面容在火光中看上去无比骇人。他似乎比她记忆中更胖了,他的皮肤渗出油光,灰扑扑的,看着很不健康。他的眼睛睁得很大,布满血丝。他身体前倾,越过火焰,双眼仍旧直直地瞪着迪芭,然后发出一声心满意足的长哼。

"啊啊啊啊啊啊啊,"他惬意地长叹一口气。他似乎膨胀起来了。迪芭看见他的皮肤开始起伏,然后绷紧。

"再说一声,你好啊。"他说道。他的声音也变得跟她上次听到的不一样了。他过去的声音很舒缓,而现在,听起来像是缓慢而刺耳的呼哧声。

"现在,就只剩你……和我了。"

"恩斯特伯"绕着火堆慢悠悠地移动,他的呼吸很沉重,同时还时刻

UN LUNDUN

盯着迪芭。他在搜查她的背包。

"必须了解你的所见所闻,"他说道,"必须搞清楚你告诉了哪些人。还有你来这里的原因。"

"你是谁?"迪芭低声问道。

一个恐怖的笑容慢慢浮现在假恩斯特伯的脸上。

"你知道了。"他回答说。他冲着迪芭摇了摇手指。"你没有被这具愚蠢的人偶所欺骗。"他戳了戳自己的胸口,"你已经知道了,是吗,小丫头?"

迪芭确实知道。

"为什么?"她说道,"你为什么要这么做?"

"所有人都很高兴。部长得到了她想要的。雨桑得到了他想要的。而我……我为什么要这么做?因为她的LURCH计划……因为我很饥饿。"他轻声说。

假恩斯特伯从迪芭的背包里取出了那只写满字的手套,面色诧异地端详着它。随后他把它丢进了火里,烟雾飘起来时他快活地呼了口气。

"古老的……"他说,"强大的……还有这个?从那个小鬼头口袋里掏出来的。"他举起舒瓦泽的旅行卡。迪芭震惊地瞪大了眼睛。"恩斯特伯"也把它丢进了火里,发出了快活的轻哼,呼吸着卡片燃烧产生的烟雾。"更多预言家的力量!"

"你真的偷了卡!"她怒不可遏,还试图用自己的头去撞赫米的脑袋。

"我当时想看看她是不是真的舒瓦泽?"他咬紧牙关地挤出这句话,又顶了顶迪芭的后背,"我只是想看一看,然后就还回去。我们可以之后再讨论这事儿吗?"

一波波污秽烟雾如同微小的涟漪从角落涌来,仿佛涨潮时的波浪。几条街之外的那团斯摩格勒在不断蔓延。在那之中,迪芭看到了缓慢移动的人影。不仅斯摩格来了,还有一些体形更小而胆子不小的斯摩格洛迪茨也来了。

伪伦敦

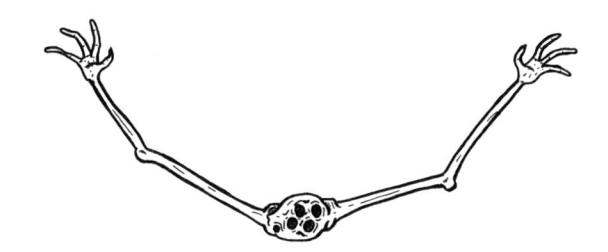

它们的形状各不相同。有些像耗子和真菌的混合体,有些像是两只拼凑在一起的猴子手臂的、某种没有实体的物体,还有和迪芭的前臂大小差不多的、像千足虫一样的东西,每条腿的末端都长着极小的手。

那些斯摩格洛迪茨都像墓穴蠕虫一样灰扑扑的,没有一点颜色。它们要么长着巨大的黑色眼睛,只有瞳孔,只看得到其内部恶浊的暗光,要么就根本没有眼睛。为了呼吸这有毒的混沌气体,它们全都发生了某种异变,比如巨大的鼻孔,或者长出了许多鼻孔,就为了吸取这一团团毒雾里几近于无的氧气。迪芭瞧见一个和猫差不多大、又像蜗牛一样的物体,它长着一堆可以收缩的眼睛,正直愣愣地盯着她。在它的眼睛下面,它的脸是一个生化防毒面具。

"你让我大吃一惊,"冒牌恩斯特伯说,"你为什么要回来?我还以为我们可以完全忘掉你……和另一个丫头。她在哪儿?"

一时间迪芭还没有明白他的意思。紧接着,她的眼睛睁大了。

"她不在这里,"她说道,"她什么都不记得了。"

"我之前更担心她,"冒牌恩斯特伯说,"根本没把你放在眼里。不过布罗肯布洛说服我了,他说这会有用,而等我收回她吸入的毒雾后,一切似乎画上了句号。可是现在……"他对迪芭露出微笑,睁大了那双疯狂的眼睛,"好像还没完啊。也许她会想起来。要是放你回去了,那我必然最好也回去,好好对付她。绝不能让舒瓦泽回到这里来。"

"她不会回来!"迪芭大喊道,"不准动她!你的毒雾已经带走了所有记忆。她什么都不知道!"

UN LUNDUN

"安全第一,安全第一。确保万无一失。看到你出现在这里,我想我还是最好解决掉她。就在我们处理掉你之后。"

"不……!"迪芭恐惧地倒吸了一口气。

"噢,就这么做。从这里伸手到伦敦并不容易……但是我做得到,也会这么做。对两边的伦敦支持者来说,这也是在帮忙了。最好是等我这里……没这么忙了,马上就去设法对付你的朋友。只要我一有空。我肯定就会这么做。不论如何,多练习对我有好处。很快,会有其他更重要的原因让我重返伦敦,我是这么认为的。所以最好要擅长穿越。

"不过那些事情都不用你来操心了。当然了,很快你就什么都不用担心了。"

随着斯摩格逐渐靠近,那些斯摩格洛迪茨或缓慢爬动,或从天而降,或疾驰忙赶,纷纷来到冒牌恩斯特伯身边,发出感兴趣的咕咕声,还不断地淌出口水。

"现在,"那个人形怪物说完就摊开了那张证明恩斯特伯——真正的恩斯特伯——已经死去的幽灵镇表格。他闻了闻那份文件,像个鉴赏家似的舔了舔那页纸。他又将文件折叠,然后将它撕成一片又一片,他一脸笑意地将碎纸丢进了火堆。

那页纸开始燃烧,发出了磷火的光芒,并且升起了一缕被释放的幻影。热气形成一股上升气流,托起一小块碎纸越过火盆,随后掉在了地上。

伪伦敦

顶着恩斯特伯外表的那家伙呼出一口气,又用力地吸了口气,然后一股气体从火堆中喷出,接着涌入了他的嘴巴和每一个鼻孔。他吸入了那份文件燃烧产生的烟气。

"啊啊啊啊啊,"他长舒一口气,满意地咂咂嘴,"之前还没吃过幽灵纸张。恩斯特伯的死亡证明。找到这东西是很聪明的做法。你是个聪明的女孩。不过现在它已经没了。"他挥动起空空的双手,"没东西证明了啊。"

他将一铲子垃圾倾倒进火堆里,然后狠狠吸入那随之而来的恶臭。他在那堆垃圾里翻来翻去,在找什么东西的样子,然后浮夸地叹了口气。那群斯摩格洛迪茨发出嘶嘶的叫声。

"没有书。"他说。他看向迪芭。"我喜欢书。"

"他们会阻止你,"迪芭开口说,努力想表现出勇敢的样子,"我们会阻止你。你赢不了。他们会赶走你,就像我们之前在伦敦做到的那样。"

一时间没人开口。假恩斯特伯瞪着她。然后他发出一阵尖厉的狂笑。他张大了嘴巴,大到嘴角都有些撕裂了。一缕缕烟丝从他每一声大笑里漏出来,飘到他的眼角处打旋,直到他用一张手帕轻轻拍走了它们。

"赶走?哈,'赶走'。说得对。当然了,当时可没有签协议。噢,不对。就像此情此景一样,什么都没有。当然了。

"不过……你错了,迪芭·乐珊。"他傲慢地逼近,他的轻言细语仿佛爬进了迪芭的头颅,"这里的人赢不了。他们已经输了。我会统治一切。而一切都会被烧掉,会烧毁,烧成烟雾。

"我会打印无烟烟囱的设计蓝图,还会建造拥有过滤器的现代工厂,让空气保持纯净,而到时候我会把这些全都推进熔炉里烧掉,然后我会一口饮尽所有废气,变得更加强大。我会闯进那些画廊,烧掉所有画作,把它们全都吸进体内。你知道的,因为我热爱艺术。"

他的脸距离迪芭只有几寸,他身上散发的塑料燃烧的恶臭快要呛到她了。那群斯摩格洛迪茨叽里呱啦地闹腾起来。

"还有书籍,"他咕哝道,"可爱又美好的书籍,全部烧掉。书页和印

UN LUNDUN

刷物燃烧的火焰。我会吸入那些历史和故事，在烟雾中学习这一切。你们烧掉的所有书籍，我学了一本又一本，全部都学习过了。不过很快我会亲自挑选烧掉什么。到时我不会留下一点残余，我会全部吸进去。我会把它们全都烧掉。

"我的搭档想要统治，还让你们为我燃烧东西，所以我变强大了。

"在我的伪伦敦里，你们会在火炉上面印制书籍，好让我在墨水未干之际就能够吸入它们。你们会放火烧掉图书馆。点燃藏书井里的书架，随后烈火会点燃一切，接着通过下面的藏书悬崖，火势会蔓延出去，烧掉所有世界的所有图书馆。而我只用守在顶端，吸取全部的烟雾，便能知晓一切了。"

"你的肺根本受不了。"迪芭绝望地说。

"不是这个我，"他一边说，一边随意地指着他的胸膛，"另一个我……"他慢慢地吐出这句话，直到他咔咔地咳出废气来。

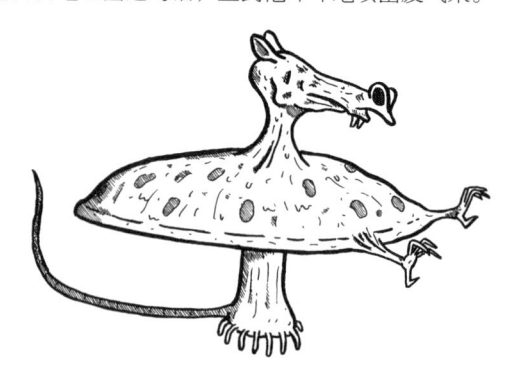

"我没有理由要停在这里，"现在他好像自言自语了起来，"还有伦敦的那些图书馆里的全部书籍。这一次不会再有任何法案来阻止我了。没有武器，没有和约，没有协议，什么都没有。等我处理完这些，等我变得更有力量，什么都阻止不了我……不过眼下我还是想得太早了。"恩斯特伯露出令人毛骨悚然的笑容。

"现在，"他说，"是确保一切万无一失的时候，是弄清楚你到底知道什么的时候。"

"所以说,你也要拷问我吗?"迪芭问,同时她感受到了赫米的挣扎。她极力不让自己的声音发抖。"在我们说出来之前,会想方设法折磨我们吗?我已经告诉了你所有的事情。"

"折磨?"假恩斯特伯,也就是斯摩格,说道,"太傻了。傻丫头。我都不需要强迫你告诉我真相。等我把烟雾全部吸进体内,我就会知道所有真相。"他望向火盆,然后又看向迪芭,"这样我就能知道你的脑子里有些什么了。"

"我只需要把你烧掉。"

第五十一章
逃离烈火

"琼斯!"她大喊着,"莫塔尔!奥巴代!救命!"绑住她的结系得非常紧。"赫米!他要把我们丢进火里!"赫米浑身紧绷。

"现在,闭嘴,"男人命令道,"没人听得见。"他朝他俩走去,双臂大张。"不会持续很久的,"他轻声说,"很快就会结束。随后你们的记忆会化作烟雾,在我体内永存。"

迪芭发出惨叫。

那个假扮恩斯特伯的家伙正在靠近迪芭,迪芭的声音卡在她的喉咙里,就在这时,赫米动了。他撑紧了绑住他的绳索,似乎在感受那奇特的运动方式,迪芭察觉到了他的举动。

因为赫米不是纯鬼魂体质,所以他没办法像他母亲那样的幽灵一样自如,不过他体内的幽灵血统足以让他穿透固体物质。这正是他在做的事情。他的双臂正在逐渐渗出他外套的衣袖以及那些捆绳。

绳子垂落下来。他不像他那些鬼魂亲戚那样完全透明,但那些绳索全都消失在了他的皮肤里,直到它们迟缓地从另一头出现。

假恩斯特伯猛冲过去。赫米一把扯掉蒙眼布,然后一拳打在假恩斯特伯的脸上,另一只手抓住他的腿,使劲一扯。假恩斯特伯咆哮一声后摔倒在地,所有斯摩格洛迪茨混乱地散开。赫米骂骂咧咧地挣脱束缚他的绳索——还有他的衣服,那些衣服并不是幽灵衣物,都还待在先前的位置,就像先前公交车上的那堆衣服。只有他的鞋子和袜子还在他脚上。没了他,绑住迪芭的绳子也松了下来。

"赶快!"赫米说道。

假恩斯特伯因为体形太膨胀了,一时间很难站起来,他大声吼叫着,喷射出烟雾。赫米踢了他一脚,那些斯摩格洛迪茨迅速袭来,抓住赫米裸露的双腿,赫米跳了起来。黏黏快速在它们之间勇敢突进,它们撕咬着,发出刺耳的扑哧声。

迪芭抓起了赫米的衣服。她犹豫了片刻,紧接着她捡起了那飘出火堆的幽灵文件的细小碎屑。上面没有任何痕迹,只有一星半点儿被撕裂的幻影。

假恩斯特伯握住了赫米的脚踝。赫米收回他的那条腿,假恩斯特伯的手穿透了赫米的皮肤,握成了拳头,而赫米摆脱了。

"快过来!"他大喊道,然后抓住了迪芭的手。在他们身后,迪芭听到假恩斯特伯拖着身子在怒吼,还在踢打那些斯摩格洛迪茨,鉴于她听到了动物般的凄厉叫声。

他们在这个空旷区域的荒废街道中一路狂奔,穿过一条小巷,巷子里街灯的光线扭曲着扑向他们,犹如巨大的蟒蛇。

"这边!这边!"赫米大喊。迪芭招呼黏黏,牛奶盒子跳进了她的手中。

迪芭听得到跑动的声音,她知道假恩斯特伯和他的斯摩格洛迪茨在靠近。赫米把她领进了一条砖石砌成的死胡同。

"坚持一下。"他说。迪芭眨了眨眼睛,看着他把头伸进了那堵砖墙,然后又缩了回来。

UN LUNDUN

"和我想的一样，"他说，"琼斯和那辆公交车就在那边。"他双手托成台阶的样子。追赶的声音越来越近了。"赶快！"

在赫米的帮助下，迪芭奋力爬上墙，翻了过去。她把衣服和黏黏都丢到了路面上，然后跟了上去。她能看到公交车的车顶就在不远处。一双鞋朝她飘了过来，还拖着一截袜子。

一团毛乎乎的东西从那堵墙上冒了出来，紧接着突然冲出。那是赫米的脑袋。他直接穿过了那堵砖墙，就像穿过果冻那样。

"搞快点，"他说，同时出现了一阵咕嘟咕嘟的声响，"快把我的衣服给我！快跑！冒牌恩斯特伯快追上来了。"

"琼斯！"迪芭高声喊道，但随即也意识到喊声会告诉假恩斯特伯他们的藏身处，但她现在吓坏了，已经没心思在意这个了。"琼斯！快！启动！我们快离开！"

第五十二章
多疑的权威人士

"不好意思,迪芭,"琼斯说,"我还不是很明白状况。"

公交车飞得很低,速度很快,半隐半藏地飞过屋顶区,朝隐秘桥飞去。

"就像我说的,"迪芭说,"恩斯特伯不是恩斯特伯,它是**斯摩格**。而恩布雷丽斯莫和那个从部长办公室来的男人和它是一伙的。"

"但是为什么呢?"琼斯问,"为什么布罗肯布洛会参与这种事情?他一直在帮忙。"

赫米在整理他的衣服,迪芭每说一句,他都用力地点头。

"斯摩格想要烧毁一切,"他跟着说明道,"莫加特洛伊德的上司正在把伦敦的废气排放到**这里**。喂给它。然后布罗肯布洛……"

"等你们全都有雨桑了,布罗肯布洛就掌控了一切,"迪芭接着说,"你们都必须服从他,不然他就会放任斯摩格杀掉你们。他们是同伙。布罗肯布洛没办法立刻就强迫你们听话,所以他得先让你们觉得他是你们这边的。"

"迪芭……"琼斯一脸疑虑地说道,"他到底为什么这么做呢?我真心觉得他不会这么做,他会吗?你确定吗?"

UN LUNDUN

"恩斯特伯刚才还企图烧死我们!"

"我不会为他辩解什么,"琼斯说道,"可是布罗肯布洛——他似乎一直在正义的一方战斗。可能他也是被这个冒牌货给欺骗了。"

迪芭摇头,还恼怒地跺了跺脚。她望向公交车外面。空中有飞鸟和野兽,还有云朵,似乎没有东西跟着他们。

"桥就在那边,"迪芭说,"行了!我也会向预言家们说明这一切的。"

迪芭、赫米,还有琼斯从绳梯上下来,正好降落在隐秘桥中间的办公室前。众人非常惊讶地跟她打招呼,向她道欢迎,迪芭认出了许多熟悉的预言家的声音。

"迪芭!"莱克特恩一边喊,一边伸手将她从绳梯上拉下来。

"我们听到有传言说你回来了。"莫塔尔说,"这真是太棒了。不过……舒瓦泽没有来这里吗?没来?啊,好吧,我们还以为是什么……误会。"他试图掩饰自己的失望,"这位是你的朋友吗?嗯,呃……你好。那么说来……琼斯和莫加特洛伊德找到你了?他们一直在找……"

"莫塔尔!"她招呼道,"莱克特恩!预言书在哪里?所有人,听我说。那人不是恩斯特伯。那个说自己是恩斯特伯的男人要烧毁一切。而且布罗肯布洛也不是你们这边的人。那些雨桑……他们只是计划的一部分,他暗地里还有阴谋……"

因为焦急和忧虑,迪芭明白她的话听起来没多大意义。赫米含糊不清的同意和热情的点头并没有什么帮助,她看得到预言家们都困惑地皱起了眉头。她跺了跺脚。

"我跟售票员琼斯解释过了!"她说,"赫米当时也在场,他会告诉你们的。"

"她说得对,"赫米说,"这是一个骗局。"

"那个冒牌恩斯特伯想要烧毁那些图书馆……"迪芭说,"还要修建工厂……还要烧死我……"

伪伦敦

"你是说雨桑没有用吗?"莱克特恩皱着眉问道。

"不,雨桑确实有用。但是恩布雷丽斯莫分发雨桑是有原因的……"

"让我理清楚一下,"莫塔尔说,"他是斯摩格那一派的,然后他给了我们武器来对付斯摩格?"

暂时没人开口。迪芭和赫米看着彼此。

"呃……是这样……"迪芭答道。

"我不明白,"莫塔尔说,"恩斯特伯把他的生命都献给了伪伦敦,而你现在说他是……"

"那不是恩斯特伯。"迪芭说。

"谁不是恩斯特伯?"莫塔尔问。

"**恩斯特伯**。"

所有预言家都一言不发地注视着迪芭。她焦躁地咬紧了牙关。

"预言书在哪里?"她问道,"找到它。我知道它不完美,但它可能会写了点关于这个的内容。"

"预言书,啊……可能派不上什么用场,"莱克特恩说,"它最近心情不太好……"

"把它拿来就行了!"莫塔尔偏了偏头,然后莱克特恩费劲地把它从一个抽屉里取了出来。

"你为什么要来打扰我?"预言书烦躁地开口,"这是……迪芭·乐珊?你为什么在这里?"接着它突然兴奋地发问:"舒瓦泽回来了吗?"

"没有,"迪芭说,"她什么都不知道。她不记得了……"

"好吧,当然了。"预言书说,声音再次闷闷不乐起来。

"但是听我说!"迪芭说,"她有**危险**。我一直想要告诉你们。恩斯特伯要去对付她了,就在他解决掉我之后……"

"危险?"预言书问道,"恩斯特伯?你在说些什么啊?"

"听我说,"迪芭说,"我想知道你有没有记录过关于一个骗局的内

UN LUNDUN

容……"

"什么?"预言书打断了她,"你现在是来取笑我的吗?"

"不!我只是……"

"因为我们已经证实了我一无所知。"

"不是这样的,"迪芭说,"并非一切事情都会按计划进行,但这并不意味着你一点用都没有……"

"请你原谅,"莱克特恩说,"它最近有点粗野无礼……"

"可不是嘛,我粗野无礼!"预言书说,"我最近才发现我完全没有任何意义。我的预言不过是一堆废话!"

"这行不通啊。"赫米悄悄咕哝道,"亡者来帮助我们,真是胡言乱语。"

迪芭又快要焦躁得跺脚了。

"我们在浪费时间!"她说,"慢着!都看着!"她举起那一小块幽灵文件的碎片,"这是幽灵镇给的证明文件,文件表明恩斯特伯已经死了。"预言家们眯起眼睛看着它。

"那上面是空白的。"有人说。

"剩余的全被他烧掉了。"她绝望地说,双手沮丧地握成拳头。

"迪芭,"莫塔尔语气和善地说,"我认识本杰明·修·恩斯特伯好几年了。我很相信你,你觉得自己找到了证据,但那其实什么都不是。那只是一片纸屑。重点是,如果你弄错了,那并没什么意外的。我是说,你不是舒瓦泽。你在这里没有任何使命。也许你只是误会了。"

迪芭张大了嘴巴瞪着他。

"把那个给我。"预言书开口了。迪芭惊讶地看向它。"那页纸。虽然我们都清楚我并不像过去我以为地那样熟知伪伦敦的一切,但我的确了解纸张。"

迪芭伸手去接那本书。莱克特恩有点犹豫。

"动手啊,没关系,"预言书不耐烦地说,"把我递过去。"迪芭接过了书，把那页纸夹在了它的书页中，然后关上了书本。书本发出了像咀嚼的声响。

"呃……"它说，听起来很震惊，"好吧……绝对是来自幽灵镇的真货……"

"**慢着！**"一个声音打断了他们。所有人都抬头向上看去。

一群阴云般的破烂雨伞突降下来，布罗肯布洛先生正从天空中朝他们降落。

"等会儿！"他发出失控般的喊叫，"这是一个严重的误会。"

"啊，恩布雷丽斯莫，"莫塔尔朝上面喊，"或许你可以澄清……"

"**什么？**"迪芭说，"他也有份参加！你们必须阻止他！他怎么可以上桥呢？"

"当然是我们给他展示过如何上来，"莫塔尔说，"在战斗中他是盟友。"

"实际上，你懂的，我认为我们应该听听她说的……"预言书说，但是那群预言家都没有在听。赫米徐徐朝迪芭靠近。

"恩斯特伯吓到那个女孩了。"布罗肯布洛说。他在一堆金属和布料组成的雨桑的帮助下扌着旋儿降落在隐秘桥上，接着步伐轻快地走向他们。雨桑们在他周围扑闪。"他不习惯和孩子打交道，他试图解释她身处危险之中，而她理解错了。"

"才不是这样！"迪芭一边说，一边后退，双手紧紧抓住书本，仿佛那是一面盾牌。桥上的所有人都看着她。

"你在撒谎。"赫米大声说。

"这不是她的错，"布罗肯布洛说，"恩斯特伯对发生的事情感到很难过。我不得不赶快过来解释，因为她依旧有危险。事实就是，她被骗了。被他骗了。"恩布雷丽斯莫指着赫米。

整座桥都陷入了巨大的争论中。

UN LUNDUN

"哦,什么?"赫米喘着气说,"我们开始吧!"赫米向后退去。

"我不太确定这点,"预言书在迪芭怀里说,"情况有些奇怪……"

"这是谎话,"迪芭说,"他在撒谎。"但是迪芭能够看出那些预言家都听信了那个他们认识的男人,在怪罪那个他们从未相信过的鬼魂,认为鬼魂误导了她,她这个并非舒瓦泽的女孩。

"事情肯定不是这样的……"琼斯说,但是他的声音被淹没了。

"这个鬼魂用胡言乱语塞满了她的脑袋,企图离间我们,企图惹是生非,在战争进行到这么微妙的时刻。斯摩格再次加强了它的进攻,我们真的需要紧密地团结在一起。而他恬不知耻地误导我们这位尊敬的客人,为了他自己的邪恶目的……"

布罗肯布洛威慑性地走上前,他的雨桑们冲迪芭和赫米一蹦一跳地逼近。预言家们全都露出谴责的神色看着赫米。

"……恬不知耻……"迪芭听到有人说。

"……来找麻烦……"

"……他在计划些什么?"

"我告诉过你这是个坏主意。"赫米说着又往后退了几步。

"你们疯了吗?"迪芭大声哭号道,"这太愚蠢了!他在撒谎!他很清楚你们会怪罪赫米,根本听不进去真话!"

"把预言书还给我,迪芭,快过来,远离那个危险的鬼魂。"莱克特恩劝说道。

"迪芭,"布罗肯布洛说,"我们可以帮助你。"

迪芭绝望地想要思考出能够说服他们相信她的办法,想让他们相信赫米不是麻烦,想让他们明白布罗肯布洛才是满口谎言。她看着预言家们的一张张脸,随即就意识到她做不到。

"我们会解决那个小麻烦精的。"莫塔尔说。

迪芭转身,怀里依旧紧抱着预言书,然后对赫米喊道:"快跑!"

伪伦敦

"你们要去哪里？"预言书喊道，"停下来！放开我！"

但是迪芭没有放下它。迪芭和黏黏还有半鬼魂赫米，逃跑了，抛下身后那群正在拼命追赶他们的急疯了的预言家们、受控制的雨桑，还有那个身穿风衣、伸出如雨桑尖头般的细长手指的布罗肯布洛先生。

第五十三章
仓促离别

迪芭和她的同伴沿着这座从一处跨向另一处的隐秘桥飞奔。

恩布雷丽斯莫和预言家们在他们身后追赶,口中还振振有词,有的喊:"请等等!"有的喊:"让我们解决问题。"还有的喊:"给我等着,鬼魂!"

"你在干什么?"预言书尖厉地叫喊着,"放我下来。"

迪芭没有慢下来。她什么计划都没有:她只是想尽快跑下桥,在布罗肯布洛赶上她之前。

"拦住他们!"她听见莫塔尔在喊,"在他们逃脱之前!"

迪芭忽然吃惊地发现桥头那边的街道并不清晰。它们在几个轮廓中闪烁。她继续奔跑。

"怎么了?"赫米问道。

"我不知道,"迪芭回答说,"就快跑吧!"

他们距离桥头只有几英尺了,而前方的街道变化太快了,都成了一闪而过的建筑。这座桥在众多目的地之间闪晃。

"不!"莫塔尔高呼道,"停下来!目的地太多了!"

伪伦敦

迪芭回头望了一眼。那位破烂雨伞的将军只有几步之遥了,他那群雨桑大军步步紧逼。他对上了迪芭的目光。一把雨桑突然蹿出,划破了她的后口袋,接着迪芭发出一小声尖叫,她的长裤被撕破了。

"快来!"迪芭径直冲向那快速变换的图景。"一起!"她把预言书夹在腋下,抓住赫米的手也紧紧抓住黏黏。赫米大叫着,预言书发出哀嚎,随即他们一起跳下了桥头——

第六部分

变节的探寻者

第五十四章
十字路口

——在一阵突如其来的寂静中摔到了柏油马路上。

迪芭慌忙地翻了个身,然后急忙举起了双手。不过没有人追上来。他们身后也没有桥梁了。

他们躺在一条宽阔的马路上,此时是伪伦敦的午后,接近傍晚。这里只有他们。

"噢,现在你做到了,现在你真的做到了。"预言书抱怨着说。

"发生了什么?"赫米问道,"我们在哪里?"

"先前有很多预言家,"预言书叹了口气,解释道,"他们全部都想控制这座桥。他们每个人都想让这座桥通向不同地方,通向他们觉得能够更加轻松地抓住你们的地方。"

"这座桥被弄糊涂了?"迪芭问。

"它试图同时通往所有地方。正是因为你们在一起,你们才会出现在同一个地方。它一定是瞬间通往了其他地方。"

"布罗肯布洛……"赫米说,"他当时就在我们后面。"

"等他离开桥时,桥已经导向其他地方了。"迪芭说。她缓缓地站起来，环顾四周。"所以说，我们在哪里？"

他们身处一个十字路口。没有看到任何路标。周围都是没有任何特征的房屋，就连一座混乱建筑或者显眼的奇形怪状的住宅都没有。要不是伪太阳还在这里，这里甚至有可能就是伦敦。

"我们可能随便到了某个地方。"预言书咕哝道。

"我们得做点什么，"迪芭着急地说，"我得离开这里。"

"他们认为是我的错，"赫米说，"那群预言家。他们会来找我的。"

"他们只是太笨了。"迪芭说，"布罗肯布洛清楚怎么阻止他们听我说话。那就是他所需的。你明白的，对吧？"她对预言书说："我分辨得出来。你相信我们。"

又一时没人说话。

"我不太确定，"预言书开口了，"我不知道发生了什么。"

"就是那张纸。你能够分辨，是吗？你知道我们是正确的。"

"我只知道那张纸来自幽灵镇，"预言书说，"仅此而已。其余的我什么都不知道。"

"是的，但是，"迪芭说，"我看得出来。你相信我。"

"我可没这么说，"预言书谨慎地说，"我们需要回到隐秘桥上，再跟莫塔尔好好谈谈。"

"也许吧，"迪芭说，"也许我就不该逃跑。我当时真是慌了神了。上次还是预言家们把我送回了家……可是……"她环顾四周，露出深受打击的表情。

"但是你现在不能回去，"赫米说，"他们认为我们才是需要被阻止的人。哪怕他们不知道……他们在和……冒牌恩斯特伯合作。那个想要抓到你的家伙。"他和迪芭相互看着对方。

"预言书！"迪芭语气迫切地说，"你其实很清楚，是吧？你其实是相信我的。"

伪伦敦

"你没有权利带走我,"它回答道,"这是书本绑架!"

"别转移话题。直接告诉我。你清楚事情发展有些古怪。"

又一时没人说话。

"你说的部分内容……可以解释一些事情,"书本开口了,"可能。至少……我认为我们需要再多做一些调查。有怪事在发生。这是真的。而布罗肯布洛的故事并不怎么说得通。我不明白你为什么要袭击我们的人,年轻人。再说了,我不知道你们是不是弄错了,迪芭,就像布罗肯布洛说的那样。你不是这样的人。事情有些古怪。"

迪芭松了口气,然后亲吻了它的封面。

"谢谢你。"她感激地说。

"喂,我始终不觉得你应该就这样逃跑。现在,我们不知道我们在什么地方。而这让你看上去更成了过错方。我们需要尽快赶回去,跟他们谈谈。"

"但是你看到之前发生的一切了,"迪芭说,"莫塔尔和那群人,他们*敬爱*恩斯特伯。他曾经是他们中的一员。还有布罗肯布洛也是一样的情况,他们不会相信我们的。"

"那么你建议我们要怎么做?"预言书提问。

"我不知道。"迪芭绝望地答道。

"布罗肯布洛正在说服所有人。"赫米说。

"正是这样,"迪芭说,"所以没人会相信他在和斯摩格合作。谋害伪伦敦。还有赫米,你听到他的话了,他在找我,*而且他还要去找赞娜*!我的朋友!*因为我回来了*!我必须离开这里,回去警告她。或许我可以悄悄溜回隐秘桥上。书本,你了解怎么指挥那座桥,对吗……?"

"我不能这么做。"预言书刚开始说话,但赫米打断了它。

"慢着。你在桥上会被直接抓起来,而且就像他们所说的,他们会把你带到布罗肯布洛那里,而那意味着回到……那家伙那里。他们还会觉得自己在*帮忙*。"

263

UN LUNDUN

"那好吧,"她说,"那我就回到图书馆那边,再爬下去。一定还有其他来回的路……"

"现在他们一定会放出话来,"赫米说,"他们在找你。还有我。诸如藏书井这样的地方,一定会严加防守起来。不论如何,你看:回到伦敦了,你还怎么帮忙呢?"迪芭瞪着他。"别这样,我认真的。正如你说的,斯摩格会去找你的朋友——和你。假如它在那边追到你们了,你要怎么和它战斗呢?"

"它之前被打败过……"迪芭说道,但她很快止住了话头。不管它之前的那场惨败到底是什么情况——冒牌恩斯特伯暗示过实情可能比她想的要复杂——伦敦没有克林纳莱克特,没有她可以用来战斗的宝器。驱赶斯摩格的工具是一项议院法案,是迪芭不可能使用的武器。她完全没有帮手。

看到她的脸色,赫米很快继续说话了。

"还记得它说的话吗?它要去上面的世界依然不容易。而且它说它想要……首先解决掉。它会先在这里抓到你。"

"这话并不能让我觉得更好受。"迪芭说,声音仿佛被扼住。

"我想说的是,它不会去找你的朋友。只要你还在这里,它就不会。直到……不过一旦你此时回去了,它就会跟着你,然后尽力一次性解决掉你们两个人。"

"可是我必须离开,"迪芭低声呢喃着,"我的家人在等……"

其实迪芭很清楚,因为镇静效果,他们并没有在等她。而这样的真相只会更糟糕。正是他们没有等她这一点让她感到恐惧,使得她更渴望回家。

这个事实,以及有个吃人的智能气团就在几英里外的地方,让迪芭心神不宁。但是赫米说得很对。就算她现在**可以**赶回去,斯摩格依然会来找她——也会去找赞娜。而她们没有保护自己的手段。

"如果你回去了,"赫米说,"它会去找你。"

伪伦敦

一想到这个,迪芭就难以呼吸。她拼命思考着目前的情形。恐慌的情绪涌上她的心头,但她平息了。**打住,她想道,在这里你必须聪明点。你得努力思考。**

"那好吧,那好吧,"她咕哝着说,"都是斯摩格,还有布罗肯布洛害的。我必须尽快离开这里,但是现在所有人把我当麻烦似的在寻找我时我不能离开。就算我可以离开,斯摩格还在追捕我,那回家也不安全,因为它会来找我和赞娜。而我也没办法说服预言家们去对付它:他们觉得自己已经在对付斯摩格了。所以……"她沉默了很久,"我们必须自己阻止它。"

"你在说些什么啊?"预言书说,"谁是'我们'?你以为你能做什么?"

"别打扰她,"赫米说,"我们这里一团糟。不过她很聪明。"

他们所处的这个区域已经不再空寂。许多不同的人影已经出现,进行他们的日常工作。他们很多人都带着雨桑。迪芭看到一个玻璃做的机器人,一个长着蔬菜脸庞的人形,还有各种身穿破烂衣服、优雅长袍、塑料燕尾服、陶瓷盔甲的男女以及其他生物,还有好几个穿着简单得出奇的制服,那种伦敦生意人抄袭的款式。

有些伪伦敦人从他们身旁走过,好奇地看着迪芭和赫米。

"哦,我只想离开这里回家。"赫米抱怨道。

"是的,但是他们也在找你。"迪芭说,"我俩都在被追捕。"

"我们必须谨慎点,"赫米说,"我们不知道哪些人站在哪一边。而现在那些预言家……"

"他说得对,"预言书说,"他们会放出消息。人们会开始搜寻我们。"

"闭上嘴听我说,"迪芭说,"必须找到办法阻止斯摩格,不然我没法离开,而只有我……只有我们才能阻止它。"她没说话了,等着赫米和书本的反应,但是这次赫米没有,预言书也没有对她说的复数"我们"提出任何反对意见。"在伦敦我没有任何可以用来对付它的武器。但是这里一

UN LUNDUN

定有。这就是为什么它不想让赞娜出现在这里。所以。预言书,我们知道你对舒瓦泽的记录有错误。那则预言出了问题,是吧?但你肯定还有关于它的所有细节内容,对吧?她到底应该做些什么?为了阻止伪伦敦的敌人而要做的事情,你书上写了的,对吧?

"那好吧。命运没有和被选中之人合作。那就由我来完成。"

第五十五章
无礼的分类

"你要什么?"在一阵无言的瞠目结舌之后,预言书问道。

"我要完成预言,"迪芭说,"不管预言说需要做什么。"

"我们可以私下谈论这个吗?"赫米一边说,一边把他们带入一条小巷里。

"我们别无选择,"迪芭对预言书说,"这为什么一定会是个坏主意呢?在需要做**什么**这一点上,你可能不会出错。只是在做这些事情的人选上出错了。我敢说,关于什么武器会击败斯摩格,你这本书里面一定有些选项。"

"呃……书里当然提到过斯摩格害怕的那件武器,暗示过它对伪伦敦的作用相当于克林纳莱克特对伦敦的作用……"书本的声音听起来若有所思。

"其实并没有克林纳莱克特。"迪芭小声念叨着。

"什么?"赫米说,"别这么说,你看得出来它有多讨厌出错。"

"但是你们忘记了两点,"预言书继续说,"第一,我已经不再清楚什么是正确的,什么是不正确的了。这些愚蠢的记录里可能什么都没有。"它的书页快速地翻动着,"……可能什么用处都没有。第二,你不是舒瓦

UN LUNDUN

泽！你做不到。"

"你怎么知道？"迪芭说，"你对我一无所知。除了……等会儿。你说过我也被提到过，对吧？你说过书里有地方写到过我。那么它是怎么说的？你知道些什么？"

"这不要紧，"预言书说，"那不重要。就让我们……"

"不，这很重要。"迪芭打断了它的话。她打开书本的封面，开始翻页。

这是她第一次看到这本书的内里。书里面很混乱，让人糊涂，页码不对，栏目、图片和文字以令人惊叹的方式组合在一起，有着各种大小、各种颜色以及无数种语言的字母，包括英语。迪芭几乎想象不到有任何人能够理解这本书。

"住手！"预言书呵斥道，"把你的手从我身上拿开！"

迪芭把书翻到后面，发现了一篇很长的索引。她浏览了全部条目，手指顺着栏目一路下滑。

"你在挠我痒痒，"预言书说，"快住手。"但是迪芭继续阅读着。

词条的清单直接从"王者服饰"到了"归还"——中间没有乐珊[①]。她又快速翻页，查找"迪芭"这个词条，但是词表上直接从"贴花转印法"到了"戒备规模"。[②]

"什么都没有。"她说。

"很好，"预言书说，"那就把我关上，我们聊聊。"但是迪芭又有了一个想法。

她查找起"舒瓦泽"这个词。这就有了，列了好几百页。在词条下

[①] 此处为迪芭在查找索引上以R字母开头的词，"王者服饰"的原文为Regal Garb，"归还"的原文为Restitution，"乐珊"的原文为Resham，如果索引上有这个词，那么就应该出现在"王者服饰"和"归还"之间。

[②] 情况同上，"贴花转印法"的原文为Decalcomania，"戒备规模"的原文为Defcon Scale，"迪芭"原文为Deeba，如果索引上有这个词，那么就应该出现在"贴花转印法"和"戒备规模"之间。

伪伦敦

面,略微缩进,有一长串次级标题。迪芭快速浏览了赞娜本应该去做的那些事情,略过了按字母表先后顺序分散排列的章节内容。

"舒瓦泽……黑莓灌木狗袭击,"她低语道,把词条都读了出来,"进入深海半球……在蔬菜宫廷……哀悼与任务……"迪芭停了下来。读了一遍又一遍。

"怎么了?"看到她的表情,赫米问。

"助手们?"迪芭说。

就是这个,在索引里面。**舒瓦泽,助手们**。在这下面还有再次级标题,每个标题都有单独的一页内容。"**聪明的那个**,"她读到,"**有趣的那个**。"

"你瞧……"预言书说道,"这只是术语表。有时候,这些古老的预言,你懂的,都写得不是很礼貌……"

"凯丝会是聪明的那个吗?"迪芭问。她想到了自己是如何和赞娜成为朋友的。"所以……我是有趣的那个?我是那个有趣的助手?"

"但是,但是,但是,"预言书慌忙地说,"那狄格拜呢?罗恩和罗宾呢?这没什么丢人的……"

迪芭丢下书本,走开了。书本尖叫着掉在了路面上。

"迪芭?"赫米终于说话了,"我们要做什么呢?"

她没有说话。她站在主干道的交叉口,看着一群群奇怪的伪伦敦人从她身边走过去。在受到斯摩格威吓、预言家们逼迫,经历了那么一场逃跑后,书本索引上那微不足道的冒犯却让迪芭无力承受。她摇着头。

"我们不能干等着,"赫米说,"那伙预言家会找到我们。还有布罗肯布洛。要是他们抓住我们……是你把我卷进来的!"终于他嚷道,"现在我们该怎么办?"

她仍然不愿意说话。黏黏呼呼地吹着气,在她脚边打转。迪芭没有

UN LUNDUN

摸它。

"迪芭……"预言书开口,赫米把它拿近了,"我想要道歉。并不是我写了我这本书。我完全不知道是谁写的。但是我们已经晓得他,也可能是她,这个人就是一个笨蛋。"迪芭不愿笑出来,"他们不知道他们在干什么。如果我是一本电话簿,那我可能会更有用。即便我那个白痴作者不知道,但*我*很清楚,你不只是个助手……"

"没人是!"迪芭大声地说,"不可以这么说任何人。不能说他们只是某个更重要人物的附属。"

"我明白了,"预言书说,"你说得很对。"

"好了,"赫米说,"我们还在被人追呢。布罗肯布洛甚至可能会劝他们去进攻幽灵镇之类的。我们必须做点什么。"

"求你了。"预言书请求道。

"那好吧,"她终于开口了,"我已经告诉过你们要做什么了。我想不到其他办法了。我们不能回到桥上去,预言书。伪伦敦需要我们,哪怕它不知道这点。而赞娜清楚,我清楚,或许伦敦也清楚。预言家们如今在为斯摩格做事,哪怕他们不知道这点。"

"斯摩格以为我们会躲起来。所以它很可能想不到我们会……会主动出击。"

"预言书,"她提高了音量,压过了反对的声音,"如果你不把嘴巴闭上,那我就把你留在这儿。回答我一些问题。"赫米面露崇拜地望着她。

迪芭翻开预言书,参照索引,翻查不同的书页。

"这本书是怎么安排的?"她说,"内容到处都是。没有顺序。"

"有顺序,"预言书说道,"只不过不是很明显罢了。你到底想知道什么?"

"赞娜,舒瓦泽,最后……她本来是要拯救伪伦敦的,对吧?要怎么拯救呢?她究竟应该做些什么呢?这些事情有顺序吗?因为这显然让斯摩

伪伦敦

格很忧心。"

"呃……"预言书回答道,"就是一个标准的被选中之人会做的那类事情。七个任务,每完成一个任务,她就能收集到一个伪伦敦的古老宝物。最后她会获得整座伪城市最厉害的武器——和克林纳莱克特一样强大。斯摩格不怕别的,就怕这个。只要拥有了这件武器,她就能面对斯摩格并打败它。"

"如果我是你,我不会因为克林纳莱克特这么激动,"迪芭说,"那她应该收集些什么东西呢?"

"伪伦敦的七件宝物,"预言书低声说,"人们称之为'七大珍藏'。羽毛之匙、乌贼喙之剪、迷骨茶、利齿骰子、铁蜗牛、黑白王者之冠,以及伪城市历史上最强大的兵器……伪枪炮。"

"**伪枪炮?**"赫米说,"我以为那只是个故事呢。"

"那确实也是个故事,"预言书傲慢地说,"但那也是**舒瓦泽的武器**。"它暂停了一会儿,补了一句:"好吧……总之,我以前是这么觉得的。"

迪芭数着这七件物品。

"斯摩格不想让我们得到它们,"她说,"所以这就是我们要去做的。赫米……你会来帮忙吗?"

"你疯了吗?"他说,"我还能怎么办呢?我从被摊贩追变成被布罗肯布洛和预言家们追杀。我这辈子都躲不过他们了。只能靠你这个疯狂的计划了。再说,"他不情愿地加了一句,"你以为我会让你一个人去找那个伪枪炮吗?"

"谢谢你。"她说。她对他露出微笑,赫米脸都红了。

"**黏黏?你来吗?**"牛奶盒上上下下地跳着。"好吧,"迪芭说,"我恐怕你没得选,预言书。你必须告诉我要做什么。而且——还有一件事。"她咽了咽口水。

"你看。没人真这么说过,但是有很多暗示……如果在伪伦敦待得太久，镇静效应会越变越强，是这样吗？之前，我回去的时候，我注意到了别人看到我时的表情。预言书，你跟我说实话。如果我待得太久，人们会忘了我。对吗？"没人答话，"对吗？"

"呃……"预言书不安地答话，"理论上来讲……"

"是多久？"迪芭问。

"你得理解一下，"预言书说，"大多数穿越过来的人都没有回去的打算，所以这没多大区别。人们说有技巧可以避免这个，如果你想要确保记起某个特定的阿伯诺特，可以写下清单、制作帮助记忆的东西之类的，可是……"

"还有多久？"迪芭说，"这些技巧我爸妈一个都不知道。所以我还有多少时间？"

"呃……这也都是猜测。不过理论上有个危险，如果急性阿伯诺特关联记忆缺失紊乱会在九天之后，就会影响到伦敦人。"

"九天？"迪芭问，"总共就九天吗？"

"这其中可能还有再探索的余地，"预言书说道，"这之后到底会发生什么还不是很清楚，但是舒瓦泽后来一定是回家了的。这是当然了……不过……她是……"预言书停下的那一刻，迪芭想到了它没说完的话，她是舒瓦泽。"即便如此。时间还是有点紧张。"

迪芭的心跳开始加速。

"那好吧，"她说，"我们必须行动起来。第一个物品是什么来着？走吧，去拿到羽毛之匙。"

第五十六章
与世隔绝

"羽毛之匙在一座森林里面。"预言书说。

"森林?在伪伦敦里吗?"迪芭问,"在哪里?"

"就在城市和伪城市的绝大多数东西所在的地方,"预言书答道,"它在一栋房子里。"

"像你这么说,"迪芭说,"我们要怎么去那儿呢?"

"我知道这栋房子在哪里,"预言书说,"但是我们连自己身在何处都不清楚。"

"事实上……"赫米说。他站在小巷的入口处。"你们听。"

迪芭竖起耳朵。她能够听到一个像是在不断碾磨的声音,像是非常笨重的机器在滑动、锤打的声音。

"那是什么?"她问道。

"你知道我们在哪里吗?"赫米对预言书说,"这里是拼图自治区。"

"难怪,"预言书说,"这就说得通了。"

"什么意思?"迪芭问。

"这就像一个游戏,"赫米说,"用脆片来玩。一个方块上有一张图画,把它砍成九片,或者十六片的小方块,然后拿走其中一块,接着把它们滑

UN LUNDUN

动起来，混在一块儿，一次只能把一个方块移向空格。而你必须再次将整幅图拼凑完整？在拼图自治区，房屋就是这样的。"

"很多年前，有一栋房子被拆除了，"预言书说，"剩下的建筑便开始四处移动。现在，这里众多街道上的众多房屋都不在它们该在的地方。

"每隔几分钟，所有的房屋都会变换位置。在空格附近的楼房会滑进去，而在它后面的另一栋房子又插进它留下的空格，整个自治区都会经历这个程序。不过这里并不止九、十六或者二十五栋房子，而是数百座建筑。这意味着，这里可以有成千上万种可能的排列。你永远不知道任何一栋房子会去什么地方。一切都混杂在一起。

"在伪伦敦，大概只有拼图自治区的邮递员像藏书井的图书管理员一样勇敢。从几十年前起到现在，邮递员们依然坚持递送邮件。但是房子一直在移动。直至今日，有些邮递员追踪某座特定的房屋已有数年之久。所有人都在等待这些房屋、这片土地重新恢复秩序。"

"不管怎么说，重点是……"赫米打断了预言书的话，做了个夸张的打哈欠动作，"重点是，现在我们知道我们在哪里了。"

"所以我们要怎么去这片森林呢？"迪芭问。

"噢，如果我们要直接去的话，"预言书说，"我们可以一直往南走，不过这样一来，我们明天就会途经扬声器先生的谈话镇，你们都不认识他，所以我们应该绕开……"

"等会儿，"迪芭打了个响指，"扬声器先生？我听说过他。他是不是有可以用的电话？"

"我想是的，"预言书说，"他对和说话有关的一切都感兴趣。不过这又怎样？"

"我可以用它给自己争取点时间。我可以给家里打电话。和我的家人说说话，"迪芭说，"防止他们忘了我。"

赫米看了一眼预言书，接着又看向她。

"这有点冒险。"赫米说。

伪伦敦

"为什么？这个扬声器先生是斯摩格那边的人吗？"她问。

"不，"预言书说，"不过他哪边的人都不是。"

"如果我们穿过他的地盘，那样赶路会更快，而且我还能使用他的电话。"

"只有他不会……对你做点什么的情况下，赶路才会更快。"预言书说。

"你知道吗，"迪芭说，"对于一本不想待在这里、认为我们应该回到桥上的预言书来说，你过于关心这件事了。"

"我……我……"预言书语无伦次。赫米试着藏起了笑容。

"好了，接下来，"迪芭说，"我们没有时间浪费了。你可不是几天没给家里打电话，就被家人忘掉的人。我们就直接穿过扬声器先生的地盘，路上我会去给我的家人打电话。你自己也说了，九天时间并不太长。但是假如我跟他们有交流，那计时就会重新开始。要是我们遇到任何麻烦，我只需要逗笑他，我可以的，不是吗？毕竟，我是那个**有趣的助手**。"

第五十七章
安静的谈话镇

预言书上有几张伪城市的地图,但是迪芭读不懂它们。似乎每个区域的比例尺、投射角度以及方位都不一样。迪芭干脆照着预言书的指示前进。

他们徒步穿梭于各个街道,避开人群以及伪伦敦的那些踏板交通工具。每当有可疑的气球或者桨叶如同巨型扁瓶塞钻的直升飞机似的飞行器飞过头顶时,他们就悄悄潜入那些空置的建筑,以防它们是预言家的间谍飞行器。迪芭看到许多路过的行人手上都拿着雨桑。

"目前还没人认识我们,"赫米说,"等那伙预言家放出消息了,我们会遇到更多麻烦。"

迪芭说她饿了,赫米立马消失,又马上回来,带着从街头小贩那里买来的食物。

"我想我们应该躲起来,"他们吃饭时赫米说,"这是半鬼魂购物。"

他们边走,迪芭边说着伦敦的事——他没有问,但她想谈。她说到她的家人,她很想念他们,但也感觉很好,尽管这是一种悲伤的良好感觉。她试图更多地了解他在幽灵镇的生活,但赫米却支支吾吾的。

临近傍晚,他们抵达了河边,走过了蝠见大桥。迪芭被完全笔直的史

伪伦敦

米斯河吸引了，它就像一根贯穿伪城市的直尺那样奔涌着。在这座桥上，在这片巨大的苍穹下，迪芭觉得自己无处藏匿，但是她不禁在桥中间停了下来，沿着河流眺望，望向两只铁鳄鱼的鼻子组成的那座涛天桥。

那两个巨硕的头颅半露出水面，互相瞪着彼此，时不时眨一下眼睛，每个头上都戴着如塔楼那么高的王冠，顶端有一条连廊连接着。就在迪芭望着的时候，那两张巨嘴缓慢张开，露出令人胆寒的巨大利齿，接着又再次闭上。

赫米拉着迪芭走，经过了河流另一边的几座棕色塔楼。如果不是由巨型白蚁建造的，它们和伦敦的议院还有点相似。

"就是这儿了。"他们踏上河流的北岸时，预言书说，"这里就是扬声器先生的谈话镇。"

"为什么这里这么安静？"迪芭说。

大街上并非空无一人，但也寥寥无几，就这几个人也是步履匆匆的样子，还低着头。没有人说话。

"嘘。"预言书说道。周围没人的时候，它用气声悄悄地说："扬声器先生。法律。未经批准，不得谈话。"

"不会吧。"

"嘘。我们可能会被逮捕。他有一些……特别的仆人。有可能出现在任何地方。不要惹恼他们。在找到电话之前，都要保持沉默。"

"那之后呢？"迪芭悄声问，"到了那里我还怎么保持沉默？"

"呃，快点说完。这是你自己出的蠢主意。"

走在完全寂静的大街上，这感觉实在有点瘆人。迪芭发现她自己拖着脚走路，就为了弄出一点儿声响。

"那么，电话在哪儿呢？"她悄悄问道。

"不知道，"预言书答道，"我们先离开这里。"

"闭嘴，"迪芭愤怒地低声说，"我一定要打这通电话。所以快点查看

UN LUNDUN

你的索引,然后找到它。"

伪太阳就快要下山了,不过在预言书抱怨连连的指引下,经过了一连串的试错、推理,他们终于找到了进入复杂的后街的道路。

"他在那个电话的周围建了一座迷宫,"预言书说,"所以人们都找不到它。"

他们接着走,街上依旧空旷。他们经过了一排风格相似、彼此相连的房屋,屋子倾斜地耸立着,几乎是悬在他们头顶的,随后他们走进了这些建筑之间的水沟。

转弯变得更急促,街道变得更短,也更狭窄。这些巷道仿佛不可思议地原路折返了。迪芭和她的同伴们遇到了好几个死胡同,绕了好几个圈,闯进了好几个精心设计的迷惑人的死巷。

"我想我找到了一份地图,"预言书说,"查看第三百六十页。"

书上有一份迷宫的规划图,其复杂程度超乎寻常,看上去就像人类的大脑。地图下方印着几个字:比拉布林斯迷宫。

"我看不懂这个。"迪芭说完便望向街灯,还有天上那些移动的星辰。

"你肯定能看懂,"预言书说,"你看到入口了吗?把你的手指放到那里。现在,我一边说,你一边移动手指。别太用力,会让我痒痒。你准备好了吗?

"我们已经左拐、左拐、右拐、左拐、左拐、右拐、右拐、左拐、右拐。然后左拐。停下。你手指在的地方就是我们现在的位置。"

"你怎么记得住啊?"赫米说。

"我是一本书,"它得意洋洋地说,"我们的记忆力很好。标记一下这个地方。**轻点儿**。你有铅笔吗?现在,从我们所处的位置找一条通往中心的路。等你找到后,沿着它移动你的手指。"

迪芭与赫米一开始错了几次,又重新找寻路径,花了好几分钟,不过最终还是找到了一条通往迷宫中心的曲折道路。他们轻轻地标出了这条

伪伦敦

路，以免再次搞忘，然后迪芭顺着这条路徐徐移动她的手指，而预言书根据她的指尖路线来翻译，轻声念出方向，她跟赫米如履薄冰地跟着指导前进。

最后他们转弯进入了谈话镇迷宫中心的那个死巷子。而在他们的面前，是一座红色的电话亭。

第五十八章
联系其他

"爸爸?"

"迪芭?"

那个电话接受了迪芭喂给它的不同货币。它的信号不是很好,迪芭的声音和她父亲的声音都被很长的间隔隔开了,音质也扭曲得厉害,但是他们还是能够听见彼此。

赫米、黏黏和预言书都在电话亭外等候,望着夜幕迅速降临。

"爸爸,你听得到我的声音吗?我真高兴能和你说话。"

"你在干什么呢,亲爱的?"他在一段暂停后说。哪怕已经知道了镇静效应,迪芭还是为他声音的淡定程度感到震惊。她已经很久没有回家了。

"我很好,爸爸,我只是想说我很快就会去见你。还想对你说我爱你以及……以及别忘了我。"

说话间,迪芭惊讶地看到玻璃外面有一群黑压压的黄蜂从电话亭外面的电话里飞了出来,飞入夜色之中。它们飞得十分紧密,速度快得出奇,一瞬间就消失了。

片刻过后,它们,或者是另外一个蜂群,又从天空中疾速飞了回来,

伪伦敦

接着又进入了那个电话。它们一起发出嗡嗡声,随后通过听筒,迪芭听到了她父亲的声音。

"忘了你?"他笑了起来,"你在说什么呀,疯丫头?"她也笑了出来,笑声因为幸福而听起来有点歇斯底里。

"把听筒给妈妈,好吗?"她说,然后看到那些昆虫再次出动,嗡嗡嗡地把她的声音传到她父亲的电话里。但是它们只有一半回来了,当她听到她父亲的回话时,声音又是断断续续的,很微弱。

"……不行……没在……出去了……"他说。

"爸爸,你再说一遍,我听不见。"迪芭又往天空送出一群黄蜂,"跟她说我向她问好!告诉她我打了电话!"*让她多想想我*,迪芭在心底里说道。赫米敲了敲电话亭。迪芭看都没看他一眼,只是冒火地动了一下。

她父亲又说了些其他的,但声音更加破碎了。赫米再次敲了敲门。预言书也悄声喊着她的名字。

"可以把嘴闭上吗,你们两个?"她一手覆在听筒上说。

"迪芭,"预言书说道,"立刻出来。"

待迪芭转身后,透过玻璃看到的场景让她挂电话的动作一下子僵住了,她只能听着。她回到外面,加入了同伴之中。

UN LUNDUN

一群黑乎乎的身影在向他们逼近。

他们悄无声息地快速移动着。

"那是什么?"迪芭问。她看到一个动作迅速的东西正像螃蟹那样移动,还看到一个猴子似的浑身暗红的东西,还有一个跟她弟弟差不多身形的双腿僵直的男人。他们和其他黑影一起向这几位旅人靠近,没有发出一点声音。

他们的形态、颜色、矛刺还有肢体的差别大得惊人,他们前进的动作很慢,还带着威胁的意味。他们全都没有嘴巴。

"他们都是扬声器先生的人,"预言书低声说,"他们会把我们带去见他。我们在谈话镇未经授权就开口说了话。"

"也许我可以解释。"迪芭说。

"解释?你已经说得够多了。从现在开始,把嘴巴一直闭上。"

其中一个鬼鬼祟祟的小个子狠狠地跺了一脚,显然十分生气。那是一个黄皮肤的大肚皮男人,四条腿枯瘦如柴,冲他们挥舞着四只细弱的手臂,让他们停止说话。他至少有五六只眼睛,快速眨了眨眼,然后对他们怒目而视。他把食指竖在原本嘴巴该在的地方,做了个"嘘"的手势。

他的同伴粗暴地抓住赫米和迪芭的手臂。一只长着翅膀、没有嘴巴的大松鼠和一个长得像犰狳和蜈蚣的混合体的生物对着预言书无声地争吵着,直到那只松鼠生物拿走了这本书。

"小心点儿!"迪芭听见预言书骂道,"你会刮花我的封面的!"

她挣扎起来,但没能挣脱。

"迪芭,"赫米小声咕哝,"你能想出一个让我不受到攻击的计划吗?"

"放开我们。"她大喊道。她喊出的每个字似乎都更加激怒了抓住她的人。"我只是想和我的爸爸妈妈说话。我没有惹任何麻烦。我必须离开!"

但是迪芭、赫米、黏黏,还有预言书全都被带走了,离开了比拉布林斯迷宫,随后穿过了众多街道。这是进入这个区域以来的第一次,迪芭听

伪伦敦

到了噪声。夜晚响起了不寻常的叫喊,一个惊人的声音在回荡,念出一个个词语。

"水壶!"她听到了,还有:"宽宏大量!""感染病菌!""隘谷!"

这些以及其他词就从一座大鼓形状的庞大建筑里传了出来,而这些沉默的家伙正拖着他们往那座建筑走去。

第五十九章
凶残的多言症

"那么。"迪芭和同伴被拖进去时,那个巨大的声音响了起来。那些单词仍在四处回荡。"没有执照就讲话。这在谈话镇是一桩重罪。"

这间宽广的会堂的正中间,一个男人坐在一张抬高的王座上。至少,迪芭心想道,还有点儿人样。

在那身奢华的长袍之下,他的四肢和身躯如树枝般枯瘦。他的脑袋被拉伸了,是畸形的,只为容纳他那张巨大无比的嘴巴。那张嘴几乎和他剩下的身体一样大。在他以震耳欲聋的高音量说话时,他那巨大的下巴和牙齿都夸张地动了起来。

他戴着一顶王冠,王冠上的尖锥是倒立的。迪芭发现,每个尖锥都是垂荡在他嘴巴前面的扩音器,可以将他的话音传递得更远。

"终点站!"他说,"卷轴!把罪犯带上前来!壁虎!"

每当他说话时,迪芭都看到扬声器先生的嘴巴前面有东西在动。

"那是什么?"赫米轻声问道。

"安静!"扬声器先生高喊道,迪芭惊讶地看到有个活物从他的嘴巴里溜了出来,好像一只蜈蚣飞快地爬进他的衬衫便消失不见了。"未得允许,

伪伦敦

不准讲话!"

每说一个字,似乎就有一个奇怪的动物之类的东西在他牙齿后面形成,然后掉出来。它们都很小,每个形状都完全不同。它们要么飞入,要么爬进,要么滑行进入这个房间,这会儿迪芭意识到,这个房间里待着成百上千生物。同样,它们都没有嘴巴。

"所以,"扬声器先生看着她,慢悠悠地开口,有个蜗牛之类的东西从他嘴唇之间蹦了出来,"你嫉妒我的言造物?"

又有五个动物出现了。其中一个,当他说出"嫉妒"这个词的时候,是一只五彩斑斓的美丽蝙蝠。

"独白!"扬声器先生说。他巨大的嘴唇大张,发出的声音仿佛都快凝结了。这个词语变得厚重,随后滚落了出来,有了颜色与形状,掉在他的

UN LUNDUN

腿上，形成了一个晃动的球体。

它羞赧地伸展开，环顾四周。独白这个词是一个身形弯曲、颈部修长的四足动物。扬声器先生看着它挑起了眉毛。这个言造物从他身上爬了下去，晃动着自己的身体，靠两只后腿站了起来，抓住了赫米。

"呃……"赫米说着闭上了他的嘴巴，扬声器先生正目光锐利地盯着他。

"言造物，"扬声器先生说，"我说出的词语造出的生物。"更多物体从他的嘴边飞快离开。"口香糖！"他咆哮道，接着一只钝头蛇慢慢冒了出来，就在迪芭的脚踝处。

"好在它们不会长久存在，"预言书悄声说，"不然他能占领整个伪伦敦。"

"你在说话？"言造物从扬声器先生的大嘴里滚落出来，"我没有允许！安静！制图学！"

最后一个词语变出了一个犹如长着蜘蛛腿和狐狸尾巴的圆顶高帽。整个大厅里到处都是这些言造物在发抖。

在一阵沉默之后，迪芭举起了手。扬声器先生坐回了位子上，显然很满意她请求允许说话的举动。他点了点头。

"呃……我很抱歉，我不知道这样那样的规则……但是……我们真的很需要离开这里，去找某个东西。这真的非常重要。我们很赶时间。"

"到底你们要寻找什么？"

"到底"和"寻找"两个词语变出的言造物是没有喙的小鸟。它们挥动翅膀时，迪芭无视了它们。赫米冲她点点头，同时预言书悄声道："继续说。"

"好吧，"她说，"我们在寻找和斯摩格作战的东西。请放我们离开。为了伪伦敦。"

"斯摩格？我为什么要在意斯摩格呢？"两个斯摩格的言造物是两个相似的小猴子，不过肢体的数量和皮肤颜色都不一样。迪芭觉得这肯定和扬声器先生说话的声调有关。

伪伦敦

"斯摩格没有打扰我,我也不会去打扰它。如果它统治了伪伦敦,我有什么要担心的呢?莫名其妙!"他爽快地说出了莫名其妙这个词,变出了一个双头鸡身的言造物。"你们违反了谈话镇的法律。我该怎么处置你们呢?"

迪芭的大脑飞速运转。这些言造物很强大。就算她能挣脱,扬声器先生还会说出更多词语,那么他们还是会被打败。

"我可以付罚款,"迪芭说,"我有现金。(我知道我说过是你的,但我想你应该不会大惊小怪吧?)"她从嘴角轻声对赫米说出了最后一句话。

"快把我们弄出去。"他小声回答。

"既然如此,"扬声器先生说,"这不失为一个有意思的主意。"

"这是我的钱包,"迪芭说,"我不知道里面有多少钱,但是……"

"不要钱。"一只背部隆起的蜥蜴在扬声器先生面前摇曳走过,"你要付给我另外一种通货。"

"你想要什么?"

"单词。"

"什么?"迪芭说道。

"付给我单词。告诉我新的词汇。"迪芭看着扬声器先生那根巨大的舌头舔了舔他巨大的嘴唇,不禁皱起了眉头。"给我一笔不错的罚款,你就

UN LUNDUN

可以离开了。我向你承诺。

"不准现编！只有你一个人说的词汇可算不上什么好词汇。如果你编造词语，我分辨得出来。这样！""这样"是一个足球大小的蓝色无嘴甲虫。

"好吧，"迪芭说着，同时仔细地思考起来，"我想我可以做到。因为我不是这里的住民。所以我知道一些你从没听过的词语。"她停了一会儿，思索着那些她和她的朋友们可能会说的东西——或者可能曾经说过：她不会放弃任何好的或新的东西。

"我喜欢你的王冠，"她说道，"它亮闪闪。"

扬声器先生欣喜若狂地张大了嘴巴。

"亮闪闪！"他说道。一只长着银色毛发的蝗虫从他嘴巴里爬了出来。

伪伦敦

"不过，我不喜欢你跟我说话的语气。你太张扬了。"

"**张扬！**"扬声器先生柔声念道，吐出了一个只长着一只眼睛的婴儿大小的言造物。

"是的，不要怼我。"

"**怼！**""怼"是一只有六只脚的棕熊幼崽。扬声器先生几乎要喜极而泣了。

"这些就够了，小老弟，"迪芭说道，"现在你得放我们离开了。"

"**小老弟！**"扬声器先生说完便叹了口气，一只长着人类的手的大黄蜂醉晕晕地从他的喉咙里飞了出来。"太美妙了！太美妙了！"

"好了，"迪芭说，"我很抱歉我们没有经过允许就开口说了话。现在……你会放我们离开吗，求你了？"

"放你们离开？"扬声器先生说，"噢，我不觉得我会这么做。我这辈子都没听到过这种词汇。我现在都还能感觉到说出它们的滋味。看看它们呀！"

他说的是实话。这些词汇言造物看上去特别健康有活力。扬声器先生目光贪婪地盯着迪芭。

"不不不。别放弃。你要留在这里。你得跟我说说这些美妙的单词。把你知道的所有语言都教给我，从今天开始到永远。"

289

第六十章
起义的冗词赘语

"没门!"赫米说,"那不行!"

"你承诺过的!"预言书说。

"我想做什么就能做什么,"扬声器先生说,"一个许诺不过是几个词罢了。我是扬声器先生!词语不过是在表达我想表达的意思。我让词语做什么它们就做什么。"

他的声音在宽阔的房间内回响,那些言造物全都在热情高涨地跳上跳下。迪芭看了看周围抓住她的言造物们,感受到了它们的用力。她飞快地思考着。

"我觉得你说得不对。"她说道。

突然安静下来,房间里的所有人都看向了迪芭。

"什么?"扬声器先生说。

"我说,"迪芭说道,"我认为词语不会一直照着任何人说的做。"

赫米望着她,脸上的迷惑一点都不比扬声器先生少。

"你在说什么?"赫米问道。

"是的,你在说什么?"

伪伦敦

迪芭暂时没说话，有些欣赏地看着"什么"，这个言造物就像一张活的蜘蛛网。

"词语并不总是表达我们想让它们表达的意思，"她说，"我们都做不到。就连你也做不到。"整个房间一片寂静。房间内所有的人和所有的东西都在倾听。

"比如说……如果有人在街上冲某人喊道'嘿，你！'，但结果另外一个人转头了。那这些词语就做错了。它们没有叫到那个它们应该打招呼的人。或者，如果你在派对上看到人们都穿着很疯狂的衣物，你说'这些衣服可真不得了！'，他们会认为你很没礼貌，但其实你是真心夸赞的。

"或者就像，有人说某事不好，人们认为这些话是真的很糟糕，但它们只是听起来不好、实则是好话。又或者……"迪芭咯咯咯地傻笑起来，因为她想起了她母亲以前给她的一本布莱顿图书，说她在迪芭这么大时可喜欢这本书了。"又或者像一本旧书，上面有个女孩的名字，但这个名字现在听起来十分粗俗。"

那些言造物扭动着，全都盯着她。扬声器先生一脸窘迫。他看上去就像病了似的。

"甚至，"迪芭说，"像有一些词语，它们原本有自己的意思，但它们后来又好像带了点其他意思的感觉，所以当你说出它们时，你可能会说出某些你不想表达的意思。譬如，当我说某个人真*好*，我可能是认真的，但它听起来却有一点点'这人真无聊'的意思。你明白吗？"

"是的，"赫米赞同地说，"是的。"

"重点在于，"迪芭直视着扬声器先生说，"只有在由你决定词语含义的情况下，你才能让词语表达你想表达的意思。可是情况并非如此。词语的含义也是由其他人决定的。这意味着，你可能想要给词语下达一些命令，但词语并不完全受你掌控。所有词语都是如此。"

"*这些混账话可真是令人火冒三丈！*"扬声器高先生气急败坏地怒骂着，打着嗝吐出了四个让人看不懂的生物，不过迪芭打断了他。

UN LUNDUN

"所以说,你或许以为所有的词语都不得不顺从你。可其实它们并不如此。"

"**不准再说话了!言造物们,把她带走!**"

那群言造物瞪着迪芭,完全没有动一下,它们的眼睛都瞪得大大的。它们一个都没动。扬声器先生气得脸都发紫了。

"言造物!"他气到尖叫。

"就连你的词语也不总是听你的。"迪芭说。她都没有看着扬声器先生。她在看那些言造物,随后她挑起眉毛。

"**把她带走!**"

有些言造物抓得更用力了一些,但其他言造物全都松懈了力道。那只银色的蝗虫、好多条腿的熊崽、蜜蜂,以及伦敦俚语生成的言造物,围作一团,站在附近,不确定地望着迪芭。

"我敢说你们能让他闭嘴,"迪芭对它们说,"我敢肯定你们完全没必要照他说的做。"

四个言造物有些迟疑地转过身子,看向了扬声器先生。它们朝他走去了。

最开始时,只有这四个,但是很快,其他言造物都加入了。先前逮捕迪芭的那个四手四脚的矮个男人也成为了逼近扬声器先生的一员。扬声器先生勃然大怒,气得连话都说不出来,只能狂叫。

其他言造物站在他面前,两方人马开始搏斗起来,不过并没有持续多久。忠心的言造物糊涂了。而其他言造物,那些叛变的词语,虽然一开始时是少数,但数量增加得很快。迪芭感到那些抓住她的手一个一个在松开。

"停下来!"扬声器先生大喊道,接着吐出了最后一个庞大的言造物,一个不知所措的三腿巨物,然而接下来变节者们涌向了他。这些叛变的词

伪伦敦

语爬上了扬声器先生的身体,而他胡乱地挥动他的细胳膊细腿,极力想要把它们拍开。

有一个像松懈的长帽子的言造物伸出一只触手捂住了他的嘴巴,接着其他言造物压制住了他。扬声器先生被挤进了他的王座,奋力挣扎着,发出嗯嗯嗯的叫声,企图用仅剩的双眼摆出凶狠的表情。

情况很不妙。他那些听话的言造物已经散开了。他的词语们造反了。

"你觉得它们会做什么?"赫米问道。

"不知道。"迪芭答道。

此时已是黎明。距离言造物们制服它们的造物主已经过了一阵。它们庆贺似的将迪芭和她的同伴送入睡觉的地方,为他们提供了晚餐,所有言造物都无比夸张地向他们鞠躬。旅行者们美美地睡了一觉,神清气爽地醒了过来,迪芭着急着想要继续赶路。

一群言造物护送着他们出发,它们没出声地争吵着,努力想要组织好一切。这些言造物十分庄重且有礼貌地将他们送了出去。

"也许坚持不了多久,"预言书悄声说,"这些小一点的言造物过不了多久就会衰弱然后消失。扬声器先生会一直叨出新的言造物,而且他会试着说出更多更忠诚的言造物。肯定也有一些言造物会想要回到他身边听他号令,一旦合适的时机到来……"

"老天呀,你可不可以停止唠叨,"迪芭不满地说,"可怜的烦人精。"她看得到扬声器先生,他仍旧被捆在他的椅子上,嘴巴也被堵着。"给它们一个机会。"

言造物们做出一个询问"去哪里?"的动作。

"我们要去哪里?"迪芭一边抚摸着黏黏,一边提问。

"那边。"赫米指着那些街道深处说。

"我们在找寻一座森林,"迪芭说,"我们必须找到一样东西。要赶快找到。事实上……"她看着这些言造物。它们都很小,但它们很强大,而且很好问。"事实上,你们有谁想和我们一起来吗?"

"什么?"预言书惊讶地说。

"为什么不呢?人多力量大嘛。"

言造物们看了看她,又互相看了看。几秒钟后,大部分言造物都用夸张的动作比画着,表达了感谢以及不能够陪伴的遗憾,随即退回到其余还在无声争吵着的同伴中。不过有三个站到了迪芭一行这边。

一个是那只银色毛发的蝗虫,一个是很多条腿的熊崽,还有一个是那个四手四脚的小个子男人。它们都有些害羞地看着迪芭与赫米。

"太棒了!"迪芭说,"很好。让我看看我还记不记得……"她指着那只熊。"你是怼。"她说道。它点了点头,用它的四条后腿站立起来。它没有嘴巴,但是迪芭明白它在微笑。

"而你……"她指着那只蝗虫。"你是亮闪闪。"那只手臂大小的昆虫抖动起它的银色外壳。

"我恐怕还不认识你,"她对那个有很多肢体的男人说道,"在我来这里之前你就被说出来了。那你是什么呢?"男人在空中比画着。

迪芭摇了摇头。"这是什么……?石蜡?画刷?目的?"

言造物摇着它没有嘴巴的脑袋。

"赤潮?"赫米问道,"金属警棍?"不对,它比画着。

"本质?"预言书说,"长音词?噢,这太荒唐了。我们别像这样瞎猜了。从一门语言的所有词汇,怎么……"

"坩埚?"迪芭偏着脑袋,看着言造物说道。它上蹿下跳起来,然后点了点头,张开了四只手,跳着吉格舞转着圈。

赫米开心地张着嘴,望着迪芭。

"你怎么猜出来的?"预言书问。

"我不知道,"迪芭随意地耸了耸肩,"你不觉得它看着就像'坩埚'这个词吗?"

伪伦敦

在伪太阳的熹光下,他们出发了,留下那些言造物互相争吵、协商,有些混乱地开始做决定。迪芭、赫米、黏黏,还有预言书走出了谈话镇,在言造物坩埚、怼和亮闪闪的陪伴下,去寻找一片房子里的森林。

第六十一章
雇来的帮手

"所以,你知道屋中森林在哪里吗?"迪芭问。

"知道,"预言书说,"我书里面写了。我也没理由认为那写错了。但是我们首先要在其他地方停一下。"

迪芭走在这个奇奇怪怪的小队伍前头,她本来还有些难为情,但是没人给他们一丁点关注。人们都忙着盯着天空,提防斯摩格的袭击,全都准备好了雨桑。

"为什么?"迪芭说,"我们应该赶快。"

"你有多少钱?"预言书问。

迪芭筛选出一些过时的英镑、美元,一堆马克、法郎、比塞塔,都是欧洲启用欧元之前的货币,以及许多折角的卢比。看迪芭整理着,赫米犹豫了,拿出了迪芭给他的纸币,把它们加到她的那一堆里。

"这是你欠我的,"他说,"如果现在多余的钱会有帮助的话。以后再还我,好吗?"

"好的,谢谢。"她说,小心不去看他。

"这就是我们所有的钱了。怎么了?"

伪伦敦

"完美,"预言书说,"因为即将要去的地方,我们会需要一些帮助。我们要雇佣帮手。"

"等我们进入那片屋中森林,"它说,"我们要找一只鸟。一只特别的鸟。它的名字是帕拉基图斯·克拉维杰①。它有我们需要的东西。"

"羽毛之匙。"迪芭说。

"正是。得到它几乎是一件不可能的事情。我书中关于舒瓦泽得到羽毛之匙的那个章节专门讲述了许多故事,很多人都没能得到那把钥匙,因为他们找不到克拉维杰,或者无法理解它,诸如此类问题。"

"于是要雇佣一个能帮忙的人?"

"就等着吧,"预言书说,"这是必不可少的一环。"

预言书带着他们来到一栋古老的木制建筑前,周围到处是由混乱技术重构的垃圾。

"这家伙是谁?"迪芭说。

"伪伦敦里从来不缺可雇佣的亡命徒,"预言书说,"其中有一个尤其令我印象深刻,我在想我们应该去找谁联络他。他住得不远。他名叫约里克·凯维亚。他具备了从事这类工作所必需的各种品质:有一次,他仅穿一件紧身胸衣就击退了一群长颈鹿——信不信由你。"预言书让它的讲解深入人心。"他还自认为是一个探险家,用这些钱,我们大概可以引诱他。让我来跟他说。我们到了。"他们站在前门处。

"我们有时间做这件事吗?"迪芭对赫米说,"我们需要他吗?"

"是啊,我们要去对付长颈鹿吗?"赫米说。

"这个凯维亚对克拉维杰有什么帮助呢?"迪芭说。接着那扇门打开了,而迪芭"啊"地叫了出来。

约里克·凯维亚是一个高个子男人。他穿一身丝绸长袍,手里端着一杯威士忌之类的饮品。但是在他的人类肩膀上,他的脑袋是一个旧式的

---

① 帕拉基图斯(parakeetus)一词为"长尾小鹦鹉"的变体。

钟状鸟笼。笼子里有一面镜子、一具乌贼骨头以及一只站在一架小秋千上的漂亮小鸟。

那只小鸟叽叽喳喳地叫着。

"啊,约里克,"预言书说,"能再次见到你真好。"凯维亚伸出他的人类手臂跟迪芭握了手,跟赫米握了手,也跟坩埚握了手。小鸟发出了口哨般的叫声。

"一如既往地开门见山,是吗,约里克?"预言书说,"好吧,这位年轻的小姐有一份工作想要找你。迪芭?"

迪芭把一大笔钱摊开。那只小鸟盯着那堆钱。"啾啾。"它叫了几声,然后凯维亚的人类双手合拢成塔尖状。

"好吧,当然了,"预言书说,"我没指望只用这些金钱就能打动你。这是一件有风险的事情。你不能指望我就站在这里把所有细节告诉你——永远不知道有谁在偷听。不过这是……一场相当了不得的探险。"

凯维亚琢磨起来。小鸟叽叽喳喳地鸣叫着。

"危险,当然了,"预言书说,"能充分展现你独特的能力。"

又是一声口哨般的鸣叫。

"是的,当然了,我们会等着的。"

约里克·凯维亚回到他的房中消失了一分钟,然后穿着一套过时的卡其色狩猎装,摇晃着一把雨桑又出现了。

"等等,"迪芭说,"你不能带上那个。"

小鸟唱出了几个疑惑的音符。

"不好意思,老伙计,这份工作的特别规定。"预言书说。凯维亚一动不动地站了一会儿。那个鸟笼脑袋里,那只小鸟在它的秋千上啼鸣起来。"要解释这个太费时间了,但是她是对的,最好不带上雨桑。"

凯维亚把雨桑丢回房子里,关上了门,鸟声激昂地抱怨着。

"别担心,"预言书安抚地说,"我们会提防斯摩格的。前面先付一半。这很公平。"

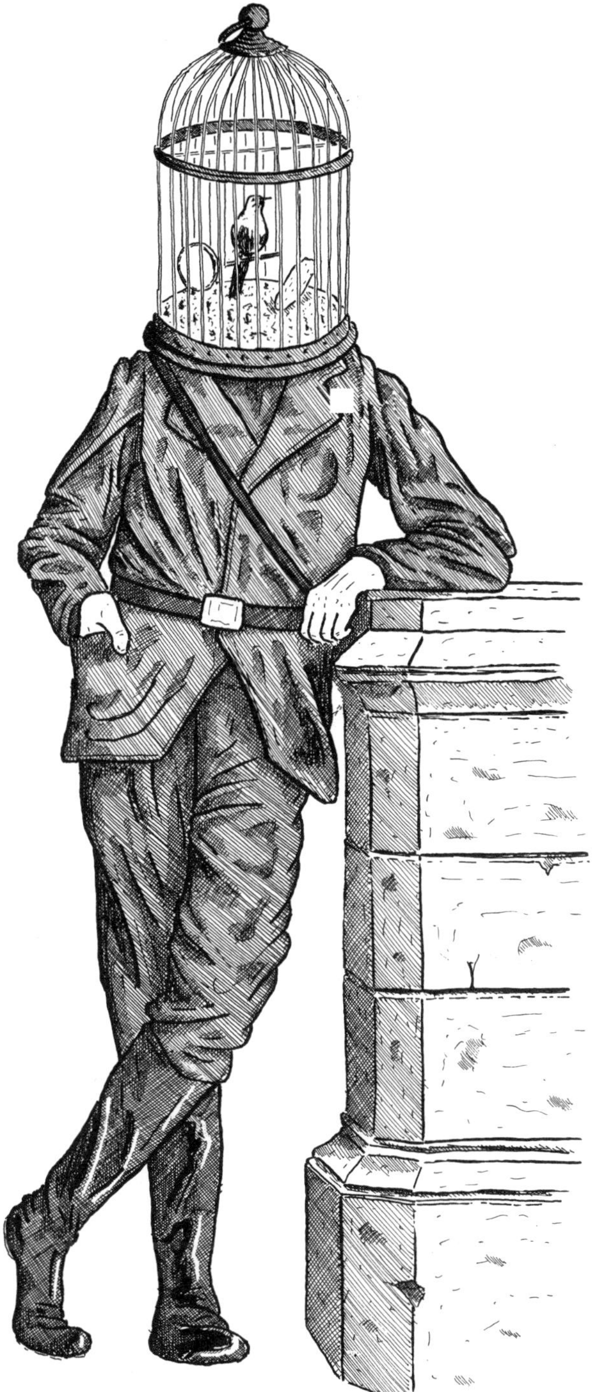

伪伦敦

迪芭塞了一把现金到凯维亚的内兜里。他们跟着预言书的指示走入了伪伦敦的午后,穿过这座伪城市的不同景色,最后走进地下迷宫似的狭窄街道。

迪芭试图跟凯维亚交谈,但是显而易见,笼子里的小鸟能够明白她礼貌的问题,但她完全不理解它那些啁鸣似的回答。凯维亚把预言书夹在手臂下面。小鸟整理着它丰润的羽毛,声音婉转地鸣叫着。

有时,这些街道太拥挤了;有时,他们只能在街上看到他们自己,而凯维亚那美妙的鸟鸣是他们唯一能听到的声音,除开房子里面那些最微弱的喃喃声。赫米和迪芭肩并肩走着。

"你在找什么?"迪芭说。赫米正在检查他们经过的那些房子上的粉笔记号和划痕。

"看看谁是谁、什么是什么。"赫米低声说道。

"你在说什么?"

"有些记号只有少数人知道什么意思,"他说,"为了标记藏匿物、藏匿处、空房子之类的。"

UN LUNDUN

"给谁的记号？幽灵吗？"

"不，给……"他挠了挠下巴，"非主流消费者。"

"贼？"

"那么……"预言书打断了他的话。

他们处在一排没有名牌的连排砖房前。这些房屋都有三层楼高，是传统的红砖房，上头是黑瓦屋顶。商人在马路交会处兜售货物，人们靠着几扇前门和邻居们闲聊。要不是一些居民那怪异的外表，这差点就被当作是伦敦一处居民街道。差一点点。

"我们到了。"预言书说。

"我们永远到不了。"赫米喃喃说。

一栋长满了树叶的房屋。每一扇窗户都挤满了树叶，一点儿都看不到窗户里面的景象。树叶从窗户玻璃下面的缝隙，还有前门顶上和底下的裂缝中挤了出来。一缕常春藤从烟囱里破洞而出。

凯维亚头顶的笼中，小鸟开始激动地啼叫，预言书突然打断它。

"好了，好了，"预言书说，"我不否认这里很危险。这太荒唐了。没有一点欺诈的成分。这里没有任何问题——离开就好。当然了。不过这也就没有酬劳了。而且你也不再是这场深入丛林的探险活动的一员了。"凯维亚有点犹豫，小鸟急躁地拍打着翅膀。

"没人要你做什么过分的事情，"预言书说，"说真的？我们只想让你和一个人对话。啊哈，是的，你已经明白了。"

小鸟盯着那些钱，它的头扭向一边。

"你们不会是要进入森林吧，是吗？"说话的是一个坐在对面门口的老人。他穿着动物尾巴接成的半截裙。他挠了挠自己的络腮胡，抿了一口热饮，随后很懂似的摇了摇头。

"是我就不会进去，"他说，"看到那边的东西了吗？"他指着一根从前门后面伸出来的绳子头。"那是之前一伙探险者出发的地方。把他们自己和这个大本营拴在了一起，但是没人再看到过他们了。虽然听到过一些流言。晚上听到过一些噪声。这地方有古怪,这片森林,里面充满了噪声。没人认识它的路。我住在这旁边五十年了,我从没进去过,也绝不会进去。绝不会,如果我是你们……"

凯维亚发出了响亮而刺耳的怒鸣声打断了讲话。

"我同意。"预言书说。凯维亚先生的人类身体一把打开了前门。"他说哪怕我们一分钱都不付给他,他也要进去。就为了摆脱那个男的。"

迪芭跟上他们。言造物们与赫米走在她后面。对面的老人待在原处,张大嘴巴看着他们急匆匆走进房子黑洞洞的内里,进入了森林。

第六十二章
进入森林

迪芭走进一片寂静之中,耳边只有树叶柔和的沙沙声;也走进了一片温暖的绿光之中。大门在她身后关闭。她吓得张大了嘴巴。

"我的老天爷啊。"她惊呼道。

她的两边都是墙,墙上贴有色彩鲜艳的墙纸,而在前方不远处,她刚好看见左边有上楼的楼梯,而右边是一条走廊。房子内部的细节很难看清,因为房内四处都被植物给填满了。

地毯和地板都被地衣、苔藓、蕨草和矮树丛给占满了,遍地褶皱。常春藤爬满了墙壁。走廊里长满了树木。这些树木都有些年头了,为了适应这闭塞的空间,树木的躯干上到处是纠结的木瘤之类的东西。藤蔓从树枝上垂下,从天花板垂下,还因为有小动物和飞鸟在它们身上蹦蹦跳跳而不停颤抖。

从树木和灌木丛之间望过去,迪芭只能刚好看到厚厚的荆棘丛以及像辫子一般缠着扶手的蔓生植物。她还能听到各种鸟叫声,树叶的低语,木头与木头轻轻碰撞的响动,还有不知何处传来的哗哗水流声。

迪芭看了一眼天花板的一个灯泡,它的光亮透过树叶照下来,泛着隐

伪伦敦

隐的绿色。

"我们应该继续往前走,"预言书说,"快到黄昏了。"

黄昏时会发生什么吗? 迪芭想着。但她什么也没说。他们所有人都忙着费劲地穿越这片树丛。

言造物们都在尽情享受着重新获得的自由,一路上四处漫游、觅食。怼热切地呼吸着,钻进杂乱的灌木丛和落叶堆,又从成堆的腐植被中冒出来,顶着临时的堆肥帽子。亮闪闪用华丽的弹跳和后空翻从一棵树跳到另一棵树。如果他们偏离小心前行的同伴几英尺远,坩埚会"咔哒"一声掰响他的小手指,示意他们回去。

为了让这片森林挤进这间房子,整个空间似乎都经历了某种改造。墙面的大小似乎都不是它们该有的样子。迪芭觉得她实际的视野仿佛不如她应有的视野那么广,并且有时候阴影投射的角度也很奇怪。他们走了很长时间才到达楼梯底部,而迪芭并不觉得这是因为这些植物过于茂密,妨碍了他们前进——尽管确实如此。

她很快就感到筋疲力尽了。她低头走过树枝,爬过其他树枝,轻手轻脚地抬起挡在她面前的树枝,让亮闪闪和怼还有其他人通过,以免那些带刺的荆条反弹回来、打到他们。当他们遇到纠缠得死死的灌木丛时,迪芭会看到赫米卷起袖子和裤腿,拉伸他那半幽灵的肌肉,把他的肌肉从缝隙中拉出来。

这里很温暖。树叶坚韧又肥厚。迪芭抓住一条葡萄藤,一只雨蛙爬到了她的手指上,惊得她大跳。严格来说,她觉得,这地方属于森林和雨林的结合体。

"这是一片森雨。"她对赫米说。

"是的。"他说。"不对,这是一片雨森。"他们嬉笑着。[1]

---

[1] 这里迪芭将"森林(forest)"和"雨林(jungle)"排列组合而造出了"森雨(jorest)"和"雨森(fungle)"两个词。

UN LUNDUN

她单脚跳上一个从地毯上凸出来的腐烂树桩，擦掉了她脸上的汗水。凯维亚靠在楼梯底的扶手上，鸟笼脑袋里的那只小鸟注视着迪芭。透过森林树冠层的一处缺口，迪芭看到了一个明亮的灯泡，它的周围满是灰尘般的摇蚊。

"我们走哪条路？"赫米问。

"书上关于羽毛之匙的章节写得并不明确，"预言书说，"我们可以走右边。那边大概是厨房，就在走廊的尽头处。或者我们可以走楼梯去上面。"

凯维亚吹了个口哨。

"他说得对，"预言书说，"我们不想走错路。这里有掠食动物。这里并不是个安全的地方。"

凯维亚又发出口哨声。

"你确定吗？"预言书问。

"什么意思？"迪芭问。

"他说他会找到克拉维杰所在的地方。凯维亚是唯一能够询问这里的生物的人。他能够比我们行动得更快。摆脱麻烦也大概率比我们容易。"

"他可以做到吗？"迪芭看着他，不太确信地问。

"我们应该扎营了，"预言书说，"天色已晚。我们不能整个晚上都这么赶路。"

他是对的。迪芭需要停下来。

笼中小鸟啼鸣起来。

"他有些夜行远亲可以询问一下，"预言书说，他太讲礼了以至于他说不出口，不过他认为如果他不和我们一起过夜，他会更安全点。是这样吗，凯维亚？"

迪芭之前从未见过一只小鸟能露出这样窘迫的表情。

他们觉得睡在开阔的走廊里还是太冒险了，所以他们艰辛地穿过这些

伪伦敦

纠缠在一起的植物茎干和枝叶，走到附近的一扇门前。他们突破了这些生长数月的植物的阻拦，推开了这扇门，进入了客厅。

经过一堆扭曲的灌木丛，旁边就是一张沙发，电视机前面摆放着几张座椅，田鼠以及其他爱打洞的小兽把这些家具钻出了不少破洞，周围全是树叶。电视机是开着的，不过声音被关掉了。常春藤交叉纵横地挡住了它的屏幕，不过游戏节目的彩色亮光还是照亮了林中空地。

旅行者们清理掉石子和枝条，打扫出一小块空地，随后安营扎寨。时间刚刚好。暮色降临，房子里的灯一个接一个地熄灭。森林的噪声发生了变化。夜间生物的新合唱开始了。

"你真的要现在就去打探吗？"迪芭问道。凯维亚点了点他的笼子。

在电视机的光亮中，她注视着他。凯维亚举起手，打开了他的鸟笼的门。那只小鸟叽叽喳喳地叫起来。

"他清晨之前就会回来，"预言书说，"他说他对他的酬劳很自信。"

"我必须承认这是他自己挣到的。"迪芭说。

那只鸟跳到笼子的门口，用它的小爪子抓住门槛，接着飞了出去。在它飞出去的那一刻，凯维亚的人类身体僵住了，整个身子微微晃荡。

小鸟拍着翅膀飞远了，穿过一圈圈葡萄藤，飞到树林的黑色阴影下，穿过门道，离开了视线。它一边飞，一边啼叫。

UN LUNDUN

在没人注意时,迪芭实验性地戳了一下凯维亚的腿。它很温暖,还肉乎乎的——感觉就像一条腿。但是它没有动弹。凯维亚的出行工具就这么站着,笼子也门户大开地拿在他的手里。

第六十三章
河流源头

夜间掠食者的嚎叫让迪芭醒了好几次，但是每次赫米或者其他正在守夜的言造物都让她安心睡觉，随后又低声和预言书闲聊起来；或者，如果是无法说话的言造物，那就听他们发出的轻柔的声响。房间灯泡的第一缕微光照到她时，她醒了过来，随即她意识到他们让她睡了一整晚。

"为什么你不叫醒我？"她有些生气地对赫米说道。他没有回答，只是一脸尴尬地看向了另一边。

凯维亚的身体仍旧站着，就和那只鸟离开时一样。在吃早餐时，迪芭伸出手指弹开了一只爬到她裤腿上的蜗牛。

一个小时后，凯维亚那只小鸟一下子猛冲进了空地。它绕着他们飞了好几圈，不断地鸣叫，然后才飞进了笼子内。

它的脚爪扣住金属边缘后，那具人类身体抽动了一下。小鸟进入笼中后，凯维亚一下就站直了，伸展起他的人类四肢，关上了鸟笼的门。那只鸟鸣叫了很久。

"我也是这么想的，"预言书说，"你觉得一个像克拉维杰这样的高空飞行的鸟还会去什么其他地方吗？它在楼上。"

UN LUNDUN

  爬上二楼花了很长时间，费了不少功夫。每一步都受到茂密植被的阻挡，而且旅行者们还不得不蹚过一条从楼梯上流下来的小河。

  他们在楼梯改变方向的小夹楼处稍作休息。凯维亚带着书走在前头，他那身探险家装束变得越来越脏。小鸟冲他们鸣叫，让他们走快点，于是迪芭与赫米还有言造物们竭尽全力照它说的做。三个言造物互相帮助，默默地爬上彼此的身体，形成了一条稳定的链条。

  "我希望我也能那样做。"迪芭说。赫米对她扬起了眉毛。"哦，闭嘴，"她吼道，"可不是和你一起。"到达楼梯顶时，他们再次停了下来。透过那些浓密的树叶，他们看到走廊两边都有门，尽头有一扇窗户。只有十分微弱的天光能够勉强穿过那些厚厚的树叶照到他们。

  他们必须以三倍的速度赶路。一根柔软蜿蜒的藤蔓轻悄悄地从附近的一扇门下面伸了出来，缠上了赫米的腿。它越缠越紧，晃动着叶子，将他拖向门口，门内是一片漆黑。赫米摔倒了，但他抓住了周围的树根。全靠他的幽灵体质，他才得救。赫米绷紧了身体，迪芭看到藤蔓拉紧了他的裤子，裤子下面的肉变得模糊不清了。赫米吃力地"哼"了一声，把他那半幽灵的肢体从藤蔓里拖了出来,只留下了他裤子上的一块破布。

下一扇门里传出一声滴着口水的恐怖咆哮,接着一只外表凶残的尖长利爪抓在了门框上。赫米和迪芭尽他们所能快速关上了房门,随后便听到一声刺耳的尖叫,以及一个湿哒哒的大块头从里面撞击门板的声音。

一群长得既像浣熊又像臭鼬的小动物看着他们气喘吁吁地走过。迪芭停下来去检查她头顶灌木丛里那些硕大的莓果,结果她发现那些拇指大小的小圆球在蠕动,随即意识到这些根本不是水果,而是水蛭,她恶心得大叫起来。"快跑!"她喊道,同时那些令人作呕的鼻涕虫似的生物打开它们柔韧的躯体,伸向他们。

"快!"预言书说。他们沿着一楼的走廊尽可能快地蹒跚前进,赫米和迪芭匆忙地说着,堪堪躲过了这些如雨滴般落下的吸血虫子。他们身后传来水蛭落地时的一连串啪嗒声。

"其实我们还蛮幸运的。"预言书说。迪芭和赫米一脸难以置信地看着它。"考虑到栖息在这片森林里的生物数量。"

凯维亚鸣叫起来。

"没有多远了,"预言书翻译道,"其他飞鸟告诉他的。它们都知道那些长尾小鹦鹉栖息的地方。他已经去看过了。"

凯维亚指着一个方向。穿过低垂的树叶,迪芭看到走廊尽头有一扇门。

"那么……它会把这个羽毛之匙给我们吗?"迪芭问道,"我们能直接向它提要求吗?"

"对此我很怀疑。"预言书回答。

"为什么呢?你了解它吗?它的名声怎么样?"

"这种事情才不会这么轻易就成功,"预言书说道,"一般来说会更棘手一些。这就是它们会成为**任务**的原因。"

凯维亚的小鸟发出颤音。

"我们最好想一个备用计划。"预言书翻译道。他们默默地站了一

UN LUNDUN

会儿。

"亮闪闪，怼，"赫米若有所思地说，"你们的攀爬技术怎么样？"

他们推开门，里面是一个狭小的房间，到处都是绿色植物。这个房间比小隔间大不了多少。房间的一侧有水，有小朵小朵的百合花，还有水蛇，那是一个水槽，它的水龙头和一些水生植物的根茎缠绕在一起。天花板高得出乎意料，垂下一个晃动的灯泡，灯泡上方挤满了厚厚的树枝。房间里发出充满生命气息的沙沙声。

在他们的面前，有一座看着像从地底升起的废弃小庙，就在一堆悬空的藤蔓的正下方，那是卫生间。清澈的流水汩汩流过卫生间的陶瓷马桶的边缘，沿着地板蜿蜒而行，从门下流出，流往走廊至楼梯。

"我们找到了这条河流的源头。"预言书低声说。

满墙的植物中有一处凸起，众人看见那是一个方形的水箱，水箱的冲水链条和那些悬空的藤蔓缠在一起。

"那么怼、亮闪闪继续前进，"赫米轻声说。

"以防万一。"迪芭补充道，"可能不需要你们出手。但是如果你们听到了自己的名字……"言造物们点点头。它们知道该怎么做。

它们轻手轻脚地走到狭小房间另一边的那丛枝叶处，开始攀爬。亮闪闪用它的弯钩爪子，怼用它那六只小掌。它们尽可能隐蔽地躲在树叶之下。

迪芭、赫米、坩埚、凯维亚和预言书继续前进，站到了那个森林卫生间的前面。凯维亚搬起预言书，发出鸟叫，随后躲到了那些枝干的背后，众多飞鸟用更刺耳的鸣叫回应了它。

"他在召唤那只带着羽毛之匙的鸟，"预言书悄悄说，"马屁拍得天花乱坠。'天国最光荣之飞鸟，篆刻于预言书中的飞鸟'等等。其他鸟都在笑。"

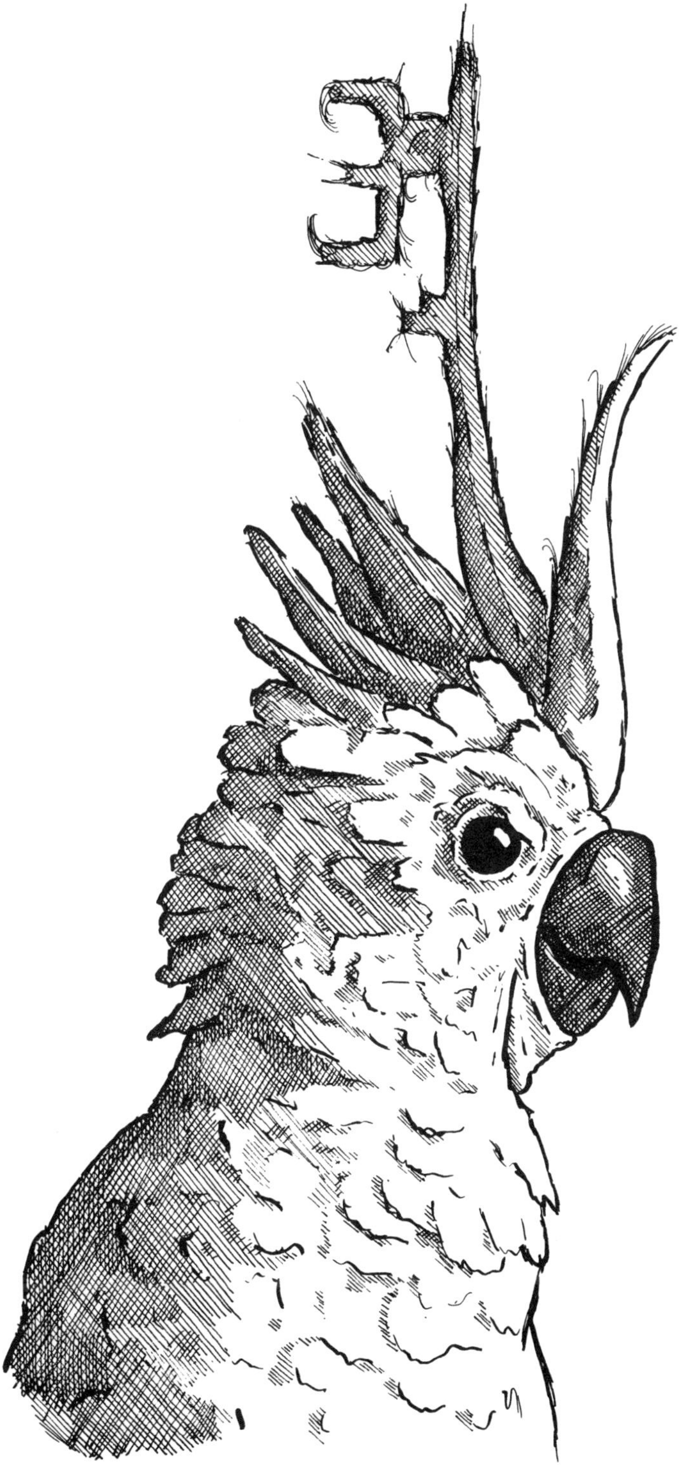

伪伦敦

凯维亚似乎正在争论什么。他的人类身体举起双手,分别放在头顶鸟笼的两侧,就像一个在大喊大叫的人类,而那只鸟高声啼鸣。它那些看不见的亲戚们回应了。

"它们看起来这么甜美……"预言书语气十分震惊地说。

群鸟的争吵还在继续,凯维亚变得越来越急躁,直到这群鸟突然从掩护的树叶下一涌而出,停驻在窗台和树枝上,包围了他们。

鸟群中有鹦鹉、鸡尾鹦鹉、金刚鹦鹉以及凤头鹦鹉,它们都扑扇着翅膀,丑陋的鸟喙里发出粗嘎的叫喊。它们异口同声地发出难听的鸟叫,迪芭不得不用双手捂住耳朵。

"它们在告诉凯维亚要对克拉维杰的宫廷表示适当的尊重。"迪芭只能刚好听到预言书的话。

"呃,凯维亚?"赫米说完向上指了指。

有一只鸟站在马桶水箱的边缘盯着他们。那是一只鹦鹉,而且身形巨大。它发出一声粗粝的鸦叫。

毫无疑问它非常漂亮,红、蓝、黄、色彩鲜明地拼接在一起。它移动着双脚,双眼打量着这群旅行者,有几个体形不如它的同伴在它周围像特技飞行似的飞快掠过。

"那么,哪里有……"迪芭开口想问。在她开口的瞬间,好几只鸟竖起了它们脖子和脑袋上的羽冠。鲜艳的色彩全都竖了起来,变成了临时的王冠。每顶羽冠的中央都有一根又大又亮的羽毛,形状像一把钥匙。

那只大鹦鹉竖起的那一顶尤其巨大。

所有的羽毛都很大,都是黄铜色的,而且形状都很像钥匙。

"当我没说。"迪芭嘀咕道。

第六十四章
雄性阿尔法①

克拉维杰的冠羽又落了下来,隐于他的全身羽毛之中。迪芭踏步向前。

"别费功夫了,"预言书说,"它一点儿人话都不会说。"

"凯维亚,你能翻译吗?"迪芭问。笼中的小鸟点点头。"我想,你就是帕拉基图斯·克拉维杰,"迪芭说完,等着凯维亚发出鸣叫,"很高兴见到你。我很抱歉就这么闯进你们的地盘。相信你们都知道斯摩格,克拉维杰先生。我想请问你是否愿意帮助我们和它战斗。"

这群长尾鹦鹉聒噪地啼叫起来,随后凯维亚发出一声啭鸣。

"他说不愿意。"预言书说。

"谁说的?"迪芭问。

"帕拉基图斯·克拉维杰。"

"可是……为什么你要等到凯维亚说话呢?你到底会不会鸟语啊?"

"我会。但是克拉维杰有很浓重的长尾鹦鹉口音,我听不明白。"

迪芭翻了个白眼。

---

① 一个群体中具有领导地位的男性。

伪伦敦

"所以说……他说了不愿意？克拉维杰？"

那只鹦鹉再次叫唤，凯维亚啾啾地叫起来。

"是的，他说了不愿意。他说他知道你想要什么，而他不会给我们。他说我们应该为自己感到羞耻，竟然想要他的羽冠。雄性会用它来炫耀自己，以及来挑衅。他说如果没了羽冠，他就无法再获得淑女们的青睐。他说，呃……小妞儿们都爱死了他的衣服。别这样看着我，迪芭，他就是这么说的。"

迪芭本来还对不得不拿走帕拉基图斯·克拉维杰的羽毛感到内疚。现在她的这种感觉减轻了不少。

"他说了那个？挑衅？那么……"她顿了顿，看见水箱上的枝叶在爬动，赶紧移开了视线，"我们不想要克拉维杰先生的头饰。他傻不傻？他以为我们是什么白痴吗？"

凯维亚发出喳喳喳的叫声。

"什么？"赫米说。

"你在做什么？"预言书质问道。

"你怎么生气了？"赫米问。

"闭嘴，"迪芭低声说道，紧接着又大声地说，"或许我们不是白痴。"

凯维亚有些犹豫，但还是翻译了。

所有的鸟都发出了愤怒的叫声。克拉维杰火冒三丈地上蹿下跳，发出尖叫。

迪芭没有等凯维亚来翻译。"站在那么高的地方，倒是很容易说出这种话，"她说，"再说了，谁想要你那些难看的羽毛？"

"哦，我明白了。"赫米喃喃地说。

克拉维杰一定是读懂了她的语气。它尖叫起来，从水箱顶上一跃而下，跳到冲水链条上，跟着链条晃动，离迪芭的脸很近——也就是到了水箱的下面。

"竖起你的羽毛。"迪芭说完就猛挥手，做出一个非常粗鲁的动作。帕

UN LUNDUN

拉基图斯怒不可遏地竖起了它的羽毛,摆出了战斗的姿态。那根羽毛之匙就立在它的头顶。

"好了,"迪芭大声地说,"我得承认。我很抱歉我不得不怼你,但我其实想要你那件**亮闪闪**的珠宝。"

躲在树叶后的言造物们听到了它们自己的名字,立马就冲了出来。它们抓着葡萄藤,荡落到克拉维杰的头上。

空中挤满了克拉维杰的那群飞鸟,它们愤怒地尖叫,纷纷竖起自己的羽冠。在帕拉基图斯·克拉维杰起飞之前,怼——那只六腿熊崽——抓住了他然后紧贴住他。因为突然有了额外的重量,链条被两具身体拉动了。

就在他俩降落的过程中,怼扯出了那只鸟头上立着的羽毛之匙。言造物扯动帕拉基图斯·克拉维杰的羽毛时,它的吼叫变成了痛苦的惨叫。

克拉维杰拍打起它那巨大的翅膀,冲水链条也被拉到了最长,于是马桶开始冲水。怼失去了平衡。

因为被那些愤怒的飞鸟拦住,赫米、迪芭和坩埚无法赶到那只摔倒的熊崽身边。就在迪芭抬手抵挡那些尖嘴利爪时,她看到亮闪闪那只蝗虫向怼伸出了它的前脚。两个言造物在那一刻抓住了彼此,然而怼没能抓稳,随即掉进了水花四溅的马桶中,此刻羽毛之匙被握在了亮闪闪手里。

迪芭发出了胜利的欢呼,而欢呼立马就变为了担忧的呼喊。她把手伸进马桶去够怼,可是马桶里的水在疯狂旋转,水都泛起了泡沫,冲水突然升级了。马桶剧烈地排水,原本从马桶中汩汩涌出来的小溪陡然喷涌而出,变成了一条河。

"怼在哪里?怼到哪里去了呢?"迪芭大喊起来,然而那个小言造物已经消失了,消失在了清澈的流水中。

帕拉基图斯·克拉维杰和它的几个手下对着亮闪闪一阵俯冲轰炸,迪芭抓住了这个被吓坏的言造物和它手中的羽毛之匙。

伪伦敦

她竭力想要穿过那条越来越汹涌的河流,想要赶到抽水马桶那里。河水淹没了她的脚,绊倒了她,让她摔了个四脚朝天。

"快!"预言书高声喊道。凯维亚的人类双手不停地拍开那些鸟。"我们救不了那个言造物了,我们必须离开!"

"哎唷!"迪芭从水里爬了出来。一条下颚凸出的凶猛河鱼贴在她的腿上,咬了她一口,牙齿甚至穿透了她的长裤。探险者们逃出了隔间,一边防御长尾鹦鹉的进攻,一边避开河流。

他们沿着这条分裂走廊、流向楼梯的新生河流跌跌撞撞地走。河中翻涌奔腾的不仅是河水。

"别掉进去了,"预言书喊道,"河里全是水虎鱼①!"

他们尽可能快地原路返回,急匆匆地从新一批水蛭下面跑过,跃过那些掠食藤蔓。那群鸟穿越好几层树林,跟着他们,抓挠他们,但是逐渐落在了后面。迪芭听到粗粝刺耳的鸦叫。凯维亚发出啼叫。

"那是一群雄性贝塔②。"预言书说,凯维亚将它夹在手臂下,"我们帮了它们一个忙。现在它们得开始战斗,胜者就能成为阿尔法,主要的钥匙携带者。"

---

① 南美一种有尖利牙齿的食肉河鱼。
② 一个群体中地位较低的男性。

UN LUNDUN

"少说话……"迪芭说,"赶快逃……"

尽管他们已经尽快赶路了,但还是花了一些时间才抵达楼下。没人说什么话。

"我……我对怼的遭遇表示非常抱歉。"迪芭对亮闪闪说。

"这不是你的错,迪芭。"预言书说。

她没有回答。

他们沿着流水一路向下,之前还在不断涨水的危险河流现在已经变为了涓涓细流。频频有格外贪婪的水虎鱼从水中跳出,向他们袭来。他们快速闪避,爬上泥泞的斜坡又滑下来,紧紧攀附住那些树根和树桩。

他们在楼梯底部停了一会儿,平复他们的呼吸。就剩几米——虽然是很奇怪的几米,迪芭还记得——就到前门了。

"不远了,"赫米说,"一起逃出去。"

"你们听到什么了吗?"迪芭问道。众人倾听。"又来了。"

有声音在向他们靠近,起初很微弱,但是在快速变大,是干涩刺耳的巨大声响。每传来一声,走廊里的树叶和树干都震颤了一下。

"那是什么?"赫米问道。

凯维亚啼叫起来。

"他说他去打探一下。"预言书说。然而就在凯维亚伸手去揭开鸟笼门之际,那个巨响忽然变近,仿佛就在身边,紧接着他们旁边那树叶形成的窗帘被粗暴地撕裂成两半。

一个男人站在他们面前,挥动着一把巨大的砍刀。他身后是一条被劈砍开的道路。他等着这些旅行者,他们此时此刻都被吓呆了。

他的皮肤上爬满皱纹,到处是斑点。他的脸部肌肉松弛,下巴下垂。他的嘴角和空洞的眼窝里有黑烟漏出。

这个男人显然死了已经有些时日了。他举起他的大砍刀,跟跟跄跄地走向他们。

伪伦敦

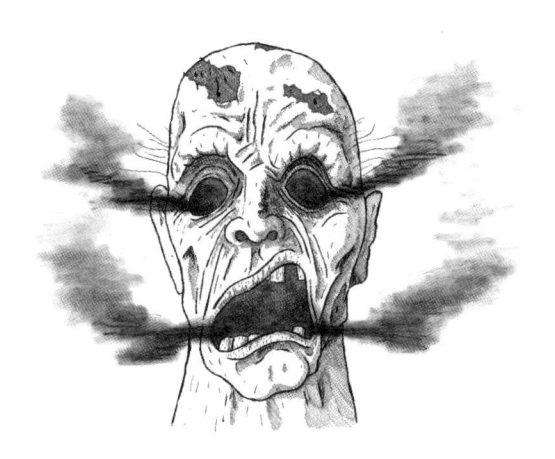

第六十五章
冒烟的死人

迪芭摔了一跤。她听到黏黏在她的背包里发出了吱吱的叫声。坩埚跃向攻击者,但那个死人反手将它击退。

空气中弥漫着腐肉和燃烧的硫黄的难闻恶臭。迪芭试着爬走,但那个男人快速拖着步子,一脚用力踩住了她,同时还举起了他的大刀。

大刀落下时迪芭惊恐地发出尖叫。

然而这一击忽然停住了。那个男人抬起冒烟的眼睛向上看。他的武器被一根葡萄藤给缠住了。他动作笨拙地想要抽出刀刃。

"快,赶快!"赫米把迪芭拖了起来。

"那是什么?"她大声问道。

"烟雾僵尸。"赫米回答。

那具进攻的尸体摇摇晃晃地冲向赫米,而他拼命地躲开了。

旅行者们退回到河水汇聚成的水泊上。那个浑身臭熏熏的恐怖袭击者堵住了他们的路,向他们扑来。他每挥舞一下大刀,就砍倒一大片植被:他的强大令人胆寒。

伪伦敦

亮闪闪朝他飞去，伸出坚硬的昆虫爪子去挠他。凡是皮肤上被撕裂的地方，都有一缕缕烟雾飘出来。这个死人无视了所有伤口，随后一头撞在了树干上，一下震住了言造物，并将它从他的脸上赶走了。

凯维亚鸣叫着挡在他的面前。他把预言书丢给了迪芭，抬起了双手，然后重心下沉，摆出一个奇怪的蹲伏姿势，就像过去古董照片里的那些穿着女士泳衣的拳击手那样。他上下左右地挥舞着拳头。

"他说：'我必须得警告你，先生……'"预言书翻译道，但是它没有继续，与此同时，那个死人的大砍刀劈向凯维亚，凯维亚不得不跳开闪避。

"别硬碰硬！"赫米大喊，"烟雾僵尸实在太强大了！"

凯维亚在树根之上敏捷地跳动着，灵巧无比地出拳猛击。他的打击看似没有带来任何实际的损伤，但是它们却造成了显而易见的麻烦。那个烟雾僵尸踉踉跄跄地跟着凯维亚先生来到了水边。

*他在把他绕走！*迪芭意识到。*他给我们创造了一条生路！*她向赫米与言造物们打了个手势，他们开始在烟雾僵尸的背后悄悄移动起来。

尽管这个男人已经死了，但他却不蠢。他瞥见他们移动后立马就转身了。凯维亚给了他一拳，狠狠撞向他，试图击倒他，但失败了。那个男人完全没有理睬他，再次举起了他的大砍刀。

笼中鸟发出一声鸣叫。

"他说：'噢，该死！'"预言书说。

说完，凯维亚一把抓住死尸，将尸体拖在他的肩上来了一个柔道摔。攻击者弓着身子靠近水边以及那些蓄势待发的鱼。就在他跌向水中的那一刻，烟雾僵尸也抓住凯维亚，将其一并拉入了水泊。

两具身体消失在了深不见底的水中。

"不！"赫米和迪芭大喊。

烟雾僵尸的头和凯维亚的鸟笼都摔破了。那群兴奋的水虎鱼急匆匆地游过来探看，激起水面阵阵浪花。烟雾僵尸动作僵硬地拉住了树根，想要

UN LUNDUN

离开水面，但是凯维亚不断地拍开他的双手。小鸟甩掉了身上的水，在笼子里面惊恐地翻跳着。

"他说快走！"预言书喊道，"就现在！赶在斯摩格放弃这具身体之前。"

"我们不能抛下他。"迪芭说。

"绝对不行！"赫米说。

凯维亚气冲冲地冲他们叽叽喳喳。

"快走。他说他拖不了太久了。"

迪芭看见数百条鱼在啃咬水中的两个男人。烟雾僵尸身边的那群水虎鱼很快离开，加入了那群攻击约里克·凯维亚的水虎鱼中。**它们不喜欢不新鲜的肉**，她意识到。

"他说感谢邀请他。"预言书说。

赫米拽住迪芭。"我们得离开了。"他焦急地说。他拉着她走过先前烟雾僵尸砍出的那条通道，那些被砍断的葡萄藤的切口处还有黏液不断地流出来。

迪芭回头望了一眼。凯维亚正在下沉。他的一只手紧抓着烟雾僵尸，而另一只手打开了他的鸟笼的门。就在他的身体完全没入水虎鱼成群的水中之际，那只小鸟飞了出来。

就在那一瞬间，那具人类身体变得僵硬了，他的手依旧紧紧箍在烟雾僵尸的颈子上。两具身体沉到水面之下，烟雾僵尸仍在挣扎，那只小鸟在水池上方盘旋。

突然出现一阵如同沸水翻滚的隆隆噪声。

水泊中的水此时变得黏稠而污浊，盛满了这场缠斗和那具死尸的液体。它仿佛变成了一个躁动的胃。巨大的泡沫在里面翻滚。

一阵放屁的声响传来，紧接着水泊深处喷发出大量气体。黑烟的气泡聚集在一起，伸出了卷须。

伪伦敦

凯维亚的小鸟全身依旧湿哒哒的,它从一根树枝上飞了起来,随后绕着那一小团斯摩格气体打转。

"快走。"预言书低声说。

"不,所有人都别动。"迪芭小声命令道。

小鸟在斯摩格气体的四周疾速飞旋,快到它从那个云团似的东西上撕了几缕烟雾下来。经过好几次这样的挑衅行为之后,它抽身飞向楼梯。那肮脏的气团翻滚着去追赶它了。

"小鸟引开它了。"赫米轻声说。

"好样儿的。"预言书夸赞道。

"真勇士。"迪芭也赞同道。

"那请问我们现在可以离开这里了吗?"赫米说。

他们打开前门,晃晃悠悠地离开了这片屋中森林,浑身又湿又脏,还因为那些植物汁液和树浆而黏乎乎的,身上到处是擦伤和瘀痕,又饿又累。就这样,他们走进了伪伦敦的午后。

第六十六章
跳过历史阶段

人们好奇地打量他们。在他们进去之前就跟他们搭过话的那个老人还坐在对面台阶上。

"所以在我看来,"他说,"你们就应该避免走进去。"

迪芭一脸严厉地看着他。"我们离开这里吧,"她说,"赫米,你能找个地方吗?"他们步履蹒跚地前往一条人流少一些的街道,赫米跟踪迹象,找到了一栋空置的房屋,在那儿他们尽可能地好好清洗了自己,随后进入了起居室,精疲力竭地瘫坐下来。

"那到底是什么……僵尸?"迪芭问道。

"烟雾僵尸过去很少见,但现在越来越多了,"赫米说,"斯摩格到处侵袭。进入了墓地,穿透了大地,深入了墓穴。"

"你怎么知道这个的?"预言书问。

"你忘了我从哪儿来的了吗?"他愤愤地说,"没有什么比虐待死者更能激怒幽灵镇的人了。我们都抱怨了好几个世纪了。然而完全没人理睬。

"斯摩格进入那些尸体,把它们当作木偶一般,牵扯着它们四处游走。有些只不过是一些骨架,斯摩格的凝块缠住了它们的关节。还有些就像我们在森林里看到的那种。"

"啊哈,"迪芭说,"这么一说,有时候它们看起来甚至更像它们还活着的样子。"

"当然。"赫米答道,然后他的眼睛瞪大了,因为他想起了那个冒牌的恩斯特伯。

"那它是怎么找到我们的呢?"

"斯摩格肯定在所有地方都有安插了人手。"

"有可能它并不指望找到你,"预言书说,"这里肯定不止一个。但是森林是个众所周知的地方,值得它前去查探。这等于说,很有可能还有其他烟雾僵尸,在别的地方等着我们。"

迪芭拿起那根羽毛,在手指间转动它。它的钥匙外表由复杂细致的漩涡纹路以及精美编织的线条所构成。它上面那些红色和蓝色的装饰闪闪发光,犹如彩色琉璃。

"那么现在怎么办?"赫米问道。

"很好,"预言书说,"这是第一个任务。还有六个。下一个我们必须收集的是乌贼喙之剪。那意味着我们要前往码头区域。在那之后我们需要迷骨茶。再往后……"

"不行。"迪芭一边说,一边转动羽毛。

"什么?"预言书问道。

"什么?"赫米也问道。

"你们看……如果我们将这些东西全都拿到手了,我们应该用这些东西做什么呢?"

"这看情况,"预言书说,"剪子应该,呃,用来剪开某个东西。迷骨茶是为了让某个东西睡着。那个蜗牛……不完全清楚蜗牛是用来干什么的,但是有两种学说认为……"

"你说*不完全清楚*是什么意思?"

"别用这种语气跟我说话!我告诉过你了,预言有时候很模糊。"

"对,还可能是错的。"赫米嘀咕道。

"很多预言,"预言书继续说,"都是在事件发生了,你就自然而然地……知道要做什么了。有些预言能够解读出很多细节,但有些不可以。或者有些……呃……是矛盾的。"

"这太荒唐了,"迪芭说,"显而易见,全照着预言去行动那实在太艰难了。"

"但那是你的主意,"预言书说,"而且你看,我们已经得到需要的东西了,不是吗?"

"是的,我们为此花了*两天*,还失去了*两个同伴*。"迪芭激动地叫喊起来。大家都没说话。

"怼牺牲了,而凯维亚也很可能遇害了,"她说,"计算一下。我们还有六件东西要拿。按照这个比例,我们还要失去十二个同伴,而我们只剩六个人了,这还是把你预言书和黏黏算进来的结果。何况,还要耗费十二天,而我没有十二天了!你*知道*的。我最多只有七天。"

"可那个会重新开始计数,"预言书试探性地说,"一旦在打电话之后。再说了,那个数字可能也不准确……"

"时间太长了,而且也太冒险了。你看到怼的下场了!我们不能这么做了。就像你说的,我们甚至还不知道要怎么使用这东西。"她举起那把羽毛之匙。"你看,我要怎么使用这个?"

"显而易见,你要用它来打开一道门。"预言书说。

"什么门?"

"一道无比重要的门。一道不打开就阻止不了斯摩格的门!"

"你压根不知道,是吧?"迪芭问。

"不知道。"预言书回答。

"一点头绪都没有吗?"

"也不是,"它听起来十分挫败,"我认为那是打开乌贼喙那间房的门,可是……不对。并不是真的。"

伪伦敦

迪芭在房间里气得跺脚。

"我们花了两天时间,在那片森林里撞得头破血流,还有同伴牺牲了,而我们甚至不确定这有什么意义!我应该利用它去得到某个可以让我得到另一件宝物的宝贝。那为什么我不首先去搞到那件最后的宝物呢?"

"正如我说的,时机一到,预言自然会明朗起来,在那之后……"预言书说。

"如果我是你,我就不说话。"赫米小声地对预言书说。预言书采纳了他的建议。

"要不是怼牺牲了性命帮助我们拿到这个,"她凝视着这把钥匙说,"我真想把这个没用的东西给撕碎。我明白这不是你的错,"她对预言书说,"这是我的主意。我也很明白,要是你书上写的内容都成真了,那样会更好。但是我们没有时间了。而且也太冒险了。所以跳过这些任务,告诉我每个宝物的用处吧。"

"好吧,正如我所说,乌贼喙之剪理应是用来处理那个茶室里的某个东西……"

"算了吧。"迪芭说。预言书犹豫了一会儿,又接着继续说。

预言书犹豫了一会儿,又接着继续说。"迷骨茶是恢复精力……"

"不行。"

"但是……我们需要把那个东西给阿历克特,当我们演奏鲁多琴时让他睡着,这样我们才能拿到利齿骰子……"

"我说了不行。"

"我们需要利齿骰子去嚼烂一个……"

"不。"

"那个蜗牛,我想,可以向我们证明稳扎稳打终获胜……"

"你在开玩笑吗?不行。"

"黑白王者之冠会解释结局……"

UN LUNDUN

"随便。都不知道那是什么意思。"

"……还有伪枪炮是一件武器。"

众人顿了顿。

"是吗?一件武器?真的吗?"

"真得不能再真了。"赫米说,"我都不知道预言提到过它,但是所有人都听说过伪枪炮。"

"那是伪伦敦历史上最有名的武器。"预言书说。

赫米点点头——悄悄地,为了不让预言书看到迪芭想要其他人证实它说的话的真实性。

"为什么?"她问道,"它做了什么?"

赫米看向预言书,迪芭很确定预言书也回望着他。

"我不知道,"赫米说,"一些英雄之举。"

迪芭翻了个白眼。"到底是什么?"

"一把枪,"预言书说,"唯一的一把伪枪炮。书里是这么说的,'斯摩格害怕的东西没有除了伪枪炮'。这就是全部内容了,所有七个任务,最终引向它。得到伪枪炮。很多年前,它被放在一个非常安全的地方,一个没人会打扰到它的地方。"

"斯摩格什么都不怕,就怕伪枪炮,是吗?"

"是的,"预言书答道,随后又不安地补充了句,"诚实来讲,其实说的是'没有以及伪枪炮',但我们都明白那肯定是印刷错误。"

"你在逗我吧,"迪芭生气地说,"所以你以前就知道书里面可能有错误?"

"那只是一个连词,"预言书郁闷地辩解道,"我们之前都没想到这个……"

"好吧。随便了。"迪芭心想道,"一件武器。好吧。现在我们还没有找到什么东西可以和斯摩格战斗。我们需要一件武器,而很明显斯摩格害怕这个。"

伪伦敦

"那么我们接下来要找的就是这个,"迪芭说,"我们跳过其余的全部任务。节约时间。我们直接去最后一个任务。去找到那把伪枪炮。然后我们就可以对付斯摩格了,之后我就可以离开了。"

第六十七章
武器选择

"简直荒唐。"迪芭从预言书的语气里听出来了,如果它能走路的话,那它一定会拒绝迈腿。它会固步自封。然而它很不幸,此刻被夹在迪芭的手臂下,而她现在健步如飞。"我说了这很荒唐。"

"我听到了。"迪芭说。

"所以?你要停下来吗?"

"才不。"

赫米、黏黏和言造物们跟在这两个争吵的家伙后面。在伪太阳下的阴影变长时,迪芭坚决又随机地转弯走下了人行道。

"听着,"预言书暴躁地说,"你不能只从预言中挑一段或者选一截来听。预言不是这么用的。"

"让我们开门见山吧,"迪芭说,"我们都清楚你不知道预言是怎么发挥作用的。"

赫米眨了眨眼睛,狠狠地吸了口气,吃痛似的甩着手。

"整个情况就是,你需要每一样东西,得到一件才能得到下一件,直到我们得到伪枪炮。"预言书说。

"就算我们有时间去尝试,你也不确定,"迪芭说,"你才是一直说你

伪伦敦

书里内容有错的那个。你想用你的办法来证明书里的部分内容是有用的。但是我们都知道，要对付斯摩格，我们真正需要的就是伪枪炮，那么我们就直接去找它，而不是在这中间的环节浪费时间。除非，"她忽然兴致勃勃地补充道，"路上还有其他的电话？"

"不，没有，没有电话了，"预言书说，"但是万一……"

"我们不会按照你每一章的内容走，预言书！所以。**给我指路**，不然……不然我就只能不停地绕圈圈，直到斯摩格发现我们。"

迪芭和预言书都对对方憋着一肚子的气。

"我建议你给她指路。"赫米说。

"好吧。"他们在一个拐角再次毫无意义地拐弯后，预言书最终妥协了。他们经过一架摇摇欲坠的钢琴，那是伪伦敦街头再随意不过的一件家具。预言书的声音听起来很沮丧、很痛苦。"我会告诉你们书上写了什么。

"得到伪枪炮比得到钥匙要困难得多。哪怕你有那个黑白王者之冠。要找到伪枪炮，我们必须通过一个真正恐怖的东西，那是伪伦敦最为人所惧怕的生物之一……"

"快说重点。"迪芭不快地催促道。

"好吧，它被黑窗妇①保护着。"

赫米倒吸了一口凉气。迪芭停了下来。

"黑窗妇？"赫米压低了声音说。他调整了语气，更正常地问她："你在笑吗？"

"不好意思。"迪芭说。她极力抑制笑声。"黑窗妇！"她又窃笑起来，惹得黏黏兴奋地转圈圈。言造物们都一脸迷惑地看着她。

"我不明白有哪里好笑。"预言书说。

"不重要，不重要，"迪芭说，"跟我说说这个黑窗妇吧。我们要做些

---

① 黑窗妇的原文为black window，由"黑寡妇（black widow）"改造而来，作者的文字游戏。

UN LUNDUN

什么。"

"迪芭,这不是开玩笑的,"赫米说,"黑窗妇恶毒无比,六亲不认。如果有人真的把伪枪炮放在黑窗妇那里,那这个人一定是真心想要保护伪枪炮。"

"那就是我们为什么要徐徐图之,"预言书发牢骚地说,"按阶段……"

"是啊,是啊,"迪芭说道,"**谁**一定是真心想?"

"呃,"赫米吞吞吐吐地回答道,"谁……写下那些预言的人吧,我想。"

"这倒说得通,"迪芭说道,"一群施虐狂。告诉我它到底是什么?"

"黑窗妇住在威博敏斯特大教堂①。"预言书说。

"噢,你**别**说这个。"迪芭说完又开始笑个不停。

"我希望你能认真对待这些信息,给它们应得的尊重。"预言书语气哀怨地说。

"可那是威博敏斯特!"迪芭说,不过在看到赫米的脸色后她的笑声渐渐止住了。

"这很严肃,"他说,"正常情况下,你绝不会在那里碰到我。"

"黑窗妇不会只是杀掉你这么简单,"预言书说,"它会直接带你离开这个世界。不会有尸体留下来,也没有衣服,不会留下一点儿痕迹。吞灭一切靠近的事物。它是最强捕食者。"

"我以为那是**鲨鱼**。"迪芭说。

"好吧,鲨鱼是最强捕食者。黑窗妇是最最强捕食者。"

迪芭还想调笑他们,但是赫米脸上以及预言书声音里的恐惧让她觉得有些不自在了。

"那么我要怎么去威博敏斯特大教堂呢?"迪芭问。

---

① 作者的文字游戏,威博敏斯特大教堂原文为 Webminster Abbey,改自威斯特敏斯特大教堂(Westminster Abbey)。

伪伦敦

当迪芭看到地图时,她的心重重往下一沉。有好几英里的路要走。他们要经过的那些区域中,有的曾有人居住,有的没有——如今有的又被烟雾吞没。

"这要走到*地老天荒*吧,"迪芭说,"噢,不,我们不能……我不确定,坐火车之类的吗?"赫米瞪大了眼睛看着她,仿佛她疯了似的。"每过一分钟,就会有更多的人来追捕我们。"

事实很快就证明她是正确的,快得出乎她意料。

大概一个小时,这支相当沮丧的队伍就跟着地图上的路线启程了,尽管四肢疲惫,但他们尽量麻利地上路了。他们没有做任何吸引注意力的事情,除了他们的衣服比大多数人的稍微脏了那么一点之外,他们身上一点惹眼的地方都没有。在伪伦敦的街头,一个女孩、一个半鬼魂、一本说话的书、一个垃圾盒,以及两个活的词语组成的队伍确实不寻常,但也没有那么不寻常。

这就是为什么,当迪芭第一次听到有发动机的声音时,她没有想太多,以为跟她无关。

发动机的声响逐渐变得越来越大,直到迪芭忽然听到一个声音在呼唤她。她忧虑地转身一看。是罗莎和售票员琼斯的公交车,正面潦草卷轴号的符号清晰可见。公交车穿过一小团随风翻飞的衣物,正朝他们降落。

莫加特洛伊德站在平台上,探出身子大喊道:"迪芭·乐珊,停下!我们需要谈谈!"

第六十八章
公务员的不懈追捕

迪芭和她的同伴们拔腿就跑。

"等等，迪芭，等等！"现在不仅是莫加特洛伊德探出身子了，售票员琼斯、奥巴代·丰恩，甚至连戴着铜头盔的斯库尔都在向下看。

"这边！"

"不，这边！"

当预言书喊出方向时，迪芭跟赫米正在转弯的地方犹豫不决。他们在一片混乱房屋和到处是废料桶和过时机器的街道上，这里没有拱门，也没有悬空的建筑可供他们藏匿。公交车跟着他们穿进这些复杂的街道，同时伪伦敦人都从窗户里好奇地看着这一幕。

"等等，迪芭！"他们不停地在呼喊，"我们想帮忙！"

迪芭拐进一条挂满晾衣线和衣服的小巷，晾晒着的衣服剧烈摇晃着，仿佛甩干机在甩干它们，但其实连一丝风都没有。他们在这窗帘一般的层层布料中奔跑，直到他们被堵在了这巷道的尽头——一面由破损时钟组成的陡墙，墙面如岩屑般滑溜，挡在他们面前。

"听。"迪芭轻声说。公交车的噪声渐渐远去。

伪伦敦

"他们离开了。"赫米小声地说。

"我想我们甩掉他们了,"迪芭说,然后指了指这条仄逼的巷道,"这里太窄了,公交车进不来。"

就在她说话的这一刻,绳索从天空中抛了下来,从在高楼上方盘旋的公交车上抛了下来。售票员琼斯顺着绳索下降,落在了他们的面前。

"迪芭,赫米,预言书。"他招呼道,同时伸出了双手,但他们全都退后了,"请等等。*听我说*。我们是站在你们这边的。"

"别管我们,"赫米说,"别管她。"

"后退,"迪芭说,"虽然你们都不知道,但你们都在为斯摩格效力。"

"这些疯狂的指控必须停止。"一个声音传来。是莫加特洛伊德,他正十分笨拙地爬下绳梯。他摇摇晃晃地着陆,拍掉身上的灰尘,站到了琼斯身旁,然后从套装里摸出了一把造型奇怪的手枪。他拿枪指着迪芭。

跟着他从梯子上下来的是奥巴代,他穿着一身由黑白书皮缝制的套装。

"迪芭,现在你得小心点,"丰恩说,"别轻举妄动,没必要让自己受伤。"

"你让他拿把枪指着我?"她惊骇地说,瞪大了眼睛盯着琼斯和奥巴代,而两人不自在地避开了她的目光。

"这是镇定剂,"莫加特洛伊德说,"我不想使用它,而我也希望你别逼我。这纯粹是因为你不愿意听我们解释。我们是来帮忙的。"

"你们是怎么找到我的?"迪芭说。她拒绝看到莫加特洛伊德那张脸,只对着丰恩和琼斯说话。

"琼斯来找我,询问我的建议,"奥巴代·丰恩说,"我们一起思考了你会怎么做,迪芭。当预言家们告诉我们预言书里的那些任务时,我们就觉得我们知道了你打算做的事情。"

"而且这些天都有目击者,"琼斯说完眨了眨眼睛,"你很惹人瞩目,

UN LUNDUN

女孩。我一直紧跟着莫加特洛伊德。他保证他是第一个听到这段时间的所有传闻的人。"

"你的朋友们专程赶来,是为了让你没理由感到不安,"莫加特洛伊德说道,"这都是为了你好。我们只是想解开误会。"

"你又想把一切过错推到赫米身上?"迪芭说。

"我们之后会找出这个半鬼魂男孩的真相,"莫加特洛伊德说,"请和我们一起来。恩布雷丽斯莫的雨桑分发计划还在继续——现在已有将近三分之一的伪伦敦人都得到了防御雨桑,恰逢其时,因为斯摩格的进攻次数还在增加。我们非常想要你站在我们这边,迪芭。我们想让所有的不快和误解都停止。"

坩埚和亮闪闪左右看了看,试图在思考能否冲破这些追捕者的阻拦。

"都听着,"预言书用一种自高自大的语气说,"我认为你们都应该知道,我相信乐珊小姐或许并没有弄错……"

"闭嘴,预言书,"莫加特洛伊德打断道,"我们都知道你的那些败绩。迪芭,跟我们走。还有你,男孩。我们也要处理你。"

"琼斯,奥巴代,"迪芭恳求道,"求你们了,听我说。斯摩格和布罗肯布洛在合作。他们想让所有人都依赖雨桑,因为这等于是依赖布罗肯布洛。这样一来他们就可以共同统治伪伦敦。他们会让每个人都在工厂里工作,燃烧东西好让斯摩格变得更强大。"

"真是……"莫加特洛伊德一边说,一边摇头。

"而它已经变得越来越强大了,这都得益于他那位在伦敦的老板……"迪芭指着莫加特洛伊德,"……她一直在把烟雾直接排进伪伦敦。我们听见他对恩布雷丽斯莫是这样说的!伦敦的每一个人,像我爸爸和妈妈,甚至觉得她在做好事,但她并没有让一切变干净,她只是在喂斯摩格!"

"够了!"莫加特洛伊德痛斥道,"我已经受够了你的诽谤了。"

"问问他什么是米嘞!"迪芭说,"跟这一切都有关系。你们都要相信这个男人,而不相信我吗?"迪芭恳求地说,"是谁拿着枪?你们都不认识

伪伦敦

他!而我们一起经历了那么多!拜托了……你们都不相信我?"

丰恩和琼斯看上去很尴尬。莫加特洛伊德一副得意的样子。

"重点是,迪芭,"琼斯窘迫地开口道,他一手揽上莫加特洛伊德的肩膀,"他把一切都向我们解释了。在桥上,在空中。你们是怎么被引入歧途的。"丰恩难过地点头,"而且跟你说实话……"

"是的。我们当然相信你。"

琼斯往手上送出一股嘶嘶响的电流。莫加特洛伊德的牙齿被电得咯咯作响,还冒出了火花,他发出一阵语无伦次的噪声,像个滑稽可笑的木偶那样跳起舞来。电流还把他的手枪弄坏了。

"好了。"琼斯说完就放手了。这个官僚倒在地上,肩膀在冒烟,睁大了眼睛,跟个婴儿似的流出口水,发出呓语。"这样应该能让他安静好几个小时。"

"那真是万分感谢。"奥巴代·丰恩说,他一步跨过地上这个还在冒烟的男人,张开了双臂,"他真的开始让我有些冒火了。"

"奥巴代!"迪芭喊道,将自己投进他的怀抱中,"还有琼斯!"她说完也抓住了他,而他笑着回抱了她。

"你们早知道了?"她问。

"并不是一开始就知道的,"丰恩说,"不过我们和你共度过时光。我们了解你。你绝不是个笨蛋,迪芭。你不会弄错恩斯特伯说的话。

UN LUNDUN

"而且这个蠢货的话根本没有道理。就像你说的,幽灵镇疯了才会加入斯摩格和伪伦敦开战。我不想承认但是……你是对的。而我欠你一个道歉。"他对赫米说。他伸出了他的手。

有几秒钟,赫米只是瞪着眼。然后他慢慢露出微笑,跟他握了手。

"那就这样吧,"他说,"很高兴你们现在相信我们了。"

"不幸的是,莫塔尔还不相信,"琼斯语气沉重地说,"他和恩斯特伯的交情太深了。他无法接受。而且布罗肯布洛每天都在那儿,在桥上,自从他们向他展示了如何上桥之后。在莫塔尔的耳边吹风,于是那个老人完全不会质疑他们的话了。莱克特恩不喜欢,我不这么认为,但她并没有捣乱。而莫塔尔说的一切,其余预言家都会遵从。一群懦夫,大部分都是。他们从来不会自己思考。所以我们不得不完全保持沉默。"

"这就是我们一定要跟着莫加特洛伊德一起来的原因,"奥巴代说,"我们就像峨螺一样紧贴着他。一旦他听说了关于你的传言,我们就告诉他说我们也要来。要是他们认为我们是你这边的,那他们绝不会派我们一起来。在找到你之前,我们什么都不能说。"

"那么说,你们会帮助我咯?"迪芭说。

"只要你愿意让我们帮忙。"琼斯说。

"可是……你们会和预言家们发生冲突的。"

"如果他们真那么愚蠢,看不清这是怎么回事,"奥巴代·丰恩说,"那是他们自己的过错。我们已经整装待发了。你以为我为什么要穿成这样呢?书的封面可比书的内页要结实得多,而且我需要点耐用的东西。"尽管他尽量让自己的话听起来神气十足,但迪芭还是觉察得到他有些害怕。她再次给了他一个拥抱。

"这结果可真是有趣,"他说,"我从没做过变节者。"

第七部分

武器与女孩

第六十九章
平衡势力

"真高兴你回来了，迪芭！"迪芭和她的同伴们费力地爬上来时，罗莎从驾驶室里喊道。

斯库尔就在平台上。迪芭拥抱了这位笨手笨脚的潜水员，斯库尔也十分笨拙地拍了拍她的背。

"要去哪儿，迪芭？"罗莎大声问道。

"威博敏斯特大教堂。尽快。"

"认真的？"罗莎问。

"她清楚她在做什么。"奥巴代·丰恩说。

"你说得太对了，她很清楚，"琼斯说，"那么我们继续赶路吧。"

"不，他说得不对，"迪芭说道，"我很有可能犯错。但是我们没有任何武器可以对付斯摩格。我们只知道它害怕伪枪炮，而伪枪炮又在那座大教堂里。"

"现在就去？"琼斯问。

"现在就去威博敏斯特大教堂吧。"罗莎的声音穿过舱门传了出来，随即公交车开始在空中突突突地缓慢爬升。

UN LUNDUN

"他会怎么样？"赫米指着被藏在垃圾堆里、一动不动的莫加特洛伊德。迪芭想起了当初他抛下她，还让那个冒牌恩斯特伯烧死她的事情，在他们把他绑起来时，她想象了用各种血腥暴力的手段去折磨他。

"我不知道，"她满心愤恨地说，"我们不能杀了他。"

"为什么不能？"赫米问。

"就是不能。"

"她说得对，"琼斯说，"总之，他一时半会儿醒不过来。等他醒过来了，他还要费一番功夫才能挣脱这些束缚。等到他回到那群预言家和布罗肯布洛那里，他们就会知道我们已经溜走了。"

迪芭望着窗外那些看似由无数缠绕丝线构成的塔楼、螺旋建筑以及教堂尖塔。她从来没有飞到过这片区域，她不能低头看下方的城区景致，这让她有些沮丧，但是她跟赫米都远离了平台，谁都看不到他们。

奥巴代多管闲事地翻查起她的行李。他对她那套缝纫工具发出了不礼貌的声响。

"这套可怕的工具到底有什么用？"他咕哝道，然后从他的头皮上取下了一些针线，替换掉了迪芭工具里的那些。

"我们能够走快点吗？"迪芭问。她向众人解释了她对镇静效应的担忧。

"这会引起他人的注意，"琼斯说，"他们以为我们在找你。如果他们看到我们突然加速了，那他们会觉得我们找到了线索，或者他们会发觉我们是在逃跑。不论是哪一种情况，他们都会来追赶我们。很快，他们就会意识到我们是无故离队，到时他们就不得不开始选择站队了。不过此时此刻，天上有足够多的东西，没人注意到我们。只要我们不引起注意。"

他说得对。空中还有其他一些公交车，有的悬挂在气球下面，有的则靠旋转着的无数小螺旋桨飞翔。空中还有昆虫和飞鸟，以及被风吹到高空的垃圾，比如破烂的垃圾袋，还有低矮的云朵，还有一群逃跑的待洗衣服

伪伦敦

莫名其妙地在天空中横冲直撞。迪芭甚至看到了一只恶心酒瓶,不过它并没有刻意隐藏。它是野生的——恶心,但不是敌人。

在稍远一点的地方,迪芭看到了伪城市的一隅,好几条街连着好几条街,完全被斯摩格包围了。

"真令人悲痛。"琼斯望着她正在看的那片地区说,"我们没有多少时间了。而我不仅仅是在说你和你的家人。放眼望去,我是指伪伦敦。斯摩格正在不断扩张。"

"根据布罗肯布洛的说法,"奥巴代说,"斯摩格正在聚集势力。眼下……"

"慢着,"赫米说道,"布罗肯布洛确实是斯摩格那一伙的,即便莫塔尔不知道这一点。那为什么他会告诉你们斯摩格在做什么呢?"

"因为他想让人们惧怕它,好让他们相信他能保护他们,"迪芭说,"等他们察觉他跟斯摩格是一伙儿的时候,他早就已经控制一切了。这就是他准备那些雨桑的目的。他甚至可能会夸大事态的糟糕程度。"

"我不这样认为,"琼斯严肃地说,"它的进攻变得越来越频繁了,而且斯摩格勒占领的地方也越来越多。"

"它们在地下游走,沿着列车管道和下水道。"奥巴代说。

"不论斯摩格去哪里,那些斯摩格洛迪茨和恶臭吸毒人还有烟雾僵尸都会跟去那里,"琼斯说,"人们奋力战斗过了,但是它们的力量太强大了。雨桑保护了人们,但它们不能——或者说不会——驱散一个稍微大一点的斯摩格勒。就连电风扇有时候也做不到。当斯摩格入侵时,人们只能逃跑。伪伦敦里到处都是难民。"

"它一小块一小块地入侵,"迪芭缓缓说,"把我们分割成一个个阵营。这更容易控制。"

"你知道吗,布罗肯布洛甚至说我们不得不放弃某些区域,"琼斯若有所思地说道,"他一直在告诉我们要有序撤退。退入指定的'安全'

345

UN LUNDUN

区域。"

"他们只是想把我们赶作一堆。"赫米说。

"伪伦敦里有很多传言,"奥巴代说,"说斯摩格那边有雇佣兵。就像在公交车上袭击你和舒瓦泽的那个男人。"

"他后来怎么样了?"

奥巴代呸了一口。

"集市可丢了脸了。巴纳布斯·卡德盖尔。他为我工作好多年了。可结果他竟然是一个自称为'忧虑者'的团伙的成员。他们说他们想在这里做生意、建工厂之类的,会产生更多烟雾和排放物,所以非常有理由跟斯摩格合作,你能相信吗?他们和斯摩格做买卖。"

"他们这么告诉你的?"迪芭问。

"他们张贴小册子,在墙上画涂鸦,还做了其他类似的事情,"琼斯说,"暗中散布。但是不难发现。"

斯库尔手一挥,在空中比画出几个大字。

"确实如此。你在墙上就能看到他们的标记,"奥巴代说,"越来越多了。'E=A''排放物等于财富'。"他讽刺地笑了。

"他们说还有人看见过恶毒诅咒,"琼斯说,"跟斯摩格一起作战。"

"那是什么?"迪芭问道,她看到琼斯、赫米和奥巴代·丰恩交换了一个惊恐的眼神。

"恶心,恶心。"赫米嘟哝道。

"一个会施咒的团体,"琼斯答,"十分厉害。如果斯摩格把他们拉拢了过去,那我们的生活将会变得更加艰辛。"

"我们有没有魔法师呢?"

琼斯和丰恩忧郁地看着彼此。

"我可以从你的耳朵里变出糖果来。"罗莎在前面喊道。

"那可真棒。"迪芭嘀咕道。

伪伦敦

"不,但是我真的能办到!不只是手快而已,你晓得吗,我真的能把它从你耳朵里拉出来。"

"也许吧,"迪芭说,"这个迟早能派上用场。"

第七十章
蛛丝大厦

公交车整夜都在缓慢地赶路。为了保持外表一致,他们和其他搜寻交通工具一样,将强力探照灯对准了底下昏暗的街道,看起来就像是迈着几条光束形成的腿在走路。

其间,有一条肥硕的斯摩格巨蟒从一个沦陷区试探性地飞了出来,迟缓地朝公交车靠近。罗莎迅速将大家带到风力强劲、能够把斯摩格吹散的地方,那一圈云团才退下了。

迪芭横躺在几个连座上,把黏黏抱在怀里。这个硬纸板牛奶盒紧紧依偎在她的怀抱中。

明天,她在心里想道,**我要拿到那把伪枪炮。这样我们就拥有了某样斯摩格不愿让我们得到的东西**。她脑子里想着伪枪炮,紧接着,她忽然想到了她的家人,内心生出一股剧烈的伤感,迷迷糊糊地逐渐进入了梦乡。

她很早就醒了过来,因为公交车的锚被一团混乱的天线给缠住了。
"我的老天呀。"迪芭叹道。
还有倒霉的事,在他们附近,迪芭见到一块区域变成了斯摩格麦尔。这并非是让她屏住呼吸的一幕。

他们在一栋庞大的建筑面前晃荡。这是她从未见过的。

它的边缘不是直线形的,而是类似橡胶或者布料一样拉伸的曲线形平面。它身上有好几个地方都是陡然突起的圆锥体,柱子和锯齿像树枝一样从它闪闪发光、移动着的表面下伸出来。它看起来像一堆巨大的帐篷,疯狂地胡乱拼接在一起,像体育场一样大。它的整个外表都是白色的,或者是灰白,或者是黄白,而且还在不断起伏。

"我的老天呀,"迪芭又低声叹道,"这是一张蜘蛛网。"

无数的蛛丝盖在一座巨大的不规则建筑物上。蛛丝完全把它包裹了起来,有好几层,严严密密的,完全不透明。在它的边缘处,一缕缕蛛丝织物以各种角度伸出去,锚定在人行道和周围的建筑物上,就像是支帐篷的拉索一般。

有一两处,迪芭可以看到蛛丝之中有一些黑乎乎的、没有移动的物体。它们被裹尸布般的蛛丝包裹着,悬在建筑物中间。

"那就是威博敏斯特大教堂。"赫米说。

他们全都下车了,站到了一起,公交车在他们上方,他们站在了威博敏斯特大教堂的面前:斯库尔、奥巴代·丰恩、罗莎、售票员琼斯、赫米、言造物亮闪闪及坩埚、牛奶盒黏黏,还有预言书。

蛛丝教堂耸立在他们的面前,清晨的气流穿过它的丝线,发出轻微的嗡嗡声。伪太阳正在升起,不过它那微弱的光线无法削弱大教堂营造出的恐怖氛围。它似乎完全被黑暗吞没。

好几个地方都由弯曲的蛛丝构成狭窄的通道,通往漆黑之中,深入教堂内里。有些只比人行道高一两英尺,有些快高到了教堂尖塔的顶端。它们的尺寸不一,从兔子洞大小到地板门大小都有。

"我们必须进入其中一个通道,是吗?"赫米说。

迪芭问:"预言书,你知道里面有什么吗?"

"有黑窗妇。恐怕我也只知道这个了。"

UN LUNDUN

"好吧，"琼斯谨慎地说，"有什么想法吗？"

"首先，我们看看里面有什么，"迪芭说，"所以我们就只是先进去看看，很快地看一眼，马上就出来，然后再制订一个计划。"

他们不安地看着彼此。

这座建筑物被蛛网大帐篷给包围了。他们站在交织成螺旋状的蛛丝和蛛网拱道的下方。在蜘蛛网的遮挡下，此刻仿佛是黄昏时分。琼斯往一个圆筒状的通道里丢了一根棍子，而他们全身紧绷。

那根棍子被反弹了，随后滚了出来。

"很好，这些蛛丝没有黏性。"迪芭说道。

他们在蛛丝斜坡上蹑手蹑脚地朝洞口走去，仿佛走在蹦床上。

斯库尔不得不停下了。他那双潜水靴实在太沉重了。它们没有踩断蛛丝，然而每走一步就深陷在蛛丝里面。

"那你不得不在外面等着了。"迪芭轻声说。斯库尔垂头丧气地离开了通道。奥巴代·丰恩紧握着他那个装着剪刀、针线和镜子的盒子，仿佛它能安抚他的情绪。

"你应该和斯库尔一起出去，奥巴代。"她说。

"你确定吗？"

"是的。确保外面没有麻烦。"

"那好吧，"他轻声说，"你们千万小心。"他轻手轻脚地爬出去。

赫米、琼斯和罗莎对迪芭露出微笑。就连言造物们似乎也是如此，虽然它们没有嘴巴。

"你真善良。"赫米说。

"闭嘴，"迪芭说，"我们需要有人在外面待着。"

"噢，那是当然了。"

迪芭勉强挤出一个笑脸，然后她僵住了。有东西正从他们头顶的阴影中俯冲下来。

伪伦敦

"琼斯!"她大喊。

那东西动作十分迅猛。它从阴影中一闪而出,速度快得让人完全无法看清它的外形。它全体通黑,身形巨大,有棱角,而且肢体大张。

它朝罗莎落下,接着又升起,消失不见了。

罗莎不见了。

"不!"琼斯喊道,随即跳了起来,可是他们头上什么也没有。袭击者急升到上方悬垂的蛛网之中,躲在了阴暗处,完全不见了踪影。

第七十一章
教士们

他们望着蛛网穹顶,准备应付下一波进攻。他们没有观察到任何动静,完全不清楚那个东西去了何处。罗莎也没有留下一丁点儿痕迹。

伪太阳撒下阳光,琼斯踏着沉重的步伐,痛苦地叫喊着,不停地呼唤罗莎的名字。

"这么多年,我们一直在一起,"琼斯说,"这么多年了!在电池海之战中,她一直站我身边和我并肩作战。这么多年以来,她驾车在那些冷矿中实施搜寻和营救行动。从伦敦一路陪伴我来到这里的人就是她……"

"我明白,我明白。"迪芭安慰道。他们站成一个圈,一起努力思考要怎么办。

"噢,可恶,太可惜了,"有个人声说,"我们来得太迟了吗?"

迪芭立马转身。在她身后是两个身材高挑、满脸灰尘的牧师。他们头顶上戴着又傻又笨的教皇帽子,手里还拿着牧羊人的曲柄杖。他们看上去古老得难以置信。其中一人看上去胡子拉碴的,身上穿着颜色深得发黑的暗红色长袍。他的肤色也是同样的深肤色。另一个就跟赫米一样苍白,脸上蓄着长长的白色络腮胡子,身上穿着白色的——虽然很脏——法衣。

伪伦敦

两个男人晃悠悠地作之字行进,走着对角线,一进一退的。

"你们是谁?"迪芭问。

"说的什么?"那个面色苍白的男人把手放在耳朵边上,说,"噢,我们是谁?我是阿兰·巴斯特主教。"

"我是爱德·邦主教,"另一个人说,"我们知道这地方的秘密,等等。"

他俩的声音难以区分。他们听起来非常上流社会和德高望重。两位英国老绅士。

"容我说,"巴斯特主教说,"想必你们失去了一位同志。可怕的事件。我们深感遗憾。"

"过去我们每次遇到蛛网窗口闯入者,我们都会说一些逆耳忠言来警告他们,"邦主教说,"没能阻止他们所有人,不过至少他们得到了应有的警告。"

"现在我们年纪大了,总有些人我们赶不上。"巴斯特主教说。

"蛛网窗……什么?"赫米问。

"蛛、网、窗、口、闯入者，"邦说，"就是像你们这样的旅行者。"

"你们管理这个地方吗？"迪芭问。

"噢，不，"邦主教叹了口气，"祝福你们。"

他和巴斯特悲伤地看着彼此。他们两人身上都盖满了灰尘。他们的眼角都下垂了，都是一副疲惫不堪的模样，就像警犬一样。

"我们当过军队牧师。"

"为军队提供精神上的支持。"

"你们是一个队里的吗？"迪芭问。两人都露出震惊的神情。

"当然不是，"巴斯特主教说，"我们是死敌。"他说这话的语气同样是含糊中带有轻微的颤抖，他之前说的话全是这个腔调。邦主教审慎地点了点头。

"相当正确，"他说，"不容调解的对立关系。"两个男人态度平和地看着对方。

"你们在这里做什么？"迪芭问。

巴斯特心不在焉地把他的手杖递给了邦，邦一言不发地接了过来，然后等着他的同行人用力地给自己挠痒。

"巴斯特和我都是宗教人士，分属两边。"

"虽然这并没有阻止我踢别人的小屁股，"巴斯特满足地哼了一声，"好些骑士都相当后悔和这位大人起争执。"

"完全如此，"邦说，"我怀疑你们这群人过去也一定觉得我很圣洁。"两人回忆起过去，咯咯咯地笑了起来。

"又怎么样呢？"迪芭说。

"我们有点赶时间。"赫米说。

"抱歉抱歉。我俩想入神了。"

"不过他那伙人的安全措施实在是松懈到了令人目瞪口呆的程度。"

"我本人并不会看到铁网就停下来，老伙计。"

伪伦敦

"于是我俩就在这里撞上了。我们有相似的想法。"

"主教们,你们明白吗?听说这是一座重要的教堂。"

"结果并非完全如我俩所想,"邦一面说话,一面用手挥开那些蛛丝,"不过仍然……"

"……我们两人都没能让这地方落入敌对方之手。但后来在伪巴黎,据他们说我们因伤退出了战斗。"

"于是在一些不友好的谈话之后……"

"是的,我当时很糟糕,不是吗?"

"……我们达成了协议。我要盯着他,确保他没有宣称夺下了这个地方。"

"而我也要盯着他。直到我们弄明白谁赢得了战争。"

"一旦我们查清我们这边赢了,我恐怕你到时候就要有麻烦了。"

"你就一直这么给自己洗脑吧,"巴斯特平静地说,"很快你就会落到我手里了。"

"不过事实是……我们基本失去了和这场战争的联系。一直没有收到官方公告,都有……你说都有多少年了,邦?"

"噢,都有好些年了。"

"我想他们说的是八八战争。"预言书悄声对迪芭说,显然希望这两个主教的耳朵聋得听不到它讲话,"没人知道这场战争的任何信息,除了它真实发生过。好几个世纪以前了。"

"总之,"邦说,"曾经我们发现了教堂里的生物,也发现总有人来试试他们的运气,我们认为给出警告是正义之举。让我们有了点事情做……"

"或者至少……可以试着去做。"巴斯特有些歉疚地说。

"我们对这地方的了解和其他人差不多。我们试图纠正那些受骗的寻宝者的想法,让他们明白他们要对付什么。"

"直到我们弄明白谁是获胜者。"

UN LUNDUN

"有人会来告诉我们。"

"某个非常特别之人。"

"我们欠这个人……呃,我也不知道。"

"一切,我想的话。"

"很好,"琼斯说,"你们了解黑窗妇。那么你们得帮助我们。"

"我们不得不越过它。"赫米说。

"不用管越不越过它,"琼斯厉声说,"我们需要知道如何找到那个该死的东西。它带走了罗莎。"

"我很遗憾,"邦轻柔地说,"你的朋友已经离开了。哪怕她有千分之一的可能性还活着,我们也无法知晓是它们哪一个带走了她。"

"什么?"赫米说道,"是黑窗妇带走了她。"

"是的,不过是哪一个呢?"巴斯特说。

旅行者们惊恐万状地瞪着他俩。

"我想我们找到了你的另一个错误,"迪芭对预言书说道,"打败那个黑窗妇,得到伪枪炮,你说的。是哪一个该死的黑窗妇?"

第七十二章
窗妇的真相

"人们为什么要来?"赫米问,"你们又告诉了他们什么啊?"

"为了发财。"邦说。

"以及别靠近。"巴斯特说。

"毫无疑问,你们现在也要离开了。"邦说。

"喂,慢着,"迪芭说,"你们不明白——我们必须进去里边。我们在找一样东西。"

"噢,亲爱的,"邦叹了口气,说,"你是一个蛛网窗口闯入者。"

"我们不会给你们提供信息,不会助长你们愚蠢的贪欲。"

"那你们打算做什么呢?"赫米问道,"再说了,什么样的寻宝人会来这里?迪芭不是寻宝人。她来这里是为了伪伦敦。我们都是。"

"这个小伙子说得对,"琼斯说,"我受够这个了。那个该死的生物带走了我的朋友,现在你最好告诉我你们知道的一切来帮助我们……"斯库尔试图轻轻地拉住他。

"等一会儿,"迪芭说,"先别说话。"

她皱起眉头认真思索起来。"你们等待了几个世纪,就为了弄明白发生了什么,"她对主教们说,"因为有个特别之人会来解释。有个应到之

UN LUNDUN

人。"她掰着手指数数,脑子里迅速捋了捋预言书告诉过她的一切,她,处在赞娜的位置上,应该承担起的一切。当她想到倒数第二个任务时,她看向这两位身穿不同颜色长袍的主教。

"是我,"她说,"我就是那个应该把答案告诉你们的人。为了请求你们的帮助,我应该把那个黑白王者之冠带给你们。"

"是你?"巴斯特主教问道。

"你把王者之冠带来了吗?"邦主教问道,"那顶已经投降的王冠?"

两人看上去完全惊呆了。随后他们叽里呱啦地说个不停,迪芭都插不进去话。

"我们终于要知道了,爱德华。"

"终于,阿兰。"

"在这漫长的岁月之后!"

"这真是非同寻常……"

"祝你好运,爱德华。"

"你也是,阿兰,也祝你好运。"

他们用力地握手。

"舒瓦泽……邦主教和我已经等了你很久了,久到我们都记不清了。而现在你来了……我的老天,我们的等待终于圆满了。幸福,太幸福的一天了。"

"对我们其中一人来说是这样。"巴斯特说。一时间无人说话。

两人的脸上全都露出惊恐的表情。

"你们两人都听着,"预言书语气轻蔑地开口了,"你们真的读过预言吗?琼斯,请你把我递给他们,翻到第421页。读一下内容!"

邦费劲地阅读那些文字。

"'她身形高挑,一头秀发耀眼有如太阳和伪太阳的光辉,且……'"

伪伦敦

"很好，从那里开始，"预言书打断道，"再看看她！"

又是一阵沉默。

"或许她染了头发……"邦主教说。

"我没有染发。"迪芭说。

"她不是舒瓦泽！"预言书说。

"第一点，"迪芭说，"不，我不是舒瓦泽。她来不了。我是她的朋友。第二点，不，我没有黑白王者之冠。我们没时间去拿它。"两个男人看着她，眼中充满了深深的困惑。

"但第三点……我们仍然需要知道关于黑窗妇的一切信息。不过，作为回报，我将给你们……"她思考了一下，然后在她的包里翻找起来，"这根钥匙形状的羽毛。"

沉默持续了很久。两位主教的脸色变得越来越迷惑。他们同时伸出手，接过了帕拉基图斯·克拉维杰的羽冠。

"呃……它很漂亮。"邦主教说。

"可那是……"

"我们拿这个来做什么？"

"这不是我们所期待的东西。"

"你说**舒瓦泽来不了**是什么意思？"邦主教问。

"你不知道我们等待了多久吗？"巴斯特主教说，"我们需要知道多少……"

"是啊，但你们**不需要**，"迪芭打断了他们的话，"这有什么重要的呢？想象一下。首先，你们不得不分开，而你们不想这样做。"主教们一脸疑惑。

"好吧，"她正色道，"我确实有黑白王者之冠。它是白色的。"

邦克制不住地露出难以置信又欣喜若狂的神色。而巴斯特则露出震惊和愁苦的表情。然而，就在邦看见他同伴的表情的那一刻，他的笑容消褪

359

UN LUNDUN

了。迪芭无视了她的同伴们对她露出的惊讶神色。

"不好意思,我说反了,"她说,"王冠是黑色的。"

瞬间两位主教的表情就互换了。这一次是容光焕发的巴斯特开始为邦脸上明显的惊恐而皱眉。

"明白了吗?"迪芭说,"我不知道谁投降了。我们没有拿到黑白王者之冠。可是看看你们。**你们都不想知道的。**"

两位主教望着她,然后又注视着彼此。过了很久。

"她或许有点……"邦主教说。

"……道理。"巴斯特主教说。

"但是,被选之人,"邦主教说,"抱歉,我是说,非选之人。等待结果是我们的全部目标。"

"我们不能没有目标地活着……"

"好的,"迪芭考虑周到地说,"我知道你们的目标是什么。"

"你知道?"邦主教热切地问道。

"什么?"赫米跟着问。

"真的吗?"预言书也问道。

"如果我告诉你们,"迪芭继续说,"那你们必须要帮忙。你们得告诉我们关于黑窗妇的一切?"

"这似乎非常合理。"巴斯特说。

"那好,"迪芭说,"你们只用反过来想就好。我认为你们的目标是确定没人会给你们带来王冠。你们生活的目标是要确保你们弄不明白谁赢了。"

清风吹过,教堂外的蛛网微微晃动,发出口哨般的声响。伪太阳让一切温暖了起来。

"再次,"邦主教说,"她或许……"

伪伦敦

"……说到了点子上。"巴斯特主教说。

"我在想我们一直以来是不是找错了目标。"

"我也总是在怀疑,老家伙。"他们开始有些热情地讲起话来。

"说起这事儿我们可真傻。"

"就是!完全没必要!完全想通了!"

"我们的神圣任务就是完全确保我们没人弄明白谁赢了。"

"显然如此!简直妙绝了!就这么办!"两位主教笑容满面地望向彼此,然后又看向迪芭和她的朋友们。

"言语不足以表达我们的谢意,年轻的小姐。你帮了我们大忙。"

"很高兴听到你这么说,"迪芭说,"我还愿意额外赠送这根羽毛给你们。现在,终于——把你们所知道的关于黑窗妇的一切都告诉我们吧。也许有通过它们的办法。"

"我不太确定你们在找什么东西,"邦说道,"不过我怀疑通过它们可能不是你们想要的,而穿过去才是。"

第七十三章
非同寻常的社会生态

迪芭在漆黑中小心翼翼地匍匐前进，在棉花糖丝般的微细丝线上弹跳。

赫米在迪芭旁边，琼斯走在最前面，在蛛网通道中艰难前进。她感受到了他们的振动。琼斯在拉扯他们的陷阱。

他们不得不花了数小时来设置陷阱。这过程十分复杂。

"你觉得这些带子撑得住吗？"迪芭低声说问。

"撑得住，"琼斯低声回答，"和你之前问我的六次一样，我的回答都是撑得住。丰恩从蛛网本身扯出来蛛丝制作而成，所以我们都清楚它们撑得住。我更担心我们拉动带子时，这些圆环系不紧，但是他对我说：'琼斯，我不会教你如何保护一辆公交车。不要来告诉我如何系这些线。'"

"希望其他人都还有力气吧。"赫米喃喃道。

迪芭非常害怕。她的呼吸逐渐变快。她再次许愿老天能让她想到其他办法来实现他们的目标。她觉察到绳子有了动静，从琼斯后面、他们的诱饵那边传来的，越过了她和赫米，一直传到了斯库尔那看不见的手中。她拽了三次绳子——一切尚好。

外面，其他蛛丝通道前都站着一个人，言造物们、奥巴代，就连两位

伪伦敦

主教都在亲自用力扯动丝线,往里面传递振动,试图转移里面居民的注意力,方便迪芭、赫米和琼斯潜入。

迪芭听到了轻微的声响。一阵气流般的微弱呼呼声。就像树枝从一棵树上掉落时的沙沙声。

"那是什么?"她悄声问。赫米撞上了迪芭。

"别停下来。"他嘟囔着。

"坚持一会儿,"琼斯悄声说,"看到了一点光,还有……哇哦!"

蛛网忽然剧烈地弹动起来,迪芭待的地方突然变成一个斜坡,她滑了下去。

她没忍住发出了一小声尖叫,直到她被拉住了。琼斯一手抓着她,一手抓着赫米,把他们拉近。他让他们挤坐在他和一个被蜘蛛网覆盖的屋脊之间。他们三人一动不动,等着看他们是否被发现了。

迪芭发觉他们身后的那根绳子绷紧了,被反复拉扯着。她拉了三下,让斯库尔放心。

终于,她的心跳慢了下来,凝视着威博敏斯特大教堂的深处。

他们待在高处的一个宽敞的空间里。这里光线昏暗,上方有呈弧形张开的蛛网随风飘动,而伪太阳的光芒就透过蛛丝,模糊地照亮了此处。

这间宽敞的大堂里点缀着很多支柱,被蛛网紧裹着的宣礼塔和树木,不规则的形状把蛛网撑开了。房间的正中央有一座古老的教堂遗迹,被这个大堂衬得有些矮小。它的尖塔插入了蛛网密布的天花板,顶端的风向标被蛛丝包裹了起来。

"这里一定是它们开始织网的地方。"琼斯轻声说。

迪芭看到房间四周的黑洞:外面通道的尽头。

"那么好吧,"琼斯说,"让我们开始干活吧。"他把他们的诱饵悬垂在他们下面有一定距离的地方。赫米从口袋里取出琼斯的手电筒,把手电筒照向诱饵。

UN LUNDUN

"我们准备好了吗?"迪芭问道。她用力拉了四下绳子,表示*停止触碰蛛网*。

"快来,窗妇,窗妇,窗妇。"她低声念叨着。赫米微微晃动手电筒的光束,接着他们安静下来,保持静止,耐心等待。

在他们的同伴停止拨动蛛丝后几秒钟,有东西开始移动了。

迪芭看到有动静。有微弱的光亮在摇晃,从远处的漆黑中出现。她呆住了。

从那些通道外边,窗妇们纷纷回到这间幽暗的大房间里,四处爬动。

这里有十多只,二十多只,数不清的黑窗妇。映入眼帘的是众多被涂满油彩的木头窗框,中间嵌入了斑驳又古旧的厚玻璃,透过这些玻璃迪芭瞧见了古怪的光点。每一个窗框下都伸出了八条木制的蛛形纲动物的下肢,一边四条,不断地收紧又张开。

它们以蜘蛛般的速度和可怕的弹跳力爬动,在空中悬荡,或者是像狼蛛那样缓慢地在地上跳跃。迪芭伸出双手捂住她的嘴巴,生怕自己发出惊恐的叫声。她和赫米紧紧抓住了对方。

一只黑窗妇从黑暗中爬了出来,喷出蛛丝。它在绳子上扭曲身体,身后玻璃透出来的光旋转着,看上去有着和灯塔的光束一样的效果,两头都在发光。在窗户玻璃的另一边,迪芭能看到模糊的影子。

有一两只黑窗妇身上的窗玻璃紧闭着,露出一截断掉的绳子拖在它们的身下。那一定是之前的探险者绑住他们自己的绳子,迪芭想到。

黑窗妇不只在每个表面爬动,还将它们环节的腿肢抬得老高,在蛛网的每个圈洞之中穿梭。*它们还在彼此身上进出。*

在某种怪异的社交活动中,黑窗妇的窗户会完全打开,接着,其他黑窗妇以看似不可思议的动作,以蛛形纲动物特有的鬼祟姿态急跑起来,扭动着钻进去,随后窗户会在它们的身后关闭。其他黑窗妇的窗户会打开,接着会有木质前腿从里面摇晃着伸出来,黑窗妇纷纷出现,偷偷摸摸地爬走。

各种各样的复杂动作在此刻上演着。那些先前才吸收了同类的黑窗妇自己也爬进了同类体内。一扇窗户打开了，随即排出了三只同类，其中一个又爬进了另一个体内，同时第三只又吐出了第四只。迪芭看到一只黑窗妇从另一只身体里出来，接着又吃掉吐出自己的那只。这个过程无穷无尽。

蛛网幽暗。噪声都消失了。唯有无数木头肢体发出的轻柔咔哒声。

迪芭短暂地瞥见了一些窗户里面的东西。透过一扇窗户，她看到了一个装满裁缝的人体模特的房间；透过另一扇窗户，她只看到一片漆黑；又透过一扇窗户（这扇窗户离她近得可怕），里面看着像一汪长满杂草的黑水。

"那是什么？"赫米喃喃道，他的声音传了出去。

玻璃那边，有一副在大型褐藻中漂浮的骨架。

迪芭还看见了其他死人。在一些窗户里，许多尸体躺在众多空旷的房间里和走廊上，还有绳索拴在他们的腰间。所以那就是失踪的蛛网窗口闯入者的下场。

假如他们设法逃出了他们先前进入的那扇窗户，那他们也有可能会进入到另一只黑窗妇体内，而他们进入的那只黑窗妇先前也进入过另一只，

UN LUNDUN

又从别的黑窗妇体内退了出来。就算他们躲开了某些窗户里的那些死亡领域，寻宝的人们也有可能在一扇又一扇的窗户之间无助地流浪，在一连串陌生的房间里寻找食物和水，永远也找不到返回伪伦敦的路。

"你没有看清那只带走罗莎的黑窗妇的样子，是吗？"琼斯轻声问道。迪芭和赫米摇摇头。他们没办法找到那一只黑窗妇。罗莎不在了。

第七十四章
钓蜘蛛

"千万别拉错绳子。"迪芭轻轻地自言自语。有两根绳子：一根会带走重物，一根收紧线圈。

他们的陷阱就悬挂在他们下方。

"没有相似的两只。"主教们说，并且将黑窗妇的窗玻璃里面有无限个房间告诉了他们。有隐约可见的怪物、气体、芥黄色的肢干，也有可望而不可即的穹顶、阶梯、宝库，那些闪闪发光的钱币吸引了那些愚蠢的冒险家。

"我们得绕过它们，而且我们仍旧不知道伪枪炮在哪里。"丰恩说。

"你们觉得它会在哪里？"迪芭说，"它被放在某个无人能及之处吗？"

丰恩无助地摇头。

"它就在其中一个窗户里。"赫米说。他和迪芭相互点点头。

"也许……我们可以骗过它们，"迪芭最终说道，"你说过，没有相似的两只？"

"每一只都不同。我们见过有一把剑的，有火焰的，有铁矿的……"

UN LUNDUN

"……有树冠的……但是每一只都不一样。"

"因为我们要寻找特定的一只黑窗妇,是吗?"迪芭说,"而我们认为我们都知道那只窗妇里有什么。所以,如果每一只窗妇都不一样,那么你们觉得,假如它们看到了一只**和它们完全一样**的窗妇,会有什么样的反应呢?"

"它们会很讨厌。"琼斯说。

"它们会很**喜爱**,"赫米说,"或许它们会,你懂的……我的意思是,这儿没有窗妇宝宝,对吧?或许它们一直在等候。"

"我赞同你。"邦和巴斯特异口同声地说,不过邦主教指着赫米,而巴斯特主教指着琼斯。随后两位主教露出一副被吓到的模样。

"这不重要,"迪芭说,"如果它们都有领地意识,那么它们会攻击对方,或者如果它们很孤独,它们想要,你懂的,不论是什么。不论哪种情况,只要这里有和它们相似的黑窗妇,它们都会过来看。"

利用公交车上的工具,琼斯从一栋空置楼房上卸下了一扇窗户。

按照邦主教和巴斯特主教的描述,他们把细薄的边角料都给锯掉了,并且锤打了一番。当地人把他们当作一群愚蠢的寻宝人,无视了他们。他们小心翼翼地往窗框上加上了零件,不让玻璃有一丝裂缝,而玻璃的后面被钉上了一块平整的木板,木板上有赫米根据透视法画出的夸张线条。

"现在关键来了。"迪芭说。

琼斯从他的工具套装中取出了一根烙铁,烙铁上有一个把手,就像一把手枪。他把它卡在一根细长管道的一端,就像一根枪管,然后把它固定在了玻璃背后的木板上。

这物件很粗糙。它的八条腿在老旧的铰链上僵硬地晃动着。当他们晃动它时,它浑身都在随意地扭摆。不论如何,它是一个有八条腿的窗户,窗户后面有一把看着像枪的东西。

"这会有用的,"迪芭说,"它们之前一定没见过这样的。"

伪伦敦

诱饵就在他们下方晃动，在黑暗的蛛网中。过了很长一段时间。

每次一有窗户蜘蛛靠近，迪芭就凝神望向它的窗玻璃里面。有一只里面什么都没有，而有一只里面是一间装满灯的房间。第三只靠近时，迪芭眯着眼睛，接着她感觉到琼斯的手伸到了她的嘴边，为了防止她尖叫。

当那只黑窗妇升起之际，窗玻璃里面有锤击声传出，迪芭瞧见了一个憔悴疲惫的女人。她身形瘦削，头发一团乱，且发丝干枯，她瞪大了眼睛往外看。当那只窗妇经过时，女人直直地望向了迪芭和赫米。

光线逐渐减弱。

"到傍晚了，"迪芭悄声说，"也许这办法没有用。"

"也许会有用，"赫米说，"我可以让诱饵更醒目一点。"

他把手电筒对准诱饵，琼斯把他们那只笨重的蜘蛛从一边摇到另一边。它的肢干晃动起来。迪芭看见好几只黑窗妇停止了爬动，紧接着朝他们这边赶来，她感到既欣喜又恐惧。

"它们来了。"赫米轻声说。

从大厅后方的阴影里出现了一只黑窗妇，它靠近的速度很快。

"我们引起了它的注意。"琼斯小声地说。

那只黑窗妇迅速地离开了阴影，多条腿敏捷地跑动着，动作让人十分不安。它一跃跳到天花板和地板之间的一根丝线上，朝他们俯冲下来。它射出蛛丝，在他们的假窗妇的正前方悬荡。

这只窗妇在空中悬荡着，八条腿大张。从它的窗玻璃里面，迪芭看到了一个光芒微弱的电灯泡，一个灰暗的小房间，窗户对面的那面墙上固定着一把巨大的老式左轮手枪。

"就是它！"她抓住琼斯的手，"它就是那只有伪枪炮的黑窗妇！它是跳出来检查它的复制品的。我没见到其他体内有枪的黑窗妇。"

那只黑窗妇急躁地移动着。琼斯轻轻地摇晃诱饵，让它的腿发出哐啷的响声。其他窗户蜘蛛看到了,随即也扭动肢干,发出声响。

"它生气了吗?还是在搭讪?"赫米低声问。

"不知道,"迪芭说,"不过它有兴趣了。做好准备。"

迪芭握住那根通向通道外面的绳子,做好给斯库尔发出讯息的准备。

那只黑窗妇抽搐起来,身体晃动着。*别看得太近*,迪芭心想到。

不过他们用烙铁和管道胡乱拼凑而成的手枪似乎已经足够糊弄那只性急的黑窗妇了。它收拢它的八条腿,等了一秒,随即朝诱饵迸射而去。

它抓住了那只悬挂空中的假窗妇。

"就是现在!"迪芭喊道,紧接着琼斯用力拉动了第二根绳子,正如奥巴代·丰恩之前向他展示的那样。丰恩围绕诱饵所编织的诸多线圈全都收紧了。这个圈套精准无比,令人满意。那些粗实蛛丝系的死结锁得十分紧且非常牢固,将那只黑窗妇的腿稳稳地固定成了一个可笑的牵线木偶。

瞬息之间,一切都乱了套。

被抓住的窗妇奋力挣扎,在绳索的一端摇晃着,企图挣开。琼斯一时没能站稳,差点被拖下横档。

其余的黑窗妇开始朝他们跑来。

"快!"迪芭大喊,"救命!"

赫米狂乱地扯动绳子,迅速地扯了好几下。"一旦超过四下,"他们之前告诉过斯库尔,"意思是*快拉*。"

延迟的几秒时间让人急得如同热锅上的蚂蚁。接着,绳索被用力地朝后拉动,而那只被抓的黑窗妇开始升高。

迪芭、赫米和琼斯竭尽所能地爬上通道的斜坡。他们的俘虏跟在他们身后,依旧在挣扎想要逃跑,它的窗户开了又关,就像一张咬人的嘴。

黑窗妇跟着他们进入了通风井。迪芭感受到了身后脚步逼近的振动,尽管心里非常恐惧,但她也没办法走得更快了,直到在离通道出口最后几米时,斯库尔用力猛拉那只被拴住的窗妇,将迪芭和琼斯迅速地从它前面拖走。

他们逃出了威博敏斯特大教堂,到了斯库尔拉动绳子,奥巴代、言造物们和主教们焦急等待的地方。他们捕捉的那只黑窗妇失控地滑向一边,在它的桎梏中、对着这个如今看来毫不起眼的假货,浑身愤怒地抖动着。黏黏围着它打转,挑衅地对它喘着粗气。

"我们没事!"迪芭说,"别放跑了它!"

巨大的木制蜘蛛腿从洞里探了出来,寻找它的猎物,但是黑窗妇们都出不了教堂。除了他们抓住的这只。

第七十五章
虚无处的房间

"它真的很不高兴,是吧?"奥巴代·丰恩说。

此时入夜不久,星辰在他们的头顶移动。借着近乎满月的月酿的光辉,跟广场边上的窗户透出的微光,迪芭和同伴们检查着他们的俘虏。巨大的修道院蛛网般的曲线在风中轻轻摆动。

"我简直难以置信。"邦主教说。

"我简直佩服至极。"巴斯特主教说。

那只窗妇发出咯咯的响动,浑身发抖,仍旧死死压住那个诱饵。斯库尔一直让绳子紧贴拴住它的绳结,绷得紧紧的。

"让我们继续吧,"琼斯说,"这该死的家伙力气很大。"

他们纷纷看向窗玻璃里面。

窗户后的房间内,有水平悬挂的灯泡,手枪所在的那面墙在他们下方,看上去就像地板。枪的旁边是一扇关闭的木门。只有大约六英尺远。

"所以那就是伪枪炮了吗?"赫米问道。

那是一把巨大又沉重的左轮手枪,就和迪芭在牛仔电影里见过的那些一样。她靠近窗玻璃,而窗户此时跟嘴巴似的一开一合。他们全都向后

伪伦敦

一跳。

"对,所以我们得弄来一条带钩子的绳子,把它抛进里面,把枪勾出来。"奥巴代说。

赫米拿了块笨重的木板卡住了窗妇的开口,气得它更冒火了。它被困住的几条腿全都抽搐起来。斯库尔奋力控制住了它。

"赶快!"琼斯咬紧了牙关喊道。

"来了,来了。"奥巴代说。他将蛛丝绳索套在一根弯曲水管上,把它当作钩子丢进了地面上张开的窗户里,然而就在这时,奇怪的事情发生了:绳子一进入窗口,立马就变了方向,斜向一边了。

奥巴代站在原地,脸上露出一副惊呆了的表情,看上去傻乎乎的。他手上的绳子变成了L形,从外面朝窗口垂直下去,进了窗户就会朝右垂下去。

"这是因为下面是不同的方向,"迪芭说,"我们下方对着的不是地板,那是一面墙。我们需要一个硬东西。"

他们用主教们的手杖试了试,但是都够不到伪枪炮。

"不管你打算做什么,"琼斯一边说,一边看着挣扎的斯库尔,"能请你们动作快点吗?"迪芭听到那块撑开黑窗妇的木板发出了嘎吱声。

所有人都面面相觑。

"我知道了。"迪芭说,在她重新考虑之前,她叹了口气便踏入了敞开的窗户里面。

迪芭在滑进窗口时听到了她的朋友们发出的惊骇尖叫。

她体验到了一次十分怪异的坠落,在窗玻璃上变换了方向。她扭曲着身子,随后滚到了小房间的地板上。

"迪芭!"她听到有人喊,"快从里面出来!"

她望向窗口外的朋友们。他们俯视着她,从她的角度来看,好似直接从一面墙伸了出来,出现在窗玻璃的上方。赫米着急地将手伸进窗口。

UN LUNDUN

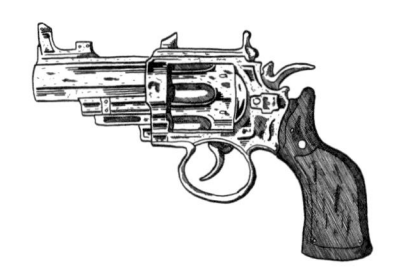

"等我一下。"她说完就转身了。

她对面那堵墙上挂着伪枪炮。

迪芭走过水泥地面,她的朋友们都在催促她赶快。她觉得自己的感官敏感得不自然,她能注意到脚下,以及四周墙上的裂缝。她听到了灯泡在嗞嗞作响。

当她双手握住墙上那把伪枪炮的木制手柄时,她做好了准备,以为这把枪难以拿动。随即她举起了它。

它比她预料的轻。她把枪拿在手里掂量,查看它的情况。

枪身上伤痕累累,到处都有斑驳的铁锈。她弹了弹中间的子弹仓。它转动了起来。

迪芭仍能听到灯泡的嗡鸣,但此刻她无法确定那嗡鸣是不是灯泡发出的了。她一动不动地站在原地,侧耳倾听。她闭上了双眼。*我可能会睡着*,她想。

噪声是从门后面传来的。她伸出一只手放在了木门上。房间里,或者走廊上,或者房外,有什么东西在发出不清楚的声音。*我可以打开门,出去探索一番*,她心想道。*如果这地方有伪枪炮的话……那这里说不定还有其他什么东西?也许有一个花园。或者一间卧室,或者一台电话……我可以再给家里打个电话!*

她缓缓地把手落在了门把上。

有东西在干扰她。她暂停下来,思索着那会是什么东西。她想不到哪

伪伦敦

里出了错。

"迪芭，"她听到有声音在喊她，并且意识到这是第二次了，"转身。"

她照做了，出于好奇，她的朋友们全都透过窗口，向下斜视着她，召唤着她。

窗户外面的景象在剧烈地晃动，迪芭明白这一定是那只黑窗妇快要挣脱束缚了。她打了个冷战，忽然清醒过来。她之前仿佛在某个梦中。

"快！"赫米喊道，"快离开那扇门！"

就在他说话的同时，迪芭看见那只黑窗妇的一条腿摆脱了桎梏，出现在她的视野中。它把那个木头楔子从它的窗扇下拉了出去。

窗户狠狠地关闭了。

迪芭看见了她朋友们脸上的恐惧，但她没法儿再听到他们的声音了。一切似乎以慢动作移动了起来。迪芭举起手臂，使出全身力气将那把伪枪炮投掷了出去。

那把巨大的左轮手枪在空中转动，飞越了整个房间，直接冲出了一面窗户玻璃的中心。窗玻璃炸裂为成百上千的碎片，窗妇一阵痉挛。

迪芭狂奔起来。

她看到了赫米，然后看到了奥巴代，然后是琼斯，再然后是言造物们在左轮手枪进入伪伦敦时用力抓住了它。它径直飞向了他们，而在它的飞行轨迹的最后，它暂停了一瞬，随即朝她飞了回来。

她还有半截路就能跑到破碎的窗户口了，接着她瞧见黑窗妇的另一条腿也挣脱了出来。

伪枪炮调转了方向。她和伪枪炮冲对方奔赴了过去。就在她摸到锯齿状的玻璃棱角那一刻，她看到一位主教的曲柄杖不知从哪儿伸了过来，勾住了左轮手枪的护弓，一下就把手枪带离了她的视线。

迪芭双手捂脸，尖叫着一头扎进了那扇被打烂的窗户。

375

UN LUNDUN

她觉得自己的头发扫过了仍然嵌在窗框里的玻璃的边缘。她紧闭着双眼。就在她穿过窗口之际,迪芭感到重力在她身周拉扯她,忽然间,她在上升,而不再下落,紧接着一双双手抓住了她,帮助她稳定下来。

"迪芭!迪芭!你没事!你回来了!"她的朋友们全都围在她的身边。她睁开了眼睛。

"发生了什么?"赫米问道,"你之前看上去太怪异了。"

"我不知道,"她答道,"我有点像在梦游。房间里有古怪,它……那只黑窗妇在哪里?"她大声地问。

"逃走了。"琼斯回答。

就在迪芭跳跃出来时,它一下就逃到了几英尺远的地方,就是之前斯库尔踢到了它的地方。那只受伤的窗户蜘蛛拖着身子远离了那个坏掉的诱饵。它一瘸一拐地爬回了威博敏斯特大教堂附近的阴影之中。迪芭的心跳放缓了。

"我差点,"迪芭说,"差点就要对它感到一点歉意了。"她依次拥抱了她的每一位朋友,包括两位主教(两位主教显然高兴极了)。那把左轮手枪就挂在邦主教的拐杖上。他炫耀似的转起了枪。

"我们拿到它了。"迪芭说。

众人都挤在伪枪炮的周围。

"这真令人难以置信。"赫米说。

"它看上去很古老。"奥巴代说。

"有人真的成功把宝物带回来了。"邦感叹道。

"一个成功了的闯入者,我从没想过我真能见到这个。"巴斯特主教说。

"这把枪里没上子弹,"琼斯说,"子弹在哪里?"

众人选择沉默不语。

"不好意思?"迪芭开口了。

"我……它……"琼斯结结巴巴地说,在她的注视下十分迟疑。他指着伪枪炮。"……没上……子弹……"

"弹药,"迪芭说,"对。"说完她便晕倒了。

第七十六章
烟雾中的住民

迪芭没精打采地搅动着她剩下的食物。

她醒来之后,她的朋友们在她周围惊慌失措地对她嘘寒问暖,他们一致认为是过度劳累以及过度压力让她晕厥的。她似乎没有什么不良后果。

两位主教带了食物回来,还从附近的空置房屋里弄来了一张桌子和几把椅子,他们就在大教堂前面坐了下来,开始进食。这是这么长一段时间以来,迪芭吃到的第一顿热饭,尽管这是一顿奇特的混合野餐——鸡蛋、土豆、沙拉、咖喱、巧克力、橄榄和意大利细面——这顿饭让她感觉好多了,至少身体上舒服多了。

然而,她的心情还是没怎么好转,她的朋友们也没有。历经千辛万苦取得了伪枪炮,却意识到他们缺少至关重要的部件,这个发现让他们所有人都陷入了糟糕的情绪中,忍不住吵起来。

"我们必须回去。"琼斯忿忿地瞪着剩下的晚餐,重复了一遍。

"你疯了吗?"奥巴代说,"我们连子弹在哪里都不清楚。"

"子弹肯定和伪枪炮在同一个房间里,"琼斯说,"这合乎道理。"

"非常有道理。"邦主教说这话的同时,巴斯特主教也在说话:"我们无法做出这种假设。"他俩瞪着对方。

伪伦敦

"迪芭不会再回到那里面的。"赫米说。

"没人要求她去,"琼斯说,"这次我去。"

"这太冒险了。"奥巴代说。

"没有子弹,这把该死的枪就毫无用处!"琼斯说。

"我们该怎么找回那只黑窗妇?"赫米说。

"它是一只昆虫,不是一个哲学家!"琼斯激动地大叫,"我们只用再次设下同样的陷阱抓住它。"

争论一直继续,一次又一次地重复。迪芭自然是一言不发地静坐着,就如她一开始那样,漫无目的地摆弄着伪枪炮。蜘蛛不是昆虫,她想道,但她什么都没有说。此时此刻,她不觉得纠正会有帮助。

她摩挲着伪枪炮光滑的枪柄,效仿琼斯之前向她展示的那样打开了转轮,紧盯着六个空洞洞的弹巢,仿佛看了几千遍了。再一次,迪芭极力回忆——在那个黑窗妇背后的房间里——她有没有见到任何子弹——或者子弹之类的东西。

然而,她不得不再次承认,那段时间的记忆很模糊,她不能确定。不过她不认为她看到了什么。

月酿的光辉洒在这午夜的晚餐上,也落在起伏的蛛丝上。在昏暗的光亮下,迪芭瞧见有一小队蚂蚁爬过桌子,一边排成一条线传递食物碎渣,一边在剩余的饭菜中翻找。

她的朋友们一直在争吵。迪芭无视了他们。

她试图弄明白这把枪要如何装填弹药。迪芭挑出一颗大葡萄籽,随意地把它丢进其中一个弹巢里。当她看到一只蚂蚁出现在她手指上时,她一下站了起来。

它快速爬了下去,顺着果汁的痕迹逃跑,然后顺时针绕着转轮的边缘急匆匆地爬着,紧接着又钻进了其中一个弹巢。

"快出来。"迪芭嘟哝着说,摇晃起伪枪炮。她从她的口袋里取出了一小块碎纸,拧成一条,把纸条轻轻地伸进弹巢内,想把那只蚂蚁赶出来。

UN LUNDUN

纸条堵住了弹巢,与此同时,那只蚂蚁从纸条下面爬了出来,又径直钻进了隔壁的那个弹巢。迪芭咒骂了一句。

她从桌上拿了一撮糖,撒在转轮的边缘,试图把那只昆虫引诱出来。接着她突然心生疑虑,她舔了舔手指。那些颗粒并不是糖,而是盐巴。

迪芭又骂了一句,然后笑了,虽然笑容里一点高兴的意思都没有。事情就是偏不遂她的愿。

她的朋友们继续朝对方发泄坏脾气。先前制作诱饵窗户时,有些多余的碎砖被随意丢弃在地上,迪芭从里面捡了一块,用叉子在砖块上刻出了她名字的首字母。她让小碎屑落在桌子上,聚在她旁边,然后把这些碎屑赶进了伪枪炮里。

众人的争吵令她烦躁。她叹了口气,拨弄她的头发,挑出一根发丝缠在她的手指上,然后拔出这根发丝继续拨弄,又气呼呼地把发丝揉成一小团,丢进了装置里。她不耐烦地吸了吸鼻子,随即闭拢了转轮,那只蚂蚁还在里面。她转动转轮,看着它旋转,之后又"啪"的一下让它停住了。

"这毫无意义。"她宣布道。所有人全都安静了下来。"我们哪里都不去。"

"我们应该搞快点。"琼斯说。

"那我们要做什么?"迪芭问道。她把伪枪炮拿在手里,翻来覆去地查看。"我们都累坏了。你说得对——没有子弹这就是个傻不拉几的玩意儿。但是其他人说得也对——我们不能现在回去。"

"那些预言家和恩布雷丽斯莫很快就会追踪到我们。"赫米说。

"我知道,但我们能做什么呢?"迪芭说,意思是*我也累坏了*,"也许明天我们就得乘坐公交车回到谈话镇,我要再次给我的爸爸妈妈打电话,再给我们挣点儿时间,之后我们会回到这里,做点什么。"

她摆弄着伪枪炮的转轮,想把里面的垃圾倒出来。

转轮没有动。

她皱起眉头,又试了一次,还是没成功。

"琼斯,"她喊道,"能请你打开这个吗?"

"你做了什么?"他不满地说,同时在使劲地打开转轮,"它堵住了。"

"我什么都没做!"迪芭厉声反驳道,随后又吞吞吐吐地开口,"我看了看它是怎么工作的。"

琼斯用力拉转轮,又扭了扭,但是转轮纹丝不动,关得死死的。他瞪着她。

"你往这里面放了什么?"他问。所有人都望向迪芭。

"没什么。只是……些东西,"迪芭说,"我在看它是怎么工作的。把它给我。"她拿回了枪,再次试着亲自动手打开转轮,还是失败了。

"好吧,或许现在问题解决了,"赫米说,"要是伪枪炮坏掉了,那搞来子弹也没什么意义了。"

"我能修好它!"迪芭偏执地说,"就给我一分钟。"

"迪芭。"奥巴代·丰恩温柔地唤道,伸出一只手轻轻地放在左轮枪的枪管上。"停下来。"

她望着他,她的手松开了。就在那一瞬间,一声尖叫传来。

头顶有东西划过,发出了类似一群沉重的羽翼拍打的噪声。天空中一齐传来好几个狂躁的声音。几乎是在同一时间,迪芭听到了不同却相似的声音喊出了"老板""消息""里面""来自""走"和"你"这几个词。

"那是什么?"就在她说话的那一刻,一阵癫狂的笑声和疾驰的声响在她头顶逐渐减弱。同时还有一阵嘎吱声,以及咚咚重击的噪声。

"那是什么?"琼斯问。

"那会是……"邦主教开口道。

"……恶毒诅咒吗?"巴斯特主教接话。两人看向对方。

"传递?"邦主教说。

"来自老板的消息……"巴斯特主教说。

"'里面你走'。他们在和谁说话?"邦主教说。

UN LUNDUN

又传来了一声尖叫。

家家户户的灯全都亮了起来,各种造型的人们都睡眼蒙眬地望向外面。

受到惊吓的伪伦敦人都跑了出来。他们穿着睡衣睡袍、T恤短裤,甚至有的什么都没穿。他们都跑了出来,儿童、成年人、老人;动物和人,还有伪城市里介于动物和人之间的生物。

"发生了什么?"邦主教大声问道。

广场边的一个角落后面,威博敏斯特大教堂颤抖的轮廓外的黑暗中,一团巨大的阴影从夜色中慢吞吞地靠近。

它看上去黏嗒嗒的、灰扑扑的,感觉很病态。它像一只笨重的猫咪似的悄无声息地行走着。它的躯体如同没毛的肥胖狮子,但它的头却是一个正在盲目摸索的巨型蚯蚓。它在砖头、混凝土和柏油路之间探头探脑,通过某种化学渗出物把它们都变成了覆盖料。

它身后有一群像蛆一类的白色物体,驱赶着它们面前那些被吓坏了的当地居民。它们身后仿佛拖着一团黑影。随即迪芭意识到它们是行走在一团正在不断扩张的肮脏烟雾中。

伪伦敦

"是斯摩格洛迪茨!"她大喊起来。

这些家伙和之前冒牌恩斯特伯威胁她时讨好冒牌恩斯特伯的那群斯摩格洛迪茨非常不一样。那群斯摩格洛迪茨的个头很小,行动也很迟缓,都只在毒雾的浅滩中行动。可眼前的这些,是出自斯摩格深处的变异体,它们的体形很庞大。

在那个狮子虫的后方还有很多怪异的物种。几条粗短的毛毛虫的腿上面有一张看似没有鼻子的人脸;有个飞在空中的物体一边长着蝙蝠的翅膀,另一边长着秃鹫的翅膀;一只猩猩的胸口上长着许多没有眼白的大眼睛;还有其他各种奇形怪状、不可思议的物种。它们全都没有颜色,要么长着巨大的眼睛,要么就没有眼睛;要么长着笨重的、过滤器式的鼻子,长着巨大的鼻孔,要么就没有鼻子没有鼻孔。

这群斯摩格洛迪茨啃咬、抓挠、吞噬路上的楼房,对房屋进行了各种摧残,一些动作太慢、没能及时逃脱的伪伦敦人也遭了殃。在恐怖的尖啸声中,他们被拉进了滚滚而来的斯摩格黑雾之中便消失了。此情此景,迪芭看了心中大骇。

"它们要占领这片地区了!"赫米说。居民们绝望地从他们身旁跑过,

UN LUNDUN

带着他们随手抓住的几近于无的财产。有几个居民手中紧握着雨桑,惊恐万分地撑开了雨桑,像盾牌一样举着它们。

"大家都快走!"琼斯高呼道。迪芭抓住一位老人的包袱,帮助他逃到广场边上。斯库尔每只胳膊下夹起一个摔倒的逃亡者,把他们拖出了马路。迪芭和她的朋友们都在极力帮助伪伦敦人逃跑。

"我们必须离开这里!"赫米喊道。那群斯摩格洛迪茨和它们呼吸的斯摩格浓烟来势汹汹。斯摩格浓烟的外缘已经蔓延到了蛛网,蛛网诡异地晃动着。从一些黑洞洞的通风井口,能看到好几条木头关节的腿在抽动。

它们要出来了,迪芭心想道。一旦斯摩格进去了,它们就没办法呼吸

了。很快，街上就会爬满受惊的窗户蜘蛛，那些猎食者般丑陋的庞然大物和令人窒息的气体也会弥漫所有街道。居民们根本无处可逃。

她也无处可逃。

"迪芭！"赫米大喊。一个长着触手的山羊似的斯摩格洛迪茨冲迪芭猛扑过去，速度快得她来不及逃跑。她发出一声绝望的哭喊，举起了双手。

第七十七章
果实

迪芭忘记了她还拿着伪枪炮。她都没意识到自己拿枪对着那些斯摩格洛迪茨，也没意识到她扣下了扳机。

一声威力无比的"嘭"响起，烟雾瞬间炸开。

迪芭向后飞去，越过了桌子，她手中仍握着那把左轮手枪。伪枪炮的枪管里射出了某个物体，还带出了一星点儿火焰，同时她感到手上刺痛，耳中轰鸣。

就在这一刻，远处传来一阵隆隆声。那些大楼摇晃了起来。

一株植物从路面下破土而出，发出震耳的咆哮，把混凝土震得四分五裂，抛向空中。

还有其他植物，不知从何处来的，突然出现在这株植物旁边和上面，形成一排排低矮的灌木丛，随即发育为一片小树林，沿着大楼侧面和安全柱攀升，并且沿着路灯螺旋前进。

迪芭瞠目结舌地看着眼前这一切。不到一秒钟，这条街上就爬满了根须和茎干，它们宛如熔化后的蜡液，飞快地蔓延，同时发出引人注目的轰响。接着众多巨树不知从哪里突然费力地拔地而起，迅猛拔高，抖落一地的尘土与残渣，瞬间就变得高大茂密，无处不在，填满了街道和广场。树上都结出了果实。

刚才还在逃命的伪伦敦人纷纷停步，惊讶万分地看着这一幕。迪芭站起身，注视着伪枪炮。她跌跌撞撞地走向那些藤蔓。

"迪芭！"琼斯喊道，"小心！"

"没事，"她答道，"你看。"

那些藤蔓靠近斯摩格洛迪茨，自身缠绕起来，摆好阵势，然后在斯摩格洛迪茨周围瞬间变大。

那些斯摩格洛迪茨被植物的茎干紧紧缠绕、层层包裹，都快成木乃伊了，完全动弹不得。肯定有上百个斯摩格洛迪茨被困在迪芭开枪时它们占领的区域。

她看见了那个山羊和鱿鱼的混合体。在她靠近时它就看向了她。她很确定它在竭力挣扎，但它能做到的不过是让挂在它下巴上的葡萄微微晃动而已。

在它后面，斯摩格洛迪茨们越来越贴近彼此，藤蔓在不断增长，在被困的和没有被困的生物上方彼此相连。它们结出了奇特的形状，在那群怪物头上展开。在斯摩格洛迪茨挣扎时，它们的叶子和果实也摇晃起来，不过也仅此而已了。

迪芭鼓起勇气踏入了这条新出现的绿边连廊。

"迪芭！"奥巴代喊道，但她已经朝两个被困的斯摩格洛迪茨的间隙走了一段距离，斯摩格洛迪茨就在藤叶之下望着她。她怒气冲冲地从一个长得像角的怪物上扯下了一串葡萄，它一直瞪着她。

"这看起来就像是长了好些年的藤架，"预言书惊奇地说，它被夹在了奥巴代的手臂下面，"'葡萄弹'这个词有了全新的含义……"

斯摩格黑雾在他们周围乱窜，似乎又迷惑又惊慌。它猛地伸出数条茎状烟丝，就跟蜗牛的眼睛似的，在空中扫荡，探查困住它的子民们的藤条。它盘成一根圆柱，在聚集的伪伦敦人周围狂奔，停到了迪芭面前。

UN LUNDUN

迪芭感觉得到它在犹豫。她动作缓慢而浮夸地举起伪枪炮,瞄准了它。

斯摩格黑雾逐渐聚拢,随后一溜烟地涌入一条后街,离开众人视线,消失无踪了。

"噢,我的,老天啊。"赫米呢喃道。

"你把它吓跑了!"奥巴代·丰恩惊呼道。

迪芭注视着伪枪炮。它的枪管依然在冒烟。迪芭凑近闻了闻。有葡萄的气味。

伪伦敦的居民们开始试探性地探索这些刚刚诞生的树林。

"我可不进去,"琼斯喊道,"你不知道这些葡萄藤什么时候会消失。"

"对我来说它们看上去相当结实,"迪芭说,"再说了,就算它们真的消失了,我敢打赌那些斯摩格洛迪茨也不会在这儿晃悠了。没有了斯摩格毒气,它们就不会留在这儿。"

人们穿着睡衣,好奇地靠近。"那是……?"他们问,"你是……?"迪芭没搭理他们。

"它还是打不开吗?"琼斯检查伪枪炮时,她问道。琼斯摇了摇头,又把枪还给了她。

"你确定你不记得里面进去了些什么东西吗?"他问道,"顺序是怎么样的?还记得吗,它是逆时针转动的。"

"记不太清楚了,"迪芭答道,"我想我的头发在旁边那个弹巢。不然就是盐巴……我以为那是砂糖,你看……里面也有一些其他东西……"

琼斯笑着摇了摇头。

"好吧,要是我们知道的话,"他说,"我们就可以试着好好计划一下了。但是我不确定我们做不做得到,或者这么做有没有意义。我们已经明白了斯摩格害怕那个东西,难怪……"

"你应该使用这个。"迪芭忽然说,并把枪递给了他。他立马扑倒在地。

"别这样伸出来!"他说,"保险扣上好了吗?"

迪芭笨拙地举着枪,拧动他提到的那根小杠杆。琼斯站起身来。

"你知道怎么使用这个,"她说,"我开枪之后,到现在手都还疼呢。我不知道该怎么用这个。你拿着吧……"

"我不知道如何使用它。我是近战斗士。必要时刻我会弹动弓弦,仅此而已。我不是神枪手。每次你开枪的时候——假设你必须再次开枪——疼痛会减轻的。这是*你的*伪枪炮,迪芭。我不能从你那儿把它拿走。"

"听听你的话,"她跺了跺脚,"你说得好像我是舒瓦泽似的。我不是。这不过是一把枪,而你应该使用它。"

"重点是……"赫米有些犹豫地开口。迪芭看到他和其他人都站在了她身后。

"斯库尔,"迪芭说,"你清楚怎么战斗。"她把伪枪炮递给了他,枪柄对着他。斯库尔举起一只手套,摆动一根手指,表示**拒绝**。

"重点是,"赫米说,"我们全都认为你能发挥出它的最大威力。"

迪芭无助地看着这把左轮手枪。旁观的人越来越多,她听到了他们的一些窃窃私语。

"……吓跑了斯摩格……"她听到有人说,"……舒瓦泽……"

"不。"她立马否认道,随即转身面对他们。她把伪枪炮别在了她的腰带上。"我*不是*舒瓦泽。我完全没被选中。"

"在这里没法再保持低调了。"预言书说。

"我懂,"迪芭说,"我们必须马上离开,即便现在还是半夜。"她本以为自己会十分疲惫,而事实上她完全没有这样的感觉。

"你说得对,"琼斯说,"我们需要隐秘地启程。我们现在不能乘坐公交车了……即便我们有人能驾驶它……"他抬头望向在头顶飘浮的交通工具,面色苦闷。

好奇的居民离他们越来越近,他们压低了声音。

"现在要去哪里?"赫米问。

"我们已经拿到伪枪炮了……是时候朝斯摩格进发了。"迪芭说。

众人突然安静下来。旅行者们互相看着对方。

"就……像这样。"赫米说。

"就像这样,"迪芭说,"先前那些斯摩格勒会想办法找到其余的同伙。用不到一两天,完整体的斯摩格就会清楚这一切。它会明白我们会冲着它去。到那时,它可能会转移。

"赫米,你还记得它说过的话吗?之前它抓住我们的时候?它一直在聚集力量。它一直在等候,但我觉得它不会再等下去了。那么我们也不会。"

她看向她的同伴们。

"瞧,"她说,"我得走了。它想要我死。它在追捕我。你……"她犹豫了一下,"你不必来了……"她的声音渐渐消失了。

琼斯很镇定,奥巴代很害怕,赫米很兴奋。要看出斯库尔、怼和亮闪闪的情绪要困难一些,不过她忽然很肯定,他们都很坚定。就连黏黏都像小狗一样在兴奋地转圈圈(虽然它可能会被看作是小猫)。

"我想我是代表我们所有人说的,"赫米说,"别再说了。"

迪芭松了口气,高兴地笑了。她为他们感到骄傲,也为自己感到骄傲。

"不管怎么说,你还欠我钱。"赫米补充道。

"那么我们上路吧,"她说,"回到恩斯特伯的工厂。把手举起来,斯摩格。"

"两位主教,"迪芭说,"我们必须要离开了,悄悄地离开。我们能请你们帮一个忙吗?"

"当然了,亲爱的姑娘。"邦主教说。

伪伦敦

"只要我们做得到。"巴斯特主教说。

"我们需要确保没人跟踪我们。还有……若是有人听说了这个,他们会来问很多问题。有备而来的商人们。还有……预言家们。如果你们什么都不告诉他们,我会真心实意地感激你们的。"

迪芭有些不安。预言家是伪城市的学者和魔法师,是伪城市里最有权威的群体,历经数代的研究和守护而德高望重。不过两位主教对此没有表现出一丝一毫的惊异。

"完全没问题。"邦主教说完就抬手用羽毛钥匙在嘴边做了一个扭动锁定键的动作。

"别露出这么惊讶的表情,亲爱的。"巴斯特主教说。

"任何能智取黑窗妇的人必定聪明绝顶,不过任何打退斯摩格的人……呃……"

"肯定是我们的朋友。"

"毋庸置疑。"

迪芭微微点头,满心感激。

"还有一件事,"她说,"可能这是斯摩格第一次没能攻下它想要的区域。人们会很激动。告诉他们尽情享受这片葡萄园。"她露出一个不怀好意的笑容。"但要是斯摩格卷土重来了……人们不应该使用他们的雨桑了。他们应该找寻其他办法。

"我明白他们不想放弃雨桑,因为雨桑真的有用。不过说真的,这样会更加安全。他们不能相信那些东西,也不能信任它们的老板。这里的人们都认识你俩。要说服他们很艰难,但是你们说服的居民越多,那结果就会更好。我保证。"

他们沉默了很久。

"真够奇怪……"邦主教说。

"……我们相信你。"巴斯特主教说。

"我们会尽力而为的。"

第七十八章
夜之眼

圆月撒下光辉，街灯发出橙色的光芒照亮路面，迪芭和她的同伴们在陌生的街区间穿梭。

他们走过后街，爬上了墙，穿过了篱笆上的洞，穿过了那些空置的房屋。他们远离人群，避开了几个走夜路的伪伦敦人。让迪芭感到很焦虑的是，他们不得不每隔一阵就暂停一会儿，等斯库尔赶上来。斯库尔沉重的靴子走起来安静得惊人，但当他踢开挡住他们去路的一些笨重得可笑的东西时却能填补声音的空白。有一次琼斯领着迪芭穿过一个通道，有一瞬间她以为那是一桩桩树干，随后才发觉那是一条条支撑起众多房屋的粗硕而精瘦的大腿，轻柔地互相摩擦着。

"快跟上！"琼斯轻声说，"得赶在他们有人坐下来之前。"

当伪太阳的外圈如同海蛇的脊背一般出现在地平线上时，迪芭不得不承认就算是她也需要停下来了，随后他们找到一栋内部到处是过梁、其余一无所有的楼房，在里面睡了一觉。当晚他们再出发时，月酿已是满月。

"快看呐。"赫米说。

"别走了。"奥巴代说。

"你们疯了吗？"迪芭说，"快走吧！"

伪伦敦

"我们别无选择，丰恩，"琼斯说，"我们要更谨慎。满月的晚上确实不应该赶路。"他对迪芭解释道。

"为什么呢？"

"有东西出没。"

他们走过一栋完全由黑胶唱片建成的混乱大楼。这里有一个房子大小的玻璃立方体，里面全是啮齿动物挖出来的泥土。在一处陡峭的山顶，他们眺望整座伪城市，城市点缀着闪烁的色彩。迪芭看得到数英里之外的地方，看得到十一月树和伪伦敦之眼的灯光，还有曼尼菲斯特车站的那些高塔。

目之所及，千里之外，房屋燃烧的火光让夜色支离破碎。

"斯摩格。"琼斯说。

"你觉得是斯摩格放的火吗？"迪芭问，"有些地方甚至都没挨着斯摩格麦尔。"

"有可能是忧虑者那伙人，"琼斯说，"斯摩格的盟友。"

"它在壮大自己，"迪芭说，"四处放火，吸收烟雾。它企图变得更强大，因为它清楚决战时刻来临了。"

就算大火被扑灭了，残留物依然会持续产生大量黑烟。

"他们必须扑灭大火，"迪芭说，"可那么做也会壮大斯摩格。"

有东西从他们上方掠过。他们一下变得紧张，但是天空依然晴朗。那个声音再次出现了。

"那是什么？"预言书问道。琼斯拿出他的铜棒。

"我没看见斯摩格，"他悄声说，"但是有东西在跟踪我们。"

他们跑下山，进入一堆房子似的建筑之间的狭窄街道。这里是伪伦敦的一块空置区，他们的脚步声在没有照明的街道之间空荡地回响。奇怪的声音不断传来。

他们飞快地跑进一条小街，斯库尔在他们中间急匆匆地走着，尽可能

UN LUNDUN

快地拐进狭窄曲折的道路。飞掠的猎物在头顶上呼啸而过。它们在他们身后发出微弱的嘟嘟声和嗡嗡声,但突然间又似乎在混乱地绕着圈,从前面发出声音。

迪芭拐了个弯之后,忽然震惊地停下了。她头顶的夜空,有一团明明灭灭的绿光在靠近。它们宛如游鱼一般飞旋转动。

随着它们逐渐靠近,她终于看清了它们是什么。闭路电视摄像头,在空中如同一架架小型飞机似的急速飞翔。它们包围了旅行者们,所有黑洞洞的镜头都转向对准了他们。迪芭听到了摄像头转动所发出的微弱的机械杂音。

旅行者们拐进一条小巷子。摄像机群无情地瞪视着这一小群探险家。尤其是对着迪芭。

迪芭和她的朋友们拼命地跑,但是太迟了。摄像机已经锁定了他们,没办法甩掉了。

"它们是谁?"在狂奔中迪芭问道。

"大概是预言家派来的吧。"琼斯说。他咒骂起来。他们进入了仓库之间的空旷地段,只有一条路进出,太空旷了,都没地方躲藏。他仰望夜空,找寻飞行船或者陀螺直升机。

"我可不这么认为。"赫米说。

突然响起一阵震耳欲聋的隆隆轰鸣。大地摇晃起来。所有人都大叫出声,站不稳身子。

在这片空荡场地的角落里,混凝土地面震动着裂开了,随即炸开,激起大块石头和碎渣满天飞。一个巨型物体正在地底扭动,即将破土而出。

那是一台正在转动的螺旋钻孔机,体积有尖塔那么大。它后面还有一台大型圆柱船体,从它凿出的通道中滑行出来。

它射出蓝光,从地面升起,发出一串熟悉的"乌拉——乌拉——"的响声,在它的侧面,迪芭看到了伦敦市警察局的标志。

伪伦敦

这个钻洞机器堵住了出路。舱门"嘭"的一声打开了。两个男人探出头来,头上戴着伦敦警察局那标志性的圆顶头盔。

"迪芭·乐珊,"一人高喊道,"你被捕了。"

第七十九章
建筑弹药

又一张熟悉的面孔出现在那两个身穿制服的男人身旁。

"就是她！"莫加特洛伊德高声喊道，"就是那个小巫婆！抓住她，警官们！抓住她！还想把我绑起来吗？"他冲着她尖叫。

"莫加特洛伊德先生，"高个子警官严厉地说，"先生，你可以别这么激动吗？这可不是在帮忙。"

"我们之前就*应该*杀了他，看到没？"赫米愤怒地说。

船体的大门打开了。身穿防爆装备的警察出现，迪芭和她的朋友们同时靠近彼此。

"乐珊小姐，"舱门处的警官喊道，"我是总警监桑德，这位是彻尔警员。我们和伪伦敦监察处特别警察部队一起行动。我们想要问你一些问题……"

"为什么？"迪芭问道。

"你被逮捕了，"彻尔怒气冲冲地说，"因为恐怖主义。"

"什么？"迪芭惊呼道。那些闭路电视摄像头一窝蜂地回到了警方的交通工具后面。

"好了，好了，"桑德说，"我来处理这个，警员……"

伪伦敦

"你要和我们走,丫头。"彻尔冷笑道。

"听到了吗?"莫加特洛伊德大声说,"你永远无法出狱!这是专门为你争取的!"

"你俩可以住嘴了吗?"桑德小声说,"听我说,乐珊小姐,我对发生的一切感到很遗憾。让我们想办法解决……"

"我才不是恐怖分子!"迪芭大声嚷道,"听着……他们在帮助斯摩格。是**他**。他们要放任它占领整个伪伦敦,他在其中推波助澜,还有他的老板,环境部的部长,而你们还要帮他们……"

"你好像把我误以为会在乎这个的人了。"彻尔说。船里出来了三个男人。"你被吓坏了吧,莫加特洛伊德?"莫加特洛伊德连忙点头。"好了,丫头,你是一个恐怖分子。你让我惊恐害怕,还好有2000年恐怖主义法案第41条,我只需要这个就够了。我想,是时候采取点合理的暴力手段了。"他把自己的指关节捏得咔嚓响。

"还有她的那些狐朋狗友!"莫加特洛伊德叫嚷道。

"探员,莫加特洛伊德先生,**够了**,"桑德说,"我们对当地居民没有执法权,只要他们不妨碍我们,我不会去找他们麻烦。"

"**除非**,"彻尔大叫起来,"除非我弄错了,那是约瑟夫·琼斯,原本是杜丁人,现在没有固定居所。你是伦敦人,小伙子,这意味着你要落到我手里了。**带他们走!**"

一排排警员手持警棍,开始朝旅行者们逼近。

"他们怎么会认出你?"迪芭低声问,"不是有镇静效应……?"

"有规避镇静效应的办法,"琼斯一边后退,一边说,"这群家伙绝不会原谅售票员们,他们也不会让自己忘了我们……"

警察全都冲上前,面目都隐藏在他们的面具背后。"乐珊小姐,"桑德催促道,"听我说。我知道你在担心很多事情,你可能以为自己惹怒了不少人,而我想向你保证,**我们可以保护你。**"他注视着她。"你明白了吗?让我来帮助你。"

迪芭瞪大了眼睛。**保护……**？她默念道，内心仿佛忽然被戳了一下。

"他们人太多了，"琼斯担忧地说，"我们冲不出去。"

"**你的家人要怎么办呢**？"桑德的声音越过那群缓缓逼近的警察，"你不想回到他们身边吗，嗯？"他看到惊讶与希望在她的脸上浮现又消失。"你知道吗，"他温柔地说，"我有一个和你差不多大的女儿，我无法想象她要是待在这里，我会有多难过。"他伸出了手。

迪芭瞪着他。他的话让她回想起她的家人并**没有**在担心她，而这件事情忽然让她难以承受，她感到很痛苦。她看着桑德，他在冲她招手。

"噢，他们，"彻尔说，"其余三个，按你的说法是你们这边的敌对分子。要是他们惹了任何麻烦，我会很乐意将他们缉捕归案，拘留他们。"

"放过他们，"迪芭冲他尖叫道，"你不能……"

"探员，闭嘴，"桑德生气地低声斥道，"乐珊小姐，现在安静地过来吧，让我来解决这一切，我向你承诺——我保证我们会忽略那张关于你父母的文件。还有你别像这样看着我！"他礼貌地对彻尔补充了一句，眼睛一直瞪着他，直到他的助手郁闷地低下了头。"没人想要遇到这种事，乐珊小姐。你绝对不会想要遇到这一切！我明白其中有很大的误会，而我能把它捋清楚。让我来处理吧。与此同时，在我们的监护下，你会很安全，而且你能见到你的爸爸和妈妈。我们会确保你们所有人的安全……包括你的朋友。明白了吗？"

"保护……"迪芭最终开口。桑德打了个响指，那些警察停止了前进。

"保证。"他说道。

"迪芭……"她听到赫米在喊她，但她没有答应他。

我可以回家，她想道，*我可以见到爸爸妈妈，他们会想起我*。

"求你了，"桑德对她说，"我实在受不了看见你这样善良的年轻姑娘身陷这种麻烦事里。"在一分钟之内，他看了彻尔一眼，翻了个白眼，接着摇摇头对迪芭表示歉意。"现在过来吧。"

"这也太浪费时间了，"莫加特洛伊德说，"把他们都抓……"

伪伦敦

"闭嘴,"桑德打断了他的话,"这是警方的行动,我是负责人。"他再次伸出他的手。"乐珊小姐,让我带你回家吧。"

家,迪芭想道,她油然而生一种甜蜜和酸楚交织的情绪,差点让她发出声来。

万一……她发觉她真的在考虑,万一我答应了呢?

万一我跟他走呢?

万一我不回去,他们会带走爸爸妈妈,她看到彻尔脸上那不悦的表情,不由得绝望地想到。还有哈斯!我不能让他们这么做……而就算我现在能够摆脱他们,我也很可能没办法逃掉……那样爸爸和妈妈会进监狱,而他们甚至都不知道为什么,他们会忘了我。

一想到这里,她就害怕不已。她看向桑德,努力不去看她的同伴们。

我怎么可能打败斯摩格呢?她想道。哪怕有琼斯、赫米,还有其他人?它比我们强大太多太多了。可要是有整个政府和警察来保护我……那我就安全了。

"迪芭,别。"赫米劝道,他的声音听起来是那么害怕。

她没法去看他。此时唯有沉默。警察在等。

"我很抱歉,赫米……"她最终说,她的声音细若游丝,"我的家人……这是回去的路……看看我们,看看我。我甚至不是舒瓦泽。面对斯摩格我们没有胜算……但是他们能保护我,还有赞娜。"

"你没看到他们的所作所为吗?"琼斯也劝阻道。

"还记得斯摩格说的话吗?"赫米着急地说,"它还是会去找你的!"

"可是他们能保证我的安全。"她悄声说。

"快来,乐珊小姐,"桑德轻轻地说,"让我送你回家。"

这是我唯一的机会,迪芭想道,赫米、琼斯,别恨我,这是我唯一的机会……

她朝那位耐心等待的警官迈出了小小的一步,然后她看到了琼斯的面容。看到他的神情,她皱起了眉头。我不能就这么一走了之,还让他们带走他,她想道。可……可要是我现在不回家,那我就再也回不去了。

迪芭将目光从彻尔那张得意又残忍的脸上移开,转向桑德。他依旧向她伸着手,他的脸上满是担忧。来吧,他轻轻地动着嘴巴,然后迪芭走了过去。

就在下一瞬间,一秒钟不到的时间里,她瞧见他飞快地瞥了莫加特洛伊德一眼,同时莫加特洛伊德也望了他一眼。就只有短短的一瞬,但迪芭绝不会认错那个表情。

桑德和莫加特洛伊德是在共享胜利的时刻。

迪芭完全停止不动了。

"怎么了,乐珊小姐?"桑德问道,声音还是同样地温柔,然而迪芭充耳不闻,惊惧地转身回到了她的朋友们身边。

桑德那一闪而逝的表情让迪芭回想起了她早就明白的事情。

他们是同伙,老天呀,她想道。是莫加特洛伊德的老板给桑德下了命令,而莫加特洛伊德的老板早就和斯摩格勾结在一起了。那个曾经企图活活烧死迪芭的斯摩格。

他们都是斯摩格那边的,迪芭心想道。他们所有人!这是一个陷阱!桑德许下了各种承诺,我甚至打算放任他带走我的朋友们。太愚蠢了!他们全都是一伙儿的。

他们为了什么竟然要保护我?

她转过身,双手举起伪枪炮,直视桑德的眼睛,然后开枪了。

"嘭"的一声巨响。这一次迪芭极力想要站得更稳些,但还是没控制住,被震得向后倒去。

火焰从伪枪炮中射出。

警察周围的地面升起无数砖块。砖块骤然向上升起,一层叠一层,快得难以置信,砖块、砂浆、砖块、砂浆,一排排地垒砌,一面面墙不知从

伪伦敦

何处猛然出现在眼前。

这些墙体陡然挡在被惊呆了的警官面前，一面矮墙，接着是一面高墙，然后是一栋高楼，一阵爆米花似的噪声响起，瓷砖突然就出现了。迪芭瞥见了桑德被包围时露出的惊恐表情。

在不到一秒的时间里，这块空地就被一栋高大坚实的楼房填满了，房子里还关着莫加特洛伊德和那些警官。他们的交通工具离得有点远，里面空无一人。

建筑的墙面上有窗户的轮廓，但窗户上都没有玻璃。它们看上去仿佛是数十年之前就被砖头给堵住了。一扇门的残骸被覆盖上了混凝土。

迪芭和她的同伴们瞪着那栋建筑。砖头和石板瓦上都有裂缝，看着有些老旧了。火灾安全梯从屋顶蜿蜒而下，黑色铁栏杆装饰华丽但老式。

所有人都看着迪芭。就连黏黏都拿它的开口对着她。迪芭小心仔细地上好了伪枪炮的保险扣。

"我想，"她慢吞吞地开口，"我之前一定是往伪枪炮里弄了点砖头渣。"

她看着她的同伴们。"我很抱歉。"她小声地说。她并不是在说弹药的事情。

"没关系。"琼斯说完露出了微笑。

"他们也会像那样劝诱其他人的，"赫米说，"我们会把你安安全全地送回家。真正意义上的安全。"

"并且，"琼斯说，"我们会及时地送你回家。"

迪芭探听着那栋新房子的动静，但她什么都没听见。她扭头避开朋友们的注视，不让他们看到她在舍弃回家的机会后的表情。即便知道那是一个陷阱，她依然感到无比失落。

"也许所有房间的门都被堵住了，"她勉强开口说道，"但他们最终还是会逃出来。你们也听到了他们说的话，我的爸爸妈妈会被抓起来……"

UN LUNDUN

"等会儿。"琼斯说。他快步走向那个钻洞机器旁。

"他们本来就不打算帮助你。"赫米轻声对她说。他把手放在她的肩膀上。"等他们盘问清楚,他们会把你交给斯摩格。你的家人们也是。"

"我明白,"迪芭勉强说道,"我都明白。只是……这是我看到的第一个可以回家的机会……很难拒绝……"

"罗莎才是对机械很在行的那个人。"琼斯一边发牢骚,一边烦躁地研究着那台机器的巨型螺旋钻鼻下方的金属板。他打开了其中一块金属板,对着里面乱作一团的电线和凸起的圆管"啊哈"了一声。"不过就我的经验,"他继续说道,"这东西基本上不适用于发动机啊。"

琼斯紧紧抓着一把电线,咬着牙,皱着脸,接着往机器内部输入了一股强劲的电流。霎时间火花乍现,"砰"的一声巨响,大量烟雾从舱门以及机器的缝隙飘了出来。此外,琼斯还扯出了一把半熔化的焦黑电线。他眨了眨眼,后退了一小步。

"现在,"他说,"我没法说这台机器完全无法修复了,不过我觉得这些故障会耽误他们一阵子,哪怕他们逃出了自己的新住所。为你心爱的亲友们争取到了一点呼吸空间,迪芭。所以让我们好好利用这点,把你送回他们身边,即刻马上。"

他们从火灾安全梯爬上了屋顶。

在赶路时,迪芭看了一眼钻洞机,思考了一下这支秘密队伍来伪伦敦的频率。这个机器不仅挖穿了地壳,还穿过了异境,穿过了城市与伪城市之间的膜。*如果我爬到它的背后*,迪芭好奇地想,*进入地道……我能这么一直走回家吗?*

可就算这样成功了——她对此感到怀疑——赫米说得对。这依然是个陷阱。斯摩格仍旧会来追捕她,而那边没有人会保证她、她的朋友赞娜和她的家人的安全。她有工作要做。伪伦敦需要她。

迪芭和她的同志们在深夜黎明前降落在喧闹的街道附近,街上到处都

伪伦敦

是商贩和派对人士。迪芭发觉她很怀念人群。

即便在这样一个闹哄哄的地方,充斥着各种不同音乐机器的旋律,伪伦敦人甚至穿着比平常更让人惊诧的化装服和五彩缤纷的服饰,迪芭感受到了一种她第一次来到伪城市时都没有过的不安。人们互相怀疑地看着对方。

"伪太阳马上就要出来了,"琼斯说,"我们得找个掩体。"

"看,"赫米说,"你能感觉到吗?人们知道发生了什么。看见了吗?大家都很紧张。谣言传出去了。你在威博敏斯特的所作所为可能已经传开了,迪芭——人们可能不知道该相信谁了。但他们知道出事了。他们知道一场战斗即将来临。甚至有些人认为他们将不得不选边站。"

第八十章
会合地点

伪太阳升起时，他们就躲进那些空置房屋里。在迪芭的迫切要求下，他们出行时，坚持走偏僻的街道，并且尽可能快地赶路。伪城市的态势变得越来越紧张了。

哪怕考虑到赶夜路这一事实，街上也没几个人。有一次，琼斯在前方侦察情况时疯狂地摆手，于是旅行者们急忙躲到一条小巷深处，直到一群筒者部队走过巷口。它们把武器露在外面，跟着一位迪芭隐约记得之前在隐秘桥上见过的预言家。

"他们派出了部队。"琼斯低声说。

在有些区域，街道上会有神情紧张的巡逻居民，这些居民手里挥动着临时制作的武器，身上穿着匆忙拼接的盔甲。大部分伪伦敦人都清楚大战即将来临，但还不知道战斗的双方分别是谁，更不清楚他们自己属于哪一边。

"别忘了忧虑者，还有他们收买的那些人，"预言书说，"就这点而言，斯摩格的盟友有很多。"

秩序正在崩溃：一次，旅行者们看到了远处月酿光下若隐若现的长颈鹿头，离他们常去的狩猎场非常之远。还有一次他们以为自己看到了伦敦警察那标志性的头盔,他们就迅速躲避,直到那些警官——假如他们真的是——走远。

"那是他们吗?"迪芭问道,"同一批人?他们逃出来了吗?"但是没人看清了:每个人都很紧张不安。"我们继续赶路吧。"

赫米带领他们来到一栋混乱建筑,由各式各样的垃圾构成了怪异的墙体。

"你怎么知道这里是安全的?"奥巴代问。

"现在最好避开那些明显空无一人的房子,"赫米说,"我们不希望有人随便闯进来。但那?"他指了指前门台阶上的几处划痕。对迪芭来说,它们看起来很随意。"这个记号来自一个当地的……协会。安全屋。屋内会有一些食物;不会有人监视。"

"什么协会?"奥巴代问。

"购物狂协会。"迪芭说。赫米笑了。他用力抵住门,从衣服里飘了出来,穿过入口,从里面打开门,又伸手拿了衣服,在让大家进去之前,他穿上了衣服。

迪芭伸头靠在烤箱门的黑玻璃上,那是嵌在混乱墙体上的一部分。她把手撑在一个嵌入透明砂浆里的破面包机上。

"这是*小偷的藏身处*!"预言书喘着粗气说。奥巴代吃惊地抬起头来。他惊恐地点点头,张开嘴想说点什么——这时他的目光碰到了赫米。赫米扬起了眉毛。

"哦……"奥巴迪最后对预言书说,"别出声。"

这栋位于昂顺柯街的房屋处在一面官方新闻墙的对面,新闻墙上展示着各种头条新闻,比如,"*一切顺利!准备好撤离受袭区域!*"以及各种命令,比如,"*将一切异常的行动和年轻姑娘上报给预言家们!这关乎你们自己的安危!*"

就和他们之前见过的几面新闻墙一样,这面新闻墙也被涂满了抗议的

UN LUNDUN

涂鸦，而且不止出自一个团体之手。有人喷涂了 E=A。它非常鲜明，十分醒目，而在它的旁边写着："预言家，你们这群叛徒，逊毙了！"迪芭念念有词。还有人写了："*被选中之人，罗泽！*"

"看那里，"迪芭叹了口气，她从窗帘下面偷偷看着。天空还没有完全亮起来，空中公交车还开着探照灯四处搜寻。"赞娜还是得到了所有的功劳。"

迪芭被一阵嘀咕声弄醒了，随即大惊失色地坐了起来，屋里此时挤满了新来的人。旅行者们已不再是唯一的住户。

一小队当地人加入了进来，他们和大部分伪伦敦人一样穿着多元而古怪的时装，小声地跟赫米和其他人说着话，而斯库尔留意着门边的动静。他们极其兴奋但安静地向迪芭和她的同伴们问好。

"遇到你真是太神奇了，"一个身穿昆虫羽翼制成的长裙的大块头女人说，"我能看看伪枪炮吗？当然了，要是不方便的话……"

"你在大教堂那里救了我的姐姐，"一个比迪芭矮小、却比琼斯肌肉更发达的男人说，"我一直想对你说声感谢。"

"我不明白预言家们是怎么回事。"第三个人说，这人身材高挑，戴着厚厚的眼镜，迪芭看不出这人的性别。"当然，像我们这样的人从来没有和他们完全达成一致过，但我以前总能理解他们。但现在他们的指令毫无道理。"

"这些人是谁？"迪芭低声问她的同伴们，"他们为什么会在这里？"

"流言传得比我们走得快。"赫米说。

"怎么会？"迪芭说，"我不想任何消息比我们走得快……"

"这里之前就已经有很多传言了，"赫米说，"人们肯定都已经担心好一阵子了。而现在他们有事可做了。这里的第一批人将是那些……购物狂，或者认识他们的人，但我敢打赌消息已经传开了。"

"我们得摆脱他们。"迪芭嘟哝道。

伪伦敦

"为什么?"琼斯问。迪芭瞪着他。

"什么?你在……如果他们能找到我们,那么预言家们也能!我们必须尽**快**赶路,还要尽量悄悄地。"

"人们都知道你在赶路,"琼斯说,"一些——首先,是接触到的人们,就像这些人——可能会找到你。之后会有更多人。也许有些人你不能信任,但并非全部。"

"别恐慌,迪芭。"赫米说。他握住她的肩膀,坚定地注视她。"你难道没看见吗?"他温柔地说,"你已经清楚战争一触即发。这些人是你的盟友。不止如此。

"他们是你的军队。"

迪芭慢慢冷静了下来。她再次看向这些新来的人。他们很可能是不法之徒。他们有几个人在伦敦会很引人注目,至少有两人会让街道停滞,引来超自然调查员。

在这里,他们只是普通居民,而且他们是来加入*她*的。没有人带了雨桑,她注意到。

她拘谨地朝赫米笑了笑,然后他也对她露出微笑。

"好了,大家。"她开口说。室内逐渐安静。有一瞬间她感到恐慌,话语卡住她的喉咙。*每个人都在等待!*她心想道。

紧张只持续了一秒钟。她咳嗽了一下,然后露出了微笑。

"感谢你们前来。谢谢你们的加入。让我来告诉你们这一切是怎么回事。"

迪芭的说明其实有点让人难以理解,不过好在有奥巴代和预言书帮忙拦截和引导,还被新来的居民愤怒和厌恶的争论所打断。琼斯在地板上画了一幅粗略的地图。至少有两条明显的路径可以前往恩斯特伯的工厂,而他们两条都不打算采纳。

UN LUNDUN

"会合地点就在这里。"琼斯说。他并没有说出他们最终要去的地方。

"那么听好了,"迪芭说,"从现在开始,不论你们要去哪里,不论你们是否和我们一起去……告诉大家。不要相信雨桑。寻找其他的战斗方法。如果斯摩格来袭,一定要战斗。别像预言家说的那样放弃。"

他们离开这栋房屋时,迪芭看到那些变更的涂鸦自动修正了。在"被选中之人,罗泽!"的前面,有人加上了"未"。

"快看那个,"她高兴地说道,"现在它写对了。"

赫米脸红了。

那天夜晚出现了更多大火,预言家们的舰船就在上空,还有冲突战斗的声响。黑色的天空中有更深邃的黑暗:执行邪恶任务的斯摩格。有好多次,旅行者们走走停停,奔走又隐藏。

有两次,不知从哪儿来的车前灯不动脑子地从旅行者们的周围扫过。"还没有得到雨桑吗??"官方的涂鸦说道,"明天——布罗肯布洛及恩斯特伯将分发最后一批!!!保护你自己免受斯摩格侵害!"

迪芭听到远方的斯摩格洛迪茨在嚎叫,还有金属子弹和煤块的野蛮击打声。

"今晚有好多大规模袭击,"她说,"它们是要恐吓所有人,好让最后的人们都去拿雨桑。"

"为什么他不派雨桑来跟踪你呢?"赫米低声说,"他可以用雨桑填满大街小巷。"

"他不能,"迪芭说,"要是人们看见到处都是雨桑在走动,又不知道缘由,那他们会起疑的。布罗肯布洛明显需要所有人相信它们。直到最后一刻。"

清晨来临时,天空并不如它应有的那般明亮。

"那是什么?"赫米嗅了嗅。空气中有很刺鼻的气味,像不完全燃烧的

伪伦敦

气味。

"是废气,"迪芭说,"就像汽车排放的气体。我跟你打赌,那是从伦敦来的。莫加特洛伊德一定逃出了那栋房子,回到了他的老板那里……他们已经把那些烟囱都转向这边了。为了壮大斯摩格。他们知道出事了。"

"今天他们要把最后的雨桑都分发出去。"赫米说。

"斯摩格要发起最后的攻击了,"迪芭说,"要是只有雨桑来保护人们,那人们会对布罗肯布洛言听计从。也就是说会对斯摩格言听计从。"

"如果我们不挡他的路的话。"赫米说。

"所以说,"迪芭说,"我们要确保一定要挡他的路。"

天亮后,他们不得不停下来;当然,他们睡不着觉。他们听着安全屋之外的那些被吓坏了的伪伦敦人的动静。

"亮闪闪,坩埚,"琼斯召唤道,"你们能走在前面传递消息吗?做好万全的准备?"

迪芭看着它俩离开。她眯起眼睛——两个言造物身上有古怪,她想道,它们的表情有变化,有点神志不清醒。她摇摇头。一定是她太紧张了。不耐烦让她不正常了。她毫无目的地一遍又一遍检查她背包里的东西。她对她的父母喃喃低语,想象着他们的回应,直到琼斯过来告诉她到时间了。

伪太阳的顶点刚刚没入地平线,这时琼斯打手势让旅行者们蹲下,躲在一堆垃圾桶后面。他指向天空。

在他们上方的高空中,有一个热气球下面悬挂着一艘皮划艇,皮划艇里有一个男人。他手里拿着一根竿子,竿头挂着一根三四十英尺长的金属线,还有一个燃烧的轮胎。

"那个愚蠢的疯子在钓鱼!"奥巴代愤怒地低吼道。

"斯摩格!"他们刚好能听到那个男人的声音,"斯摩格,快来啊!我有一个提议!"

409

"他到底想干什么?"赫米轻声说。

"交易。"预言书说。

"我想要和你讨论一些事项,"男人大叫道,"我是忧虑者的一员,不过我……我对事况的发展并非完全满意。"

从几条街之外的斯摩格麦尔那里升起来了一条烟柱。它如饥似渴地吞下那个轮胎产生的烟气,跟着天空中气体飘过的痕迹前进。一大团斯摩格吞没了那个燃烧的橡胶轮胎。

"很好,你很喜欢这个。"男人说。他看了一眼他的船尾,他的声音在颤抖。"那么,那我希望你考虑以下选项。我很愿意按照你的条件,建立并管理,至少两座燃烧橡胶的工厂,前提是你和我是合作者……"

两丝烟雾从那一大团斯摩格中升起,飞到了船的高度,和那个钓鱼的男人面对面。迪芭几乎能听到他在那里倒吸气的声音。

"噢,不。"她压低嗓门叹道。

"我们什么都做不了,"琼斯沉重地说,"不要动。我们不能让它看见我们。"

"所以……"男人说,"你怎么说?"

斯摩格把轮胎、鱼竿和那个男人猛地拉出划艇。男人坠落时发出惨叫。斯摩格一口吞了他。迪芭没有听到他落地的声音。或许斯摩格抓着空中的浮尘一起把他带走了,回到它的大本营里消失不见了。

"我们注定会失败,"在艰难跋涉中,迪芭对赫米呢喃道,"我们无法和它战斗。"

"这不是你真心的想法,"他轻声答道,"不是。"

迪芭没有说话。或许我们还是投降好,她想道。她看着那把伪枪炮,差点笑了出来。这个派得上什么用场呢?

渐渐地,迪芭注意到了一阵噪声。一阵人群低语的嘈杂声。

琼斯领着他们穿过一片区域,这里到处是仓库和混乱大楼,还有一些

伪伦敦

伪伦敦的一次性怪异建筑——像瓶子以及散热器一样的建筑,配上篱笆就像翻倒的钉子。

他们拐过最后一个拐角,眼前出现了一条河流。迪芭倒吸了一口气。

让她屏住呼吸的并非是这流淌在灯光与爬动的群星之下的暗沉河水。并非是这一连串聚在码头边上、非同寻常的奇特船只。并非是这些桥梁和水边建筑那看似被剪切出来、贴在天空之下的非凡剪影。甚至也并非是亮闪闪和坩埚满是骄傲地站在一位等候的白头船夫的两边这一幕。

而是其余所有人。

码头上聚集了有一百多人,成群结队地站在这里。他们所有人都望着迪芭。

"我告诉过你消息会传开的。"赫米说。

有穿着套装和破烂衣服的男男女女,有并不完全是人类的人们,还有一些完全不是人类的。她看见一个男人和一个女人穿着和琼斯一样的公交车售票员的制服。有一个人穿着极限图书管理员的服装。还有好些动物和其他言造物。

"乔·琼斯。"亮闪闪旁边那个男人说。他比琼斯年长,有一头灰白的长发。他握了握琼斯的手。

"巴托克·弗卢曼。"琼斯招呼道。

"我收到了你的消息。"弗卢曼说。他展开了那张纸条。迪芭读出了琼斯写的内容。

巴托克!纸上写着,请你准备好船!很多船。乔·琼斯。就这些。

"船。"弗卢曼说,指着河堤那边聚集的很多划艇。看到聚拢过来的这么多人,他挑起一边眉毛。"你可没告诉过我,你要带这么多朋友过来啊。"他说。

"我们之前也不知道。"迪芭说。

411

第八部分

战斗之夜

第八十一章
特殊船只服务

迪芭微笑着面对等候的伪伦敦人。他们带着弓箭、棍棒,以及一些外表奇怪的枪炮。迪芭站在屋顶上俯视他们,她看到一小群人里有一个女人毫不费力地以手撑地倒立着。

"瓦石行者。"迪芭欣喜地叫道。她朝他们挥手。"这里对你们来说是不是有点高?"她说。他们开怀地笑了。

"花了点时间适应呢。"其中一人说。

"我们很多朋友都反对,"另一人说,"说离开屋顶区不会有好结果。但是当我们听到那些传言……那么,我们必须来。"

"你最终做到了,是吧?来到*真正的*屋顶上?"

"这里吓死人了!但是,特殊时期,不是吗?你是迪芭。艾妮萨·巴德莱德认为她一直听说的那个人就是你。呃,起先她以为是舒瓦泽,不过在她听到更多消息后,她改变了想法。她向你问好。我们很愿意来……和你一道战斗。"

迪芭不得不转过身去。眼前这一小支军队让她有些哽咽。

离志愿军的主体稍远的地方,站着一群飘忽的幽灵镇鬼魂。他们看上去有些不安。

UN LUNDUN

"哦，我的天哪，"她说。"赫米，是议会的那个人！也许他确实看到了屏幕上的内容。"

"他还带来了其他人。"赫米说。

赫米步伐坚定地走了过去，开始和这个胖乎乎的鬼魂以及同行的其他人交谈。这个议会官僚局促不安地笑了。迪芭看见他们模糊的幽灵嘴唇在动。她看见赫米指着一些人，为了让她听到，赫米说话的声音断断续续的。他胸有成竹地站在那里讲话。

"不明白他们在做什么，"有人咕哝道，"就算他们有心帮忙，但也什么都做不到。"

迪芭不满地看着说话的那个女人。她故意大步地走向那群鬼魂，站在赫米身旁。赫米介绍了她，尽管她听不见他说的每一个字，但她观察赫米的嘴型，在必要时刻伸出手去和他们握手，仿佛她真的能摸到他们伸出的幽灵手掌似的。

"还有其他人正在赶来。"赫米说。

"我非常感激你们前来，"她说，"我真的很高兴看到你们在这里。"

"烟雾越来越多，"她说，"火灾越来越多。斯摩格在极力扩张。烟囱里源源不断地排出浓烟。很可能是忧虑者搞的鬼，点燃了熔炉壮大它。"

"我们需要分头行动，"琼斯说，"没必要集中我们所有人突破……"

"琼斯！"

他们惊住了。一个预言家从人群后方不断靠近，预言家前面还有一个筒者保镖。

琼斯一跃而下，抽出了他的武器，然而最前面的预言家举起了她的双手，说："慢着，慢着！"

是莱克特恩。她盯着赫米怀中的那本预言书。

众人沉默了几秒。瓦石行者、图书管理员，还有其他人紧张地观望着。莱克特恩看上去很不自在。那些武术大师筒者也从刚好掀开的盖子下面观望着。

伪伦敦

"预言书你好。"莱克特恩局促不安地问候道。

"来打架的吗?"预言书问。

"实际上,"莱克特恩说,"我们是来道歉的,还有加入你们。"

"我们部分人已经起疑有一段时间了,"莱克特恩说,"布罗肯布洛的**建议**越来越多,也变得更像命令了,而这些建议根本毫无意义。而恩斯特伯也完全不让我们任何一个人帮助他的研究。他甚至不让我们看他的笔记。那是我们的工作!然而几天前,"她接着说,"布罗肯布洛告诉我们,我们可能得考虑**舍弃书井**。说什么保护书井的代价太沉重了。说我们应该让斯摩格占领它。"

"或者,他说另一个选择是我们自己搭建一些火堆,或者建立一座旧工厂之类的,然后或许能和斯摩格达成一份协议!还说他有一些熟人在考虑这类事情!所以……"她看着他们。

"所以你们开始想起我说过的话了。"迪芭说。莱克特恩点点头。她不敢直视迪芭的眼睛。迪芭问道:"这就是你们所有的人了吗?"

"我知道有些人不喜欢目前的情况,"莱克特恩说,"他们中的一些人可能已经在路上了。但我不知道该冒险跟谁聊聊。当我听说了发生的一切,我就……走下了桥。把我的耳朵贴在地面上,探听你们可能在哪里。"

"消息传播得有点过火了,"迪芭嘟囔道,"我们最好快点。其他人知道吗?"

"这会儿他们肯定知道我们离开了,但我们确定他们不会跟踪我们。"

"那其他人都效忠布罗肯布洛吗?"琼斯问。

"有一些人。他们大部分……有点像是,自欺欺人,装作他们相信他。"

"那筒者呢?"

"我们清楚值得信任的只有这些筒者了。"

"莫塔尔是什么情况?"

UN LUNDUN

莱克特恩面色悲哀地看着大家。

"他的情况最糟糕,"莱克特恩低声说,"他和恩斯特伯的交情太深了,他听不进去一句批评。而可笑的是,恩斯特伯表现得越可疑,他就越偏执、越无脑地支持恩斯特伯。不厌其烦地说一切进展顺利、充满希望,恩斯特伯会修正一切,以及斯摩格将被彻底击败。就好像他其实清楚有可怕的事情在发生,而他必须向自己证明他不知道。"

"他这只是软弱罢了,真的,"她说,"无法不为他感到遗憾。"

"是啊。"迪芭沮丧地说。她想起了怼,想起了罗莎,还想起了大教堂前的普通居民们,以及伪伦敦的其他人。"是啊,无法不遗憾。"

港湾里的一些划艇实在太过时了,看着就像它们应该被陈列在博物馆里;其他划艇上挂着装饰彩条和绳索,以至于它们看上去犹如一只只毛发蓬乱、五颜六色的动物,漂浮在水面上。迪芭看见其中一条船的前端没有艏饰像,但是整个船身都是由木头动物、女人、骸骨、男人,以及几何曲线组成的。

然而这些船都不适合执行秘密任务。

水中有些影子在推搡,笨拙又奇怪。它们看起来很奇怪,动作也很笨拙,前端和背部都安装着倾斜的玻璃,侧身还有垂直的玻璃。迪芭过了一会儿才发觉她看到的是轿车的金属和玻璃组成的车架,被拆卸下来,上下翻转后进行了防水处理。

"那是什么?"她指着最近的一个问道。

"它叫做翻倒车[①]。"琼斯答道。

原本用来安装轮胎的四个凹槽现在放置上了橹桨。它看上去并不像十分稳当的船只,但它吃水很深,毫无特征。

"哪个是我们的呢?"迪芭问道。

"风格独特的那个。"琼斯说完便指着一辆曾经是劳斯莱斯或者捷豹或

---

① 此处原文是把 CAR 这个词上下颠倒了过来。

418

伪伦敦

者宾利之类的跑车。

"所以那是一辆……"迪芭努力回忆琼斯的发音,"……颠倒车?不,说错了……"

"是翻倒车。"琼斯说道。

"一辆……换倒车?我发不出来这个音。"

"最简单的办法就是把它翻过来,记成'车'。"

"在水里埋低身体,"琼斯对聚集的军队说,"而且别走太快。我们需要每一个人看起来就像废弃物。要是让他们在水路上抓住我们了,那避开桥梁不走就没意义了。

"你们都被告知了应该去哪里。我们希望你们一鼓作气冲进前线,如果你们成功了,那我们就在里面会师。之后会遇到抵抗。这毫无疑问。大概率他们的人马很多。所以要准备好打一场硬仗。"

人们等待着。在一阵尴尬的安静过后,琼斯伸出手肘碰了碰迪芭,低下了他的头。

迪芭有些犹豫。

"我不应该在这里,"她说,"一开始我只想回家,但我不能,因为你们知道会有什么跟在我身后。要回到我来的地方,我对此无能为力。所以我必须留下来战斗,尽管这很疯狂。

"那东西想去伦敦——谁知道还有什么?它是一种毒药,还有自己的思想——如果它控制了一切,你们不会想待在这里的。不幸的是,有些人被骗了。

"可你们没有。我们没有。你们在为伪伦敦而奋斗。你们知道吗?我也在奋斗。我想回家,我必须阻止那东西来追我,所以我要去追它……但这并不是唯一的原因。我也是来为伪伦敦而战的。"她意识到这是真的,"你们这些人——我们这些人——我们是伪伦敦最后的机会。

"我们不要求太多,"她最后说,"只想在我们的伪城市里生活下去。

UN LUNDUN

为了伪伦敦！"

这算不上什么演讲。但是莫名地，在这样一个充满世界末日气氛的夜晚，在潮水涌动的河边，在一片到处是飞行器的灯光、爬动的群星，还有供养斯摩格的火光的天空之下，这番话无比激励人心。

"伪伦敦！"众人明白他们不能冒险大喊出来，但是他们激动地低声念道，几乎像在吟诵。

迪芭没有意识到，几秒钟之前，她说了"我们的"伪城市，而且她是真心实意说出来的。

"这东西有名字吗？"迪芭在踏进长椅座位时问道，这个长椅被安置在了曾经的车门之间，如今车门已经颠倒并被封死了。

"应该有一个，"赫米说，"不然会倒霉。"

她的同伴们停下来思考了一下，马上提出了各种意见。

"羽毛听我说号？"

"银色美丽花号？"

"QV-66号？"

"不，"迪芭说，"这是怼与罗莎号。"

第八十二章
乱斗

琼斯和斯库尔在划桨，迪芭看着夜空比以往更加黯淡，被斯摩格弄得更加乌黑斑驳。迪芭很确定这些星星点点的烟雾大部分都会在恩斯特伯的工厂上方聚集，而他们正在往那边赶去。

一辆又一辆的翻倒车开始过河，划水的声音很轻。莱克特恩和三个筒者与迪芭和她的同伴们挤在**怼与罗莎号**上。其余船只排成楔形队列紧跟其后。鬼魂们犹如一缕缕青烟似的走在，甚至是飘在河面上，忽隐忽现。

车上原本安装挡风玻璃和窗玻璃的地方已经沉到了水平面之下，迪芭看到了棕色的漩涡。她觉得自己可以听到风带来的打斗声。

"听起来好像很棘手。"赫米说。

从他们离开的河岸上，迪芭听到了一只鸟的啼叫传来。

她猛地回头探看。琼斯停止了划桨，用他的望远镜眺望。他激动得说了粗话。

一间仓库的角落处有一个熟悉的身影，身穿一件过时的卡其色无袖外套、一条长裤和一双宽大的靴子。原本是头的地方，有一个鸟笼，鸟笼里还有一只小鸟在啼叫。

"凯维亚！"迪芭大喊一声后跳了起来，翻倒车险些翻倒。她激动地双

UN LUNDUN

手举过头顶,用力挥舞,约里克·凯维亚也一边阔步追赶,一边拼命地挥手回应。"但我们都看见他被吃掉了!"

"那只是他的代步工具,"预言书说,"他一定是又得到了一个新的。"

"他在说什么?他在说些什么?"

凯维亚到达了那些尚未离岸的翻倒车边上,急忙将这些车推向河中。

"他说……'赶快走',"预言书说,"他说'他们追来了'。"

岸上的人似乎都不明白凯维亚的话。当他推挤过来时,他们全都看着很生气。甚至有一两个人把他推了回去。

"太迟了。"赫米说。莱克特恩发出一声喊叫。

戴面具的身影出现在码头上,跟着凯维亚的足迹,及时追上了。他们的护目镜反射着夜灯的光。他们的头盔以及头顶的袋子上伸出许多管道,彼此碰撞发出噼里哐啷的声响。迪芭听到了气体在管道中喷泻的嘶嘶声。

"恶臭吸毒人,"她说,"好几百个。"

仍在河边的伪伦敦人惊恐地看着那支赶来的军队,下一秒立马朝河中狂奔。

"太慢了,太慢了,"琼斯说,"他们来不及了!"

在斯摩格的奴隶们追上他们之前,他们没能全部驶入史米斯河。前端的恶臭吸毒人已经举起了管子,准备好对他们的敌人喷射出火焰或者毒气。迪芭的部队寡不敌众。

弗卢曼和少数人冲上前,挥舞起扳手和木板。瓦石行者在屋顶的边缘翻了个跟斗,准备好吹箭筒。但这些英勇之举只能拖住这支无情的军队几秒钟。

"他们输定了!"琼斯无比挫败地说。

"不,他们不会输。"迪芭说,她的声音突然变得强硬。"所有不是恶臭吸毒人的人们!"她竭尽全力地大喊道,"马上趴下!琼斯,抓住我。"

所有瓦石行者、图书管理员、市场商贩、言造物、变形者、游牧民、

伪伦敦

冒险家和鸟笼头的探险家都扑倒在地,让迪芭可以清楚地看到那群恶臭吸毒人。她举起了伪枪炮,然后开枪了。

后坐力将她狠狠地推后,但这一次琼斯在她身后稳稳地抱住了她。在那一眨眼的巨响中,迪芭极力回想着弹巢里有什么。

蚂蚁?她想着,盐巴?

枪管突然冒出一星火花,接着恶臭吸毒人都静止了。过了大概一、二、三秒钟,他们全都动不了了,反抗者们蹲在原地抬头看。随即斯摩格的军队开始发抖,他们的面具都鼓胀起来。

"那里面有……?"奥巴代问。

恶臭吸毒人的头盔动了起来。包裹住他们面部的袋子如同鼓鼓囊囊的气球一样膨胀了起来。袋子裂开了,从那些裂口处挤出了一码又一码的头发。

噢……原来是这个。迪芭心想。

恶臭吸毒人徒劳地扯着他们的头,但他们的头发一个劲儿地疯长,不停地从头皮里冒出来,就像瀑布一样。鬓角和胡子楂也从他们面具的缝隙和眼镜的边缘喷发而出。忽然肥大的长辫子把头盔的管子挤了出去,堵住了口子,只有几缕斯摩格漏了出来。

袭击者在突如其来的蓬乱毛发的重压下站都站不稳了。头发从头上不断冒出,和乱糟糟的浮油搅和在一起。几秒之后岸边就变成了满街的头发堆成的晃悠悠的小丘。怪异的手臂、腿脚或者开裂的头盔从这团混乱的毛堆中突出来,然而没有东西能够挣脱。

迪芭的盟友们慢下了脚步,瞠目结舌地看着这个场景。

带有一点小得意地,迪芭吹了吹她的伪枪炮枪口处的烟。头发烧焦的臭味让她皱起了鼻子。

"他说这太神奇了。"预言书说,它在翻译约里克·凯维亚的叫声。

UN LUNDUN

凯维亚打开了他头上的鸟笼,小鸟飞过河面,来到怼与罗莎号上,加入了迪芭他们。

"你在这里真是太好了!"迪芭说,"你是怎么找到我们的?你从哪里……"她小幅度地指了指岸边那具人类躯体。凯维亚发出一阵鸣叫。

"他说过去这些天,所有人都在谈论舒瓦泽和她的义举。他说有人驳斥了他们,说她不是舒瓦泽,但她的确在做好事。他一直在寻找我们。他中途遇上了恶臭吸毒人,随即意识到他们是来追捕我们的。"

"约里克,伙计,"琼斯一边划桨,一边说,"声音小一点。"

小鸟的叫声安静些了。

"斯摩格对前线好几个地方发动了袭击,"预言书翻译道,"并且恩布雷丽斯莫从一个地方飞往另一个地方,号令他的雨桑们展开行动保护人们。"

"是啊,"迪芭说,"保护他们,直到他们撤退,我打赌。同时斯摩格得到它想要的。"

"确实,不过显而易见,有些人说他们不想离开,而且他们试图用雨桑反击。于是布罗肯布洛下达命令,让那些雨桑做出不利于携带者的行为。告诉所有人,这都是为了他们好,说他们必须团结在一起。"

迪芭意识到,这是一场非常混乱难懂的战争。她回头望向那些仍在码头上扭动的毛球。凯维亚继续叫着。

"他说他必须离开了。今晚他不想让他的身体处于毫无防备之中。他说他会尽力再找一艘船,划过来加入我们。同时,祝我们好运,好运,好运。"小鸟盘旋了几圈,迪芭给了它一个飞吻,它轻快地飞过河面,回到了它身体的笼子里。

这个乱七八糟的颠簸车船队在这条充满障碍物的河流中前进。赫米引导他们绕过了几条沉船的残骸,几座半被淹没的破旧大炮和一些古怪的东西,以及扎根在河床淤泥中的水陆两栖树木。这些树木的树叶出现在黑色的河水中,磨蹭着经过它们的船只,发出沙沙的响声。

第八十三章
搁浅

翻倒车一辆接着一辆地划到岸边,每条船上的人都下船往大街前进。距离工厂已经不到一英里了。

很快就只剩怼与罗莎号还在水中了。迪芭看到,那些河道导流墙上有很多隧道的洞口,涨潮线的上面和下面都有。洞口的边缘全是烂泥,还有像蜥蜴的生物从伪城市的下侧溜出来,激起阵阵涟漪。

他们周围的鬼魂逐渐隐形,最后只能偶尔瞥见一双半隐半现的眼睛。迪芭感觉自己在河面上非常暴露。

"出发吧。"琼斯小声地说,一边眺望远方,把怼与罗莎号徐徐驶入一片黑影之中,随后迪芭发现这个黑影是向河流排水的水闸。这道门通向一条狭窄的水渠,这条水渠岔进了伪城市的后方,躲藏在一排排砖房、混乱建筑和魔法大楼的背后。

"我们要去哪里?"迪芭问道。

"进入运河。"赫米回答。

周围的水泥墙太近了,连划桨都十分艰难。

UN LUNDUN

周边的房屋全都垂直地背对河流。偶有一些房屋是连在一起的，形成了一条通道，它们的大窗户高高地悬在运河之上。操纵杆和角撑架从墙上凸出来，老旧的链条在摇晃。木质的大门出现在前方的水面上。

"它被锁住了。"迪芭说。

"那是一道水闸。"琼斯说。

他从怼与罗莎号上爬了出去，操作起岸上的装置，把门打开了一条缝，好让水倾泻出来。两辆翻倒车前往下一道门。琼斯关闭了第一道门，又打开了另一道。这一次水平面升高了。

"就像阶梯，"琼斯说，"通往后面那些偏僻的街道。"

这些水闸沿着狭长而安静的河道，一个接着一个地打开。*我们现在一定在离河面很高的地方了*，迪芭想道。

"所有人都别出声。"琼斯指着背对他们的那些房子的窗户，悄声说。

"我觉得他们有其他的事情要担心。"迪芭说。他们可以听到，从这些大楼外面的街道传来的叫喊和奔跑声。

透过怼与罗莎号的挡风玻璃，迪芭看见水草的叶子从暗处探出，轻轻地拍打着金属架的下半截。迪芭把脸贴近玻璃，仔细打量它，接着又猛地缩回座位上。

"它在动。"她说。

那东西在他们周围漂浮。在一个个小岛似的物体旁边随意地漂流。就在迪芭观察它时，它颤动起来，然后伸出一条触手抓住了一个流经它的垃圾。它把垃圾拖了过来——那是一条发霉的死鱼，随后这团黏乎乎的水草

伪伦敦

颤动得更快了。

"那是颤抖水草,"预言书说,"手千万别碰水。"

"到了,"琼斯一边说,一边收拢船桨,"太窄了,我只能在这里靠岸了……"他没有继续说下去。这些房屋陡然耸立在水面上。这里没有曳船道①。

斯库尔举起一只手套。

"斯库尔……?"奥巴代·丰恩说。

斯库尔拿着拴在怼与罗莎号前端的绳子。接着斯库尔挥挥手,动作夸张地敲了敲潜水镜和潜水头盔,然后跳下船头,进入了河里。他入水极快,"咻噗"一声,斯库尔就不见了。

绳子下沉,浮起一圈不断扩大的涟漪。一群群颤抖水草游过来探查这阵波动,而奥巴代把它们都赶走了。"斯库尔!"他喊道。

有敲打翻倒车挡风玻璃的声音传来。在泥泞的黑暗中,有一只手套在轻轻敲击挡风玻璃。

"在那里!"迪芭说。

这河水实在太污浊了,完全无法看清,但迪芭还是能认出斯库尔的手臂,能看到一个笨重的影子,那一定是那个铜头盔。斯库尔将食指和大拇指圈成圆圈,做了个*一切顺利*的手势。

奥巴代和迪芭也发出了回应的信号。斯库尔的手臂消失了,而过了一会儿,绳子向前倾斜,与此同时斯库尔一脚一脚地踩在河床的淤泥上,费力地朝前走,随即两艘船也开始移动起来。很长一段时间内,除了他们前进的汩汩声,周围一片死寂。

那群水草沉入水下,打探着这位闯入者,但斯库尔丝毫不畏惧。有好几次,碎裂的颤抖水草浮到了水面上。

---

① 运河或河流两岸、尤用于旧时供马拉船的道路。

UN LUNDUN

"看那里。"琼斯指着那些屋顶的上方。在运河的一个拐弯处，一根砖砌的烟囱高高竖起，滚滚烟尘源源不断地从那里排放出来。烟囱柱身侧面的中间有一面巨大的时钟。

"恩斯特伯的工厂。"迪芭说。她想起她第一次来这里的情景。那仿佛是上辈子的事情了。

"我们要从工厂背后进去，"莱克特恩紧张地说，"那里应该有一座装卸台。"

"是时候警惕起来了。"琼斯说，"这里是恩斯特伯的大本营。在这里，他和布罗肯布洛肯定有同伙。"

河岸通往工厂后部的一块工地，工地上除了马唐杂草外一片荒芜。迪芭抬头看向那些红砖，以及用木板封起来、没有光亮的窗户。在一个角落里有一扇微微打开的门。从这个角度，她可能会觉得这是伦敦的某一个角落。

船只逐渐靠近，他们看到有东西在门口移动。一把破烂雨桑猛地跳了起来。迪芭看得出它已经觉察到了他们。它用力地开合伞面，升到空中，接着飞远了。

"它看到我们了，"迪芭说，"我们必须快走。"

她敲了敲挡风玻璃。斯库尔的面罩出现在下方。奥巴代招手示意。

"那是什么？"迪芭问。

水下有一个黑乎乎的影子在围着斯库尔打转，微微抽动着伸出细丝去触碰那身皮革套装。

"只是一小点儿的颤抖水草。"奥巴代说。

"那边还有。"迪芭说。

忽然之间那边又冒出来了好几棵，斯库尔尽可能地用力，尽可能快地在水中挥动手臂，驱散它们。

在斯库尔身后，有个庞大的影子动了。粗绳一般的肢条弯弯扭扭地伸了出来，缠住了斯库尔的双腿、双臂、胸膛以及面罩，不停地颤抖。这一

伪伦敦

切发生得悄无声息。

"不!"奥巴代喊道,他双手撑在挡风玻璃上。突然,一团巨大的水草赫然从泥巴河床中出现,它一次又一次地折叠自身,包裹住了那位潜水员,把斯库尔拖入黑暗中,离开了众人的视野。

"那个颤抖水草,"迪芭惊呼道,"它抓走斯库尔了!"

所有人费力地爬上了混凝土河岸。他们尽其所能地探出身子,在河面上小声呼唤斯库尔的名字。

"我要去水里。"奥巴代失控地说,并且翻动他的背包找武器,结果只找到一面沉甸甸的手持镜子。

"不!"迪芭制止道,"这样没用。"

他们把木板和绳索投进水里,但几秒钟过去了,什么都没有发生。接下来,水面开始冒出泡泡。运河活动起来,喷涌出一股水流,一只戴着手套、被水草包裹的拳头冲出了水面。

"在那儿!"奥巴代说。

水下的缠斗十分野蛮。浓密的颤抖水草将肢条变作临时的爪子和嘴巴,出现在水面,随后又用力一挥,钻回水下。斯库尔沉重的靴子以惊人的角度踢打着,踩穿了这团厚厚的水草。

斯库尔被水草压得站不直身体,随即他用尽全身的力气,在水下垃圾形成的斜坡上狠狠地蹬了一脚,在深水中晃悠悠地走动起来。但是颤抖水草的身躯漫布水下,不停地抖动,随着水中的混乱而不断变换位置。它们凝聚在一起,向上猛扑,将斯库尔拽了下去。迪芭可以听到颤抖水草啃咬时发出的那滑腻腻的响动。

迪芭取下她腰带上的伪枪炮。

"都退后。"她吩咐道,其余人照办了。

"赶快。"奥巴代催促道。

UN LUNDUN

"你不……需要那个吗?"莱克特恩说,但大家没理她。

现在斯库尔只剩一只手在水面上了。迪芭走向水边,瞄准水下,一缕水草正蜿蜒伸出,覆盖住了斯库尔的那只手,将它拉到水下。

迪芭开枪了。

枪声震耳欲聋,顿时火花四溅。她踉跄了几步,但这次迪芭没有摔倒。

空气中弥漫着无烟火药的气味,同时,迪芭觉察到了,还有**大海**的气息。**这是怎么回事?**

紧接着,她看到运河中发生的一切。河水沸腾了,泛起了泡沫,随后有了起伏的波浪,忽然间河流变得波涛汹涌,河面盖满了白色的泡沫。波涛和泡沫推挤着船只,把它们拍到了混凝土浇筑的墙面上。

伪枪炮发射了盐晶体。方圆数米的淡水——虽然很脏——即刻转变为了盐水。

河流好像糊涂了。它企图模仿大海。迪芭很确定她听到了一只海鸥的鸣叫,不知道从头顶哪里传来。波浪一波又一波地涌来,仿佛运河正在经历潮汐,河水越来越用力地拍打怼与罗莎号。

迪芭可以看到,就在距离两岸数米的地方,就是这片新生的海洋与寻常河水的交汇处。交汇处的分界线无比清晰。

成群的颤抖水草浮到了水面上。它们的颤动看着不太健康,浑身不适地抽动着,就像它们自己的这个名字一样。它们看上去一副生病了的样子。它们一个接一个地停止了移动。

"这是什么情况?"

"一旦颤抖水草这种淡水生物忽然发现自己出现在了……海洋中,就会出现这种情况。"莱克特恩解释道。她的眼中充满了对伪枪炮的敬畏。**不管它是什么,它总能很好地运用它的子弹,**迪芭想道,**难怪它是这等传**

伪伦敦

奇的宝物。

忽然一道大浪袭来,河水漫过了水泥导流墙,把斯库尔送到了他们脚边。斯库尔身上还残留着濒死的水草,他露出一副晕头转向的模样。

第八十四章
穿越工地

工厂里充斥着各种噪声。

"他们肯定听到伪枪炮的动静了。"迪芭说。

"赶快,"琼斯说,"在他们来之前快进去。"

然而在他们连工地的一半都还没走到时,那扇门就被一把推开了。伴随着气体漫出,一群衣衫褴褛、死气沉沉的烟雾僵尸开始一瘸一拐地走出大楼。

有了莱克特恩和三个筒者助阵,迪芭这支反抗队伍看来还不算寒碜。但是出现的烟雾僵尸的数量是他们的两倍。

面容狂怒的尸体朝他们晃晃悠悠、跟跟跄跄地走过来。他们的嘴巴、耳朵和眼睛都飘出一缕缕烟雾,让他们看上去仿佛在闷燃。

筒者跨步上前,手上甩动着双节棍和它们的武器。它们翻了个跟斗,准备应战。

短短几秒之内,它们使出回旋踢,挥舞双节棍,狠狠地击中了烟雾僵尸的身体。但是它们只有三个。尽管筒者的速度惊人、技艺高超,打得烟雾僵尸连连后退,但他们始终没倒下。在斯摩格的控制下,他们完全不受疼痛的干扰,活动的死尸非常顽强。他们一路乱劈乱砍、横冲直撞,不断

伪伦敦

逼近。

琼斯加入了混战，但他的电流起不到任何作用。斯库尔挥拳猛击，但速度太慢，就连行动迟缓的烟雾僵尸也能躲开。迪芭举起了伪枪炮瞄准，但她无法避开她的朋友们。

随后，烟雾僵尸似乎开始占据上风。就在这时，赫米将双手放在嘴边，大喊起来。

至少看着他像在大喊。迪芭并没有听到任何声音。

不过他周围的空气中逐渐有模糊的影子出现。**鬼魂们！**迪芭都忘了他们了。他们显形了。这里的鬼魂数量绝对比之前出发时要多了很多。

一些鬼魂穿着古代服饰，一些鬼魂穿着近几年的时装。他们所有人看起来都十分坚决且斗志昂扬。他们像拳击手那样举起双手，气势汹汹地飞向烟雾僵尸。

"可是他们无法触碰东西！"迪芭说。

"我告诉过你，我们不抢占别人的身体，对吧？"赫米说，"但也有例外。如果其他人先抢了别人身体，那么把身体夺回来就很公平。"

鬼魂们一个个像潜水员一样伸出双手，扑向烟雾僵尸。一旦鬼魂们进入这些死去的男人和女人，僵尸们就跌跌撞撞地停了下来，开始抽搐。鬼魂的手从烟雾僵尸的胸前或后背穿出，然后又收回去，反复如此。烟雾僵尸摇摆起来。

"他们在反抗斯摩格！"迪芭说，"为了夺回身体的控制权！"想到这些被错误利用的可怜尸体体内正在进行的斗争，她瞪大了眼睛。斯摩格的毒气被鬼魂的外质追赶着涌出内腑，灵体的精神力正在和化学气体竞争。

"快！"琼斯引领他们朝那扇门赶去。

一只鬼魂从一个烟雾僵尸体中飞了出来，神情恍惚的样子，身体半透明，倒在了地上。不过在其他地方，斯摩格毒气从烟雾僵尸的耳朵里冒了出来，那些死尸都在颤抖。

UN LUNDUN

"是的！"赫米说。他抓住一把从烟雾僵尸的体内飞出的斯摩格毒气，握紧自己的手变成鬼魂灵体的状态。他的幽灵手抓住了那缕烟雾，把它扯出了尸体，甩得老远，而在这过程中，这缕烟雾消散了。

最后一批被斯摩格控制的烟雾僵尸利用起他们那非同寻常的大力，开始向潜入者投掷石头和铁块，甚至是他们的刀刃。

"停下。"琼斯一边说，一边迅速地爬向入口。迪芭蹲下身体，贴在门边，她听到了一声可怕的炸裂声。她飞快地转身。

斯库尔行动迟缓，他穿着巨大的旧式潜水服，无法下蹲，于是只得笨拙地踩着沉重的步子穿过火力网。一个烟雾僵尸扔出了一块重得出奇的铁块，击中了面罩的正中。

迪芭惊恐地看着雪花似的裂痕在玻璃面上伸展。

"斯库尔！"奥巴代惊慌失措地叫喊道，"快走！回到运河去。"

没有时间了。斯库尔踉跄着后退，靠在了墙上，玻璃炸开了。

水从破洞喷出，如同破碎的是一根总管道似的。

由于水压下降，这身潜水服开始扭曲，沿着墙面下滑，起皱，它的头部垂了下来。这看着十分恐怖，仿佛是一具崩塌的身体。

随着啪啪啪的声响，那顶破掉的头盔中涌出了鱼群。有一些和迪芭手臂差不多大的银鱼，一些五颜六色的小鱼，一条鳝鱼，一个海胆，一只海马，一只小章鱼。它们弹到了潜水服和水泥墙上，然后摔落在地，不停地喘息着。

"斯库尔！"奥巴代喊道。他快速地爬过去，竭力拾起那些鱼。它们太滑了，狂乱地扭动身体。

"迪芭开枪那里，那里还有海水！"他说，"快！"

琼斯捧起部分合起来就是斯库尔的鱼群，将它们抛过筒者、鬼魂和烟雾僵尸的头顶。它们一只只落入了盐水之中。迪芭、赫米和琼斯笨手笨脚地赶去帮助他。

伪伦敦

他们尽可能快地行动起来，但是数量太多了，他们无法救助所有鱼。逐渐地，一些鱼停止了挣扎。最终，剩下的那部分躺在地上，死在了空气中，死在了那套皱巴巴、空荡荡的潜水服旁边。

"斯库尔从来没有伤害过任何人。"奥巴代惊恐地望着一条没能撑下来的鳕鱼，"它们耗费了好多年来改装这身潜水服，它们跋涉千里，离开大海，来到这里，和我们生活在一起，这竟然就是它们的下场！"

"至少斯库尔有一半活下来了，奥巴代，"琼斯迫切地说，"我明白你想给剩下的鱼们一次体面的告别，但是现在我们不得不离开了。"仍然有被斯摩格控制的烟雾僵尸企图重整旗鼓。奥巴代咬着嘴唇，点了点头。

"我们不能让这些烟雾僵尸再回到工厂里面。"莱克特恩说，"其他人也是。"鬼魂们感到不解，无声地叫喊着，从烟雾僵尸的嘴巴里现身。赫米看着他们。

他张大嘴巴，喊出迪芭听不见的命令，以一种突然生出的权威，发布指令。鬼魂们听到了，重新集结，听命行事，再次发起了进攻。

"筒者！"莱克特恩敕令道，"拦住他们！守住门口！"

"只有三个。他们需要帮助。"赫米说。他犹豫了几秒，然后他对上了迪芭的视线。"我最好也留下来。我可以告诉他们该做什么。"

"赫米，不行。"迪芭说。

"看看他们！"他说。鬼魂像游击队员一样，飞快地冲进烟雾僵尸的肉体，不断攻击其体内的斯摩格，随后又再次撤离。"他们可能会赢，但是他们需要支援，他们需要我的帮助。而你需要前进。

"我就在这里。我们稍后再见。"他对她露出微笑，仿佛他无比确定稍后就能见面。

迪芭正要反驳。接下来她耷拉下脑袋，明白他们的时间不够了，他说得很对，于是她给了他一个拥抱。

"现在，快走吧，"他急促地说，同时也用力回抱了迪芭，"你们所有

UN LUNDUN

人都赶快。你们看到那把雨桑了:它会告诉布罗肯布洛,我们在这里,所以马上离开。"他指了指那扇门。

"待会儿见,"迪芭说,"*待会儿。*"

迪芭最后看了他一眼,转身,把这片小小海洋、卫兵、混乱的打斗,以及他们一位朋友的一半尸体抛在身后,走进了恩斯特伯工厂里的漆黑中。

第八十五章
六合一

没有一丝光亮的砖砌通道向两边伸展。

"我们怎么知道该走哪边?"她说。

"闻一闻。"预言书说。空气中有斯摩格气体燃烧的化学物的气味。"跟着这个气味走。"

他们实验性地深吸了一口气。

"我觉得气味更强烈的是……这边。"莱克特恩有些犹豫。

"走快点,"预言书说,"如果你能够闻到,那么它就在我们附近,而那意味着它会知道你在这里。但愿现在它太分散,还无法好好思考,可一旦它变得浓厚,那它的思维能力也会增强。"

"所以在我们找到它之前,它就准备好对付我们了?"迪芭说,"真可恶。"

她举着她的手枪,出发了。

"谨慎使用伪枪炮。"琼斯说。

"可是我已经越来越擅长使用它了。"她说。

"我不是这个意思。"琼斯说。他伸出手,她把伪枪炮递给了他。他拨

UN LUNDUN

弄了一下伪枪炮，摇了摇头，又把它递了回去。"我的意思是它还是打不开，我们不能重新装弹，你只剩两枚子弹了。我们清楚斯摩格害怕伪枪炮，而你看得出原因。你之后还会用上它。节约使用资源。"

他们在一个交叉口站了一会儿，言造物们眨了眨眼睛，黏黏在地板上到处闻，莱克特恩不情愿地跟上。

"琼斯，奥巴代，"迪芭在路上悄悄对他说，"这是我的想象吗，还是亮闪闪和坩埚……在消失？"

"那不是你的想象。"奥巴代答道。他们偷偷摸摸地瞥了几眼。银色蝗虫和八脚小人两个看起来都显然有一点点透明了。

"言造物无法永远存在，"琼斯说，"它们两个已经比大多数言造物坚持得久多了。也许是从扬声器先生那里独立了的原因。不过我们不能期盼它们待得更久了。"

"可是……我讨厌这样，"迪芭小声地说，"它们是队伍的一分子。我们肯定有办法做点什么。"

"这事儿我并不是在胡说。"琼斯说。

气味变得越来越浓烈。

"车间在顶楼。"爬楼梯时迪芭说，"而且，"她嗅了嗅，"上面的烟味更重。"

"上面绝对有什么东西。"莱克特恩说。楼井里能够听到咯咯咯、咔咔咔的噪声，还能听到明显的谈话声。

潜入者们一直向上爬，然后沿着一条蜿蜒的走廊走，最后来到了一扇紧闭的门前。声音正是从这扇门的后面传来的。斯摩格的臭气也十分浓烈。

迪芭听着。起初还很难听清里面在说什么。有好几个声音从木门后面透过来，它们都重叠在一起，打断别人的话，接上别人的话，争先恐后地

伪伦敦

闹作一团。

"我和你打赌,里面有六个人。"琼斯轻声说。

"噢,不,"预言书说,"那是真的,斯摩格在和他们合作。那是恶毒诅咒。"

"……我们还要等多久?"其中一个声音大吼道。

"闭……"

"……嘴,哎哎。"

"没多久了,那个布罗利男说了。"

"他说了,哎唔。"

"斯摩格拉国王在四处咆哮,用风包住他们,让所有人和布罗利的家伙们合作……"

"……而明天,他就会把它们全部调动起来。"

"那我们怎么做,唔噫?"

"你真的完全没认真听是吧?我们要协助搬迁,唔哎。"

"布罗利和斯摩格拉还没决定,布罗尔说的。"

"他们不知道要多久才能摆脱……"

"摆脱你,哎哎哎!"

"闭嘴!摆脱说服伪伦敦人相信恩布雷和斯摩格恩斯坦是敌人这种想法。"

"他们就是敌人!布罗瓦还没注意到这点吗?他和他那些讨厌的盾牌什么都不是。斯摩格兹拉根本不需要他。"

"他还以为这全都是他的主意!愚蠢的家伙!"

"他的斯摩格利尼斯有其他的计划。"

"布罗林顿并没发现这个。不过,他把预言家争取到了他那边,这确实干得漂亮。"

"是的,我在这里看见他们了。"

"认真点儿!他们认为恩斯特伯勒斯是他们那边的,哎唔!"

UN LUNDUN

"不知道他是个……傀儡。"

几个声音窃笑起来。

"天呐,他们之后会很不开心的……"

"忧虑者?"

"预言家!还有忧虑者。"

"它怎么这么快就变得这么强大的?我还记得斯摩格托帕斯还只是很小的一团臭气的时候。而现在,它无处不在,比以往大了不知多少……"

"有人喂养它,不是吗?"

"一直在吸烟囱的奶呢。他们一直从那个地方输送黏糊糊的烟雾过来。"

"那个怪异版的伪伦敦?伦德诺,是吗?"

"就像那之类的地方,唔哎。总之,他们一直在喂养斯摩格里。暗地里。"

"那个雨桑男又在哪里呢?"

"情况不妙,是不是?到处都是麻烦。"

"因此这里没人吃晚餐?"

"是的,这到底是为了什么?"

"什么?那些汤汤水水吗?布罗尔打算和忧虑者开个会,今晚。饭桌密谋。"

"并没实现。"

"没有,事态有些混乱,他们没法儿赶来。"

"先前人们吵起来了!他就像一只蝙蝠鱿鱼似的到处飞,试图终结麻烦。打起来了!斯摩格斯进攻时,那些人没有乖乖听话滚蛋。"

"那么我们要不要出马,充当什么恐怖妖怪?恐吓他们?"

"没必要手忙脚乱的。斯摩格撒鲁斯根本不担心。静待准备。"

"我并不怎么在乎恩布雷尔是否会度过糟糕的一晚。"

"完全不在意。"

一阵令人不快的干笑声响起。

"他们真恶毒,"迪芭低声说,"我们要怎么过去?我们能面对面对付他们吗?"

"绝对不可以。"莱克特恩小声地说,"他们可是恶毒诅咒。伪伦敦最强大的魔法师。他们每个人都各有神通。有两人在很久很久以前是预言家。但是自从他们加入一个……不行,我们不能跟他们面对面。"

他们沉默了片刻。

"那么我们要怎么办?"迪芭问道。

"你知道有件事情很有趣吗?"奥巴代耳朵贴在门上,轻声说。言造物们也模仿他:银色蝗虫、八脚小人和丰恩三个挤在一起。

"或许我可以试试把他们一个个地引出去。"琼斯说。

"他们有六个人,是吧?"奥巴代说。

"这太疯狂了,琼斯,"迪芭说,"他们不会上当的。我们必须找到其他路绕过去。"

"不过,"奥巴代说,"我一直听得很仔细,我只数出了里面有五个声音。"

迪芭和她的同伴们停止了说话,扭头看向奥巴代。

一个男人自在地吹着口哨,慢悠悠地从拐角处走向他们。他个子很高,身材敦实。他戴着一副深色眼镜,眯着眼睛。他头上戴着一顶尖顶高帽。

当他看见他们时,他顿时僵住了。他们也僵住了。

"她在这里!"他大声喊道,"她在这里!"

里面传出一阵骚动。门被一下拉开,奥巴代扑倒下去,其余同伴们也都摔了进去。

他们全都在大堂里面了,大堂正中有一张摆满食物的巨大餐桌。有

UN LUNDUN

肉，有奶酪，有水果，都堆成了金字塔。

房内一角有通往上方的阶梯。迪芭看到有好几层斯摩格烟雾在那附近飘荡，幸好太分散了，没有注意到。房间堆满了垃圾：好多盔甲，破旧的地球仪，一堆游戏卡片，油乎乎的发动机，还有各式各样的混乱垃圾。

那个走廊上的男人跟在他们身后跑了进来，紧紧关上了大门。迪芭和她的同伴们和桌子对面的恶毒诅咒一伙人面对面了。

在场有三男三女，全都异乎寻常地相似。他们身穿完全一致的外套和长裤，头戴完全一样的圆锥帽。每一顶帽子上缝有清晰的不同字母。跟着他们的那个男人的帽子上有一个"i"。其他人的帽子上是"iv""ii""v""vi"和"iii"。

"快跑！"预言书大叫起来，"别等到他们施咒！"

"抓住她！"头戴"i"帽子的男人高喊道，"就是这个女孩。"
"你听到了i说的话了。"戴着"iv"帽子的女人说。

琼斯拿出他的棍子。在他有机会行动之前，恶毒诅咒动作整齐划一地指着迪芭。他们在同一瞬间说出了一个词。

"活的！"
"快！"
"女孩！"
"那个！"
"要！"
"抓住！"

一道光从他们每个人的食指射出，汇聚在一起成为一束光。光束疾速穿过空气，发出嗡嗡响声。

奥巴代挡在迪芭前面。他仍旧拿着他的小镜子，他把镜子当作球拍似的挥动。他截住了那道嗡嗡响的光束，将它狠狠打了出去，就像击球一样。光束"啪"的一声击中了餐桌。

伪伦敦

"你的速度怎么这么快?"莱克特恩惊诧地说。

服装设计师本人看起来也相当惊讶。

"不过……我认为那道光并不会击中她。"琼斯说道。

"他们瞄准的是那套盔甲,"预言书说,"那是一道命令咒语。"

同伴们看向了那套盔甲,又看了看彼此。接着再看向奥巴代的镜子,最后望向那张被折射的咒语所击中的餐桌。

餐桌上,其中一堆巨大的水果金字塔,"咕噜噜"地缓缓动了起来,水果滚了下来,组成了新的形态,站了起来。

第八十六章
意料之外的袭击者

那个水果组成的物体站了起来,伸展开来。

它比琼斯还高。迪芭看到梨子和桃子,苹果和葡萄全都如同肌肉一般鼓动着。它展开双臂,双臂的末端,一串串香蕉张开变为摊开的双手。它的脑袋是一个西瓜,上面凸出的猕猴桃是它的眼睛。

这东西看着滑稽又可笑。

"我们受到了一堆水果的恐吓?"奥巴代说,"噢,呜呜呜。"

"慢着!"预言书喊。同时琼斯一声"住手!",但是奥巴代已经从桌上拿起了一把餐刀,鲁莽地冲那东西抡了过去。

那个水果大块头用它的香蕉手一把抓住了奥巴代的手腕,接着用力捏紧。奥巴代先是无比震惊地瞪着它,随后发出痛苦的叫喊。那个西瓜脑袋无声地咆哮着。

"并非如我们之前所想。"恶毒诅咒中的一人说。

"……我们本来想着造个锡皮人之类的东西……"另一个说。

"……不过果实人也行。"第三人总结道。

奥巴代的手腕发出一声脆响,他尖叫不止。

伪伦敦

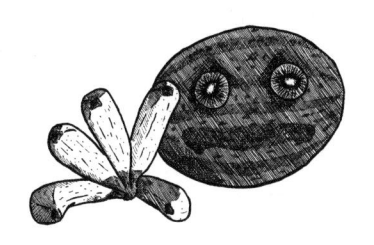

这个水果怪物甩动着它那由樱桃、草莓以及黑醋栗串集而成的尾巴，尾巴尖上有一个菠萝，犹如长满尖钉的大头棒。奥巴代被它掀飞到空中，落地时发出了可怕的巨大闷响。

水果怪物举起了它的香蕉爪子，随即奔向迪芭。

恶毒诅咒一伙人大笑出声，笑看这个意外的造物一路横冲直撞。

迪芭拔腿就跑。琼斯一把抓住怪物，试图用电击伤它，然而电击似乎徒增了它的怒火。它拍开了琼斯。那几个半透明的言造物堪堪避开它的攻击，偶然击中它一两次，完全不起作用。莱克特恩畏缩了。

这个庞然大物仿佛威胁一般将它的香蕉爪子和菠萝尾巴狠狠地砸向那张木桌，桌上的食物全都飞了起来。怪物每砸一次桌子，身上的果实也都留下了撞痕，甚至被砸得稀巴烂，但这个浑身果香的身躯还是没有散架。迪芭赶紧躲开它甜腻的气味炸弹。

它用力地跺脚，咆哮着，那张水果脸的表情十分可怕，阴险恶毒，它像一个凶犯似的蹲下了身子。

"迪芭！"琼斯大喊，"快跑！去完成任务！我来拖住它！"

她捞起黏黏，浑身绷紧准备离开。但她犹豫了。

恶毒诅咒中的一人正紧盯着她。她心里明白，她跑不了三步，这些人可能就会念出下一道咒语，而这次将会完全击中她。奥巴代现在不省人事，言造物们派不上用场，售票员琼斯被冷酷无情的水果恶魔缠住了。它一拳又一拳地甩向琼斯，一次比一次凶狠。

UN LUNDUN

"好吧。"她叹了口气,接着从腰带上取出了那把伪枪炮。

"别,迪芭!"琼斯说,"你得留着弹药!"他低头闪躲,可还是被一个菠萝打中了。"你这样就只剩一枚子弹了。"他声音沉闷地喊道。

"你们都见识过这些子弹的威力,"迪芭说,"不论是什么效果。一枚子弹完全足够。"

她扣下了扳机。

伪枪炮的枪声响彻大厅。

巨响震颤迪芭的双手,但她保持住了站姿,瞬间降低伪枪炮,随即瞄准了恶毒诅咒一伙。

袭击者身上那些水果之间的细小空隙中突然涌出密密麻麻的贪婪的黑点。那是一群饥渴难耐的蚂蚁。

果实人单脚后跟点地,飞快地转身,举起了双手,接着用它的尾巴捶打它自己,然而就算它打死了数千只虫子,仍有数百万只虫子留在它身上,在它全身上下乱爬,爬进它身上的缝隙里,用一张张剪子似的小嘴大口大口地啃咬。迪芭真的能听到轻微的咀嚼声。

"只是击中它还不够,"她对琼斯说,"还得真真正正地把它一口口咬掉。"

果实人的体积迅速缩水,它的挣扎也变得越来越无力。

蚂蚁们排成一条线爬过地板,消失在地板的裂缝中,每一只蚂蚁都背着一块果肉。

"老实说,"迪芭说,"我还挺希望果实人是个巨无霸的。"

"别看那家伙了,快小心恶毒诅咒!"预言书大叫。迪芭立马转身。

恶毒诅咒怒气冲冲地站定原地,六人的双手以复杂的方式互相紧握在一起。琼斯竭力想要跃过餐桌上那些残留的食物,赶去对付恶毒诅咒,但他伤得实在太重。他们望向琼斯,同时呵斥道。

伪伦敦

"地!"

"立!"

"原!"

"停!"

"在!"

"刻!"

琼斯一下就僵住了。他的眼珠左转右转,可他就是动不了。

恶毒诅咒看向迪芭。

"不抓活的来审问了。"那个叫"哎唔"的人恶狠狠地开口。他们再次高声齐喊道。

"时间!"

"已到!"

"心脏!"

"你的"

"跳动!"

"停止!"

就在他们喊出口的那个瞬间,迪芭在心里重组了他们喊出的词语,一种揪心的恐惧紧紧缠住了她。她想要扣下扳机,但是——尽管这有点可笑,明明都到了一切结束的最后关头了——她还记得她需要留下至少一枚子弹去对付斯摩格,于是她迟疑了。

她几乎能感觉到恶毒诅咒喊出的咒语穿过他们与她之间的空气。噢,不,她心想道。她的胸口发紧,然后她失去了知觉。

第八十七章
劝服之言

然而,就在寒意开始在迪芭的四肢蔓延之际,言造物们一跃挡在她的身前。

亮闪闪和坩埚正在变得越来越透明。她都能看穿它们。但这似乎并没有影响到它们的活力。它们激动地上下跳动,挥舞着肢体。

迪芭有点无法思考,但她有种强烈的感觉,有什么正在减速。有一个焦点。空气中产生了奇特的振动。言造物们跳到那一点上,不停地打手势。除了言造物们,所有人都没有移动。

"我感觉到,"迪芭说道,"我的心脏还在跳动。到底发生了什么?"

言造物们迅速地指了指空中有异常的一处。恶毒诅咒狂怒地瞪着它们,又大喊出声。

"驱除!"

"言语!"

"你们!"

"叛徒!"

"统统!"

"这群!"

伪伦敦

言造物们行动的速度加倍了，又一阵看不见却能觉察到的怪异加速冲向它们，然后变慢，停滞下来。

……你们这群言语叛徒，统统驱除……迪芭在心底念道。

"噢，老天啊，"预言书说，"我想我明白是怎么一回事了。恶毒诅咒是一群咒术师……"

"然而言造物们正在让他们念出的咒语违抗他们。"迪芭说。

"它们是言语，而且它们自己就是反抗者，"预言书说，"它们清楚如何说服其他言语反抗。"

"快来人堵住恶毒诅咒的嘴！"预言书大叫道。那六个魔法师张开嘴巴打算喊出第三道咒语，不过迪芭立马掉转伪枪炮，枪口对准了他们，吓得他们动也不敢动。

琼斯从他们自己的衣服上撕下布条，塞进了他们每个人的嘴巴里。他从杂乱的房间里捡了一根长长的链条，把六个人都拴了起来。他疲惫地坐到楼梯上，一手握住金属链条的一端。

"但凡我听到你们任何人说出哪怕一个字，"他说，"我就会释放电流，你们不会喜欢电击的。所以，嘘。"

恶毒诅咒都瞪大了眼睛，纷纷点头表示他们一定谨遵吩咐。

迪芭绕着言造物们转圈，它们无声地说着话，神气活现地挥动着手臂，偶尔会暂停一下，大概是因为恶毒诅咒的咒语在回答它们。

"所以说，"迪芭说，"这里的某个地方……"她指着他们面前的空气，"存在那些想要驱除它们并且杀死我的咒语？"

"是的，"预言书答道，"不过言造物们成功说服了它们，让它们去做自己想做的事情。"

"那要是之后它们决定去做它们应该做的事情，又该怎么办呢？"

"我认为它们对那个并不怎么感兴趣。"预言书说。亮闪闪开始绕着房

449

UN LUNDUN

间漫步，向那些叛变的咒语指明各种东西。"瞧见了吗？它在带它们参观。它们想要观光。它们才刚刚出生呢。"

"要是它们做应该做的事情，那它们就完蛋了，"迪芭说，"我觉得它们此刻最不想做的事情就是执行命令。这样它们就完成了。"

最后一批蚂蚁搬走了最后一点儿果肉。地面上剩余的果核、石渣以及茎秆铺出了一个十分模糊的人体形状，除此之外，什么没剩下。

"我们能为言造物们做点儿什么吗？"迪芭小声地对预言书说，"它们就快消失了。"

"我想不出来。它们已经比它们大多数的同类坚持得久很多了。"

"可是……我们不能就这么任由它们消失！"

"我也不想它们消失，"预言书说，"可我们控制不了这个。"迪芭望着那些逐渐缩小的身影。

"我就不能再次念出它们来吗？坩埚。坩埚。亮闪闪。"

"这不是办法。首先，你并不是念出它们的那个人。"

"好吧，扬声器先生肯定不会再次念出它们，"迪芭说，"就算他可以……"她忽然不说话了。"但是它们并不属于他，不再属于他了。它们叛变了。它们为什么不能念出它们自己呢？"

"别说傻话了，"预言书说，"它们连嘴巴都没有。"

"有人就算不能发出声音但也依然能够说话，"迪芭说，"他们会使用他们的双手。或者他们会**把话写下来**。言造物们为什么不能这么做呢？它们现在就是这么做的，你看。它们可以说出自己，让自己留下来。"

坩埚和亮闪闪正积极主动地对着恶毒诅咒那些看不见的咒语比画着。

"让它们自己说出自己，"迪芭说，"这行得通的。不是吗？"

"这……可能行。"预言书犹豫地答道。

"这当然行得通，"迪芭说，"答应我，等它们一和那些咒语说完话，

伪伦敦

你就会告诉它们，让它们尝试。快点答应我？"

"你什么意思？"预言书问道，"为什么不是你去告诉它们？"

"因为我必须离开了，"迪芭说，"快没时间了。"她坐到了琼斯旁边。

奥巴代握着他骨折的手腕，发出了疼痛的呻吟，莱克特恩正在照看他。言造物们领着那些刚刚独立的咒语，带它们认识这个世界，这个大多数词语从没时间去关注的世界。

"那么我们快走吧，"琼斯说。迪芭能听出他声音中的劳累。"斯摩格就在楼上某个地方。是时候把它揪出来了……"

"琼斯。"她喊道。她叹了口气。"看看你自己。"

"好了现在……"他吃力地说。

"我是认真的。那个水果怪物让你伤得不轻。你甚至都走不了路。而且不论怎么说……"她压低了声音，"你真的放心让奥巴代看管这群恶毒诅咒吗？"琼斯发出一声闷笑。"你得看着他们，要是他们耍起脾气来，你要准备好给他们一个电击。不能让他们来追赶我。"

"迪芭，你不能独自一人去……"

"你以为我不想你一起来吗？"有一刻她差点就没办法好好讲话了，"我哪里想自己一个人去？可是我别无选择。看看你，老兄！"她轻轻戳了琼斯一下，而琼斯不得不强忍住痛呼。"再说了，你会是累赘，"她补充道，"我也不会是一个人。我还有莱克特恩。"他们看向那位预言家。

她正在轻轻按压奥巴代。黏黏用脑袋轻轻地撞她，莱克特恩轻声尖叫了一下，扭了扭双手，丢掉了手中的那小块布料。黏黏拍打着盖子飘落下来，被钩在了奥巴代满头的别针和缝衣针上。莱克特恩皱起眉头努力想把它取下来，不过失败了。

"一个牛奶盒，一本坏脾气的预言书，还有她？"琼斯开口道。

迪芭和琼斯开始咯咯咯地笑起来，有一点儿失控。但没笑多久。哪怕迪芭在笑，她心里也明白她必须要离开了。

第八十八章
残酷的一幕

迪芭轻手轻脚地爬上楼梯，手里举着伪枪炮。莱克特恩畏畏缩缩地跟在她后面，怀里抱着预言书。黏黏活力十足地一步一步跳上梯子。

"赶快，"预言书对莱克特恩低声说，"快跟上，跟上。"

走过几段曲折的楼梯后，他们终于到达了顶层。在楼道的尽头有一扇门，斯摩格气体正源源不断地从门的顶端和底部渗出。

"我们最好搞快点，"莱克特恩说，"斯摩格这家伙随时都有可能发现我们。"

在五彩斑斓的夜色中，走廊里泛着微光。过道有一整面墙都安装了窗户。

"看那儿。"莱克特恩轻声说。

他们眺望着战火中的伪伦敦。

街灯还亮着，伫立在人们居住的城镇上，而灯与灯之间萦绕着斯摩格麦尔那黑乎乎的影子。然而这一夜，伪伦敦在一团团火光中摇曳。远处有燃烧的闪光。街头巷尾与河流上漆黑的桥梁上都冒出了火把的光亮，这些光点与它们在河中的倒影一起跳动着。还有光束从夜空中、飞行器中以及其他的飞行物体中投下，从四面八方疾驰而来。

伪伦敦

"战斗开始了,"迪芭说,"真的开始了。"

她能听到战斗的动静。

"看。"她说。

他们看到起伏的屋顶就在他们下方数层楼的地方绵延,在屋顶之下他们能看到工厂的前院。那里战况激烈。那些高墙和路障,以及两边的房顶上,烟雾僵尸的军队正在发射飞弹。恶臭吸毒人在喷射毒气与烈焰。

就在入口处,还有一群进攻者,他们是在河边聚集起来、加入迪芭一行人的伪伦敦居民部队。

他们一边开枪,一边将锚钩抛过高墙。许多人还用上了巨大的风扇,斯摩格气体一靠近,他们就像挥动斧子似的将风扇对准斯摩格,把它的那些小气团给吹飞。那肮脏的烟雾散开了,又在前院的边缘再次聚拢,重整旗鼓,准备反攻。

"伪伦敦!"迪芭听到起义军在呐喊。"伪伦敦!"

"我们的人比之前在河边时更多了,"迪芭说,"人们在不断加入我们。"

"但是大部分伪伦敦人依旧觉得恩斯特伯是在帮助他们,不是吗?"莱克特恩说。

"也许并非如此。一旦他们看到恩斯特伯操纵这些烟雾僵尸和其他坏蛋,他们就会明白恩斯特伯跟斯摩格是一伙儿的了。事实上……"

"事实上,消息总是不胫而走,"预言书总结道,"恩斯特伯一定听说了。所以,不论他有什么打算,今晚已经注定是他最后的机会。"

"但是*那并非他们的计划*,"迪芭皱起眉头,"我听他们谈论的情况……是人们会以为恩斯特伯和布罗肯布洛是来帮助他们的,而这是人们听他俩的话的原因……他为什么要放弃这个计划呢?"

"可能他们打算铤而走险。"预言书不确定地说。

"快看。"莱克特恩说,她伸手指着远处。

一连串模糊的阴影穿过舰船、飞鸟、蝙蝠、恶心酒瓶和斯摩格勒,在

453

UN LUNDUN

夜空中飞驰。它飞行的方式非常奇特。那是一团巨大而厚重的物体，四周被护卫所包围。仿佛一群飞蛾，乱糟糟地横冲直撞，以迅猛的速度逼近。

"那是什么？"莱克特恩轻声问道。

就在那庞然大物不断靠近之际，许多斑点似的东西从城市中飞起，并加入了那巨物，也有其他斑点从那团影子中掉落下来，如同鱼雷一般潜入街道。迪芭看见其中一个小点收起了它的羽翼，落向地面，仿佛一枚有着弯钩头的拐杖形导弹。

"啊哦，"她一边说，一边远离窗户，"那是雨桑大军。"

在那雨桑群的黑暗中心，有个东西悬吊在那里，犹如一颗丑陋的果实。

"布罗肯布洛。"迪芭气若游丝地说。

恩布雷丽斯莫紧握着一把雨桑的伞柄，就这么吊在那把一开一合的雨桑下面。他晃动着身体，伸出另一只手抓住了另一把雨桑。反复如此，他就像个在单杠上移动的人，一只手换另一只手地攀爬着，跨越夜空。一把把雨桑带领他前行。

伞群冲入了工厂前院。它们迅速扩散到整个战场。接着，令迪芭意外的是，这些雨桑扑闪扑闪地飘到每个男女的前面，主动让众人握住伞柄。

"朋友们！"布罗肯布洛的呐喊声盖过了战场的喧嚣，他就像发了疯的玛丽·波平斯那样挂在一把雨桑下[①]。"看起来，斯摩格的势力肯定已经成功攻入了恩斯特伯的工厂。我会确保他不受到伤害。你们这般奋勇前来保护他，真是英雄义举。我这就去查看他的安危。同时，我留意到你们所有人都没有雨桑。斯摩格正在全面进攻！拜托大家，千万拿上雨桑！它们会保护你们！"

[①] 玛丽·波平斯是英国女作家帕梅拉·林登·特拉弗斯的经典童话作品"玛丽·波平斯"系列的主人公。她是一位魔法保姆，其经典造型便是撑着雨伞从天而降。该作品后被改编为经典电影《欢乐满人间》。

伪伦敦

　　部分起义居民困惑地望向彼此。一些人有些迟疑地伸手去拿正在他们面前扑腾的雨桑。然而，就在迪芭开始拍打窗户、使劲摇头时，她看到有人出手打掉了他们同志手中的雨桑。

　　"你疯了吗？"迪芭听到一人在说。

　　"我们都清楚你的身份了，"另外一人高声说，"我们听够了你的谎话！伪伦敦！"他用力扔出半块砖头，布罗肯布洛不得不晃动身体，离开那枚飞弹的射程。

　　恩布雷丽斯莫脸上那担忧的神色消失了。取而代之的是一副怒火中烧的表情。他气得龇牙，发出了怒吼。

　　"那个坏丫头！"他大吼道。他那只空着的手猛地一挥，他的雨桑们发起了攻击。一把把雨桑纷纷竖起，开始棒打这支伪伦敦居民组成的队伍，加入了烟雾僵尸和恶臭吸毒人一伙。

　　恩布雷丽斯莫飞到空中，俯瞰全场，忽然之间，他飞到了和窗户齐平的高度，视线直直地射向迪芭。

　　"啊，不。"她说完便从窗户玻璃前退开。太迟了。布罗肯布洛张开嘴巴，并且用手指着她。他的雨桑们拖着他，一把一把地交接，直直奔向迪芭。他的外套在空中翻飞。他步步紧逼。

　　雨桑大军犹如挡风玻璃前的虫子一般，冲向窗户，拍打着窗户玻璃，使得玻璃上出现道道裂纹。

　　"快！"迪芭喊道。莱克特恩难以将目光从逼近的恩布雷丽斯莫身上移开。要不是迪芭手快接住了预言书,莱克特恩可能就让书掉到地上了。

"我说了'快'!"迪芭说。她把预言书夹在一只手臂下面,把伪枪炮塞进了她的裤子,随即一把拉起莱克特恩。迪芭拉着莱克特恩在走廊上狂奔,奔向那扇有烟雾渗出的房门。黏黏蹦蹦跳跳地跟在她们身后。

斯摩格的气体漩涡缠住了迪芭的脚。这些漩涡浓得就像医用棉花,迪芭被绊得步履蹒跚。

但这影响不大。她根本不可能在布罗肯布洛追上来之前跑过这段距离。

第八十九章
报复的男人

一声可怕的巨响传来，恩布雷丽斯莫打破了迪芭和莱克特恩前方的窗户。他俯身着陆，他的外套在他周身起伏飘动。他的上下左右全是雨桑，以及雨桑飞动时那没完没了的咔哒声。

布罗肯布洛站起身子，眼冒怒火。

"恭喜你，迪芭·乐珊，"他低声说，"你成功地让自己变成了个大麻烦。现在，我知道你已经荼毒了不计其数的伪伦敦人，来对付我……"

迪芭、莱克特恩和黏黏朝大厅后退。布罗肯布洛比了个手势，一众雨桑横扫而过，全都撑开了伞面，堵住了她们的退路。只有黏黏太小了，可以从缝隙中挤过去。迪芭听到了黏黏跳下大厅的声响。

"我一直在奔波、操劳，推动这个计划，"布罗肯布洛说，"难道我没帮忙吗？难道我没有劝服我的同伴放过你的朋友吗？你完全没有理由回来。本来是可以皆大欢喜的。"

"除了所有的伪伦敦人。"迪芭说。

"他们一直都好得很！团结对抗着一个敌人！在我的悉心指导下！所有人都幸福快乐！"

"你之前是在撒谎，你是为了控制一切！"

UN LUNDUN

布罗肯布洛双手比画着,做出"是啊是啊你废话真多"的手势。

"我试过好好待你了,"他说道,"可是你拿我的好意打了我的脸。你这个不知感恩的臭丫头。"他高举起一把雨桑。

"布罗肯布洛,听着,"迪芭绝望地说,"斯摩格也是你的敌人。"

他停止了动作。

"你又在说什么胡话?"他说。

"你想一想!"迪芭感受到了雨桑的伞布抵着她的后背,有些裂开了,有些被金属刺穿了。她指着窗户。"为什么它要暴露它的军队?这是在告诉所有人恩斯特伯不是他们这边的!他们都明白不能相信恩斯特伯,而这就意味着不能相信你。斯摩格在故意破坏你的计划!"

布罗肯布洛怒不可遏地瞪着她。有一秒钟,迪芭在他的眼里看到了怀疑。

"你这个……坏丫头!"他怒骂道,"我不清楚这场骚乱是怎么开始的,也不清楚是谁在伪城市里散布这等邪恶的思想。可要怪罪我的搭档……你可真是不要脸。"

他又一次举起了他的雨桑。迪芭伸手去拿她的伪枪炮。

伪枪炮不在了。

迪芭内心惊恐万分,吓得预言书都掉地上了。"哎哟!"预言书在落地时发出一声痛呼。

迪芭慌乱地拍打她的腰带,急忙在口袋里乱翻。

伪枪炮在莱克特恩的手里。她一定是从迪芭的腰带上取走了它。莱克特恩正用它瞄准了布罗肯布洛。

他看着伪枪炮,动作迟疑了。

"很好,"迪芭说,"我们瞄准你了。别动。干得好,莱克特恩。现在把枪给我。"

预言家瞪大了她那双迷茫的眼睛,看着迪芭,然后低头看向那把巨的手枪。她的嘴巴张开了又闭上。布罗肯布洛望着她。

"你想活命吗?"他说,"你明白你没有机会的。马上把这把枪给我,那我就饶了你的命。"

"闭嘴!"迪芭说,"你别想吓唬我们!"

莱克特恩朝前走去。

"是的,他说得对。"她说。莱克特恩掉转了枪口,把枪递了过去,枪柄对着那位恩布雷丽斯莫。

"你疯了吗?"迪芭尖叫道,她大步跨上前,试图抢过伪枪炮。她来不及了。布罗肯布洛已经拿到那把枪了。

"枪里只剩一枚子弹了。"莱克特恩说。她说话十分急促。"我听她提到了这个。人们都知道斯摩格害怕伪枪炮,但是她只剩最后一枪了。她的朋友们都在楼下。他们和一些言造物一起打败了恶毒诅咒。她并不完全清楚她想做什么。她只是在追踪斯摩格的气味……"

莱克特恩的声音逐渐消失了。迪芭瞪着她,愤怒到失语。

"对不起,迪芭。"莱克特恩说。她站到了布罗肯布洛的身边,冲他点了点头。"可是看看他。我们根本没有赢的希望。我不想死。"

迪芭扑向她,但布罗肯布洛轻轻一动手,就有雨桑的伞柄从她身后伸了出来,抓住了她,使她动弹不得。

"聪明的选择,预言家,"布罗肯布洛说,"我很确定我们会在新政府里面为你找到一份新工作的。你说只剩一枚子弹了?千万保持安静,乐珊小姐。"

一把雨桑夹住了她的嘴巴。布罗肯布洛好奇地检查着伪枪炮,同时迪芭在奋力挣扎,想要挣脱雨桑的束缚。

"我不用再听到你那些令人不快又只会惹麻烦的谎言了,"布罗肯布洛说,"不过,我会和我的搭档聊一聊。我会弄清楚到底是哪里出了差错,以及我们要怎么解决问题。没什么是不可修复的。"

UN LUNDUN

  他用手梳理他的头发,一瞬间看上去无比疯狂。"但是首先——我不会再让你来挡我的路了。

  "你听到这话可能会有点惊讶,不过我其实是个极其容易不安的人。尤其是在某人似乎意图破坏我的计划的情况下。**纯粹的恶意的蓄谋**。"他摇了摇头,看起来很受伤,"好了,既然我们之间最后的小争吵已经结束,我其实一直保留着一个小东西。用以提醒我,不论你给我制造了多大的麻烦,我依然会赢。"

  他挥手召唤。一把坏掉的雨伞蹦蹦跳跳地从迪芭背后走上前来。那是一把红色的雨伞,伞面上设计有几只爬行的蜥蜴。它的伞布已经破裂了,裂口随着伞布一起扑动。

  "阿斯唔的。"迪芭的声音费力地穿过塞口布。

  "确实是你的,"布罗肯布洛说道,"或者说,那曾经是你的。一把开裂的雨伞,然后就成我的了。你想见识一下它到底有多听我的话吗?"

  他稍微动了动。他转身走向那扇门。

  曾经属于迪芭的那把雨伞一跃而起,用它的伞柄钩住了她的脖子,接着开始用力挤压。

  迪芭不能呼吸了。

第九十章
缝补

"先生?"她听到莱克特恩不安地说,"你一定要这样吗?不能……把她送回家什么的吗?"

"别说傻话了。现在,我得去和我的同僚谈一谈了。"

然而紧接着,就在迪芭挣扎着想要呼吸空气、觉得头疼之际,她周围的一缕缕斯摩格烟雾变浓变密了。烟雾在打量她,缠结为颗粒的雾气犹如长在茎干上的眼珠。她听到了一个粗粝嘶哑的声音。

"布罗肯布洛,"声音说,"住手。这个女孩……很有意思。我想要她的呼吸。我还想跟她一同呼吸。"

"呃,"布罗肯布洛说,声音听起来有些不自在,"好吧。"他看着他周围的气体。"这么说,你一直在听我们说话?"

迪芭开始耳鸣了。

"这个女孩。"声音说。

布罗肯布洛打了个响指,随后雨桑松开了迪芭的脖子。迪芭大口大口地喘气。雨桑下落转而钩住了她双脚的脚踝。另一把雨桑同样钩住了她双手的手腕。

"把那件武器拿来,"声音说,"我想看看它到底有什么特别之处。我

UN LUNDUN

不喜欢带着一件……这么有威胁性的东西到处飘。我之后就会吸了它。到时我就能弄清楚它了。所有的预言都……不清不楚的。"

"你说你要吸了它,你什么意思?"另外一个声音从门后传来。一位老人颤抖的声音。迪芭认得这个声音。"你在和谁说话,恩斯特伯?"那是莫塔尔的声音。

"嘘,"假扮恩斯特伯的斯摩格说,"安静。布罗肯布洛……进来。"

布罗肯布洛进去了,面带厌恶地看了迪芭最后一眼,莱克特恩跟在他身后。迪芭身边的斯摩格烟雾纷纷退回,如同倒流的轻薄火焰一般,被吸回大门里面,留下一片寒冷、稀薄且纯净的空气。

"恩斯特伯,"迪芭听到布罗肯布洛说,"事情没有按照我们制订的计划发展。怎么回事?那个讨厌的丫头捏造了各种指控……"

"莱克特恩……?"莫塔尔说道,"你加入了恩布雷丽斯莫?这是预言书,是你吗?这么说……我们赢了?赢了斯摩格?"

"噢,莫塔尔,"迪芭听到莱克特恩语气悲哀地说,"闻闻这些空气。"

迪芭挣扎起来。

雨桑们的束缚纹丝不动。她多少能够活动她的双臂,但是她没办法挣开雨桑,脚踝也没办法分开,也无力挣脱。

她的脚边有呼哧呼哧的响动。

"黏黏。"她轻声唤道。这个小牛奶盒悄悄地穿过了这些静止的雨桑,滚到了她的腿边,快活地吸气吐气。"啊,黏黏。"

迪芭又开始挣扎,但是这两把雨桑的力气太大了。迪芭叹了口气。她咬紧了嘴唇。

"放下伪枪炮。"那个刺耳的声音说。

"里面还剩下一枚子弹,显而易见。"她听到布罗肯布洛说。

"你从哪里得到这个的?"莫塔尔说道,他的声音十分虚弱,简直令人心碎。"也许我们可以使用它?"

伪伦敦

"布罗肯布洛,伪伦敦人正在变得傲慢不听话。情形不对。因此改变了计划。需要更多援助。我们还没准备好。去乘电梯——找到莫加特洛伊德。带上那个女人离开。"

"你是这么想的?"恩布雷丽斯莫说,"我不太相信莫加特洛伊德和他的老板愿意撤下警察,或者亲自前来。一开始他们只是帮我们一个忙……"

"值得一试。"冒牌恩斯特伯的声音变大,而且充满怒气,布罗肯布洛没说话了。"放下伪枪炮,放下预言书,然后出发。"

"非常好,"布罗肯布洛说,"当然。这是个很棒的主意……我这就……出发去询问……"

"再留下一把雨桑帮我。"

顿时一阵沉默。

"我不答应,"布罗肯布洛紧张地说,"我想你忘了我们是合作伙伴。雨桑是*我的*仆从。"

迪芭听到金属碰撞的当啷声,门板滑动的声音。随后一阵机械挤压的声响逐渐远去。

"噢,行吧,"那个声音嘀咕道,"从没想过我会打发掉他。"

"老天啊……"莫塔尔喃喃道,"我做了什么……?"

"**昏昏入睡。**"只听见如疾风一般嗖的一声,莫塔尔的声音逐渐微弱,随后消失。

我需要摆脱这些东西,迪芭心想道,她再次扭动手腕。黏黏用它的纸板嘴巴咬住雨桑。迪芭听到了预言书的声音。

"布罗肯布洛会发现你骗了他,"预言书说,"很可能他已经发现了。"

"愚蠢的雨桑男,"假冒恩斯特伯的斯摩格说,"对他来说,现在已经太晚了。"

"等他发现真相,然后加入我们,你懂的……"

463

UN LUNDUN

"预言书,"那个声音变得沉闷,"我非常繁忙。之前的实验。化学物。长期准备这个计划。吸入了很多书本。那些图书馆管理员,他们帮了大忙。给我提供了大量燃料。现在我需要集中。我宁愿先不解决你,布罗肯布洛,还有那群愚蠢的老预言家。不过你引起了我的注意。事实上……"他的语气忽然变得无比贪婪,"预言书里没有什么关于化学的章节……吗?"

"没有,"预言书连忙答道,"除了地理学什么都没有。而且有一半的内容还都是错的。快把我关上。"

撕裂的声音突然传出,还有一声急促的哭喊。

迪芭再次用力绷紧全身,可根本毫无挣脱的希望。她颓然倒下,闭上了双眼。

这根本没用,她想道,我一路赶来,我就差那么一点就能完成任务了,而一切竟然会像这样结束。我逃不出去。布罗肯布洛完全控制了那些破伞。

"等会儿。"她大声说。她一下睁开眼睛。那些破伞……

她检查了她那把旧雨伞。它的伞轴和收折的伞盖就平躺在她身下,它的伞柄就在她的腿旁边。她查看了伞盖上那道长长的裂口,就是从几只蜥蜴之间裂开的。

迪芭皱起眉头。她的脑海里浮现出一个主意,她竭力想要抓住这个主意。

"黏黏,"她轻声喊道,"我需要你去拿一个东西。就在我的包里。看到了吗?那个小袋子!快去!"

小牛奶盒听从她的指示,激动地行动起来。它开始一个一个地把包里的东西拽出来。

"不对,"她说道,"不是那些袜子。不是那个笔记本。不是……不是我的钥匙,不对。是那个黑色的小东西。不,不对,不是。对了!"

伪伦敦

在双手被束缚的情况下,要打开针线包不容易,但迪芭最终还是成功了,她取出了针线。更难的是在双手被雨桑钩住的情况下还要弯腰去够那把锁住她双脚的雨桑,不过迪芭缓慢而小心地移动着,到底还是做到了。她用奥巴代之前给她的一根缝衣针,一边想着她就知道这根针能帮上忙,一边俯身以质朴的热情缝补起来。黏黏兴奋地在她周围蹦跳着。

只有一圈被简单粗暴地缠起来的线,以及勉强能够活动的双手,迪芭开始修补她的雨伞。她听着冒牌恩斯特伯在门后面嘀咕,努力想弄明白他到底在做什么。与此同时,她笨拙地缝补着那道毁掉她雨伞的伞布上的裂口。

就在迪芭给那把雨桑缝上最后一针、缝合那道裂痕的瞬间,雨桑开始微微颤抖。它震颤起来,然后变化发生了。

这把红色的蜥蜴伞摇晃着自己的身体,如同一只逐渐苏醒的动物。迪芭屏住呼吸。它断断续续地扭动,接着慢慢地松开了迪芭的脚踝,撑开了它的伞架,张开了伞布,就像在打呵欠。

它转身,那只最大的蜥蜴的双眼对着迪芭。

"是的,"迪芭轻呼道,"*我做到了!*"她咬住嘴唇以阻止她发出欣喜的大叫。她看着她曾经的雨伞在走廊上蹦蹦跳跳,弯腰查看它周围的一切。

"嘿,"迪芭小声喊道,于是它转向她,"你记得我吗?很久之前。"

它顿了几秒,不太确定似的上下晃了晃它的伞尖。

"你还记得一分钟之前你还抓着我的事情吗?"

它晃了晃伞尖,这次很用力。

"但是你不想再抓住我的腿了吧?"迪芭指了指自己的脚踝。雨伞弯下去端详她的脚踝。它略微撑开了一点伞布,随即又合上了。一个雨伞式的耸肩。它摇动身子表示"不想"。

"你之前不得不这么做。有人给你下了命令。现在你不必遵循了。"

它点点头,接着跳了起来,还转着圈,耍了个侧手翻,随后从一面墙

UN LUNDUN

弹到另一面墙，又从天花板弹到地板上。它撑开又合拢，抽动着飞了起来。

它自由了，它不用再听布罗肯布洛的命令了！迪芭想。

它不是一把雨桑了，再也不是了。它是另一种东西。当它是一把雨伞时，它只有一个用途。在它损坏后，它不再有那个用途，所以它便成了其他东西，而那时它属于布罗肯布洛。它是他的奴隶。

可要是它被修好了……它并非完好无瑕——若是如此，那它就是一把雨伞，一件没有生命的工具罢了。但是它也没有坏掉，所以它不再属于布罗肯布洛了。

它是一个全新的东西。它不是一把雨伞，也不是一把雨桑。它是……

"你是什么？"迪芭呢喃着问，"一把逆伞？[①]"不论它是什么，她想道，此时此刻，它都属于它自己。

"你喜欢自由。"迪芭说。逆伞激动地点头。"作为回报……你会帮我吗？"

地板上撒满了碎玻璃，以及窗框上掉下来的木头碎片。地上还有一些小金属杆，大概几英寸长，都是之前用来封闭窗户的。

黏黏和逆伞任意捡起这些碎渣，把它们统统带给了迪芭。

"不，不是玻璃，"她说，"那根杆子。对，就是那个。"

那把锁住迪芭手腕的雨桑的伞轴中间已经弯曲了。它使出全力，但是在逆伞的帮助下——还有黏黏热情但没什么用的帮忙——迪芭稳稳地握住了它。逆伞逼得雨桑撑开，而迪芭把那根金属棍子举到和雨桑的伞轴同一水平的高度。迪芭和逆伞合力把雨桑撑开，用胶布把金属杆和锁住迪芭的这把雨桑一圈一圈地绑在一起，将雨桑扳直了。

片刻之间，就这么修复了，它不再是一把雨桑了。它从迪芭的手上弹

[①] 此处原文为rebrella，由单词rebel（反叛）与单词umbrella（雨伞）组合而成，故称之为"逆伞"。

伪伦敦

开,开心地四处跳动,就如第一把逆伞先前那样。

迪芭的手脚都自由了,她一个接一个地修好了剩下的雨桑。它们都没有抵抗——它们得到的命令是原地不动。

有两把雨桑实在破损得太严重,迪芭没办法修好它们。其余的她很快就修补完毕。它们全都看上去不怎么好看,但是很快,迪芭就被四把愉快的逆伞包围了,它们为脱离布罗肯布洛的控制而欣喜若狂,都跳个不停。它们好像嬉戏的动物。

她的大脑飞速转动起来。她清楚地认识到时间过去很久了,她的朋友们还在等待,她只有最后一个机会来阻止斯摩格了。

"你们会帮助我吗?"她说。她问了好几次,逆伞们才都排成一队,看着还是很热心。唯一的例外是那把红色蜥蜴伞,它的动作很快。**或许因为它很久之前就属于我,迪芭想道,它懂我的想法。**

"我需要你们这么行动,"她说,"当我说?进攻!"她做出夸张的击打动作。

她明白冒牌恩斯特伯非常强大,但这些逆伞曾经都是雨桑,全都用黏糊糊的化学物质处理过,那些化学物质能让它们不受斯摩格的攻击的伤害。这真有一种诗意的正义,她想到——由斯摩格和布罗肯布洛制造的,用来帮助它夺取城市的工具,如今全都要来对付它了。

这里有一把她缝补好的蓝色逆伞,一把由她扳直伞轴的黄色逆伞,还有一把黑色逆伞,这把是修得最轻松的:它只是伞架倒翻了,她"啪"的一下就把它复位了。

"我们没办法全都悄悄溜进去。只有一次机会。我需要你们帮助我。"她对红色逆伞说。稍微复杂一点的任务她只敢交托给它。

有这么一刻,她想起了在她家院子里,她曾经把它当作刀剑一般舞动的时光。她好奇这些回忆对它来说是什么样子的——对它来说,那是两辈子之前的事情了。也许这些记忆已如梦幻泡影了。

UN LUNDUN

"其他三把逆伞进攻时,"她说,"我需要你去取回一件东西。"

迪芭解释完毕后,犹豫了几秒。不论几分钟之后会发生什么,她很清楚,一切就要结束了。

第九十一章
反应

迪芭拉开那扇门，逆伞们一拥而入。

迪芭冲进去时，一切都变慢了。她在片刻之间就将一切尽览无余。

工坊里的光亮在移动。房间内到处都是灯泡昆虫，不是在地上爬，就是在慢吞吞地飞。壁炉里的大火烧得正旺。迪芭记忆中的大缸仍旧放置在它的旋转架上。大缸里盛满了发出明亮光芒、还在不断冒泡的绿色液体。蓝色的煤气火焰在大缸底下烧得嘶嘶作响。

房间里、长凳上、架子上全部都放着烧杯、冒泡的试管、螺旋玻璃管，这些容器里都装着同样的奇异化学物，迪芭都还记得。

角落里有一张桌子，迪芭看到伪枪炮和预言书都在桌上。莫塔尔坐在后面的椅子上，在打呼噜。他的头被包裹在一团污浊的烟雾里。通往电梯的电梯箱门紧闭着，升降梯本身并没有在电梯厢里。

逆伞们快速地转动身体，冲锋而入，一开一合，犹如利剑一般摇摆着。它们的动作甚至比雨桑更加轻巧灵活，惊人地平稳。**大家都更喜欢自己选择的战斗**，迪芭想道。

它们袭向房间中央的那个人影。

冒牌恩斯特伯。

UN LUNDUN

在那一瞬间,它一动不动,仔细查看着一只装满大缸里发光黏液的烧瓶。迪芭恐惧地瞪着它。

恩斯特伯在膨胀,看着十分恶心,它的皮肤肿胀鼓起,颜色惨白,上面爬满斑点,一副病变的样子。它的实验室外套变得紧绷,贴在它的身体上。它双眼充血,死盯着迪芭。

"迪芭!"预言书呼唤道。

逆伞们迅猛地冲向冒牌恩斯特伯,而恩斯特伯张开了它的嘴巴,大笑起来。

恩斯特伯移动了。尽管它身形庞大,但它的速度快得异常。它一个侧手翻就跳出了逆伞们的攻击路径,似乎马上又要跳走。它单手跳动着,另一只手护着那个发光的烧瓶,它在转动身体时扭动手腕,于是玻璃烧瓶里还是满满当当的。

它再次大笑,同时传来一个噪声,仿佛是把一大袋死去的动物拖过煤渣和碎玻璃所发出的声响。恩斯特伯将烧瓶掷向离得最近的逆伞。

玻璃瓶撞上强化后的伞盖,撞得粉碎。看到逆伞这么轻易地就挡住了恩斯特伯的进攻,迪芭兴奋地叫出了声。紧接着,她的喉咙就收紧了。

伪伦敦

那发光的液体在黄色逆伞上炸开了，凡是伞布上沾到了液体的地方都烧了起来。

在油腻的火焰中，黄色逆伞燃烧起来，散发出大量浓烈而刺激的烟雾。它瞬间就被烧毁了，烧红的金属发出尖锐的嘎吱声。

恩斯特伯用力地深呼吸，将逆伞燃烧时产生的气体全都吸进了它的鼻孔。最后只剩下一个被烧得卷曲、完全歪扭的雨伞骨架，还有灰烬。

迪芭惊骇不已。有数秒的时间，逆伞们都停止了动作。恩斯特伯再次移动起来，就像芭蕾舞者那样，去拿另一瓶装满液体的玻璃瓶。

"快跑！"迪芭大喊，随后逆伞们朝不同方向退散。但是恩斯特伯使劲投出他手中的瓶子，它炸到了那把被缝合的蓝色逆伞。

瓶中液体撕裂了蓝色逆伞，散布着火种。蓝色逆伞倒下了。"不！"迪芭发出尖叫。几秒之后，它消失了，只剩下被毁坏的金属骨架。恩斯特伯将烟雾尽数吸入，随即它的皮肤绷得更紧了。

"没意思，"它抱怨道，"不怎么有趣的思想。不过还算是一场有用的试验。我之前以为我解决了问题，还以为这会有用。"它摇晃着那个装着发光液体的烧瓶。"可接着布罗肯布洛发现了一点碎片……他不愿意给我留下一个实验体。"它看着迪芭，裂开嘴巴，露出牙齿，笑了。它的牙齿是泥巴的颜色。"谢谢你把这些实验鼠带来。"

第三把逆伞英勇地向恩斯特伯发起进攻。它狠狠地给了它的小腿两下重击，声音大得足以震裂木头。恩斯特伯倒下了。

迪芭的心脏怀着希望地猛跳了一下，然而那个外表恶心的人形怪物又弹了起来，如同一个充气人偶。恩斯特伯在狂笑。

它迅猛地抓住了那把逆伞，动作就如猴子那般敏捷，然后将逆伞用力投进了大缸龙头下方的一个装满液体的桶里。火焰和烟气喷射而出，恩斯特伯身体前倾，将这些尽数吸入。

它转身露出不怀好意的笑容。它的脸是煤烟一般的黑色，它的头发也被烧焦了。它握住逆伞的那只手在冒烟,而那把逆伞只剩下可怜的残肢,一把缠绕打结的破烂金属。当啷一声,一根金属小棍掉了下来。迪芭认出了那根棍子,就在几分钟之前,她才用它将那把雨桑变成了逆伞。

"你以为,"恩斯特伯说,"我会放任那些我无法阻止、无法吸入的东西在我周围打转吗?"

迪芭的目光一直盯在这个可怕怪物身上,不过她的眼角余光看到了黏黏,还有那把她总觉得是属于她的逆伞,那把红色蜥蜴逆伞,它正蹑手蹑脚地朝伪枪炮和预言书靠近。

这动作似乎引起了恩斯特伯的注意。迪芭屏住了呼吸。但是那把逆伞顿住了,黏黏从它身边跳开,发出凶狠的呼哧声,一路连蹦带跳地冲向恩斯特伯,吸引它的注意力。

"黏黏,快回来!"迪芭唤道。就在恩斯特伯伸手去抓牛奶盒时,迪芭抄起一把座椅,使出全身力气把它扔了出去。

恩斯特伯一脚挡住了椅子,并用手抓住了它,接着将它丢进了炉火中,在它开始燃烧后,吸入气体。黏黏跳开了,躲到了迪芭的脚后。

"布罗肯布洛是对的。你非常烦人。分散我的注意力。我本来打算之后再吸了你,就当餐后布丁,不过恭喜你——现在你变成开胃菜了。"

恩斯特伯大步走向她,刚刚才变得臃肿的双手朝她伸出。迪芭退向墙壁。

她的逆伞小跑过最后几米,跳上了桌子,钩住了伪枪炮。

"什么……?"恩斯特伯转身看到这一幕,咆哮起来。它以极其难看的姿势跳了过去,就像一只指甲收在肉爪里的肥胖老虎。逆伞把自己当作弹弓,孤注一掷地竭力一抛,将伪枪炮扔过恩斯特伯的头顶。

伪枪炮快速地旋转着飞过空中。恩斯特伯貌似想要调转方向。它伸手

伪伦敦

去够伪枪炮，它的手指距离手枪只有几毫米，但伪枪炮还是刚好越过了它的手，并且开始下落，紧接着迪芭赶上前，在伪枪炮落地时伸出了手。

伪枪炮落到了迪芭手中，迪芭握枪瞄准了它。

第九十二章
梦中烈火

尽管迪芭举起了伪枪炮，恩斯特伯还是没停下。巨大的身躯径直奔向一面墙，然后像一个橡胶弹球那样反弹到了大缸后面。迪芭尝试让伪枪炮一直对准恩斯特伯，但它的动作实在太快了，而房间内到处都是障碍物，她没办法瞄准。她保持着背对墙壁的姿势。

恩斯特伯的手出现在一张翻倒的桌子后面，接着伸手去摸大缸下方的控制组。离得太远它碰不到。它的胖脑袋从桌子的边缘处探了出来，迪芭的手指收紧了。

只剩一枚子弹了，她想道，只有一枚，一定要瞄准。

恩斯特伯看见她在瞄准，又立马躲回障碍物后面。迪芭一直举着她的武器。

行了，迪芭想道，**快出来**。但是恩斯特伯还是待在原地不动。

"迪芭，小心！"预言书高呼道。

"怎么回事？"她问，"那个液体是什么东西？"她真希望可以不让恩斯特伯听到她和预言书的对话，但现在没办法。

"那是他一直以来都在研究的东西，"预言书大声说，"恩斯特伯让人们从藏书井找来的所有书籍。所有研究。他一直在寻找制造这个魔法化学反应的东西。"

"但是为什么呢？恩斯特伯和布罗肯布洛传播的这个好人坏人的故事，一定要有这些雨桑发挥作用，人们才会相信。如果雨桑没了，没人会听恩布雷丽斯莫的话。"

"我想一定是计划有变。"预言书说。

"你为什么不直接问我呢？"恩斯特伯低吼道，接着它笑了。

"别跟它说话，"预言书说，"随时准备好开枪！"

"雨桑确实发挥了作用，"恩斯特伯说话了。迪芭听得出来它在移动。"发挥了防弹的作用。防飞弹的作用。防煤雨的作用。没有雨桑，所有的伪伦敦人都会躲起来。不论我到哪里，他们都会躲在洞里，躲在地穴里。他们会躲起来。这可不妙。"

"什么？"迪芭低声说。

"我想要呼吸。想要吸入烟雾，学到知识。那些烧掉书籍、烧掉房屋、烧掉图画，以及烧掉人们的火灾很美妙。愚蠢的伪伦敦人，愚蠢的迪芭。这并不是终结。万物都在燃烧，在烟雾中飘浮，最后归入我体内。我会保证万物安全，让万物都成为我的部分。我就是万物。

"万物太脆弱了。所以我放了火，把它们都吸进来，永远地储存在我的云烟之中。可这群伪伦敦人躲了起来。太可怕了。还扑灭我的火焰。"

迪芭注视着那把缠在一起的逆伞残骸。

"它想让人们觉得他们会没事，"迪芭说，"所以他们才会出来……"

"布罗肯布洛听说恩斯特伯在你那边找办法后，"它说道，"他来找了我，提出了他的计划……但他想通过谎言来统治。而且一次只喂给我一点儿气体，不让伪伦敦人知晓他们为我所做的贡献。

"他想让我成为一个秘密宠物。

"但我想要壮大，强大，知道更多。很长一段时间内我都很虚弱。不过我一直在吸入养分。我想要知道更多，了解更多，想要成长。那些可爱的书籍。被人烧掉，被我学习。不断被人烧掉，不断被我学习。可爱的人们，绝妙的思想。"它的声音里充满了一种恐怖而低沉的饥饿，让迪芭感到恶心，"但是你们全都躲着。然后布罗肯布洛给我出了个主意。所以我向他们展示了，嘭嘭嘭，如何用他们的魔法雨桑来打败我……"

"老天啊，"迪芭震惊地说，"人们全都出来了……它就会开始进攻……开始下雨……人们全都会出现，因为他们以为雨桑能够保护他们……"它会撒下它的新型化学物……所有人都会燃烧起来。

"这就是它一直在研究的东西，"预言书说，"一种能够和恩斯特伯的配方发生反应的化合物。它不再是跟恩布雷丽斯莫一伙儿的了，它欺骗了布罗肯布洛，利用了布罗肯布洛。布罗肯布洛以为这些雨桑是由他控制的盾牌……然而它们都是火柴，随时准备被点燃。"

"人们都出来了，表示他们都不害怕了，"恩斯特伯说，它的音调就像在唱歌，令人毛骨悚然，"雨水会落下，他们全都会烧起来，发出火光与烟雾，我会收纳所有人。火势会扩散，所有伪伦敦人，所有房屋，所有奇妙的书籍，所有绝妙的思想，都会在烟雾中飘浮，最终进入我的体内。我将无所不知。我将成为一切。一切不会结束。我会成为你们所有人。

"这很糟糕吗？"

迪芭仿佛看到伪城市和它所有的居民身陷烈火的惨烈景象。斯摩格将成为庞然大物，一个超级天才，无数的思想和无数的书籍，将会和它的毒雾混合在一起，它将借此统治一个满是灰烬的国度。她顿觉遍体生寒。

"届时我将无比强大，"它喃喃道，"强大到可以前往远方，我将在无数地方，在伪城市里……在城市里，继续燃烧，继续学习。"

它简直贪得无厌，迪芭意识到。假如今晚它成功了，那它将成为一个满是剧毒、到处点火的烟雾之神，燃烧它能触碰的一切，学习一切。

"我将熟知我所触碰到的一切。明白了吗？"它开始大笑。

伪伦敦

迪芭无法呼吸。这不仅仅关乎她,或者赞娜,或者她的家人,甚至整个伪伦敦。斯摩格还知道前往伦敦的路。

一枚子弹,她想道,她想到她之前发射的那几枚子弹,然后思索着伪枪炮这剩下的一枚子弹会有什么效果。**不……要……落空……**

一阵马达转动的声音传来,哐哐啷啷的响动逐渐变大。
"这完全是突发情况。"迪芭听到有个人在大声说话。
布罗肯布洛的声音从电梯井道里传出来。
"如我所料,大臣不愿意给我们派更多人手了。我把这边的情况跟她说了,她也有点担忧。"电梯到达了。布罗肯布洛打开了电梯门,走了出来,身后跟着莱克特恩,周围还有雨桑护卫。
"确切地说,"他说,"她让我留意莫加特洛伊德。找不到他了。她说我应该……"
他停下了。他看着实验室里的一片狼藉,看着躲避迪芭的恩斯特伯,看着迪芭。一瞬间,谁也没动。

"打开煤气!"恩斯特伯尖叫道。
"布罗肯布洛!"迪芭大喊,"别!这是个圈套!"
但就在莱克特恩害怕地蜷缩成一团时,布罗肯布洛抓过煤气阀门,扭开了。阀门下的火焰烧得呼呼作响,发光的液体沸腾得更厉害了,泡泡冒得更快更多了。
迪芭将伪枪炮转向了布罗肯布洛,恩斯特伯一跃而起,大步冲到她面前,迪芭一时没站稳,跟跄了一下。
一枚子弹,一枚子弹,迪芭心里念道。
她低头闪向侧边,伪枪炮的枪管瞄准着,等待恩斯特伯和布罗肯布洛都出现在她的视线中。那个盛满发光化学液体的大缸已经开始散发蒸气

UN LUNDUN

了，就要迸溅出来了。

　　布罗肯布洛的雨桑犹如渡鸦一般向她疾飞而来。布罗肯布洛举起了他的手。恩斯特伯咆哮着逼近，还在不断冒出烟气。

　　迪芭做好准备，扣下了扳机。

第九十三章
蜕皮

震天响的爆炸声在迪芭耳边炸开。伪枪炮猛然反冲。

纸飞机从各个角落飞了进来。一些很小，一些是用巨大的纸张折叠而成的。它们全都是不同的颜色。有些飞机的折纸是从书里撕下来的，有些纸飞机上还有钢笔书写的痕迹，有些纸飞机又是空白的。

还有简单折成的纸飞镖，也有机翼弯曲的精巧模型。空中充斥着数千只纸飞机。它们冲着布罗肯布洛和恩斯特伯一阵俯冲轰炸，仿佛它们被飓风所裹挟。

UN LUNDUN

它们迅猛地冲过目标身边，双翼扫过这两人，锐利的边线从他们身上划过。布罗肯布洛大声呼号起来。

她瞄得很准。但是布罗肯布洛动了动手指，他的那些雨桑就组成了方阵，撑开了伞面，形成了一面盾牌。一阵落雨般的击打声响起，折纸炮弹纷纷被这些强化过的布料弹落。

在盾牌中心，迪芭看到了那把红色的蜥蜴逆伞。

*不！*她绝望地想，*他一靠近，就又控制住它了。*

没有雨桑保护恩斯特伯。折纸的边缘已经刮擦它几百次了。它就站在这暴风雪一般的飞镖猛攻的中心，哈哈大笑。在它身后，大缸里的泡泡在剧烈翻腾，黏稠的液体溢了出来。恩斯特伯使劲吸气，那绿色的旋涡旋绕着进入了它的嘴巴和鼻子。恩斯特伯的身体变得更胖了。它的皮肤拉扯得更紧。

"不是吧！"迪芭叫喊道，然后摇晃起伪枪炮。"纸飞机？"她高声呼道。"剪纸？往他们身上丢一吨的书！这类的！"然而这波折纸飞机的猛攻开始减退了。

恩斯特伯的皮肤上到处是细小的伤口，没有流血，但是一丝丝的气体渗漏了出来。布罗肯布洛从他的雨桑背后往外窥视。

他看着迪芭拿着她那把没用也没子弹的武器。她极力想要打开伪枪炮的弹巢重新装填子弹，但是它纹丝不动。恩布雷丽斯莫又看向恩斯特伯，恩斯特伯依旧在吸入绿色的气体。

布罗肯布洛脸上并没有胜利的神色：他看上去很困惑，还很害怕。

"你在……"他对冒牌恩斯特伯说，接着他的话说不下去了。

他打了个响指。那群雨桑全都收起了伞盖，然后朝迪芭逼近。

那把逆伞没有这么做。迪芭看到它飞到了布罗肯布洛的鼻子底下，她立刻就明白了。它混入他的盾牌是为了接近他。布罗肯布洛发现逆伞没有听从他的命令时，迪芭在他的脸上看到了全然恐惧的表情。

他没时间做出任何反应。逆伞给他的脑袋上来了响亮的一击。他向后倒下了。

就在他倒下的那一刻，所有雨桑都停止了靠近迪芭，随后迷惑地后退。

逆伞又使劲给了布罗肯布洛好几下，直到他完全失去了意识。

迪芭目不转睛地看着恩斯特伯这恐怖至极的变身。恩斯特伯就像一个工业泵一样吸入那些气体，膨胀成了一个令人作呕的人形物体。大缸里涌出的蒸气都流进了它的身体里。大缸自身开始抖动起来，发出嘎吱嘎吱的响声。

恩斯特伯摇摇晃晃地朝迪芭走去，但它此时已经膨胀得过分了，已经做不到行走自如了。迪芭本能地举起了伪枪炮，但它已经没子弹了，她只能又放下了枪。恩斯特伯笑了。

"是……"它吐出一股恶臭的气流，"时候了。"

它的笑容越来越大。它的嘴巴大张，嘴唇拉扯到最大，露出夸张的笑容。它的嘴巴开始裂开，嘴角的皮肤崩裂，下巴上扬，脑袋懒散地后仰。它的嘴越张越开，突然整个头都完全打开了，紧接着一团巨大而浓密的气团从那里面出现了。

恩斯特伯体内的斯摩格烟雾浓厚得完全阻隔了光明。它本身是黑色，又染上了蒸气的绿色。它从恩斯特伯体内涌出，仿佛恩斯特伯是一根废气管。

恩斯特伯的皮肤坍塌了，但皮肤上没有冒出一滴血珠。就在那些气体，过去一直填充撑起这些皮肤的气体，排出之后，恩斯特伯的皮肤就干瘪坠落了。

恩斯特伯的皮肤掉在地上，如同一张人形破布。斯摩格恣意地扩散到整个房间。恩斯特伯的身体看上去根本不可能容纳下这么多烟雾，不论它的皮肤之前拉扯得有多紧。斯摩格无处不在，迪芭无法呼吸，也看不见任

UN LUNDUN

何东西。

她感觉空中有烟尘颗粒,还有垃圾在叮她,她努力紧闭双眼和嘴巴。那股化学物的臭气简直避无可避。她吐了口气,跪倒在地。

房间开始震颤。迪芭有一瞬间还以为这是她的想象,但她隐约能听到那个魔法化合物沸腾变作气体融入斯摩格时,那个巨大坩埚发出的咆哮。

忽然一声轰鸣炸响,迪芭感受到斯摩格从她身边匆匆奔过,接着空气变干净了。

风在拉扯她的头发。迪芭睁开眼睛,望向群星,还有月酿,以及那团疾速升空的黑云。

迪芭疑惑不解地环顾四周。尘埃正在落定,罩在那些没有目标的雨桑、损毁的家具以及房间内其他咳嗽着的人们身上。她看到了跌落在地的恩斯特伯的皮囊。

那口大缸已经炸裂了。里面的液体达到了一定的临界温度后,瞬间就爆炸汽化了。

它炸掉了屋顶。迪芭再次抬头看,发出一声恐惧的喊叫。

斯摩格就飞在房间的正上方。

随着它飞得越高,它也逐渐变大,朝所有方向扩散。它放纵自己玩耍着,给自己短暂地做出了烟雾翅膀、烟雾爪子和烟雾牙齿。在月酿的光照下,迪芭看见它将化学物和其他物质混合在一起,浓稠的绿色蔓延到斯摩格全身。房间里的所有气体都被吸进了它的尾流,逐渐融入其中。

工厂的巨型烟囱震动起来,它的顶端开始坍塌,发出一阵巨响,砖块和尘土落到距离迪芭只有几英尺的壁炉里。

迪芭双手抱头。可就在她害怕地缩成一团时,她听到了有东西在弹跳。

她的逆伞在壁炉旁撑开了伞面。它上下左右地窜跳着,速度快得迪芭看不清,利用它那强化后的伞布保护她——巧的是还护住了莱克特恩、莫

伪伦敦

塔尔，甚至布罗肯布洛，挡住了那些下坠的砖头。迪芭满脸惊奇地注视着它拯救生命的精彩表演。

好几秒钟后，烟囱顶部向内坍塌了，落下的碎石堵住了整个竖井。烟囱剩余的残根摇晃着撑住了。

房间的墙壁一堵接一堵地都倾斜了。实验室的碎石都落到了地面，逆伞嘎吱嘎吱地合拢了，跳到了迪芭的手里。

"谢谢你。"她低声说。

"迪芭……"是莫塔尔的声音。那一小团蒙住他的脸的催眠斯摩格勒已经消失了，被吸进了他们上空那不断扩大的云团中了。他跟跟跄跄地从一堆尘土中站了起来，拖着脚步走向她，不停地眨眼睛。

"我不知道发生了什么，"他说，"但我知道我是个十足的傻瓜，愚蠢透顶。请你原谅我。我只是……无法相信我自己的老朋友恩斯特伯是……"他说不下去了。

迪芭注视着莫塔尔。她知道她应该对他好好发一通脾气，她很快就可以这么做了，但不是现在。

"他不是，"她说，"你的朋友什么都没有做。那是斯摩格。"迪芭决定现在不让莫塔尔看到恩斯特伯的皮囊。他看上去已经到了崩溃的边缘了。

"但是……你可以……"

"可以，可以，"她匆忙地答道，"我之后会原谅你的。现在没时间了。"她伸手一指。莫塔尔惊恐地瞪着那团正在变绿、正在不断壮大的烟雾。

"它在做什么？"

迪芭着急地讲道：

"它准备将伪伦敦里的每一把雨桑都变成炸弹——它和布罗肯布洛让所有人都带着的雨桑。以保护他们的名义。"*在你的帮助下*，她心想道。显然，从莫塔尔的脸色看得出来，他清楚这点。

UN LUNDUN

"我们能做什么?"他悲痛地问,"我能做什么呢?"

"首先,我们需要……*别让她逃跑*。"迪芭突然说,然后她不假思索地把逆伞掷向正在偷偷靠近电梯的莱克特恩。逆伞缠住了这位预言家的双腿,让她摔倒在地。莱克特恩哭嚎起来。"她投靠了布罗肯布洛,"迪芭说,"还是有意为之。"

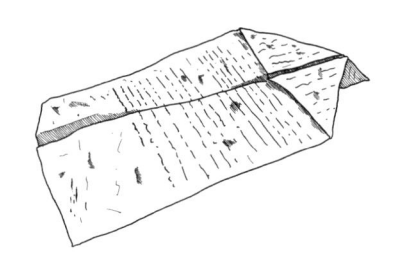

"莱克特恩!"莫塔尔叹道。

"对,这很可怕,但我们眼下没时间害怕了。"迪芭说。她脑子转得飞快。她望向斯摩格,接着又望向整个伪伦敦的那些断壁残垣。

整个城市的上空,一团团黑雾从众多斯摩格麦尔升起。

到处都是烈焰与战火,还有纷争的噪声,为争夺伪伦敦,大战已经触发。然而还有新情况出现。

斯摩格的烟雾从它占领的大街小巷中慢慢渗出,从那些房屋和阴沟中迅速升起。飘浮着形成一张令人窒息的网罩。它飘在空中,足足有数英亩之宽,还垂下众多触手般的细烟,从各个烟囱中吸取最后一点烟雾。

伪伦敦的所有斯摩格烟雾都在上升。夜鸟、飞鱼和飞船全都惊骇万分地急停下来,躲开斯摩格。

每一处战场上,烟雾僵尸原本因为注入烟雾而重新获得了动力,如今这些烟雾也都逐渐离开了他们的身体。这些烟雾僵尸不是突然倒下,就是一下子被鬼魂控制了身体——鬼魂们都震惊了,明明之前他们还拼尽全力地想要驱逐这些有意识的烟雾。斯摩格的烟雾从恶臭吸毒人的气罐和管道

伪伦敦

中快速涌出。这些让恶臭吸毒人上瘾的污染物飘走之后,恶臭吸毒人全都倒地不起,在脱瘾反应中呼哧呼哧地喘气。

斯摩格的全部气团在空中滚滚升起,随后融入彼此,就像一滴一滴的水银相互融合那样。它们融合变为更庞大的云团。它们缓慢地朝密度最大的那团烟雾靠近,就在迪芭的头上。在恩斯特伯的皮囊里待了数星期之后,它正惬意地在敞阔的天空中舒展。

迪芭听到欢呼声在伪伦敦的各处响起。

"人们以为这一切都结束了,"迪芭说,"他们以为他们胜利了。但实际上是斯摩格收回了所有烟雾,方便它将化学物混合进去。它将化学液体煮沸,好让它自己能够吸入——现在它就要将化学液体混入每一缕斯摩格烟雾中。等到它再次扩散这些烟雾之后……它就会下一场雨。就在所有人庆祝的时候。人们会看到雨落下,但他们到时只会撑开他们的雨桑。"

"而接下来……"预言书说。

"那些雨桑,"迪芭开口道,"还有带着雨桑的人们。他们全都会燃烧起来。"

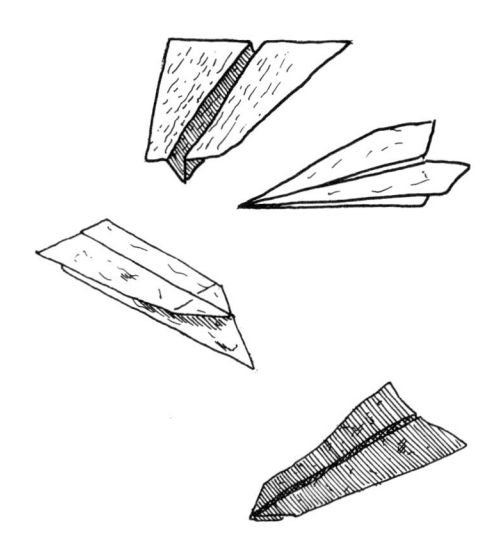

第九十四章
恐怖天空

"莫塔尔！"迪芭喊道，"你能去桥上吗？能吗？"

莫塔尔竭力让自己的视线从不断扩大的斯摩格身上移开。

"能，"他说，"我也许是个老东西，是个笨蛋，但要是我去不了隐秘桥的话，那我就算不上什么预言家了。"

"很好。"迪芭说。她停顿了一下，大脑飞快地思考着。"你必须去往所有地方。成千上万的人今晚都出来了。你必须去到每一个地方，告诉他们，斯摩格还会回来，而且他们的雨桑到时帮不了他们；雨桑还会杀了他们。

"或许要召集更多预言家。尽你们所能，赶快行动。告诉人们不论如何都要躲到地下。丢掉他们的雨桑！"

"但是那之后要怎么办？"预言书问，"斯摩格那时候肯定无处不在……"

"首要任务是阻止它杀害所有人，"她厉声说，"到时我们再来想下一步怎么做。"

"那你要做什么？"莫塔尔问道。

伪伦敦

"我得去找我的朋友们,"迪芭说,"琼斯、奥巴代,还有其他人……我必须确保他们安然无恙。"

"我会等着你。"

"不行。你必须马上行动。没时间了。把话传出去。我会……努力理清这里的事情。"

有一瞬间,莫塔尔露出想要争论的样子,接着他改变了主意。

"我会去桥那边。"他说。他摇了摇头,集中注意力。

"她最好和你一起去,"迪芭说,"不能让她逃去伦敦。"她伸出手,然后她的逆伞拉着莱克特恩走向她。莱克特恩激烈地叫嚷起来。

"你怎么做到的,利用一把雨桑?"莫塔尔问道。

"它不是雨桑,"迪芭答道,"它是一把逆伞……是另外一种物品!每个人都可以**修好**他们的雨桑。这样就能把它们从布罗肯布洛那里解放出来。"

"那么说,只要人们修好雨桑,他们就可以利用逆伞来抵御斯摩格……?"

"不行,它们仍旧会在雨水中爆炸。别想了。你必须让所有人躲起来,赶快。我们之后会修复这些雨桑。布罗肯布洛现在算不上麻烦。"

斯摩格正在凝结。它的斯摩格勒正一个接一个地凝聚在一起。浅淡的绿色正在扩散到它的全部实体。

"快去桥那里。"迪芭催促道。

莫塔尔抓住莱克特恩的肩膀。莱克特恩垂头丧气地耷拉着脑袋,一副悲观落魄的样子。迪芭觉得她不会逃跑了。

他应该带上布罗肯布洛,迪芭想。但是那位恩布雷丽斯莫仍然昏迷不醒,而且没人有气力能拖得动他。她凝视着斯摩格。

她心底浮现出一个让她遍体生寒的意识。斯摩格大概再过个几秒钟就能完全合并了,它的新化学物就能融合,然后它会再次扩散,准备进攻。

UN LUNDUN

就算有其他几位预言家的援助,莫塔尔能够成功警告到的伪伦敦人也不过是少数中的少数。

这没有用,迪芭想道,我们没有胜算。

当她回望莫塔尔时,桥已经出现,从大楼的边缘延伸了出来。她瞥见了桥身上的工作桌,看到了桥的大梁因为透视关系而逐渐远去。

天空中传来一阵低鸣。最后一丝尾迹烟雾犹如被嗦入的意大利细面,飞快地消失了,融入浓密且泛绿的斯摩格之中。斯摩格发出隆隆的轰鸣。

"快走!"迪芭大喊。莫塔尔拽着莱克特恩走上桥。他看着迪芭。斯摩格伸出一条触手俯冲向屋顶,发出怪兽般的嚎叫。"快走!"迪芭催促道。

莫塔尔挥了挥手。迪芭低头躲开那根触手。当迪芭再回头望时,桥已经消失了。

斯摩格在它自己的体内搅拌着那剧毒无比的化学物。它用它的云团变换着各种形状,朝迪芭的方向下沉。

莫塔尔离开之后,迪芭感到一阵奇异的镇定。也许那是一种确定——终将失败的确定。她清楚自己没有时间逃回琼斯和其他人等候的地方了,她也明白即便她有足够的时间撤退,也无济于事。她努力不去设想两个世界里任由斯摩格摆布的众人。

迪芭留在这个残败的房间里,因为她无法容忍自己从敌人面前逃跑。在经历了这一切之后,她不能这么做。**真是疯了,迪芭想道,我没有胜算。**尽管如此,她意识到,正因为此,她才要留下来。

布罗肯布洛不省人事地躺在地上,完全靠不住。迪芭是孤军奋战。

斯摩格开始降落。

迪芭朝走廊动了一下,然后停住了。她跑不到十英尺。这毫无意义。她抬起头。

斯摩格给自己弄了张绿云脸。它赫然耸立在她的上方,伸出教堂大小的烟雾舌头舔了舔它的烟雾嘴唇。它把气流一起卷进了它那有数英里宽的

伤伦敦

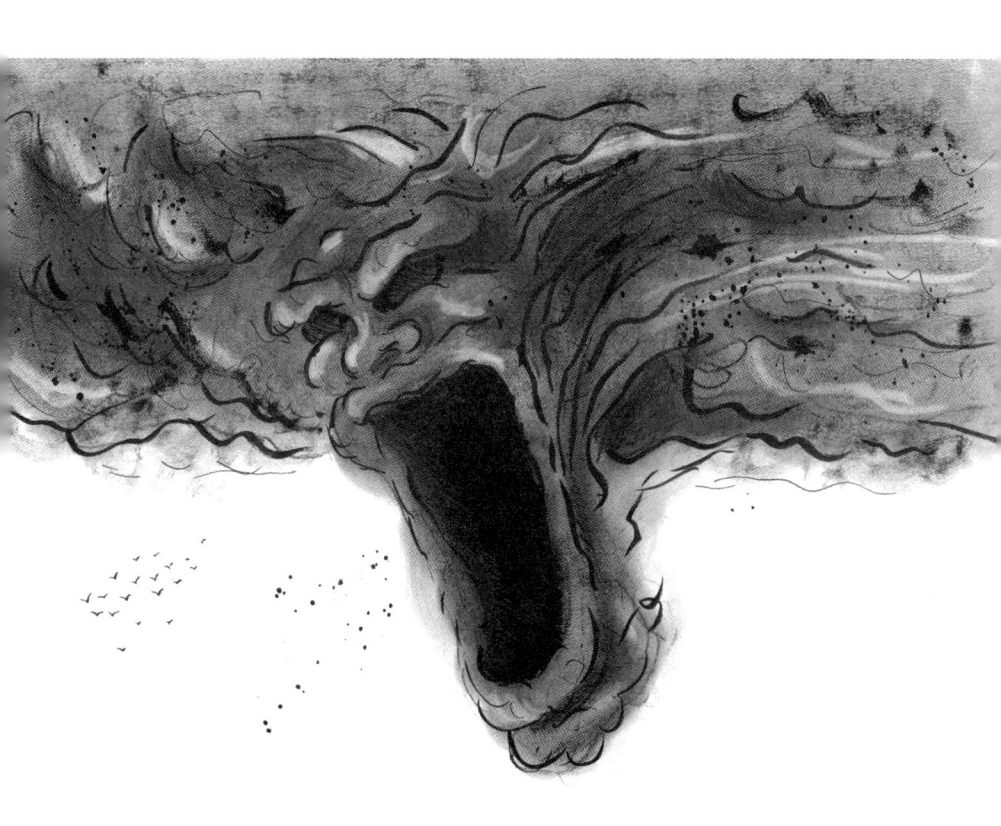

嘴巴里，接着以雷鸣般的音量对她说道：

"开胃菜。"

当斯摩格落下来时，迪芭闭上了双眼。她一遍又一遍地想着：我没有胜算。

第九十五章
没有胜算

没有胜算。
没有。
没有。
以及伪枪炮。
迪芭睁开眼睛。

没有以及伪枪炮!

第九十六章
六发式手枪

斯摩格那张血盆大口朝她猛扑而来。迪芭举起了那把没有弹药的伪枪炮。

那不是印刷错误！她想道，预言书里没有印刷错误！那不是"没有除了伪枪炮"，它本来就该是"没有以及伪枪炮"。

迪芭的右手举起武器，左手握住逆伞。斯摩格就在她的头顶。她感觉得到斯摩格下降时呼出的风。所有斯摩格烟雾都凝聚成了一个急速流动的黑色形体。它将自己缩紧，十分紧实，以至于它看起来几乎变成了固体。

它一边怒号，一边逼近。

"没有"是有的反面。如果我有子弹，从伪枪炮里射出任何东西，伪枪炮都能把它发射出去，并且将子弹增幅。所以如果我把"没有"当子弹发射出去……

迪芭开枪了。

一道巨大的内爆气流激射而出。这一次，伪枪炮没有反冲。它没有震得迪芭后退。它把迪芭拉向前，迪芭踉跄了几步才站稳。

轰鸣之后，伪枪炮开始吸气了。它以令人难以置信的力量将气流吸入

UN LUNDUN

它的枪管。

斯摩格的云团有一大团都从天上被拉扯下来。就在迪芭扣下扳机的须臾之间，一个猛烈扭转的旋涡就从斯摩格体内蹦了出来，流入了伪枪炮之中。

斯摩格停止了下沉，随即扭曲身体绕开了。它做出来的那张脸露出了恼羞成怒的表情，随后又重组变化。它看上去很迷惑。

它现在的大小跟先前比起来小了不是一星半点儿。

斯摩格犹如惊起的巨马一般立即调头，发出了怒号。它瞪着迪芭，云团再次席卷而下，并随着下落而变换着形状。

迪芭使劲地举起伪枪炮。伪枪炮比之前重了一些。**还剩五个弹膛**，她想道。她再次开枪了。

吸气声又一次响彻云霄，甚至比之前那次更响亮，就像水流急速冲进宇宙级别的排水孔那般。另一团巨大的旋涡超快地流出斯摩格的云团，啧啧有声地吸走了数个云团，以密集的气流喷涌而出，进入了伪枪炮。

迪芭手中的武器咔哒一声响，弹巢扭动了一下，另一枚弹膛准备就绪了。迪芭又开了一枪，再次吸走了一大片烟雾。

挨了整整三颗子弹后，斯摩格至少已经小了一半。最后它终于明白它面临的情况了。它聚集起来，变成一片翻滚的巨云，就像暴风雨来临前那样，漆黑中泛着一点绿的积云划过整片天空。

迪芭站稳脚跟，仔细地瞄准。她快速连开了两枪。许多巨大的斯摩格烟雾犹如被拉伸的面团一样向后一扯，被吸入了手枪之内。

还剩一发"没有"了，迪芭想道。

空中仅剩一小块浓密的斯摩格了，但若是它逃脱了，它的体积依然大得足以下一场充满剧毒的大雨。它失控地在伪伦敦的上空划着之字形，在塔楼周围和高层屋顶的背后旋绕。它已经跑了数英里远了。

稳住，迪芭默念道。她看着斯摩格沉入没有光亮的街道，要躲到屋顶

伪伦敦

下方去。迪芭改变了瞄准目标,她没有对准斯摩格,而是对准了它要前去的地方。

它的前端一进入她的瞄准线,她立马就开枪了。

最后一阵风扫入了伪枪炮。巨大的斯摩格用尽全力抵抗那道气流,但还是被拉长,被扭曲,最后盘旋着被拉了进来。有那么几秒的时间里,伪伦敦的夜空横贯着一道水平龙卷风,一道被吸进伪枪炮的、形如螺旋开瓶起子的有毒气体。伪枪炮在伪城市的上空向后拉拽,一阵疾风吹过旋转的微粒,发出一道几近尖叫的噪声。

在一阵漫长而响亮的汩汩声之后,最后一点斯摩格也消失在了枪筒里,天空变得无比澄澈。

第九十七章
重整旗鼓

过了很久,迪芭才摇摇晃晃地站起来,站在工坊的瓦砾中。她小心翼翼地将伪枪炮挂在手腕处。迪芭觉得她能感受到这件武器在微微抽搐。

她跌跌撞撞地走向一张完好的凳子,随后坐在了桌子的残渣旁。

"这可真是,"预言书慢慢地发出一句感叹,"了不起。"

迪芭都忘了预言书还在这儿。她弯腰把书捡了起来,擦掉了它封面上的灰尘。

"你还好吗?"她问道。

"还行,"预言书回答道,"斯摩格撕掉了几页书,把它们都烧掉了,来吓唬我。我也的确被吓到了。你还好吗?"

迪芭有些疲惫地笑了。

"我想我还好。"她说。

一阵灰尘飘动,黏黏从一堆渣滓中钻了出来。它拖着步子朝迪芭的脚边走来。迪芭也把它抱了起来,把它拍干净了。

"还有你。"她说,朝逆伞招手示意。于是逆伞也跳到了迪芭的腿上。他们一起倾听着庆祝的欢呼声响彻整个伪伦敦。

伪伦敦

附近传来一阵咳嗽声和拖沓的脚步声。布罗肯布洛从地上爬了起来,正盯着迪芭。他看上去十分惧怕迪芭,就和他之前看着斯摩格一样。

"它……你……它……"他小声地含糊着说。

"你醒了多久了?"迪芭问。

布罗肯布洛拍掉身上的尘土,胡乱地摸找他的雨桑。只剩一把雨桑被砖块掩埋了,其他的全都不见了。

"你离我远点儿!"他哀嚎起来。他连忙向后扒拉,终于把他唯一一把雨桑握在了手里。他摇摇晃晃地站直了。"斯摩格……!"他说,"它……你……"他张开嘴巴,几秒钟都没说出话来,接着他就跑过房间,翻过了倒塌的墙壁,逃到空中去了。

没有其他雨桑,只有这一把雨桑带着他一路下坠。它狂乱地张开又合拢,极力挣扎着想停留在空中。布罗肯布洛在空中摇摆,右手紧紧抓住雨桑。他的衣服已经成了破烂,在空中不停地拍动,留下一串碎成粉的砖头灰迹。

随着他慢慢飞走,迪芭听到他在呜咽。

迪芭站了起来。

"快,"她说完有些没站稳,"我们应该……我应该……"她不太确定接下来要说什么。

"别管他了,"预言书说,"他看到你怎么对付斯摩格的了,最后的时候。他怕得要死,除了逃跑什么都做不了了。我们可以之后再收拾他。"

迪芭又坐回了凳子上。

"就算我们真的需要对付他,"她一边说,一边拍了拍她的逆伞,"我们也知道怎么解放他的士兵了。没有雨桑,他就没有胜算。

"没有……"她看着伪枪炮补充了一句,"是对我们有利的'没有'。"

"迪芭……?"售票员琼斯望着这一片狼藉,脚步蹒跚地走进门,他仍

UN LUNDUN

旧非常疲惫，倚靠在临时的拐杖上。

亮闪闪和坩埚跟在他身后走了进来，它俩还牵着赫米的手。在他们后面的那人轻轻地握着自己的手腕，他的伤口还在出血，不过他的脸上露出了迷茫的微笑，是奥巴代·丰恩。

迪芭欢喜地喊出他们的名字。她跌跌撞撞地走过去，拥抱了那几个受伤较轻、还能承受得住的人。

"你做了什么？"赫米说，钦佩地看着这片废墟。

"言造物们说服了那些咒语去探索，"琼斯说，"我们听到了各种各样的咚咚声。恶毒诅咒都被捆起来了。我们不应该让你一人犯险的。"他跛着脚走向前。"我们都尽快赶来了……"

"看这些言造物们！"迪芭说，"它们都回来了。"

亮闪闪和坩埚还不是完全的实体，但它们比之前迪芭见到时要结实多了。

"你之前说得很对，"琼斯说，"你的办法很有效。它们花了点功夫才明白要如何说出它们自己，但是它们都做到了。亮闪闪把它的腿都搓到一起了才成功了。"

"那些烟雾僵尸全都清空了，"赫米说，"烟雾都飞走了。飞上天去了。但是……"他四处看了看，"这些事情你都知道，是吧？"

迪芭轻轻挥了挥伪枪炮。

"怎么了？"琼斯问，"它重新装填弹药了吗？"

"差不多吧，"迪芭答道，"它是一座牢房，里面装满了斯摩格。"

他们大叫着后退，然后停了下来，因为他们意识到并没有麻烦的迹象。

"这里到底发生了什么？"琼斯问。

迪芭暂停了一会儿，然后笑了起来。

"我来解释，"她说，"不过大致说来……没有。没有发生了。"

伪伦敦

天色渐明。

"还有很多事情要做,"迪芭说,"我们必须找到布罗肯布洛。他逃跑了。我们还得告诉伪伦敦里的每个人,如何处理雨桑。"她转了转她的逆伞,逆伞在半空中做了个芭蕾旋转。

"我们还有很多事情要做。要找到预言家们。我还在等一个道歉。"

"那么,我们现在得去隐秘桥咯?"琼斯问道,竭力表现出没有被吓到的样子。

"别担心,"迪芭说,"不用再长途跋涉了。给一分钟,桥会自己来找我们的。"

"斯库尔怎么样了呢?"奥巴代问,"还有筒者,还有……"

"我们会中途停几站,"迪芭说,"相信我。莫塔尔会完全照我说的做。"

她知道这会花点时间,也的确如此。大战结束都会有些困惑,预言家们要弄清楚到底发生了什么,伪城市如何赢得了战争,以及他们能否相信这场胜利,这都要花点儿时间。不过在伪太阳升起,光辉轻柔地洒满伪伦敦后,预言家之桥的桥头终于出现在了恩斯特伯的工坊废墟上,而莫塔尔站在桥上向他们挥手,示意让他们全都上桥。

第九部分

家门前

第九十八章
英雄盛宴

"我们把通知都放出去了，"莫塔尔说，"整个伪伦敦都通知了，雨桑正在转变为逆伞。它们大多数都直接跳进了后墙迷宫之类的地方，还加入了其他垃圾团队。不过它们之中也有些逆伞想要和我们待在一起。"

"都随它们，"迪芭说，"重点是布罗肯布洛不能再控制它们了。有人知道他现在的下落吗？"

"没人知道。不过我们并不担心。我很确定他会再想办法破坏几把逆伞，再次控制它们，而雨桑们将继续寻找到达这里的路，但是所有人发现它们时都知道要去修好它们。布罗肯布洛还能怎么办呢？他是个骗子，我们所有人都知道这点了。一个讨厌鬼，最坏的那种。"

"尽管如此，"迪芭说，"要是你们找到他，那我会更开心。"

"简者正在搜查。"

"都在人群中搜索呢。"预言书说，它此刻正被夹在赫米的手臂下面。

非凡的大战只过去了一天，但是伪伦敦已经迅速调整完毕，准备迎接各种新闻和战后的新生活了，效率之高，令人钦佩。城市的街头巷尾，各种英雄传说、背叛阴谋、过失犯错以及运气巧合的故事层出不穷。城里出

UN LUNDUN

现了好多迪芭从没听说过的捍卫者,他们在迪芭从没去过的伪伦敦地区有许多英勇的事迹。

"莱克特恩怎么样了呢?"迪芭问道。

"噢,她认罪了,"莫塔尔说,"她之后会受到惩罚的。不过她并不算是罪大恶极之人。"

"是不算,"迪芭说,"她只是个懦夫罢了。虽然从她对我的所作所为来看……"

"绝对是个懦夫。"赫米嘟哝道。他变成了中间人一类的人物,和最初的大使类似,联系着幽灵镇和隐秘桥,还穿着一套幽灵制服。棉布上还有古老服饰的光冕。

"的确,"莫塔尔说,"有很多人都和斯摩格暗中勾结。我们都不知道他们是谁。"

"忧虑者。他们以后会是个大麻烦。"

要做的事情还很多。莫塔尔终于停止了对迪芭的道歉,他又充满了活力,重新振作了起来。

"伪伦敦之眼准备好了吗?"迪芭说,"我得回那边去。"

"现在正在修,"莫塔尔说,"别担心,今晚就能准备好。这样你就又有了好几天的时间——你会没事的。"

和伪城市里的很多东西一样,那个巨大的水车也在战火中被损坏了,它的机械遭到恶臭吸毒人的猖狂攻击,被塞住了。在斯摩格消散前,损伤不是特别严重,但人们昨天还是没办法使用它,无法产生让隐秘桥穿过异境到达伦敦的电流。

迪芭心底有一点点感觉松了口气。尽管她想要回家的愿望十分急切,但在经历最后决战之后,她实在是遍体鳞伤、筋疲力尽了。现在预言家们在协力修复伪伦敦之眼,她能多出一天的时间来休息放松、恢复体力,这真是太幸运了。眼下,无疑到了她该离开的时间了。

他们在隐秘桥上散步,预言家让隐秘桥通往伪伦敦各个不同的地方,

伪伦敦

匆忙地在整个伪城市里闲逛。迪芭的同伴们在桥上的其他地方，他们的伤口都得到了包扎，医生们和药剂师们在照料他们，而且药剂师们的草药、膏药和咒语都有惊人的疗效。

"我喜欢你的衣服。"迪芭对赫米说。

"哦，是的，"他尴尬地说，"我不常穿幽灵制服。忙着不让别人注意到我的另一面。一次极端的购物。"他咧嘴一笑，"但有了这套衣服的好处是，如果我经历了什么，我最终不会是裸体——这套衣服会陪伴着我。"

"一切都进展得很顺利，"迪芭说，"真高兴能看到这一切。"

"第一件事情，"预言书说，"就是我要让这些人修改他们的名字。反正我们现在已经知道了事情并不会按照书上写的那样发展。"

"告诉我点儿我不知道的事情吧，"迪芭说，"你跟未被选中之人说说吧。"

"如果按照命运的吩咐去做事，那英雄如何算得上英雄呢？"赫米说。赫米犹豫了一下，随后微笑着说："你让我钦佩不已。"

"命运都是些废话，"预言书说，"这正是这群人不再是预言家的原因。"

"从今往后，"莫塔尔说，"我们是劝诫会。"

"那些预言是怎么回事？"迪芭问，她轻轻地戳书，"你书里。"

"哦……谁知道呢？说实在的，谁管我书里有什么呢？"它高傲地说，"也许几年后，我们会一起打开我的书页，念出应该发生的事情，我们可能会一起开怀大笑。赞娜该做的事是什么。你是否被提及。是的，也许我最后会是一出喜剧。一本笑话书。也许更糟糕的事情。"

"你永远不会知道，"迪芭说，"其中一两个预言可能是真的。"

"嗯，"书说，"巧合是一件神奇的事情。"

"毕竟，"迪芭说，"在你书里，你唯一认为肯定是错误的事情结果被证明是对的。没有以及那把伪枪炮。"一阵沉默。

"那是真的。"预言书说，带着谨慎的愉悦。

503

他们往迪芭的朋友们那边走去。黏黏和逆伞蹦跳着奔向迪芭。

"你们决定好怎么处置伪枪炮了吗?"迪芭问道。

"这个嘛,我们至少已经准备好第一步了,"莫塔尔说,"如果你愿意来主持的话。"

桥的中间放着一个巨大的模具,一个边长大约五英尺的正方体,搅拌器正在往里面倾倒液体混凝土。琼斯、奥巴代还有其他人都围着模具站着。邦主教和巴斯特主教也加入了他们。在迪芭的指导下,预言家们甚至找到了奥德丽·坎思洛佩,并劝她来到了桥上。站在一群预言家中间让她依然感到不舒服,但她,还有其他人,都在努力适应。"让他们说声谢谢,"迪芭对她说,"我欠你一个很大的人情,这就意味着他们也欠你人情。"

"准备好了吗?"赫米问。

斯库尔站在赫米旁边。人们在运河里的海水退去之前拯救了一部分鱼。鱼群依然在哀悼它们失去的几个同伴,但它们要来同迪芭道别。它们被倒进了一套新的潜水服中。这一套潜水服要小一点,款式更新一些:一套小型的湿式潜水服,装备了笨拙的脚蹼。这一次面罩很清晰,海马和小丑鱼在潜水服内的海水中望着迪芭,迪芭也笑着看向它们。

"我不会弄什么大场面,"迪芭说,"没有演讲。"迪芭将伪枪炮——斯摩格的牢房,随手一抛,丢进了混凝土里面。

它掉进去时发出一声闷响,随即消失不见了。他们只看到了短暂而浓稠的波纹。

"这个弄完之后,接下来是什么呢?"迪芭问,"得确定没人能够打开它。"

"意见还不统一,"莫塔尔说,"有些人想把它放回黑窗妇那里。之前一定是我们的先辈将它放在那里的,很久很久以前,所以这有历史渊源。有些人想把它埋葬了。有些人想把它丢进河里,或者海里。我们还没有决定。"

伪伦敦

"我们可能会举行一场投票。"琼斯说。

"那我们看看再说吧。"迪芭说。

"这个,"莫塔尔说,"你可能看不到了。"

"你这话说得就像你还会再回来似的,迪芭,"莫塔尔说,语气很温柔,"但是要穿越不同的世界并不容易。你每次跨过异境,两个世界之间的隔膜都会被拉伤。你想想这意味着什么。

"你必须,"他说,"做出选择。你知道我们想你留在这里。你……拯救了伪伦敦。你对我们的城市、对我们有大恩。你就是劝诫师,不论你有没有正式加入我们。如果你愿意留下来,那无疑是我们的荣幸。

"但是你的家人,你的生活,这一切……我们都明白。如果你离开了,我们会怀念你。但是你必须抉择。"

一时间,沉默降临。

"我不能留下来,"迪芭最终开口说,"我不能让我的家人忘了我。忘了我甚至**存在过**。你们能想象吗?我要回去。你们明白的,我必须回去。"

她依次看向他们。

"你们知道的。"她说。赫米移开了视线。

他们全都神情悲伤。奥巴代抽泣起来。琼斯悄悄擦了擦他的眼睛。

"发生在这里的一切,"迪芭说,"我绝不会忘记。我们经历的一切。我绝对不会忘了你们。你们每一个人。"她顿了一下,依次看向他们每个人。

"而我不会忘了你们的部分理由,"她说,"是我会一直回来。"

莫塔尔和其他预言家们——劝诫师们——抬起头来,一副受到惊吓的样子。

"得了,"她面带微笑地说,"你说的这是什么话啊,莫塔尔?从伦敦

UN LUNDUN

来到这里很简单。我扭了扭阀门就来到了这里，之后我又爬了书架就过来了。琼斯来到了这里，罗莎来到了这里，所有售票员都来到了这里。那些警察坐在挖洞机里就来到了这里。看在老天的分上，恩斯特伯和莫加特洛伊德甚至在这里安了一台电梯。人们一直就在往返两个世界，而你也没看到有哪个世界崩塌，是吧？

"你以为往返于两个世界很困难，是因为你一直认为它一定很困难。你这么说是因为你觉得你应该这么想。"

迪芭的朋友们望着她，又互相望了一眼。

"她说得有道理。"莫塔尔最后说。

"你一直都想离开！"琼斯说。

"那是因为我之前**没办法回去**，"她说，"既然现在我**可以**回去了，那我会一直往返的。你真的认为我不会再来看你们、不来拜访这个地方了吗？"

"但是这样的方法，"莫塔尔说，"并不可靠。它们可能并不总是有效的；规则并不总是很清楚——"

"那好吧，我再试试别的。直到其中一个方法生效。"你们瞧，"迪芭说，"我甚至不是在制订计划。我只是说我不可能不回来。我在这里还有事情想要做。"

"我一直在考虑，"琼斯说，"我想我要回一趟威博敏斯特大教堂。我要去找罗莎，把她从她掉进去的那个窗户里救出来。而如果你要加入我，我会很高兴的。"

"当然，"迪芭说，"我要去。而且我听说有个叫普托勒密·耶斯的人，他失踪了，我想要找到他。而且我还想回书井看看，从那里往下爬，看看其他地方的图书馆是什么样子的。"

"我想让你认识一下幽灵镇的人们，"赫米说，他还是没有直视她的眼睛，"而且，我想知道你想不想去曼尼菲斯特车站？我们可以一起坐趟火车。一起去另外的伪城市看看……"

伪伦敦

一时间没人说话，迪芭对他露出微笑。

"当然想，"迪芭说，"太棒了。还有很多其他的事情。我绝对会回来的。而且你们可以来拜访我。不是现在，我知道你们这段时间要忙着重建城市。而我也需要见见我的家人们，我自己一个人。他们也许不知道原因，但我真的很需要这么做。"她笑了，"但是很快，很快就可以过来了。"她再次朝赫米露出微笑。

赫米，还有其他人，也回以含蓄的微笑。

"你之前说过'我们的'伪城市，"琼斯说，"就在决战之前。这里确实是我们的伪城市。它也是你的家。"

"而且不论如何，"迪芭说，"黏黏和逆伞会和我一起，它们或许也会想家。"

"你不能让未驯服的垃圾进入伦敦，"莫塔尔着急地说，"它属于另一个世界……"迪芭挑起眉毛直视着他，莫塔尔的声音随即消失了。"我想就一个垃圾应该没关系。"他嘟哝道。

"那么请听好，"迪芭说，"我不会和你们任何人说拜拜。我会说，'待会儿见'。而我*真的*指的待会儿。让我说明一下。

"我和你们说过一个斯摩格变得强大的原因：一直有人在帮助它。我们还有一件事没有处理完。莫塔尔，你说警察的挖洞机不见了？"

"是的。我们搜查了你之前说的挖洞机所在的地点。昨天警察们一定都逃出来并修好了它，回家去了。"

"好的。他们威胁了我的家人们。有可能他们只是在吓唬我——现在他们什么都做不了了。但我不喜欢这样。我不喜欢他们的盟友。为了我自己，我的伙伴赞娜，还有我的家庭，以及伦敦和伪伦敦，我需要解决这个威胁。所以我想提一个建议。一个计划。这个计划将会清理掉恩斯特伯的旧居的一些瓦砾，但我觉得值得。"

迪芭看着他们所有人。琼斯把指关节捏得咔咔响，眉毛上扬。赫米若

UN LUNDUN

有所思地噘起嘴。迪芭笑了。

当夜晚来临,一阵巨大的摩擦声响起,伪伦敦之眼再次转动起来。付出精力与努力后,莫塔尔和劝诫师们控制着桥梁。

迪芭挨个拥抱了她的朋友,与他们道别。

"哦。"她对赫米说。她在口袋里摸索着。

"别告诉我你想要还那笔钱吧?"他说。她咧嘴一笑。

"这对我没有好处,"她说,并把它拿了出来,"你不妨……"他轻轻地握住她的手,把她的手指合起来。

"这样你还是欠我的,"他喃喃地说,"所以这样你就得回来付钱了。"

迪芭咽了口气,点了点头,又拥抱了他。她屏住呼吸,转身向桥边跑去。空气中有一股拉力,一股作用力,一阵嘎嘎响声,迪芭感觉到,在现实中的某处,隔膜裂开了。桥梁穿过了异境。她屏住呼吸跑向桥头,跑向她家门口的人行通道,在那里她还能望到桥的大梁。

我不知道会发生什么,她想着,她有点头晕,觉得天旋地转。我可以回去。我可以住在那里,住在一栋由钱包铸成墙面、由玻璃制成窗户的混乱房屋里。或者住在一间像金鱼缸那样的房子里。我可以坐上一辆从曼尼菲斯特车站驶出的火车。

不过现在……

……

她走下桥,在伦敦的夜里做了一个深呼吸。她环顾四周的景色。黏黏在她的脚边喘气。迪芭浅浅地笑了。

"嘘,"她对黏黏说,"还有你。"她举起逆伞。"记住,在这边,有其他人在周围时,你们得保持不动。"

她转身,桥依然架在这里。她的朋友们都站在桥头附近,向她挥手。乔·琼斯、斯库尔、半鬼魂赫米(他紧咬着嘴唇)、亮闪闪、坩埚——他

伪伦敦

们的身体已经相当结实了——还有奥巴代·丰恩,他怀里抱着预言书。

迪芭热泪盈眶,她眨了眨眼,露出微笑。她举起手。伪伦敦的居民们回应着她。她和他们,在城市与伪城市的两边,相互遥望。

不知何处传来一声大声的猫叫。迪芭看向声音传来的方向。

当她再回头时,隐秘桥已经消失了。迪芭独自一人站在水泥人行道上,周围一片黑暗,这里是伦敦。

迪芭发出一声悠长而颤抖的叹息。她捡起黏黏,将其放入她的包里。她小声地对逆伞说:"要记住哦!"

然后她转身打开了她家的前门。

第九十九章
回忆

迪芭脚步缓慢地穿过了客厅。她在发抖。她听到厨房里有声音。

她顿了一下,然后看向壁炉台上的一张照片。

那是一张全家福。迪芭惊恐地瞪大了眼睛。照片上有她的妈妈,她的爸爸,她的弟弟,他们都在微笑……上面还有她,不过照片上的她看上去曝光不足。或者就像她站在阴影里一样。或者,其实就是很难注意到她在那里,微笑着,手臂抱着她的父母。

照片上有四个人,但看上去就像只有三个人。

她的家人们正坐在饭桌上用晚餐。迪芭看到那里只摆了三人的餐具,差点哭了出来。

她走了进去,注视着她的父母和哈斯,顿感轻松,还有紧张,眼里不禁含满了泪水。此时此刻,她只想跨过房间跑到他们的身边,但是看到他们的神情,恐惧拖住了她。

他们三人就这么瞪着她,一脸木然。

她的父亲正要把叉子送进嘴里。食物慢慢从金属叉上掉了下去。她的母亲举着一个玻璃杯。他们脸上几乎没有表情。他们看着有些失神,从表

伪伦敦

情完全看不出他们的想法。迪芭在他们每个人的眼底都看到一种挣扎。

我离开太久了！她绝望地想道。镇静效果要永久持续下去了！

"妈妈？"她小声喊道，"爸爸？哈斯？"他们看着她。

只过了八天！她心想道。从我在谈话镇跟爸爸说话算起！可是……她心底生出一股寒意。可是从我离开起已经过了十天了。也许打电话并不算数。时间是从离开的那天算起的。太迟了……

"妈妈？爸爸？哈斯？"

乐珊一家抖了一下，随后缓慢地眨了眨眼睛，望向了迪芭，然后仿佛有什么东西震颤了整个房间。她的家人们一个个地接连打了冷战，随即打呵欠似的活动了他们的脸，像抖掉了什么东西一样。

"你就不能像一个有教养的人那样坐下来吗？"乐珊先生说。过了好几秒，迪芭才确定他是在跟自己说话。

"你穿的是什么呀？"乐珊夫人说，"你这个怪女孩。"

迪芭小声地啜泣了一下，接着把她的父母都拉了过来，无比用力地拥抱了他俩。

"疯丫头！"她的父亲说，"你把我的饭弄洒了。"他笑了起来。

迪芭也拥抱了哈斯。他一脸怀疑地看着迪芭。

"怎么了？"他说，"我画了一幅画。"

迪芭花了点功夫才让她的爸爸妈妈相信，虽然她在哭，不过，是的，她非常地高兴。

511

UN LUNDUN

"我要去赞娜家待一会儿。"迪芭说。此时乐珊一家正在享用晚餐的最后一道菜。父亲一言不发地给她拿了盘子和餐具,迪芭坐下时,他脸上露出一丝疑惑的表情。

"你……"她母亲说,"你以为我看不透你这种无耻的逃避洗碗的小心思吗?"

"噢,拜托,就一会儿。我需要……给她一些上学用的东西。"

在去赞娜家这段短短的路程里,迪芭越来越紧张。按门铃之前,她不得不把手握紧又松开,以免手颤抖。

是赞娜自己开的门。迪芭目瞪口呆地盯着她,嘴巴张得大大的。她感觉好像好几年没见到这张熟悉的金发面孔了。

一时间,赞娜脸上的疑云消散,她笑了笑,站得更直了。自打她从那次被抹去记忆的伪伦敦之旅回来,她看上去比以往任何时候都更精神、更有活力。

"嘿,迪芭。"她说。她的声音里没有一丝由呼吸困难引起的虚弱——她的肺听起来非常清晰。"伙计,"她说,"你看起来很高兴。所以……你最近在做什么有趣的事吗?怎么啦?什么事这么好笑?你笑什么?"

又过了很久,迪芭从床上爬起来,再次去看那张照片。所有人都已经入睡,她心满意足地待在她的家里。此时,照片上的光线已经发生了变化。迪芭的形象变得相当清晰,照片上又是乐珊一家四口了。

几个小时之前她还在伪伦敦,一个距离她的卧室无比遥远的地方,远到常规的距离度量单位都毫无意义,这真是非同凡响的经历。她准确地依次细数她所有的朋友:奥巴代、琼斯、预言书、言造物们、半鬼魂赫米。

她已经在怀念那里了,她意识到。**赶跑斯摩格的人是我。**她心想道。她觉得离开伪伦敦让她有些失落。

可同时,她也想不起来在伪伦敦时有什么特别开心的时刻。毕竟,此

伪伦敦

时此刻,她惬意地盖着她的羽绒被子,待在她的房间里,她的家人们就在她周围,而且她的影像又回到了客厅的照片上,清晰可见。她觉得她内心满足得要发光了。

迪芭对黏黏悄声说了些话,黏黏已经在她的床下铺好窝了。在关灯之前,迪芭检查了她的日记。她还有一个约会要赴。

尾　声

威斯敏斯特宫的中心，在环境部长伊丽莎白·罗利那奢华的镶木办公室内，部长度过了一个平常的清晨。她坐在工作桌上处理了一堆文件，查看报告，做笔记，给出建议，准备媒体发布会的内容。

文件中有一份首相发来的私人短信。他对LURCH计划，即伦敦—伪伦敦碳隐患转移这一计划取得的成果满意至极。整个东南部的致癌物和有毒污染全都下降了，环境学家的评价上升，政府与一个十分强大的盟友建立了一段宝贵的关系。

首相觉得在不同的麻烦地区部署他们的联络人一事的可行性更高了。"一个可以像将军那样运筹帷幄的化学武器，"他说，"藏在石油火灾中！你想想啊，伊丽莎白！"

她的确这么想过了。她对自己的主动性感到很自豪。她不想过早下定论，但她听到升职过的传闻。她看了一眼远处墙面上的一扇门。

罗利只希望首相别发现联系已经断掉了，从莫加特洛伊德骂骂咧咧地带着那群瘸了一半的警察和挖洞机回来以后。

她的内部电话响了。

"部长，"她的秘书说，"有人想见您……"

伪伦敦

"没有预约……"

"她从公共入口进来了，部长。她不愿说出她的名字，但她坚持要见您。"

"看在老天的分上，别开玩笑了……"

"她说她能告诉您另一个城市里……发生的事情。她说您明白她的意思。"她的秘书的语气听起来不知所措，"但一定要您现在就见她。我很抱歉，部长，她不肯说得再明确了。她坚持要我告诉您。她说关于烟囱、战争，还有……"

"够了，"罗利飞快地说，"让她进来。"她按下了另一个按钮。"莫加特洛伊德，务必马上过来，我们终于有联络人了。"

莫加特洛伊德的办公室和这里是连着的，他直接走了进来，还有特务机关的人拿着手枪护送他：这是和伪城市打交道的标配。

没过多久，大门打开了，一个矮个子、深肤色、脸圆圆的女孩儿表情无比坚毅地走了进来。她手上拿着一把红色雨伞。

伊丽莎白·罗利注视着她。女孩儿也直视着她。

莫加特洛伊德发出一声窒息般的惊呼。"是你！"他尖声说。他弯着手指指着女孩儿。女孩儿举起一只手，看着她的表。

"之前还希望我们能抓住你，"她说，"十秒钟。"片刻过后，她说："五秒钟。"

还要很多秒之后才到九点。

一阵警铃响起。机械声逐渐靠近。房间的角落里，一道红光出现。

电梯很多天都没有用过了。机器的噪声越来越近了。

电梯穿过两个世界之间的隔膜，到达这里时发出了"砰"的响声。门打开了。"嘿，你们好呀！"女孩儿开心地招呼道，"你们清理了电梯的竖井！我就知道你们能做到。"

伊丽莎白·罗利张大了眼睛。

UN LUNDUN

从电梯里走出来了一个穿着过时伦敦交通制服的魁梧男人。他身上挎着售票员的售票机,还带着一根铜棒。他旁边是一个穿着打印纸的男人,他的头发是缝衣针和别针。

还有个男孩儿是和他们一起来的,一个服装闪烁、面色苍白的男孩儿。而从他们身后跳出来了……一个垃圾筒?长着手和脚?它的盖子底下还有一双坚定而炯炯有神的眼睛?

罗利一下子全明白了。

莫加特洛伊德抽出他的枪,对准了女孩儿。枪声响起,随之而来的是"嘭"的反弹声。女孩儿举起她的雨伞挡在了身前。

特工们纷纷举起了枪。售票员挺身而出,一顿拳打脚踢,哐啷声不断响起,一阵火花乍现。保镖们全都倒地不起,不省人事了。那个垃圾筒翻了个跟斗,使出了一套狂乱的连环踢,将在场的男士和女士分隔开。

女孩儿毫不费力地转动她的雨伞,速度快得就像是那把雨伞在拉着她动。她不费吹灰之力就打掉了几个特工手里的武器。

伊丽莎白·罗利目瞪口呆地看着这一切。在不到三秒的时间内,她的大部分人马就全被放倒了。

"我要杀了你!"莫加特洛伊德怒骂一声后再次开枪。

女孩儿旋转她的雨伞,堵住了莫加特洛伊德,接着把雨伞当成警棍似的一甩。雨伞勾住了莫加特洛伊德的下巴,把他送上了天。他向后飞去,越过罗利的办公桌,撞上了罗利身后的墙壁,然后摔到了地上,难受地呻吟起来。

垃圾筒一个前手翻腾跃过了罗利的办公桌,接着一脚踩在莫加特洛伊德身上。那位售票员也摆好了姿势,准备发起攻势。男孩和那个针头男跑到了门口,检查了一下后便将它牢牢关死了。

女孩走上前,双眼直视部长。她跳到了办公桌上。她舞动着她的雨伞,仿佛那是一把日本武士的刀,然后她好似击剑选手一般伸出雨伞,直指罗利的喉咙。

"部长,"女孩儿开口说,"我们需要谈一谈。"